U0032198

1897

DRACULA

吸血鬼伯爵德古拉

Bram Stoker 布拉姆·斯托克

洪夏天——譯

目錄

第一章　強納森・哈克的日記

五月三日。比斯特里察（以速記碼寫下）

五月一日晚上八點三十五分，我從慕尼黑出發，隔天早上到了維也納。預定六點四十六分到站的火車慢了一小時，接下來在布達佩斯暫停。從車上的短暫一瞥和車站附近的街道看來，布達佩斯挺迷人的。我在車站附近閒晃，不敢離車站太遠，因為我們已經晚到了，要盡可能地追上表定時間。火車緩緩離開西部，進入東部，從寬廣而深邃的多瑙河上最西邊的那座壯麗橋樑，進入充滿鄂圖曼土耳其風情的世界。

火車準時離站，黃昏後抵達克勞森堡。我在皇家旅館住了一晚，晚餐吃了一道和紅椒一起煮的雞肉，很簡單，稱不上豐盛，很可口但讓我口乾舌燥。（備忘：幫米娜問一下作法。）我問了侍者，他說這道菜叫「紅椒燉雞」，是國菜，在喀爾巴阡山脈一帶非常普遍，到處都吃得到。我僅會的一點德語在此時派上用場，不然真不知該怎麼溝通。

在倫敦時，我利用閒暇時間參觀大英博物館，在圖書館裡尋找有關外西凡尼亞的書籍和地圖。我認為和貴族往來之前，必得先瞭解當地風土民情。我找到德古拉伯爵提到的地區，那裡是奧匈帝國的最東部，坐落在外西凡尼亞、摩爾達維亞和布科維納三地交界處，一塊馬蹄形的區域，屬於喀爾巴阡山脈；也是歐洲最荒涼、最鮮為人知的地方。我遍尋不著德古拉城堡的明確地點，因為那兒還沒有像英國地形測量局製作的精細地圖可以參考，不過，我找到德古拉伯爵命名的郵鎮比斯特里察，這個地方相當有名。我得記下這裡發生的事，以免回去跟米娜描述時忘了細節。

外西凡尼亞有四個主要族群：南部是薩克遜人，還有一些達基亞人的後裔瓦拉赫人；西邊住了馬札爾人；東邊和北邊則是塞凱伊人。我要往東進入塞凱伊人區，他們自稱是阿提拉和匈人的後代，說不定真是如此。十一世紀馬札爾人征服這裡時，發現很多匈人在此定居。我讀過一段話，提到世上的迷信都起源於喀爾巴阡山區，那裡一直有著各式各樣的奇怪傳說，簡直就像傳奇聚集地，若此言不假，這趟旅程一定很有趣。（備忘：要問問伯爵各種傳說的真假。）

床很舒服，但我沒睡好，整夜做著詭異的夢，因為有隻狗徹夜在我的窗下吠叫，又或是晚餐的紅椒粉讓我口渴不已，喝光整瓶水仍止不了渴意。清晨時分，一陣敲門聲吵醒了我，我猜自己應該熟睡了一會兒。早餐也少不了紅椒粉，還有他們稱為「馬馬利加」的玉米粉粥，配上好吃的「英不勒塔塔」，一種鑲了肉餡的茄子料理。（備忘：也要問作法。）我必須匆匆吃完早餐，因為火車八點前就要開，或是說應該在那時候開才對，然而我在七點半趕抵車站後，在車廂裡枯坐了一個多小時，火車才緩緩開動。好像越往東走火車就越不準時，若到了中國，真不知道會多晚才發車呢？

我們一整天都在車上慢吞吞地搖晃前行，看遍這個國度的美景。有時瞥見聳立在陡峭山坡上的村莊或城堡，就像古老彌撒用書裡的精美插圖；有時火車沿著岩石間的河流小溪前進，石上刻畫著大洪水沖刷的痕跡。清澈的河水沖激岩石，濺起水花，不斷奔流。每個車站都聚集了一群打扮各異的人，有時人潮很多。有些人看起來和我們那兒或法國、德國的農民差不多，穿著短外套和自家做的長褲，戴著圓邊帽；有些人則打扮得很體面。女士們遠看很美麗，但走近一看，就會發現她們身材臃腫。她們穿著袖子寬大的白色上衣，許多人腰間繫著寬皮帶，還垂著絲帶般的流蘇，像芭蕾舞裙一樣飄逸，不過她們裙下都加了裙撐。比較野蠻的斯洛伐克人最特別，戴著寬大的牛仔帽，穿著寬鬆的灰白褲和白麻衫，繫著約一英呎寬的沉重皮帶，上面打滿銅釘。腳蹬長筒靴，褲管塞進靴子裡，留著黑長髮，還蓄著濃密的黑鬍子。他們的長相、打扮都很特別，但不太討喜，在舞台上恐怕會被當成一幫來自東方的土匪。不過，有人說他們其實非常友善，只是比較有個性罷了。

我們在傍晚時分抵達迷人且古老的比斯特里察，幾乎到了邊界，循著博戈隘口可通往布科維納。在這座歷經風霜的老城，處處可見歲月的痕跡。五十年前，這裡連續發生五次大火，造成可怕的傷亡和動亂。十七世紀初，這裡被圍城三週，戰事帶來饑荒和疾病，奪走一萬三千條人命。

德古拉伯爵指示我去金克朗旅館。我驚喜地發現這家傳統旅館保有當地的懷舊風情，正得我心。一走向大門，就看見一位和顏悅色的老婦人，一身農婦打扮，穿著白色襯衣，腰間緊緊繫著彩色的雙面圍裙。我走近時，她彎腰敬禮向我問：「先生從英國來嗎？」顯然有人已事先關照過旅館。我回答：「是的，我是強納森．哈克。」她微微一笑，朝著跟在她身後的一位穿著白襯衫的老先生吩咐幾句。老先生立刻去拿了一封信過來。信上寫著：

「我的朋友，歡迎來到喀爾巴阡山，我急切地等待你的到來。今晚好好睡一覺，明天三點有班前往布科維納的車，已幫你留了位子。我的馬車則會在博戈隘口恭候大駕。希望遠從倫敦而來的你，這趟旅程一路順利，也希望你在我美麗的領地上過得愉快。

你的朋友，德古拉。」

五月四日

我得知旅館老闆剛收到德古拉伯爵的通知，囑咐老闆為我預訂馬車上最舒服的位子。但當我詢問細節時，他卻刻意假裝聽不懂我說的德語，支支吾吾說不出話來。他絕不可能聽不懂我說的話，不久前，他和我可是對答如流，至少他詳細又明確地回答了我所有的問題。現在，他和昨晚接待我的婦人——也就是他的妻子——心神不寧地面面相覷。他喃喃地說，伯爵在信裡附上車資，其他的他一概不知。當我問他認不認識德古拉伯爵，可否告訴我一些城堡的事情，他和妻子立刻在胸前畫十字，接著說他們什麼也不知道，不願再說任何一個字。出發的時刻快到了，我沒有時間向別人打探消息。這件事實在太過詭譎，我心裡愈來愈不安。

我正準備離開時，老太太上樓來到我的房間，驚慌地說：「哎，年輕人呀，你非去不可嗎？你真的要去嗎？」老太太情緒激動到似乎忘了她會說的德語，說話時把德語和一種我聽不懂的語言混在一起。我問了她好幾個問題後，才搞清楚她的意思。當我跟她說我身負要事，非立刻出發不可時，她又問：「你知道今天是什麼日子嗎？」

我回答今天是五月四日。她搖了搖頭，又急急地說：「我知道今天的日期，但你知道今天是什麼日子嗎？」

我不明白她的意思。

她接著說：「今天是聖喬治節的前夕。你難道不知道今晚午夜，時鐘敲響時，所有的妖魔鬼怪都會跑出來大鬧一場？你知道你要去的是什麼地方嗎？你知道你要去那兒做什麼嗎？」我看到老太太的憂慮神情，不禁連聲安慰她，但仍無法讓她平靜下來。最後，她甚至跪在地上哀求我別去，至少等個一兩天再走。這一切非常荒謬，我心裡頗為不安。不管如何，我有任務在身，不能讓旁枝末節的事情來影響既定的行程。我試著扶她站起來，板起臉來嚴肅地說，我很感謝她那麼關心我，但我的責任重大，非去不可。老太太終於站起身，擦乾了眼角的淚水，把脖子上的十字架念珠項鍊拿下來交給我。我一時不知該怎麼辦才好，我自幼就受英國新教教育的薰陶，對我來說，依賴十字架是一種盲目崇拜的象徵。但若拒絕老太太的好意，似乎很不知好歹，更何況她用意良善，此刻她又是那麼心慌意亂。我猜她看到我臉上的猶疑，就直接把念珠掛在我的頸上，說：「為了你的母親，你就戴上吧。」她就離開了。

此刻我一邊記下這些怪事，一邊等待接駁馬車，但馬車遲遲沒來。老太太的十字架仍掛在我的脖子上。不知道是老太太的恐懼、本地的詭異傳統、還是十字架本身影響了我，現在的我忐忑不安，一點也不像原本的自己。如果這本日記比我先一步回到米娜身邊，那就讓我在此對米娜說聲再會吧。馬車來了！

五月五日。城堡

早晨灰濛濛的霧靄漸漸散去，太陽從遠方的地平線上升起。地平線隱約呈現鋸齒狀，我不太確定那些鋸齒是樹林還是小山，因為距離太過遙遠，讓人捉摸不定景物的大小比例。我現在毫無睡意，而且直到我睡飽之前，接下來都不會有人打擾我，因此我決定一直寫下去，直到我想睡覺為止。這一路上發生太多奇怪的事，讓我很想詳實記錄下來。也許有些人會以為我在離開比斯特里察之前飽餐了一頓，其實不然，讓我說說我吃了什麼。我吃了一道他們稱為「強盜牛排」的菜，裡面有些培根丁、洋蔥、牛肉，先以紅椒調味，串成肉串後放在火上烤。作法很簡單，簡直就像倫敦給野貓吃的那種剩肉！我喝了些金梅迪亞什酒，這種酒很刺激，舌頭留下特別的辛辣味，雖然古怪但倒不惹人厭。我喝了兩杯左右而已。

我上車時，車夫還沒就座，他正和旅館老闆娘說話。他們的話題顯然是我，因為他們不時朝我望過來。不只如此，那些坐在門邊的人——當地人稱他們是傳信員——也聚了過去，聽著兩人對談，同時又朝我望了幾眼。大部分的人都露出同情的神色。我聽到他們一直重複幾個古怪的字。在場的人來自不同的國家，因此我搞不清楚他們說的是哪一種語言。我默默掏出多國語言字典，翻查他們說的到底是哪幾個字。我得說，他們絕對不是在為我打氣，因為他們說的「Ordog」指的是撒旦，「pokol」是地獄，「stregoica」是女巫。此外，「vrolok」是斯洛伐克語，「vlkoslak」是塞爾維亞文，但它們的意思相同，指的是狼人或吸血鬼。（備忘：我得向伯爵請教一下這些傳說。）

我們出發時，已經有愈來愈多的人聚集在旅館門口。他們紛紛在胸前畫十字，並伸出兩根指頭指著我。我花了一些工夫，才讓一名乘客告訴我那手勢是什麼意思。一開始他並不想跟我說，但我解釋自己是英國人之後，他才告訴我這是對抗邪惡之眼的防護手勢。想到我正前往一個未知之地，即將面對一個素未謀面的陌生人，這實在不是好兆頭。但是鎮民們看起來是那麼誠懇善良，而他們滿懷憂傷的眼神，令我很感動。我絕不會忘記告別小鎮時，寬大的拱門旁邊聚集了許多淳樸鎮民，他們紛紛畫著十字；襯著背後枝葉濃密的夾竹桃，和小鎮廣場上的橙樹綠色大盆栽，形成一幅動人的美麗畫面。我們的車夫坐在駕車座，他寬大的亞麻襯褲——當地稱作高薩褲——幾乎蓋住了整個座位。他向四匹體形偏小的馬揮舞皮鞭，我們就上路了。

隨著馬車的行進，一路上的美麗景色很快就讓我忘了鎮民們的恐懼。不過，萬一我聽得懂身邊乘客使用的語言——應該說數種語言——我恐怕無法如此輕易地轉換心情。我們的前方是一大片綿延不絕、鬱鬱蔥蔥的森林，其中散落幾座陡峭的小山，山頂挺立著一座座森林或農舍，白色的山形牆正面向我們搖晃前行的馬路。到處都是開滿了花的果樹，有蘋果樹、李樹、梨樹和櫻桃樹。當馬車駛過時，我看到樹下的草地上盡是散落的花瓣。我們就在這些綠色小山之間進出穿梭——當地人稱為「米特爾山區」。馬路在綠野上蜿蜒前進，有時轉過一個彎就看不見前後的道路，有時濃密的松樹針葉則遮掩了路徑。一路上高高挺立的松樹有如綠色的火舌，伸向天際。雖然道路崎嶇不平，但馬車以急速前進。我不太明白為什麼車夫急著趕路，顯然他不想浪費任何時間，只想趕緊抵達博戈小徑。他們跟我說，夏天時博戈小徑的景色特別迷人，但冬天雪融後，至今還沒有好好維護過路況。聽起來博戈小徑和喀爾巴阡山區的其他山徑大不相同，這裡的老傳統就是不會把路維護得太好。當地的地主（斯洛伐克文稱為 Hospadars）不願意出錢修復，免得讓土耳其人誤以為他們是為了引進外國軍隊而修路，在局勢緊張的時刻雪上加霜。

隆起的米特爾山區一片蔥綠，沿著森林形成的斜坡往上望，山區後面是雄偉昂然的喀爾巴阡山脈巍然屹立，莊嚴地包圍我們。沉浸在午後陽光的山巔十分壯麗，而落在陰影中的山谷則透著深藍與鬱紫色，如茵綠草與棕色岩石相間，山岩崢嶸，高聳奇峰連綿無盡，直到遠方雪白險峻的山巔。在山峰之間，不時出現幾處峻峭的斷崖，隨著太陽漸漸西落，我們看見瀑布反映著夕照，閃爍著白色的水光。當我們駛過一處山腳時，鄰座的乘客輕觸我的胳膊，示意我望向眼前一片白雪皚皚的山峰。蜿蜒的山路往山峰盤旋而上，那山峰似乎近在眼前。他喊道：

「瞧！Isten szek！」Isten szek 指的是上帝的寶座。他滿懷敬意地在胸前畫了十字。

我們在山道上不斷地蜿蜒前行，太陽逐漸在我們身後往下沉，近晚的夜色慢慢籠罩。陽光仍然照在被雪覆蓋的山頂，隱隱反射出冷冽的粉光，更襯托出慢慢擴大的暗影。路上不時可見到一些捷克人和斯洛伐克人，他們的服飾賞心悅目，但都有明顯甲狀腺腫大的現象。路邊有許多的十字架，而且，當馬車急駛而過時，我發現行人紛紛在胸口劃上十字。有時，會看到農夫或農婦跪在神龕前，連我們經過時也沒轉身，好像虔誠地將自己奉獻給上帝，對世俗不聽不聞。我還發現許多新鮮事，比方，有些樹上堆了乾草堆，還有隨處可見、成群而生的垂枝樺樹，那白色的樹枝在一片綠意中發出銀光，真是美極了。有時，我們會和一輛農用運貨馬車錯身，車身長長的支架就像條蛇，專門為了崎嶇不平的山路而設計。上面坐著一群準備回家的農夫，有披著白色羊皮的捷克人，也有披著多彩羊皮的斯洛伐克人，他們還帶著手把很長的斧頭。夜幕低垂，氣溫也驟然下降，愈來愈濃的夜色和橡樹、山毛櫸、松木形成的幢幢樹影交纏，形成一團黑霧。這些黑霧不只聚集在小山間陡斜的山坡、一座座山坳谷地之間。當我們往上穿過隘口時，在剛下不久的新雪上，樹影黑霧更加分明。有時，山路穿過濃密的松樹林，好像一片黑暗迎面襲來。樹影晃動間，凝聚了一大片的灰霧，形成一種詭異而肅殺的氣氛，令我想到各種和暗夜有關的念頭和可怕故事。夕陽餘暉讓那些徘徊在喀爾巴阡山脈之間，如鬼似魅的雲朵更加顯眼，風也在山谷間呼嘯起來。有時山坡路太過陡峭，不管車夫怎麼頻催，馬兒也只能緩慢前進。我想要下車和馬兒一起走，畢竟在家鄉我們有時也會這麼做。但車夫立刻回絕。「不行、不行，」他說：「你絕不能在這裡走路，那些野狗太可怕了。」接著他開了個玩笑：「你別急，今晚在你睡前，你得擔心的事還多著呢！」雖然此話隱含不祥的意味，但他顯然只想幽默一下，他抬頭望向其他會心一笑的乘客。點燈時，車夫才稍微讓馬車停了一會兒。

當夜色愈來愈深，乘客開始躁動起來，七嘴八舌地對車夫說話，似乎在催促他加快速度。他揮起長鞭、冷酷地鞭打馬匹，同時高聲呼喊，鞭策馬兒用盡全力前行。終於，在一片濃重黑暗中，我似乎看見前方閃現灰色的光，好像從一道劃開山壁的裂縫射出來。乘客更加急躁，馬車像發狂一樣顛簸行進，就像一艘被狂風暴浪打得東倒西歪的小船。我不得不緊抓手把。路終於平緩了些，而馬車疾駛如飛。綿延無盡的山似乎蹙眉不悅地從四面八方向我們壓過來，終於進入博戈隘口。乘客紛紛靠過來，送我各種禮物；他們不顧我的婉謝，熱情地把東西塞在我的手上。雖然這些禮物各式各樣，頗為奇特，但都是每個人的心意。他們或對我說一句仁慈的話，或為我祝福，接著做出那個我在比斯特里察的旅館外看到的奇特又令人害怕的手勢——他們先在胸前畫十字，接著比出對抗邪惡之眼的手勢。

我們繼續往前疾駛，車夫突然傾身往前，接著側身靠向兩旁的乘客，往馬車兩旁探頭探腦急切地看望黑暗之中。顯然，如果不是正在發生，就是快要發生什麼怪事了。我試著詢問每個乘客，但沒人回應我。這場騷動維持了一段時間，最後，我們終於看見前方東邊就是隘口。黑雲從我們頭頂湧現，空中傳來沉悶的隆隆雷聲。山區好像在此一分為二，而我們即將進入雷電交加的那一端。我東張西望，在找要載我去伯爵城堡的馬車。每當我期待從一片黑暗中看見燈光時，總是大失所望。四周唯一的光線就是我們車上的燈籠，而那奮力邁步的馬兒喘著粗氣，在燈光下形成氤氳的白煙。我們現在可以看見前方砂礫遍布的路面，但完全看不到別的馬車。儘管我大失所望，其他乘客卻露出慶幸的神色。我正在苦思該怎麼辦才好，突然之間，車夫看著錶，用我幾乎聽不見的低沉話音向其他人說了幾句話。我猜他說的是：「早到一小時。」

接著他轉向我，用比我還差勁的德語說：「這裡沒有馬車。看來沒有人在等這位先生。他還是去布科維納吧，明天或後天回來。明天回來比較好。」他說話時，馬兒突然發出嘶鳴，噴響鼻息，狂野地跳動，車夫不得不剎車。眾人爆出一陣尖叫，並紛紛舉手在胸前劃十字。一輛由四匹馬拉著的輕型馬車突然從我們後面駛來，一轉眼就超前了，接著緩了下來，在我們的馬車旁停下。我可以從我們的燈光灑出去的光芒看出，那四匹馬是炭黑色的駿馬。駕馭牠們的是一位個子很高的車夫，他蓄著棕色的長鬍子，戴了頂寬大的黑帽，似乎刻意遮住自己的臉。我只能看到那雙明亮的眼，在燈光照映下好似閃著紅光。他轉向我們，對我們的車夫說：「我的朋友，你今晚早到了些。」

車夫囁嚅回：「英國先生要趕路。」

這位陌生人回答：「我猜，這就是你希望他繼續去布科維納的原因吧。我的朋友，你騙不了我，我什麼都知道，再說，我的馬兒很敏捷。」他一邊說一邊露出了笑容，燈光照亮他那堅毅的嘴角，鮮紅如血的嘴唇和尖銳雪白的牙齒。

一名乘客用德語對旁邊的人低吟德國詩人柏格《蕾諾兒》中的一句：「因為死人跑得快。」新來的車夫抬起頭露出不懷好意的笑容，顯然他聽見了這句話。那位乘客轉過臉去，同時伸出兩根手指，在胸前劃了十字。我們的車夫說：「給我那位先生的行李。」很快地，我的行囊就被拎出馬車，放到那輛輕型馬車上。我從馬車側面下車。輕型馬車停靠得很近，陌生車夫向我伸出手，用他那剛毅如鐵的手一拉，把我拉上了車，他想必力大無窮！他靜默不語地甩了甩韁繩，馬兒應聲迴轉，在隘口的黑暗中飛馳起來。我回頭望向載我來此的那輛馬車，馬兒呼出的氣息在燈光下飄動，而那些陪伴了我一整天的乘客與車夫，紛紛劃著十字。接著，車夫揮起馬鞭，對馬兒發出叫喊，再次急急地駛向布科維納。當他們消失在夜色中，我突然渾身發冷，一陣孤獨感湧來。不過，陌生車夫朝我肩上丟來一件斗篷，並在我膝上放上毯子，用流暢的德語說：「我的先生，晚上很冷。我的伯爵主人吩咐我得好好照顧你。座位下有一瓶斯利沃威茨酒（當地以李子釀製的一種白蘭地），如果你需要的話，就喝一口吧。」

雖然我沒喝，但想到那兒放著一瓶酒，倒給我不少安慰。我覺得有點不安，應該說頗為害怕。如果有所選擇，我根本不想在深夜裡前往不知名的地方，一定毫不猶豫地改變心意。馬車往前疾駛，接著轉了一個大彎，又走上另一條直路。我覺得我們似乎一直在同一個地方繞圈子，因此我記下一些比較明顯的地標，發現果真如此。我內心驚懼不已，很想問問車夫到底在搞什麼，但想到自己的處境，不管我怎麼抗議，也不會有任何效果吧？也許他只想拖延時間。又過了好一陣子，我點亮火柴看一下手錶，想知道到底過了多久，發現已近午夜。這令我大吃一驚，也許這幾天的怪誕經歷，讓我對午夜迷信起來。我驚惶地等待著，緊張得胃翻騰了起來。

狗兒的吠叫聲從遠處的農舍傳來——那聲又長又淒切的哀號，像是處在驚恐的狀態中。隨著這聲吠叫，另一隻狗也叫了起來，接著是另一隻、又一隻。山隘間的風低聲嘆息，狗吠也繚繞不止。直到一聲狂野的咆哮突然響起，這怒吼似乎從四面八方鋪天蓋地而來，在闇黑的夜裡，人所能想像到最遙遠的地方傳過來。從第一聲狗叫開始，馬兒就緊張得站起來，前腳在半空中抖動。但車夫溫柔地跟馬講話、安撫牠們，牠們終於平靜下來，不過仍渾身顫抖、流著汗，好像剛從一場驚怖中逃出來。接著，從遠方開始，周圍的山區傳出一陣又一陣更響、更尖銳的嚎叫——這是狼嚎——把我和馬兒嚇得毛骨悚然，我幾乎就要衝下馬車逃跑，而馬兒又抬起前腳、瘋狂跳動，車夫不得不使盡力氣拉緊轠繩，來阻止馬兒急衝。不過幾分鐘後，我的耳朵就習慣了這些嘶吼，馬兒也安靜下來，車夫得以下車，站到馬兒面前。他輕拍著馬兒，安撫牠們，在牠們耳邊低聲細語，就像傳說中馴馬師的作法一樣。顯然他的舉動生效，在他的安撫下，馬兒不但不再嘶鳴，甚至願意接受指令了，儘管牠們仍顫抖個不停。車夫又坐上車，抖了抖轠繩，重新上路。這一回，在隘口遠端，他突然向右急轉，走上一條狹窄的小路。

很快地，我們被茂密的樹林包圍，枝葉在部分路段上方形成天然的拱頂，我們彷彿在穿越一條隧道。嶙嶙巨石再次矗立在路的兩旁，似乎英勇守護著我們。雖然我們四周都有遮蔽物，但仍能清楚聽見風起的呼嘯，穿過岩石，吹得樹葉颯颯作響。氣溫愈來愈低，細微如粉的白雪漸漸飄落，很快地，四周就被一片白雪覆蓋。風中依然傳來陣陣狗吠聲，但隨著我們不斷前行，那聲音愈來愈遠，狼嚎愈來愈近，像是聚集在我們的前後左右，牢牢圍住我們。我愈來愈害怕，馬兒也一樣。車夫倒是一點也不在意，不斷地左看右望，但這一片黑暗之中，我根本什麼也看不見。

突然，我隱約看見閃爍的藍色火焰在左方遠處，車夫也看到了，他立刻查看馬兒，接著跳下馬車，消失在黑暗之中。我不知該怎麼辦才好。狼群的嚎叫聲漸漸逼近，我更加不知所措。正當我胡思亂想時，車夫回來了，什麼也沒說就上了車，馬車繼續往前奔馳。我猜自己睡著了，一切似乎只是場夢。因為接下來就是不斷地重複，車夫消失在黑暗中又回來。現在回想起來還真像一場恐怖的噩夢。有一回，藍色火焰非常靠近小路，儘管四周仍然一片漆黑，但我看得見車夫的動作。他迅速跑向藍色火光升起的地方。那一定是非常微弱的火焰，根本無法照亮周圍。車夫抓了幾顆石頭，排成某種形狀。接著，突然出現一種奇特的光學效果，雖然他站在我與藍色火焰之間，但我仍能清楚看見火光，好像他成了透明人似地。我大吃一驚，但這景象隨即消失。在這一片黑影幢幢中，我想自己只是看到幻影吧。有一會兒，藍色火焰全都消失了，我們在無盡的黑暗與狼嚎中疾馳，那陰魂不散的狼嚎隨著我們移動，好像有群狼圍成一圈，隨著馬車奔跑。

後來有一次車夫又下了馬車，走向遠方。這一回，在他的身影消失前和消失後，馬兒前所未有的劇烈顫抖，接著害怕地吐氣，發出一聲聲恐懼的嘶鳴。我不知道馬兒為什麼嚇成這樣，因為狼群的嚎叫聲已經停止了。就在此時，月亮從黑雲間探出臉來，現身在一塊突起、長滿松樹的山岩上。在月色下，我看見一群狼圍著我們，露出森白的牙齒，鮮紅的舌頭一吸一吐。牠們四肢纖長而肌肉發達，毛髮蓬鬆。沉默無聲的牠們，看起來比嚎叫時可怕一百倍。我嚇癱了。唯有親身經歷，才能體會這種震懾心神的恐懼。

突然之間，月光好像在牠們身上投下某種魔力似地，狼群又開始嚎叫。馬兒立刻不安地跳起來，高舉前腿，無助地轉動大眼努力看望，連我都感到不忍。這一圈恐怖的狼群從四面八方把馬兒圍住，馬兒無路可逃。我呼喚車夫，希望他趕快回來。看起來，我們唯一的機會就是想辦法突圍，幫助車夫回來。於是我大喊大叫，拍打馬車側面好增加噪音，希望把狼群嚇遠一些，讓車夫有機會穿越狼群回到車上。突然之間，我聽見車夫的聲音。我根本搞不清楚他是怎麼回來的，也不知道他從哪邊出現，只聽到他抬高音量，跋扈地發出指令。我循聲望去，看見他正站在路中央，揮動長臂，好像在移除某種障礙物，而狼群愈退愈遠。此時，一朵濃重的烏雲擋住了月亮，我們又陷入一片黑暗。

當我的視力適應黑暗時，我看見車夫爬上了馬車，而狼群已消失得無影無蹤。這一切都太詭異了，但又真實不虛，我只能任由恐懼湧上心頭，不敢講話也不敢移動。我們再次上路，暗夜似乎永無止境。翻湧的雲再次掩蓋了月色，我們在幾乎全然黑暗中前進。馬車不斷爬升，有時出現短暫的下坡，但大部分的時候還是一路往上爬。突然，我發現眼前矗立了一座巨大但頹廢的城堡。車夫拉住了馬，我們在庭院停了下來。城堡牆上高高的窗戶一片漆黑，沒有透出半點光線。月光下，殘破的城垛在天空襯托下形成鋸齒狀的黑色輪廓。

第二章　強納森・哈克的日記（續）

五月五日

我剛剛一定睡著了，不然我就會注意到是怎麼走進這棟壯觀的建築。在幽暗中這座庭院看來佔地甚廣，四周有好幾座拱門，分別通往數條陰暗的小路。說不定這兒比看起來還要大得多。畢竟，我還沒見過它白天時的模樣。

馬車停了下來，車夫跳下車，伸手扶我下車。我再次注意到他力大無窮，他的手簡直像把老虎鉗，輕輕鬆鬆就能把我的手捏爛，如果他想的話。接著他拿出行李放在我的腳邊。我站在一座古老的大門前，門上滿是粗大的飾釘，門框以巨大的石塊砌成。雖然光線幽暗，我仍舊看得出來這些石塊經過精雕細琢，只是歲月與風霜已撫平了上面的圖案。當我靜止不動，專心觀察大門時，車夫又跳上車，揚起馬鞭，馬兒立刻跑了起來，很快就消失在一條幽暗的小徑裡。

我在寂靜中站了好一會兒，不知該如何是好。我找不到門鈴或門環。此時就算我出聲喊叫，我的聲音恐怕也無法穿越那冷峻的高牆和一片漆黑的窗戶。我覺得自己好像永無止盡地等著，疑惑與恐懼又襲上心頭。我到底到了什麼地方？這裡住了什麼樣的人？我剛剛經歷了一場多麼險惡的旅程！大老遠跑到荒郊僻壤來，向一名外國人解釋他在倫敦的土地買賣，難道是律師事務所辦事員的日常？辦事員！我這麼說，米娜一定又要大發脾氣了。現在的我是一名律師——我離開倫敦前，就得知自己順利通過律師考試，現在我可是名符其實的律師了！我揉了揉眼，捏一捏自己，確認一下我不是在作夢。這一路來，簡直就是一場可怕的噩夢，也許我會突然醒來，發現自己仍躺在家裡，而晨曦正隱約從緊閉的遮陽板縫隙透進來——好像熬夜工作了一整晚，此時才一臉倦容地迎向早晨。可惜的是，我捏一捏自己，敏銳的痛覺立刻告訴我這一切都不是夢，眼前的一切並非幻覺。我神智清醒，身在喀爾巴阡山脈中。現在，除了等待黎明到來，我別無他法。

正當我打算等到天亮，大門後面傳來沉重的腳步聲。我從門縫看見一線燈光慢慢靠近。接下來是一陣鐵鍊碰撞的聲響，和沉重的門閂被拉開的鏗鏘聲。鑰匙在鎖孔裡轉動，發出刺耳嘈雜的聲音，像是已經很久沒有使用了。大門被拉開了。

門內站了一位高瘦的老人，蓄著細心修整的白色長鬍鬚，他一身黑色打扮，全身上下只有黑白二個顏色。他手中拿著一盞銀製的古董油燈，但沒有罩上煙囪型或球型燈罩，冷風穿過大門吹得火光不斷跳躍，在地上投下晃動不止的長長黑影。老人抬起右手，恭敬地邀我進門。他說著極為流利的英文，只是音調有點奇怪：「歡迎來到我家！請進！別客氣！」他並沒有走出來歡迎我，自顧自站得直挺挺的，彷彿剛請我進門，他就變成一座僵硬的石像。不管如何，我已走過門檻。他突然往前抓住我的手，他的力氣驚人，我因疼痛而不禁瑟縮了一下。更何況他的手冰冷極了，完全沒有活人的溫度，簡直像個死人。他繼續說：「歡迎來我家。希望你大大方方地來，安安全全地離開。別忘了，留下一些你帶來的歡樂回憶。」

他握手的力道讓我想到那位力大無窮的車夫，但我一直沒看到車夫的容貌。一瞬間，我不禁懷疑他們是同一人。為了確認，我試探：「您就是德古拉伯爵？」

他殷勤地向我鞠了個躬，回答：「我就是德古拉。哈克先生，非常歡迎你來我家。快進來吧。夜裡風寒，你一定得吃點東西，好好休息一下。」他邊說邊把油燈掛回牆上的燈座，接著走出門，在我出聲阻止前他已拎起我的行李，迅速拿進門內。我請他別勞累自己，但他堅持道：「別這麼說，先生，你可是我的貴客。現在很晚了，我的僕人都休息了。就讓我來接待你吧！」他堅持提我的行李，走過長廊，爬上華麗的迴旋梯，接著穿過另一條長廊。我們踏在大理石地板上，沉重的腳步聲迴盪在過道。他打開長廊盡頭一道厚重的房門。我高興地注意到房裡不但燈光明亮，而且桌上已放好餐具，巨大的壁爐裡添了木柴，火旺盛地燒著。

伯爵停下腳步並放下我的行李。他關上門，走過房間，打開另一扇門，門後是一間八角形的小房間，這裡沒有任何窗戶，只點著一盞燈。穿過小房間，他打開另一扇門，並示意我進去。多麼舒適的景象！這是一間燈光充足的大臥室，熊熊燃燒的壁爐溫暖著房間，流動的空氣在寬大的煙囪中發出呼呼聲，頂端的木頭才剛開始燃燒，顯然壁爐也剛添了柴火。

伯爵親自把行李放進臥室，在離開關上門前，他說：「經過長途跋涉，想必你需要梳洗一番。盥洗用具都已經備妥。等你梳洗好，晚餐應該準備好了，你可以到前面那個房間用餐。」

室內的明亮燈光與溫暖爐火，伯爵親切有禮的接待，讓我先前的疑惑與恐懼全都煙消雲散。回復鎮定的我，發現自己早已飢腸轆轆。我匆匆梳洗一番，就走到另一個房間。餐桌上已放好餐點。而款待我的主人站在寬大火爐的一側，倚著石牆。他優雅地向餐桌擺一擺手，說：「請快就座，盡情享用晚餐吧。請見諒我無法與你一起用餐。我已經吃過了，而且我沒有吃宵夜的習慣。」

我把霍金斯先生託我帶的密封信箴交給伯爵。他拆了信，臉色沉鬱地讀著。讀完後，他露出迷人的笑容，把信遞給我，請我讀一下。裡面至少有一兩句讓我雀躍不已的文字：

「長久以來，我深受痛風折磨。最近我的老毛病又發作了，很抱歉在這段時間裡，我完全無法外出，但我很高興能派一位我全心信任的代理人代替我去拜訪你。他能全權代表我。這位年輕人的活力與才幹兼備，而且十分忠誠。他行事謹慎，能夠保守祕密。在為我工作的這段期間，他已成為一名可靠的男子漢。留宿在貴府的期間，他會全心為您服務，並遵從您對所有事務的指示。」

伯爵走到餐桌前拿開餐盤上的蓋子，美味的烤雞令我食慾大振。桌上還有一些起司、沙拉和一瓶陳年的托考伊葡萄酒。我飽餐了一頓，還喝了兩杯酒。用餐時，伯爵問了許多關於這趟旅程的問題，我一點一滴地告訴他一路上的經歷。

用完餐，我順著伯爵的意思，拉了一張椅子坐在火爐前，抽著他給我的雪茄。但伯爵又向我道歉，說他並不抽菸。此時，我終於有機會好好端詳接待我的主人，我發現伯爵的相貌獨特，一眼就令人留下深刻的印象。他的臉很像老鷹——鼻樑瘦削而高挺，鼻孔格外拱起。他的頭髮蓬鬆鬈曲，額頭高而圓，毛髮濃密，鬢角處的較稀疏。他的眉毛又粗又密，在鼻子上方幾乎連成一線。從他濃密的鬍子下，我隱約看見那冷硬倔強的嘴唇，露在唇外的牙齒顯得特別白而尖。以他的年紀來說，那生氣盎然的鮮紅唇色，實在少見。其他的部位，蒼白的耳朵上方是尖銳狀，下巴寬大強硬，臉頰瘦削而堅決。總的來說，他看起來面無血色，十分蒼白。

當火爐的光照亮到他腿上那雙白皙的手乍看之下保養得宜，但當他向我伸出手時，我注意到他手的皮膚頗為粗糙，手掌寬大，手指彎曲。奇怪的是，他的掌心居然長了毛髮。他的指甲長而薄，修剪成尖角狀。當伯爵將身體靠近且碰到我時，我不禁打了寒顫，可能是因為他的口氣腥臭，我突然覺得一陣噁心。就算我極力掩飾，還是不禁露出不舒服的表情。伯爵顯然察覺我的反應，身子立刻往退後，露出陰森森的微笑，那一長排凸出的利牙變得格外醒目。他又重新坐回椅子，靠著另一側的爐火。我們沉默無語。過了一會兒，我望向窗外，正好看見黎明將至的第一道曙光。空氣凝止不動，氣氛有點詭異。當我側耳聆聽，發現下方的山谷似乎聚集了眾多的狼群，傳來一聲接著一聲的長嚎。

伯爵眨了眨眼，接著說：「聽呀，夜之子的呼喚。多麼悅耳的音樂！」他看到我臉上吃驚的表情，繼續說：「啊，先生，想必住在城市的你們無法明白獵人的心情吧！」他從椅子站起來。「你一定累了吧。你的臥室已經準備好了，你就盡情睡個好覺，多晚起來都沒關係。我白天不在家，下午才會回來。好好睡一覺，做個好夢！」他又殷勤有禮地鞠躬，為我打開通往八角形小房間的門，我回到臥房。

此刻的我，如同身在驚濤駭浪的海上。我懷疑、恐懼，腦中浮現各種怪異的事，那些對自己的靈魂也不敢承認的事。為了那些我深愛的人，上帝，保祐我吧！

五月七日

此時又是清晨時分，但我已充分休息了二十四小時，一切都十分舒適。直到睡飽了我才起床。穿好衣服後，我走到前一晚用餐的房間，看到餐桌已放著冷盤早餐，咖啡壺也放在壁爐上保溫。桌上有一張小卡片，寫著：「我外出一會兒，不用等我。D.」

我坐下來，享受了一頓豐盛的餐點。用完餐後，我想通知僕人我吃飽了，但遍尋不著服務鈴。雖然這座大宅富麗堂皇，但顯然有一些出人意料的短缺。桌上那些黃金打造的餐具工藝精細，想必價值不斐。窗簾與椅子、沙發的布料，還有我床上掛著的布幔，都是貴重美麗的上好紡織品，可想而知，當它們還是新品時必定十分貴重——它們看起來已有超過幾百年的歷史，但維持得很好。我在漢普頓宮裡看過類似的質料，但已十分老舊，還被蟲蛀了。不過，這幾間房間裡都沒有鏡子，連我的桌上也沒有梳洗用的鏡子，我必須從行李取出小巧的梳妝鏡，才能梳頭髮和刮鬍子。目前為止，我沒見到任何一個僕役，也沒聽到什麼聲音，除了狼嚎。吃完飯後，過了好一會兒——那頓飯不知該稱作早餐還是晚餐，因為我用餐時已經下午五點多了——我在房裡四處尋找書籍，但我不想在沒有伯爵的允許前，就隨意在城堡裡閒逛。可惜的是，房間裡沒有任何可供閱讀的印刷品，沒有書也沒有報紙，連寫了字的紙張也沒有。後來，我打開房裡的另一扇門，發現一間書房。我也試了臥房對面的那扇門，但它上了鎖。

在那間書房裡，我開心地發現非常豐富的英文藏書，佔滿好幾座書架，還有裝訂成冊的雜誌和報紙。書房中央的桌上散放著過期的英文雜誌和報紙。藏書的種類繁多，包括歷史、地理、政治、政治經濟學、植物學、地質學、法律——全和英格蘭本身與英格蘭的生活方式、風俗習慣有關。我甚至看到倫敦工商名冊、政經相關報告的紅皮書及藍皮書、《惠特克年鑒》，《陸海軍名冊》等資料。看到《律師名冊》時，心中不禁升起一陣喜悅。

當我忙著翻閱書本時，伯爵打開門走了進來。他誠摯地問候我，衷心期盼我睡了個好覺。接著他說：「我很高興你發現這間書房，相信這裡有許多你會感興趣的書籍。這些——」他將手放在一些書本上：「是我多年來的知心好友。自從我打算去倫敦，這些書就為我帶來許多樂趣。我花了許多時間閱讀它們。透過它們，我認識了你的家鄉，偉大的英格蘭，而認識它，就是愛它。我一直渴望走在人潮洶湧的倫敦大街上，被奔流的人群包圍，體驗它旺盛的生命力，它的改變，它的死亡，親身經歷偉大倫敦的一切歷史。可嘆啊！目前為止，我只能透過書本學習英文。我親愛的朋友，真希望你能明白我的意思。」

「但是，伯爵，」我回答，「你根本精通英語，你說得十分流利！」

他莊重地行禮。「親愛的朋友，我很感謝你，你過獎了。我只是略懂皮毛罷了。我的確熟悉文法，也知道許多字彙，但我仍不知該如何表達。」

「別這麼說，」我說，「你的英文說得好極了！」

「並非如此，」他回答，「我知道，若我到了倫敦，一開口，人們就知道我是外國人。對我而言，這種程度還不夠。在這裡，我是貴族，是德高望重的博雅貴族[1]，每個人都認識我，我是這裡的主人。但身在異地，我只是什麼也不是的外國人，沒有人知道我是誰。沒人認識我，也就沒人在乎我。如果我只是一個平凡人，我會很開心，當別人看到我的時候，他們不會停步。當我開口說話，也不會有人中斷談話，側耳傾聽。他們會說：『哈哈，不過是個外國人嘛！』但我長久以來都當慣了伯爵，我可不想成為平民，至少，我不會接受別人當我的主人。你來到這裡，不只是代表我親愛的朋友——埃克塞特的彼得．霍金斯——向我說明我在倫敦新買的房產而已。我相信，你將在我這兒待一陣子，我才能從我們的對話中，學到正確的英文腔調。當我在口語上犯了錯誤，即使是最輕微的小錯，也請你務必糾正我。真抱歉，今天我不得不在外面處理事情。但我相信你一定能夠諒解，畢竟我有許多繁瑣的事務必須處理。」

我立刻回答我完全理解，並詢問我是否隨時能來書房看書。他回：「當然，沒問題。」接著又說：「城堡的每一個地方，你都可以去。只有一項限制：你不能去那些上鎖的房間。當然，我相信你也不會想去那些地方。這裡的每一件事自有其道理，但除非你有我的眼睛，具備我的知識，不然你恐怕不會瞭解。」

我說我明白他的意思。

他又說：「這裡是外西凡尼亞。外西凡尼亞可不像英格蘭，我們的生活習慣和英格蘭大不相同，很多事情對你來說想必十分怪異。哎，你已經跟我說過一路上的奇特經歷了，你知道這兒的風俗多麼特異。」

接下來我們長談了一陣，伯爵顯然很想和我多聊聊，就算只是講話而已。我向他詢問許多我遇到的奇怪事情，或我注意到的神祕現象。有時他迴避不答，或者假裝聽不懂，刻意轉移話題；但大體來說，他都坦然回答我大部分的疑問。隨著時間流逝，我膽子也漸漸大了起來，向他問起前一晚的奇怪事件，為什麼車夫要走向那些藍色火焰？伯爵解釋，人們相信一年中的某一晚——也就是昨晚——惡靈會在外遊蕩。而出現藍色火焰的地方，就代表地下埋了寶藏。「你昨晚經過的那個區域，正是人們相信藏了寶藏的地方，」他說，「這應該是真的，畢竟瓦拉幾亞人、薩克遜人、土耳其人不斷打仗，爭奪此地數百年。怎麼說呢，這裡的每一寸土地幾乎都流滿了愛國志士與入侵者的血液。在紛亂的過去，奧地利人和匈牙利人蜂湧而至，而愛國志士前去迎戰，不管男人還是女人，老人還是小孩。他們埋伏在隘口上方的岩石後面，等待敵人來到，接著以人海戰術攻擊對方。儘管入侵者戰勝了，但他們沒找到什麼值錢的東西，因為大家都把財寶埋進土裡了。」

「但是，」我說，「為什麼這麼多年來，都沒人發現這些寶藏？只要人們用心尋找，應該會找到一些線索才對，不是嗎？」

伯爵微笑，咧開的嘴唇露出了齒齦和那又長又尖的犬齒，顯得格外詭異。他回答：「因為那些農夫只是一群懦弱愚昧之徒啊！藍色火焰一年只出現一次，但是呢，這兒沒有半個人敢在那晚出門。我親愛的先生，就算他真的出了門，也會嚇得不知所措。哎，你不也說，那些農夫就算記下藍色火焰出現的位置，天一亮也不知該怎麼去找。我膽敢說，就連你自己，恐怕也找不到藍色火焰出現的地方？」

「這倒被你說中了。」我說，「我並不比死人聰明，還真不知該去哪兒找寶藏。」接下來，我們就換了話題。

1. 原文為boyar，是保加利亞帝國、莫斯科大公國、基輔羅斯、瓦拉幾亞、摩多瓦等地的高級貴族，而在十至十七世紀間，此詞指的是親王王子。

「來吧，」最後，伯爵提議：「跟我說說那棟你替我買下的房子吧！」

我立刻為自己的疏忽道歉，趕緊走回臥房，從行李中拿出文件。當我正忙著把文件按照順序整理時，隔壁房間傳來瓷器和銀器碰撞的聲響。我穿過餐室再次前往書房時，發現桌上的餐具都已收拾完畢，燈點亮了，因為外面已經天黑了。這間書房，或者叫做藏書室，也點上了燈。我看到伯爵躺坐在沙發上看書，沒想到他竟選擇讀《布萊德蕭旅行指南》。一看到我進房，他就把桌上的書籍文件收拾乾淨。我開始和他討論平面圖、契約、交易數字等各種事務。他對一切都很有興趣，問了我一連串的問題，想要瞭解房子和周邊環境的細節。顯然，他已針對房產的所在地事先做了一番研究，後來我發現他知道的比我還多。當我問起，他回答：「哎，我的朋友，這不是我本來就該瞭解的事情嗎？當我到了倫敦，我將孤單一人，而我的朋友哈克．強納森——哎喲，真抱歉，我又用了我們國家的慣例，在這兒我們習慣先說姓再說名——我的朋友強納森．哈克可不會在我身邊，時時糾正我、幫助我。他會在數哩外的埃克塞特，忙著和我另一個朋友彼得．霍金斯一起處理法律文書呢！所以我不得不事先準備好呀！」

於是我們詳細討論了這棟位在彼爾費里特的房產。我解釋了所有細節後，請他在文件上簽名，同時我也寫了一封給霍金斯先生的信，接著整理所有要寄出的文件。伯爵問我如何找到這棟那麼適合他的房子，於是我把當時寫的筆記唸給他聽：

「在彼爾費里特的一條小路上，我看到一棟似乎符合條件的房子，屋外還有破破爛爛的售屋告示。房屋外圍立了高牆，這是一棟古老的建物，以巨石砌成，已經年久失修。緊閉的大門由沉重的橡木和鐵打造而成，上面佈滿鐵鏽。

「這棟宅第叫做卡爾法克斯，推測是以法文的『四面』來命名，因為這方形的房子，分別面對正東、南、西、北。總共佔地二十英畝，四周圍著前面提到的石造高牆。庭園裡樹木茂密，有些地方格外陰暗。有一座又深又黑的池塘或小湖，湖水清澈，池中的水顯然來自某處的泉水，並流往一道不小的溪流。房子佔地廣大，年代久遠，我猜測約是中古世紀建成的，某一部分的石牆非常厚，僅有的幾扇窗戶加裝了鐵柵欄，像是堡壘或監獄，附近有一間老舊的禮拜堂或教堂。我沒有主屋的鑰匙，無法進入，但我用柯達相機拍了許多不同角度的照片。這棟房子曾經陸陸續續擴建，因此我只能大略估算主屋的平面大小，但我確定面積廣大。附近只有少數幾棟房子，有棟大宅最近又擴建，成立一家私人精神病院。不過，從這座宅第不會看到精神病院。」

我唸完之後，伯爵說：「我很高興這是一棟又大又古老的房子。我來自一個古老的家族，我可受不了住在新蓋的房子裡。一棟宜居的房子不可能在一天之內建成。想想看，一個世紀也不過幾天而已！那宅第裡還有古老的禮拜堂，這讓我高興極了！身為外西凡尼亞的貴族，我實在無法想像有天要和凡夫俗子一起長眠。我無意追求狂歡或激情，我不像年輕人，忙著追求耀眼的陽光和清澈的泉水。我已不再年輕。長年來，我一直哀悼已逝的故人，我的心已不再歡愉。而且，我這座城堡的高牆已經傾頹，到處都是陰影，冷風經常穿透崩壞的城垛和破損的窗扉吹進來。我喜歡幽暗與陰影，只要有時間就會獨自沉思。」

不知為何，他的言語和表情格格不入，或者是他的眼神讓笑容變得邪惡而陰沉。

後來，他請我把文件整理好就藉故告辭了。他離開一會兒後，我開始瀏覽周圍的書籍，看到一本地圖集，隨手一翻就翻到了英格蘭那一頁，顯然這一頁時常被翻閱。我仔細看著地圖，發現上面有些地方被圈了起來，我注意到伯爵把倫敦東邊，也就是新房產的所在地畫了圈。另兩個記號則是埃克塞特和位在約克郡的濱海小鎮惠特比。

約莫一小時後，伯爵又來到書房。「啊呀，」他說，「你還在看書呀？好極了！不過，你可不能老是工作。來吧，他們告訴我，你的晚餐已經準備好了。」他挽起我的手臂，我和他一起走入隔壁的餐室，桌上已放好美味的佳餚。伯爵再次道歉無法一起用餐，因為他在外面已經吃過了。但他就像前晚一樣坐下來，陪我聊天。吃過晚餐，我像前晚一樣抽了點菸，伯爵和我談天說地，問了各式各樣的問題，我們就這樣暢談好幾個小時。我感覺時間已經晚了，但並沒說什麼，我覺得自己有義務配合伯爵的興致。由於前一晚睡了場好覺，現在我一點也不覺得累。但黎明將近時，我不禁感到一陣令人瑟縮的寒意，就好像浪潮漲退變化之時所帶來的獨特氣氛。人們總說，瀕死者常常在黎明時分或潮水轉換之際過世。如果你也曾經徹夜工作而筋疲力竭，一定會明顯體會到這種變化，也會認同這種說法。就在此時，我們聽到一聲雞啼，在冷冽的清晨空氣中格外刺耳，令人不寒而慄。

德古拉伯爵跳了起來，說：「哎呀，天又亮了！我實在太粗心大意，讓你徹夜未眠。你得把我摯愛的新國度英格蘭講得無趣些，不然我老是聽得出神，忘了時間過得多麼快！」他有禮地鞠個躬，匆忙離開了。

我回到臥室，拉開窗簾，但外面沒什麼特別的景色。我的窗正對中庭，只能看到一片逐漸甦醒的灰色天空。於是我又拉上窗簾，寫下今天的日記。

五月八日

我原本覺得自己的日記實在太冗長繁瑣，但現在我倒感謝自己之前詳細記錄了一切。這地方實在古怪到令我渾身不自在。我希望自己能全身而退，或根本沒來這裡。也許是夜晚的各種奇怪事情令我魂不守舍，不過，如果只是這樣就算了。如果我能跟人好好聊聊，也許就會覺得好一些，但這裡半個人也沒有！只有伯爵，我只能跟伯爵說話，而他……恐怕是這裡唯一的活人。讓我盡量記錄事實，不加油添醋，這樣我才能保持理性，絕不能讓幻想使我發狂，不然我就完了。讓我說說現在的情況吧，至少是表面上的情況。

早上我只睡了幾個小時，就覺得再也睡不著，於是我翻身起床。前一天，我把梳妝鏡掛在窗戶邊。正當我對著梳妝鏡刮鬍子時，突然發現有一隻手搭住我的肩膀，接著聽見伯爵的聲音：「早安！」我嚇了一跳，居然沒發現伯爵進來，因為透過梳妝鏡，我明明看得到背後的整個房間。驚訝之餘，我劃傷了自己，但當下完全沒有察覺。我向伯爵打招呼後，又轉向鏡子，看看自己是不是眼花了。這一回，我確定自己沒看錯。伯爵離我那麼近，就在我的身邊，但他居然沒出現在鏡子裡！鏡子反照了整個房間，但空無一人，只有我而已。這實在太可怕了！再加上其他的怪事，每次看到伯爵，我就不明所以地渾身不自在，此刻更讓我驚慌失措。此時，我才發現剛才劃傷的傷口流血了，血流到我的下巴。我放下刮鬍刀，轉身尋找藥膏。當伯爵看到我的臉時，像著魔似地射出憤怒的眼神，突然伸手要抓住我的脖子。我往後退了一步，他的手碰到我脖子上的十字架項鍊念珠。他臉上的憤怒轉瞬即逝，連我自己也不敢相信他上一秒幾乎就要大發雷霆了。

「小心點！」他說，「你刮鬍子時得小心，你不知道這兒多麼危險。」他一把抓住了梳妝鏡，又說：「都是這個討厭的東西害了你！它是虛榮的人製造出來的鬼東西。丟掉吧！」他伸出一隻可怕的手輕輕鬆鬆就打開那扇沉重的窗戶，把鏡子丟了出去。鏡子深深掉進中庭裡，碎成千百片。然後，他不發一語就離開了。這實在太令人火大了，現在我沒辦法好好地刮鬍子，只能勉強照著金屬錶蓋或盥洗盆底部來刮了。此時，我不禁慶幸盥洗盆是金屬材質。

當我走到餐室時，早餐已經準備好了，但沒看到伯爵的蹤影。我獨自吃著早餐。到目前為止，我還沒看過伯爵吃東西，也沒看到他喝任何飲料。他真是怪人！吃完早餐，我決定探索一下城堡。我走上樓，發現一間面南的房間，窗外的景色實在太迷人了，而我所在的位置，顯然是唯一能夠盡覽此處美景的地方——城堡就建在陡峭的斷崖絕壁上，如果往外丟出一顆石頭，它會直直落進深達上千英尺的深淵，連石壁也不會撞到！放眼所及，盡是蒼綠的樹林，隨風搖曳如浪，還有幾處峽谷。如銀線的河流在森林深谷間蜿蜒流淌。

但此時我無意形容景色多麼秀麗。我看到窗外的景色，就想出去瞧瞧。我在城堡裡探索，到處是一扇又一扇的門，但是每一扇都牢牢鎖上，加了門閂。我找不到一扇通往外面的門，要走出城堡的石牆，只能從窗子跳出去。

這城堡根本是監獄，而我就是那個被囚禁的犯人！

第三章 強納森・哈克的日記（續）

當我發現自己是個囚犯，一種狂亂的感覺襲上心頭。我跑上跑下，試著打開每一扇門，從每一扇窗戶往外張望，但橫衝直撞一陣子後，我就陷入深沉的無助感之中。幾個小時後回想起來，當時的我一定像瘋子一樣，根本是一隻掉進陷阱裡而急得到處亂竄的老鼠。不過，當我確定無處可逃，深沉的無助感迎頭籠罩，我默默地坐了下來——這一輩子我從沒那麼安靜過——開始思索該怎麼做才好。現在的我找不出答案，還在想辦法。我只能確定一件事：不要讓伯爵知道我的發現。他心知自己囚禁了我，畢竟這可是他親手布下的天羅地網，必定藏有某種動機。如果我誠實地告訴他我的想法，他就會毫不留情地欺騙我。目前我唯一計畫就是，隱藏好我察覺到的事情和心底的恐懼，同時睜大眼睛觀察。我想，我要不是成了被恐懼迷惑雙眼的驚慌孩子，就是我真的陷入絕望險境。如果是後者，那我必須——務必保持頭腦清醒，才逃得出去。

我才剛得到這個結論，就聽到樓下大門的關門聲，伯爵回來了。他並沒有直接來書房，我小心翼翼地走向臥室，意外發現他正在整理我的床。太詭異了！但這顯然證實我的猜測——城堡裡根本沒有僕人。接著，我從門縫裡看見伯爵走到餐室裡，在餐桌上擺放餐具並端出晚餐。這下子，我更確信自己的推測。如果伯爵對城堡裡的每件小事都親力親為，豈不證明這兒沒有其他人？想到這裡，我不禁打了一個寒顫，既然城堡裡沒有其他人，那麼帶我到這兒來的車夫不就是伯爵本人？太可怕了！我親眼見到他能控制狼群，他不用說話，只要一揚手，狼群就沉默了。這代表什麼？比斯特里察和馬車上的那些人，為什麼都那麼替我擔憂？他們送我十字架、大蒜、野玫瑰和花楸，又是為了什麼？感謝那位把十字架掛上我脖子的好心婦人！每次我觸碰到這條十字架，心裡就覺得舒坦多了，好像又多了點勇氣。多奇怪啊！我所受到的教育一直把十字架之類的東西貶為迷信的象徵，但在這孤獨無助的時刻，它卻為我帶來安慰。究竟是十字架本身具備神奇的力量，或者它是某種媒介？它帶著慈悲的記憶與令人安心的力量，是否這就是種實質的幫助呢？若有機會，我得好好研究這件事，並下個論斷。現在，我必須盡量瞭解德古拉伯爵，也許這能幫助我搞懂這一切。也許，如果我巧妙地轉移話題，他會多說一點自己的事。不過，我得非常、非常小心，千萬不能讓他起疑。

午夜

我已和伯爵長談一番。我向他請教外西凡尼亞的歷史，他很快就打開話匣子。他侃侃而談許多事件和這裡的人民，特別聊起戰爭的時候，那語氣好像曾親身參與那些戰役似地。他後來解釋，對這裡的博雅貴族而言，家族的名諱與驕傲就是他本人的驕傲，家族的榮耀就是他本人的榮耀，家族的命運也是他本人的命運。他提到家族時總是說「我們」，幾乎都是以複數自稱，就跟國王講話的方式一樣。我真希望自己能如實記下他說的一切事情，因為他講的故事實在太精彩了！他身上好像藏著這個國家的所有歷史。他滔滔不絕地說著，情緒也變得愈來愈激動，他在房間裡走來走去，不時扯著那又長又白的鬍鬚，或是像要用力捏碎隨手抓住的身旁的任何東西。我盡量詳實地記下他說的每一件事情，因為他在講述過程中吐露了他種族們歷史：

「我們塞凱伊人理當自傲，因為我們的血管裡流淌著許多偉大種族的血液，我們的祖先為了王位，像獅子一樣戰鬥。這裡匯集了許多歐洲種族，烏格理克人傳承了冰島的戰鬥精神，還有天神索爾和奧丁賦與的力量，他們的狂戰士掃蕩了歐洲海岸，哎呀，還有亞洲和非洲的海岸，人們還以為他們就是狼人。烏格理克人也來到這兒，遇見了匈人。匈人四處征戰，如大火燎原般席捲各地，讓將死的人們相信他們流著斯基提亞[2]古老巫婆的血液，他們被趕出家鄉後，就和沙漠中的惡魔交配。真是一群傻子！傻子！不管是惡魔還是巫婆，有誰比得上偉大的阿提拉大帝本人呢？我們身上就流著阿提拉的血！」

他舉起手臂，繼續說：「我們是征服者的種族，我們傲視群雄，當馬札爾人、倫巴底人、阿瓦爾人、保加爾人或土耳其人蜂湧來到我們的國界，我們打得他們落花流水，這有什麼好奇怪的？當阿爾帕德大公率領軍隊，佔領了匈牙利人的故土，並在邊界發現我們的族人，於是他征服喀爾巴阡盆地的大業不得不在此終止，這又有什麼好驚訝的？當匈牙利人如洪水般佔領東部，勝利的馬札爾人還宣稱塞凱伊人也是他們的親戚。數百年來，我們塞凱伊人肩負守衛疆界，負責抵抗土耳其人的任務。哎，說到這個，身為疆界守衛者，我們的責任太重大了，正如土耳其人說的：『水也會安眠，唯有敵人永遠無眠。』四國[3]之中，獲頒『血劍』之時，有誰比我們還高興？或者接到戰備呼召時，有誰比我們更快聚集在國王的旌旗下？柯索瓦之役的戰敗，當瓦拉赫與馬札爾的旗幟倒下，任由土耳其的新月旗迎風飄揚，我祖國的恥辱何時才能洗刷？是誰擔任率領大軍的主帥，橫越多瑙河，長驅直入突厥人的家園，把他們打得潰不成軍？

2. 譯註：Scythia，此為古希臘人對北方草原的稱呼。
3. 譯註：Four Nation，根據美國諾頓評論版（Norton Critical Edition），指的是馬札爾人、塞凱伊人、日耳曼人和瓦拉幾亞人。

不就是我的族人嗎？他就是真正的德古拉族人！可嘆的是，他可恥的兄弟背叛了他，向土耳其人出賣自己的人民，讓家族蒙羞，淪為奴隸。不就是這位德古拉伯爵，後來一次又一次率領族人，攻進鄂圖曼帝國的領土。即使被擊倒，他也絕不放棄，一次、又一次、再一次地回到戰場上，雖然他的軍隊慘遭血洗，但他知道就算隻身一人，也終將奪回勝利！人們說，他只想到自己。什麼鬼話！沒有領導者，農夫又有何用？少了明智的頭腦與決心，又怎能終止戰爭？在莫哈奇之役後，我們擺脫了匈牙利人，我們德古拉族生來就是領主，無法忍受聽命於人。是的，年輕人啊，德古拉族是塞勒伊人的心臟、頭腦，也是手中那把鋒利的劍。塞勒伊人的豐功偉業，連哈布斯堡家族或羅曼諾夫家族都難以望其項背。然而，到處征戰的日子結束了。在這可恥的和平時代，血太過珍貴。偉大種族的榮耀，如今只是人們傳頌的故事罷了。」

此時已近破曉，我們就各自上床了。（備忘：這本日記愈來愈像《一千零一夜》的開場那般恐怖，因為一切總在黎明時分結束，或像是哈姆雷特父親的鬼魂。）

五月十二日

讓我先從事實開始：赤裸枯燥的事實，書本與數據認可的事實，毫無疑問的事實。我萬萬不可把事實和我個人經驗混淆，個人經驗是我的主觀觀察與記憶。昨天晚上，伯爵從他的房間過來，問了我一些法律和生意上的問題。因此，我一整天都在看書研究，疲倦極了。另外，只是為了讓腦袋想事情，我還回憶了在林肯律師學院唸過的法規。伯爵詢問事情有特定的模式，我將按順序記下，以後說不定會派上用場。

一開始他先問我，在英格蘭，一個人能否雇用兩名以上的律師。我跟他說，如果他想要，聘一打律師也沒問題，但最好由一名律師負責一項交易，不要讓兩位以上的律師承辦同一個案子或中途換人，否則他的權益可能會受損。他似乎完全明白，接著又問，如果由一人負責銀行業務，再請另一人負責運輸寄送，然而銀行業務的所在地可能和運送的目的地很遠，當地是否要雇人協助，會不會造成問題。我請他再多解釋一下，以免我誤會而做出不適宜的建議。

他說：「那就讓我好好說明一下吧。我們共同的朋友彼得．霍金斯先生從你們埃克塞特的美麗教堂下，也就是離倫敦頗遠的地方，透過你為我在倫敦買了一棟房子。太好了！現在讓我開誠布公地說吧，你可能會覺得很奇怪，為什麼我想在倫敦買房子，卻找了一名離倫敦很遠的律師，而沒找倫敦當地的律師？我這麼做的原因是，當地律師恐怕無法完全遵照我的要求去做，畢竟他們可能會以自己或當地朋友的利益為優先考量。因此，我才在別處另覓適宜的律師，確保他將我的需求視為首要任務。像我這樣事務繁多的人，如果想把東西運到紐卡索、杜倫、哈維奇或多佛這些地方，是不是在當地有委託人代為處理比較好呢？」

我回答，當然有個委託人比較好，不過我們律師之間有彼此代表的法律系統，只要由律師出面，就能委託當地律師承辦當地業務。因此客戶只需聘用一名律師，就能在各地執行業務，省去許多麻煩。

「但是，」他說，「我仍能自由選擇，是吧？」

「當然。」我回答：「生意人常常需要好幾名律師，他們不希望由一個人掌握所有生意往來。」

「好極了！」他繼續詢問我委託律師所需的手續和文件、各種可能發生的難題和預先防範的方法。我盡力解釋所有的問題，覺得他本人就能勝任律師一職，因為他幾乎預先設想了所有可能狀況。雖然他從未到過英國，也沒有多少生意經驗，但他具備豐富的知識，且十分能幹。等到他所有的問題都獲得滿意的答案，我也根據手邊的資料，做出完善的答覆。

伯爵突然站起身，說：「自從你寫給我們的友人彼得．霍金斯先生那封信之後，還有寫信給他嗎？或寫信給別人？」我回答沒有，因為沒有機會寄信，心裡隱隱有點苦澀。

「我的年輕朋友，那你開始寫信吧。」他說著，重重地把手放在我的肩上。「寫信給我們共同的朋友，也寫給其他人，如果你願意的話，告訴他們，你將在我這兒住上一個月。」

「你希望我待那麼久嗎？」我問，一想到這個可能性，心裡就一陣惡寒。

「我希望如此。非也，我可不接受任何拒絕。你的主人，或者你的雇主，隨便你怎麼稱呼他都好，當他說有人會代表他來這裡，可說過這個人絕對會滿足我的需求。我沒說錯吧？我的要求不算過分吧？」

除了行禮如儀，接受他的要求，我還能說什麼？他是霍金斯先生的客戶，不是我的客戶，我必須為他著想，不能只考慮自己。而且，當德古拉伯爵這麼說的時候，那犀利的眼神和氣勢都提醒我，我其實是囚犯，就算一心想離開，我也別無選擇。伯爵在我的鞠躬中嚐到勝利的滋味，同時立刻察覺我臉上鬱鬱不快的表情，再次施展他那圓滑而難以拒絕的說服力：「我親愛的年輕朋友，希望你在信中只談生意。相信你的朋友會很高興得知你安然無事的消息，你會說你期待回家與他們相見，是吧？」他一邊說，一邊遞給我三張信紙和三個信封，全是薄薄的國際郵件信箴。

我看著信紙和信封，又望向他，他一語不發地微笑著，尖銳的犬齒在鮮紅的下嘴唇上閃爍。雖然他什麼也沒說，但我立刻明白，我必須謹言慎行，因為他恐怕會先讀一遍我寫的信。我決定只寄正式口吻的業務信件，再偷偷地把發生的所有事情寫給霍金斯先生，也得寫信給米娜，她讀得懂速寫碼。即使伯爵看了信也讀不懂。當我寫完兩封信後，就默默地坐著看書，而伯爵則寫著數封短箴，還不時參考桌上放的幾本書。接著，他把我寫的兩封信和自己的信一起放在文具旁邊，接著就走出去了。房門一關上，我就立刻靠過去看看他蓋在桌上的信。我可一點也沒有罪惡感，考量到目前的處境，我會盡可能地保護自己。

第一封信的收件人是塞謬爾．F．比林頓先生，地址是惠特比，新月路七號。第二封是給瓦爾納的路特納先生。第三封是給倫敦的庫茨公司。第四封是給布達佩斯的克洛佩斯托克和畢雅魯斯先生，兩位都是銀行家。第二封和第四封信還沒有封口，當我正準備讀信的時候，門把轉動了，我趕緊把信歸位，坐回到椅子上看書。

伯爵手上拿著另一封信走進來。他把桌上的信拿起來，小心蓋上戳記後，轉身對我說：「今晚，我有很多事情必須私下處理，請你見諒。我希望你找得到所有你需要的東西。」他走到門前又轉身，停頓了一會兒後，說：「我親愛的年輕朋友，我建議你——不，就讓我嚴肅警告你好了。如果你走出這幾間房間，千萬不可在城堡的其他地方睡覺。這是一座古老的城堡，承載了許多回憶，那些不明智的人往往會受到噩夢的侵襲。小心啊！你一旦有了睡意，或覺得自己差不多想睡了，就趕快回到你的臥房或這幾間房間，那麼你就會平安無事。但如果你粗心大意，那麼……」他沒再說下去，只是摩挲雙手，好像在洗手似地，令人毛骨悚然。我很清楚這個警告的意思，我唯一的疑問是，世上難道還有比我現在的處境更奇特，更可怕，更陰鬱，更糾纏如謎的噩夢嗎？

稍晚

我保證我所寫下的每件事都是真的，但這一回發生的事更是真實。只要他不在的地方，我就能安睡。我把十字架放在床頭，我想它能保佑我，讓我免於噩夢侵擾。我會一直這麼做。

伯爵離開後，我回到臥房。過了好一陣子，我確認外面寂靜無聲，就走上石梯去那個可以望見南方的房間。窗外的景色一望無際，比我房間那扇正對中庭的窗好多了，這裡令我心曠神怡。望向窗外，我真心覺得自己身陷囹圄，我渴望呼吸新鮮的空氣，就算是夜晚的空氣也好。我覺得自己對夜晚愈來愈疑神疑鬼，一點小事就可以把我嚇得魂不守舍，一開始我被自己的影子嚇到，接著各種可怕的幻想浮上心頭。天知道，我的害怕可不是無憑無據，這天殺的地方實在太恐怖了。廣闊的窗外，山野沉浸在柔和的鵝黃月光中，簡直就像白天一樣明亮。遠方的山丘似乎也融化在月色中，山谷溪豁的暗影有如黑色絲絨。眼前的美景令我振奮，我深深地呼吸，內心一片平靜，我感到安慰。當我倚靠著窗戶，下方一層樓的某個東西移動了，引起我的注意。我從房間的安排猜測，下方應該是伯爵臥室的窗戶。我倚靠的這扇窗非常高大，深深地鑲進石牆裡，經歷多年風吹日曬仍然完好無缺，只是無法掩飾那歷史悠久的痕跡。我悄悄躲在石牆後，小心地往外望。

我看到伯爵的頭探出窗外。我並沒有看到他的臉，但從他的脖子、背部與手臂的動作，我非常確定這就是伯爵。我絕不可能認錯這顆我研究了許多天的頭顱。一開始，我很好奇地看著他，甚至覺得有點好玩。對囚犯來說，一點點小事都會吸引他的注意力，令他覺得樂趣無窮。但接下來，我的好奇心馬上就被恐懼與極度厭惡的噁心感取代。我看見他慢慢地把身體探出窗外，攀爬在城堡外牆上，而他的腳下就是無盡深淵。他低著頭，斗篷在他身後散開，宛如巨大的羽翼。一開始，我不敢相信眼前的景象。我以為是月色造成某種幻象，或是一種陰影形成的錯覺。我睜大了眼，確定這絕不是幻覺。我看見他的手指和腳趾牢牢攫住石頭的突角。外牆經過多年風霜，灰泥都已脫落。他利用石牆上每一個隆起的地方為支撐，像蜥蜴一樣在石牆上移動。這個人到底是誰？或者，這個披著人形外衣的生物到底是什麼？這恐怖的地方讓我又驚又怕，我害怕極了——我陷入恐懼的深淵——而且無處可逃。我無法想像的恐怖事物已經包圍了我……

五月十五日

我又看到伯爵像蜥蜴一樣爬出去。他在石壁上往左下方爬，一直爬了約一百英呎深左右，最後進入一個洞或窗戶就消失了身影。我把身子探出窗外，想要看清楚他去了哪裡，但什麼也看不到，距離實在太遙遠，角度也不好。我想，既然他不在，我不妨趁此機會，再多探查一下這座城堡。我回到房裡拿起油燈，離開房間，每看到一扇門，就試著開開看。正如我所料，每扇門都上了鎖，而且那些鎖跟古老的門比起來顯得很新。我走下石梯，回到我當初進來的門廳。我發現不需費多大力氣就能移開門閂，拆下鐵鍊，不過大門上了鎖，鑰匙完全不知去向！鑰匙一定在伯爵的房間裡，如果他沒鎖門，我非得進去瞧瞧不可，說不定我能找到鑰匙，順利逃出去。我仔細觀察城堡裡的其他樓梯和走道，試試每一扇門。門廳附近有一、兩間沒上鎖的小房間，但裡面除了堆滿塵埃與蟲蛀痕跡的古董傢俱外，什麼也沒有。最後，我在一座樓梯的頂端又發現一扇門。乍看之下似乎也上了鎖，但我一推門，就露出了縫隙。我加重力道再推一次，發現其實沒有上鎖，只是鉸鍊鬆了，門卡在地板上，不大容易推開。這可是千載難逢的好機會，我深呼一口氣，用力推開門。

這間房間位在城堡的右邊，比我熟悉的那幾間房間更靠近城堡的盡頭，而且位在下面一層。從窗戶往外望，我看見那幾間房間位在城堡的南面，角落那間房的窗戶分別朝西和朝南。而城堡的西面與南面都正對著深崖。城堡建在一塊大石的一角，三面都難以擊破，而大窗戶都設在連投石器、弓箭、長炮都無法攻擊的地方，是絕佳的守衛地點，可以高枕無憂。西面是一大片谷地，前方遠處是逐漸隆起的山峰，峰峰相連，陡峭的山脈形成天然的屏障。險峻的石頭上長了花楸樹和荊棘，它們的根深深扎進石縫間。這一間房間顯然曾經是安排給女士使用，因為這裡的傢俱比我在其他房間看到的更加舒適。窗戶沒有裝上窗簾，乳黃的月光灑進菱格的窗玻璃，連光的顏色都清晰可見，也掩去傢俱上厚厚的灰塵和時光與蛀蟲造成的損害。

在明亮的月色中，我的油燈反而顯得多餘，但我仍然慶幸自己拿著這盞燈，因為這兒的死寂讓我心底發寒，全身顫抖。不過，這兒仍比我必須跟伯爵共處的那些房間更宜人。我花了點時間安撫自己，漸漸感到一陣柔和的平靜湧上心頭。現在，我坐在一張小巧的橡木桌前，也許多年以前，曾有位美麗的仕女坐在這兒，思緒紛亂的她，臉上不時透出紅暈，提筆寫下一封傷心情書。我把至今發生的一切事情，都以速寫碼記在這本日記裡。我提醒自己，現在是十九世紀。然而，除非我的知覺蒙騙了我，我確定過去數百年的歷史在此仍有無法抹滅的力量，這是所謂的「現代」無法一筆勾銷的。

稍後：五月十六日上午

老天爺啊！求祢保佑我神智清楚，我幾乎要發狂了。不管是人身自由，還是安全的保證，如今都是過眼雲煙。只要我還在這裡一天，我只能祈求自己不要發瘋，但也許我早就瘋了。如果我的神智沒有失常，那麼，在這個危機四伏、醜惡的鬼地方，把伯爵當成最不可怕的對象，豈不是瘋子的行為？但我現在卻覺得，我的安全只能寄望於他，只要我滿足他的需求，就能苟延殘喘。偉大的上帝！慈悲的上帝啊！讓我冷靜下來，因為我已快陷入瘋狂的魔掌之中。我開始明白一些原本困擾我許久的事情。至今，我一直不瞭解莎士比亞讓哈姆雷特說下面這兩句話的用意為何：

「我的筆記本！快拿出筆記本來！

我得趕快記下來！」[4]

現在我終於明白了，我覺得頭腦錯亂，或者該說，我受到太大的驚嚇，逼得我要發狂了，我只能寄望日記能幫我理清思路。至少，寫日記的習慣能讓我心情平靜些。

當時，伯爵神祕莫測的警告曾經令我害怕，而現在回想起來，以及想到接下來的日子，我只能聽憑他使喚，更是把我嚇得魂飛魄散，不知道接下來他又會說什麼！

前晚，我在橡木桌上寫完日記後就把筆記本和筆放回口袋。此時，我突然感到一陣睡意。我想到伯爵的警告，但我自作主張地違背他的意願，甚至為此沾沾自喜。深沉又難以抵抗的睡意籠罩了我。柔和的月光撫慰著我，而那一望無際的景色，帶給我久違的自由氣息。我下定決心，今晚就不回去那些陰鬱煩心的房間，睡在這間曾經迴盪著女子歌聲的古老房間吧。許多優雅的仕女曾在這兒坐著讀書寫信，過著無憂無慮的生活，當家中的男人們都在無情戰場上征戰時，她們只能低頭心傷。我把房間角落的大躺椅拉到窗邊，躺下來後還能盡情欣賞東面與南面的美景。我毫不在乎躺椅上的灰塵，準備好好睡一覺。我猜自己一定睡著了。至少我希望如此。可嘆的是，後面發生的事實在太逼真了，即使現在是陽光照耀的大白天，我還是無法相信那只是一場夢。

我並非獨自一人。房間並沒有任何變化，就像我剛進去時看到的一樣。明亮的月光下，

4. 譯註：強納森這句話和莎士比亞的劇本稍有出入。（這種情況在本書中很常見。）原劇本台詞是：「O villain, villain, smiling, damned villain! My tables — meet it is I set it down. That one may smile, and smile, and be a villain! 啊！壞人，壞人，含笑的可恨的壞人！我該寫在我的記事簿裡，一個人可以笑，笑，且是個壞人！」

我清楚看見在厚厚灰塵上的自己足跡沿著牆前進。我看見月光下，有三個年輕女子站在我的面前，從她們的服裝和神態看來，都是家世良好的大家閨秀。當我看到她們時，我以為自己一定是在夢中，因為月光從她們背後照進來，但地上卻沒有她們的影子。她們靠近我，仔細地打量我好一會兒，接著竊竊私語起來。其中兩位膚色比較深，和伯爵一樣有著高挺的鷹勾鼻，在淡黃色的月光下，那漆黑而銳利的眼眸隱隱閃著紅光。另一位皮膚極為白皙，波浪般的金髮厚厚垂下，雙眼像淺藍的寶石。她的長相似曾相識，喚起我某種恐懼的感覺，但我記不起來到底在何時、何處看過她。她們三人的嘴唇都血紅欲滴，映襯著皎潔無瑕、發著珍珠般光澤的白牙。她們身上有種讓我不安的氣氛，好像心中洋溢著危險的渴望。此時，一種詭異而狂烈的欲望從我心底浮現，我居然希望自己被她們用那鮮紅的雙唇親吻。我實在不該記下這些事情，米娜若看到一定會痛不欲生。但這一切都是真實發生的事。她們低聲細語，一起笑了起來，那是如銀鈴般清脆，像音樂一樣悅耳的笑聲，但又冷硬得不像是從人柔軟的嘴唇發出的聲音，反而像是一陣由纖纖巧手敲擊水杯所發出的難以抗拒、令人渾身發麻的甜美聲音。那白皙美麗的少女風情萬種地搖著頭，而另外兩名女子則不斷慫恿她。一名女子說：「快呀！妳先，接下來輪到我們。妳得先開始才行。」

另一名女子說：「他既年輕又強壯，一定能讓我們三人盡情深吻。」

我默不作聲地躺著，在半開半閉的睫毛下望著她們，在充滿喜悅的期待中掙扎。

那位白皙美女走了過來，俯身靠向我，近到她的呼吸吹到我臉上。她的氣息如蜂蜜般甜美，就像她的聲音一樣，讓我全身酥麻，但在甜蜜下又暗藏苦味，一種令人作嘔的苦味，像血的味道。我不敢抬眼看她，只能從睫毛往下望。她跪了下來，靠向我，看起來心滿意足。她刻意露出挑逗冶艷的表情，讓我意亂神迷，但又有點厭惡。她低下頭來，此時她居然像野獸一樣，伸出舌頭舔了舔嘴唇。月光下，我看到她艷紅的舌頭掛在血紅的嘴唇上，唇和舌都隱隱冒著溼氣，而潔白的齒則閃閃發光。她的頭愈壓愈低，但她並不是靠向我的唇或下巴，反而朝我的脖子靠近。接著她停了下來，從她的喉間傳來吞嚥聲，她的舌舔著唇、滑過齒間，在我的脖子上方呼吐著熱氣，頸部像有隻手悄悄靠近要搔我癢似地發癢。她那柔軟又令人顫抖的唇，還有兩個尖銳的牙齒，輕輕撫過極為敏感的皮膚，接下來就停在那兒。我在一陣渴望的狂喜中閉上雙眼，等待著——我的心臟猛烈地跳動。

就在此時，一陣劇烈的感覺如閃電般傳過我的全身。我意識到伯爵出現了，而他像狂風暴雨般震怒不已。我不禁睜開雙眼，看到他強如鋼鐵的手緊緊鉗住美麗女子的纖細頸項，猛力把她往後一拉，而她咬牙切齒，那藍色眼珠憤怒得幾乎要噴出火來，慘白的臉頰因激動而浮現紅暈。更別提大發雷霆的伯爵了，我從沒想像過他生氣起來如此可怕，連地獄裡的惡魔也會嚇得發抖。他的眼睛真的在冒火，那火紅的光芒就像地獄之火一樣熊熊燃燒。他的臉像雪一樣死白，臉的輪廓像金屬一樣冷硬。那濃黑的眉毛糾在鼻心，看起來簡直是一把熾熱白鐵做成的棍子。他手臂用力一甩，那女子就被他拋在後面。他靠近另外兩名女子，比出那個擊退狼群的強悍手勢，像要揍她們一拳似地用力一揮。他的聲音低沉像在呢喃，但又足以撕裂空氣，在房間中迴盪不止。

「妳們居然敢動他？膽子也太大了！我已明言禁止，妳們居然還敢打他的主意？退下去，全都給我退下去！這人是我的！妳們小心點，別玩弄他，不然妳們就完了！」

那美麗女子毫不在乎地縱聲大笑，轉身對他說：「你根本不會愛，你從來沒愛過！」其他二名女子也出聲附和，一起發出尖銳的笑聲，那笑聲既沒有喜悅也沒有靈魂，在房間裡不斷迴響，讓我幾乎暈了過去。她們就像是一群心花怒放的惡魔。

伯爵轉向我，細心地看著我的臉龐，溫柔地低聲說：「我當然懂得愛，一直以來，妳們都知道我能夠愛。難道不是如此嗎？好了，等我利用完這個人，我保證讓妳們盡情吻他。現在，退下去！快下去！我得叫醒他，我們還有事情得辦。」

「那我們今晚什麼都沒有嗎？」其中一人說著，低聲笑了起來，接著伯爵把一個袋子丟在地上，那裡面好像裝了一隻活生生的動物似地不斷蠕動。伯爵沒說話，只點頭回應。其中一名女子立刻跳上前，把袋子打開。我相信自己聽到了一聲喘氣和低低的哀鳴，好像一個孩子被掩住口鼻，快要窒息了。三名女子圍成一圈，而我嚇得無法動彈。就在我的注視下，她們帶著那個可怕的袋子一起消失了。門並不在她們附近，絕不可能在我沒有意識到之下，她們就越過我走出房外。但她們的身影就這樣在月光中漸漸淡去，從窗戶飄散了，因為我看見那些幽暗如影的身形落在窗外，接著慢慢消失。

然後，無邊無際的恐懼籠罩了我，我失去了意識。

第四章　強納森・哈克的日記（續）

我醒過來時，已躺在自己的床上。如果我不是在作夢，那肯定是伯爵把我背回房間。我思索著昨夜發生的一切，但想來想去還是找不出合理的解釋。我試圖從周圍細節尋找證據，比方，我的衣服絕對不是我自己折的，不管是折疊或放置的方式，都和我平常的習慣不同。平時，上床前我一定會把手錶上好發條，但我的手錶現在還沒上發條。我找到很多不同於平日的線索，但這些都不算是證據，只能說昨晚我的行為、思緒都很混亂。不管如何，這一陣子我一直心神不寧。我必須找出更多證據才行。至少有件事讓我有點安慰——如果昨晚真的是伯爵背我回到臥房，並替我換上睡衣，他一定非常匆忙，因為我的筆記本和筆安然無恙地放在口袋裡。我相信要是他發現口袋裡有東西，一定會翻出來查看，而且會毫不猶豫地拿走並摧毀這本日記。我望著這曾讓我恐懼不安的房間，它現在倒像是我的避風港。沒有什麼比那些可怕的女人還令我心驚膽顫，她們當時——不，即使現在，也等著吸乾我的血。

五月十八日

趁著大白天，我又去樓下瞧了瞧那間房間，我一定要找出真相不可。當我走上那座樓梯，卻發現門緊緊關上了。而且顯然是被猛力拉上的，門框周圍的木頭都撞出碎屑了。門並沒有拴上，但從裡面上了鎖。昨晚的一切恐怕不是一場夢，我得根據這個推測來盤算下一步該怎麼做。

五月十九日

我肯定是掉進了圈套。昨晚，伯爵以優雅沉著的語調要求我寫下三封信。第一封，他要我提及這裡的工作差不多完成了，再過幾天就能回去。第二封信則是寫下我隔天上午就會啟程回家。第三封是通知對方我已經離開城堡，回到比斯特里察。我心中百般不願，但此時我若與伯爵正面衝突是自尋死路，畢竟他能左右我的命運。而且我若拒絕他，他恐怕會起疑，甚至暴怒。他知道我發現太多事情，不會讓我活下去，讓自己暴露在危險中。我只能盡量拖延時間好找機會脫逃。也許未來我會有機會逃出去。當他甩開那位美女時，我從他眼中看到那積累已久，怒不可遏的神色。

伯爵向我解釋，這兒的郵政欠缺效率，也不固定收發信，這些事先寫好的信將為我的家鄉友人帶來慰藉。他信誓旦旦地說，後面的兩封信會先寄放在比斯特里察，萬一我不得不延期出發，他一定會召回這些信件。為了不讓他起疑，我只好假裝接受他的說法，並問他在信中日期要寫上幾號。他盤算了一會兒，說：「在第一封信寫上六月十二日，第二封寫上六月十九日，最後一封寫六月二十九日。」

現在，我知道自己的死期了。上帝救救我呀！

五月二十八日

終於有了逃命的機會，或者我至少能送信回家。一群茨根尼人來到城堡，在中庭裡紮營。這些人是吉普賽人，我在筆記本中收集了一些他們的資料。雖然他們和世界各地的吉普賽人同源同種，但這裡的吉普賽人有些特異之處。匈牙利和外西凡尼亞大約住了數千名吉普賽人，他們不受世俗法令的限制，只聽命於某位偉大的貴族或當地的博雅貴族，並以他的名字自稱。他們無所畏懼，也沒有宗教信仰，更別提民間怪力亂神之說了。他們以獨特的羅姆方言交談。

我會寫幾封家書，試著拜託他們幫我去郵寄。我從窗口像想交朋友那樣跟他們攀談。他們摘下帽子對我敬了禮，比手畫腳。可惜的是，我不但聽不懂他們的方言，連他們的肢體語言也完全沒有頭緒……

我寫好了信。用速寫碼寫了一封給米娜的信，而給霍金斯先生的信中，我只請他跟米娜聯絡。我向米娜解釋了我的處境，但沒提到我推測的恐怖真相，若我坦白向她傾訴，她一定會驚駭不已。即使信件無法寄送，伯爵也不知道我的祕密或我瞭解的程度……

信送出了。我把信從窗戶的柵欄間丟了出去，還投了一枚金幣，並用手勢向他們表達，希望能幫我寄那些信。撿起信的那個人，把信壓在胸口上並向我鞠躬，接著把信放進他的帽子裡。除此之外，我什麼也不能做。我躡手躡腳地回到書房看書。伯爵沒有過來，因此我就在這兒寫日記……

伯爵來找我。他在我身邊坐了下來，拆開那兩封信，用圓滑老練的聲音說：「茨根尼人把這兩封信交給我。雖然我不知道它們從何而來，但我一定會謹慎對待。你瞧！」──他一定已經看過信的內容了──「一封信是你寫的，寄給我的朋友彼得．霍金斯先生。而另一封呢──」

他拆開信，看到一連串詭異符號，一陣陰霾蓋過了他的臉，他的眼中閃著邪惡的光芒：「這是一封可惡的信，完全背叛了友情與待人接物的道理！上面沒有署名。算啦，這跟我們一點關係也沒有。」他冷靜地握著信封和信紙放到燭火上，信件燃燒了起來，然後化成灰燼。他繼續說：「那封給霍金斯先生的信，既然是你寫的，我一定會寄出。對我來說，你的信是聖物啊。我懇求你原諒我在無意間拆了你的信。麻煩你再次把信封上，好嗎？」他伸手把信遞給我，並有禮地鞠躬，再遞給我一只嶄新的信封。我只好在信封上寫下地址，把再次封好的信一語不發地交給伯爵。他走出房門時，我聽見鑰匙輕輕轉動的聲音。過一會兒後，我試著要推開門，卻發現門已經上鎖了。

約莫一、兩個小時後，伯爵悄無聲息地回到書房。我在沙發上睡著了，直到他出現才驚醒過來。他非常殷勤有禮，甚至露出歡快的樣子。他看到我睡著了，就說：「我親愛的朋友，你累了嗎？快回房休息吧，躺在床上才睡得好。今晚我恐怕無法和你暢快聊天，我還有很多事要忙。但我希望你好好睡一覺。」我回到臥室，上了床。神奇的是，我居然一夜無夢地睡了一場好覺。絕望竟有讓人平靜的魔力。

五月三十一日

今早起床後，我打算從行李中拿一些紙張和信封放在口袋，以備不時之需。也許我可以找到機會隨手記下一些事情。出乎意料的事令我大吃一驚——

所有的紙都不翼而飛了！我的筆記、備忘錄、鐵路圖和行程表，還有銀行發的信用證明……所有紙張都消失了。換句話說，所有我離開城堡後需要的文件都不見了。我坐下來沉思了好一陣子，接著想到一件事，趕緊翻找我放衣服的大旅行箱和衣櫃：

我來城堡時穿的西裝、大衣和毛毯都不見了！我翻遍了房間，也找不到它們的蹤影。看來，有人正在進行某種陰謀……

六月十七日

今天早上，我坐在床緣苦苦思索時，外面傳來噼啪的揮鞭聲響，和馬蹄踏在中庭外面碎石路上的聲音。我興奮地衝向窗戶，看到兩輛大型的農用運貨馬車，每輛車都由八匹健壯的馬拉著。兩輛馬車前頭各坐了一名斯洛伐克人，戴著寬邊帽，寬大的腰帶上打滿飾釘，披著骯髒的羊皮，腳下蹬著高筒靴，手中還握著長棍。我跑到房門口，想下樓到門廳去找他們。我猜大門會為他們打開。但我又吃了一驚，我的房門從外面上了閂。

我又跑回窗邊，對他們大吼。他們抬頭看到我，像傻了一樣伸手指著我。此時，一個像是領袖的茨根尼人走出來，看到大夥兒對我的窗戶指指點點，說了一些話，接著他們全都笑開了。接下來，不管我如何呼喊、哀求、呻吟，他們全都堅決地轉過身，連瞧也不瞧我一眼。運貨馬車上載著幾個巨大方正的箱子，手把是用粗大繩子製成的。從斯洛伐克人搬動箱子的樣子來看，箱子並不重，但一碰撞就會發出響亮的回音，裡面似乎空空如也。他們把箱子搬下馬車，堆在中庭的角落。茨根尼人給了斯洛伐克人一些錢。斯洛伐克人拿了錢後，吐了些口水以求好運，就各自回到馬上。不久後，我聽見馬鞭揮打的聲音漸行漸遠。

六月二十四日，黎明之前

昨晚，伯爵早早就離開我，把自己鎖在房間裡。我鼓足勇氣，趕緊跑上旋轉梯去那間窗戶面南的房間。我往外望著，打算監視伯爵的行動。我知道事有蹊蹺。那些茨根尼人現在住在城堡的某處，忙著幹某一種活——因為我不時聽到遠方隱約傳來鶴嘴鋤和鏟子碰觸土地的悶響。不管他們在做什麼，一定是某種邪惡的計謀。

我在窗口等了快半小時，伯爵的窗口才有了動靜。我往後退到陰影處，謹慎地望著，看見一個男人從窗口爬了出來。眼前的景象再次震撼了我，伯爵居然穿著我前來城堡時穿的西裝，肩上掛著之前那三名女子帶走的袋子。我嚇得冷汗直流。他的目的很明顯，而且他還穿著我的衣服！這就是他邪惡的新計畫，他要讓別人以為看到我，留下我曾在村鎮裡寄信的證據，或不管他犯下什麼凶狠毒辣的惡行，都能讓村人歸罪在我身上。

一想到接下來可能發生什麼事，我就怒不可遏。我被關在這兒，只是什麼也不能做的囚犯，但我比犯人還不如，連基本的權利與慰藉都被剝奪，沒有法律能保護我。

我打算等伯爵回來，堅守在窗邊坐著。我慢慢注意到，月光下有些奇特的微粒在空中飄浮，它們就像微小的塵埃在空中旋轉、漸漸聚合，形成某種像星雲似的物體。我凝視著它們，漸漸感到心平氣和，一種寧靜感緩緩湧上心頭。我縮進牆角，背靠著牆壁的舒服姿勢，盡情觀賞在空中飛舞的灰塵。

從我看不到的遠方深谷裡，傳來一聲低沉而悲傷的狗吠，驚醒了我。那狗吠在我的耳中轟響，而那些飛舞在月色下的灰塵似乎因此改變了形狀。我的直覺發出危險靠近的警告，但我卻無法集中精神。不，我的靈魂掙扎著，半夢半醒之間，我的感官試圖回應直覺的呼喚。天哪，我被催眠了！灰塵飛舞得愈來愈快，當它們穿過我，成群湧向前方陰暗的角落，連月色似乎也顫慄起來。灰塵愈聚愈多，慢慢形成幽暗如魅的身影。我跳了起來，神智清醒，五官警覺，尖叫著跑出房間。那些如鬼魅的幻影，在月光下愈來愈清晰，就是那晚讓我差點喪命的三個女幽靈！我一路奔回房間，房裡沒有月光照耀，只有油燈穩定明亮地燃燒著，終於感到安全多了。

大約過了兩三個小時，我聽見伯爵房裡傳來一聲哀號，但聲音很快就被壓制住，接著一片死寂，深沉而不祥的氛圍令我毛骨悚然。我的心跳加快，推了推房門，但門又被鎖上了！我再次被關在囚牢裡，什麼也做不了。我坐了下來，束手無策地哭了。

此時，我聽到中庭裡有聲音——那是女人悲慟的嘶吼。我趕緊打開窗戶，從鐵柵間往外窺探。中庭裡的確站著一個披頭散髮的女人，雙手扶著胸口，像是急促奔跑後似地喘不過氣來。她靠著大門的一角，當她看到我的臉出現在窗邊，立刻奔向前，用滿懷恨意的聲音大叫：「怪物，把我的孩子還來！」她跪倒在地上，舉起雙手，不斷地呼喊同一句話，那哀傷憤恨的語調折磨著我的心。接著她扯著頭髮、擊打自己的胸膛，失魂落魄地用盡各種方式傷害自己。最後，她往前飛奔直到我看不到她，但我能清楚聽見她赤手空拳地敲著大門的聲響。

然後我聽見伯爵那刺耳嚴厲、如金屬般的低吼聲，從我上方某個高處——應該是在塔樓上——傳來，像是響應伯爵的吼叫一樣，四面八方立刻傳來一陣又一陣的狼嚎。幾分鐘之內，一群狼以洩洪之勢，從大門湧入中庭。

我沒聽見女人求救的聲音，唯有狼嚎一聲長過一聲。過沒多久，牠們就舔著嘴，心滿意足地離開。我只能替她慶幸，畢竟我知道她的孩子發生了什麼事，與其生不如死，還不如死了乾脆。我該怎麼辦？我能做什麼？我要怎麼逃離這群可怕的夜魔？我能逃離這陰鬱的一切與恐懼嗎？

六月二十五日，上午

唯有親身體驗過闇夜的恐怖，人的心與雙眼才能深刻明白早晨多麼甜蜜與珍貴。今天早上，當太陽高高升起，我看見陽光落在庭院鐵門頂端，那耀眼的光芒讓我好像看到諾亞方舟那隻回報水退的鴿子正站在那兒。我的恐懼就像一件會蒸發的衣服，在溫暖的陽光中消融了。白日賦與我勇氣，我得趁此機會做些事情才行。昨晚，其中一封我預先標上日期的信已經寄出了，也就是說，消滅我的第一步行動已經展開了，我命在旦夕。

但現在別再想那件事了！先想該怎麼做才行！

每次我被騷擾、威脅、身陷危險境地或恐慌不已的時刻，都是在夜晚。事實上，我從沒在白天看過伯爵。這是不是代表，一般人清醒的時候伯爵在睡覺，直到人們入睡時，他才醒來？如果我能潛入他的房間就能找到答案，但這根本不可能！他的房門總是鎖得密實又牢靠，我根本進不去。

好吧，如果我膽子夠大，應該還是有辦法可以溜進他的房間。等他出門後，我再偷偷溜進去？他不是從窗戶爬出來嗎？我可是親眼看得清清楚楚。我何不有樣學樣，從窗戶爬進去？的確，成功的機會微乎其微，但我的這條小命反正朝不保夕了，只能鋌而走險，大不了也是一死，人之死不同於牛羊之死，儘管我很怕死，但死後的世界說不定會歡迎我的到來！上帝啊，幫助我完成任務吧！如果我失敗了，只能對米娜說，永別了。再會了，我忠實的朋友和我的第二位父親[5]。再會，我所有的親友，最後再和我最摯愛的米娜說聲珍重！

同一天，稍晚

我真的試了。上帝啊！謝謝祢的幫助，我總算活著回到了臥房。我得趕緊依序記下發生的事。趁著勇氣十足，我走到面南的那扇窗前。這一面牆上有條細細的突出物，我可以從那兒攀爬。整面牆都是用巨大的石頭砌成，非常粗糙，而填塞縫隙的灰泥在風吹雨打中已消磨殆盡。我脫下靴子，爬上這面凶險的牆。我只往深谷望了一眼，就嚇得接下來再也不敢往下望。我知道伯爵的窗戶大概在哪裡，也清楚距離多遠，小心翼翼地攀爬過去，畢竟這可是千載難逢的機會。我並沒有因高度而暈眩，可能是因為太興奮了。好像只過了短短一瞬，我就已站上窗台。我試著把窗戶往上推開。當我彎腰把腳伸進房間裡時，我的心仍狂跳不止。我四處張望，尋找伯爵的蹤影，但我沒看到他，反倒又驚又喜的發現一件事情。

房間裡沒有半個人影！房間裡只放了一些奇怪的物事，而且看起來這間房幾乎沒人使用。這裡的傢俱和南面的房間都是類似的風格，全都蓋滿厚厚的灰塵。我尋找門的鑰匙，但它並沒有插在門的鎖孔裡，整個房間都找不到任何鑰匙。房間一角堆滿了各國——羅馬、英國、奧地利、匈牙利——的金幣，還有希臘與鄂圖曼的錢幣。錢幣上也都蒙著一層灰塵，顯然已放在地上好一陣子了。而且這些錢幣至少有三百年的歷史了。我還發現一些項鍊和裝飾品，有些鑲著寶石，不過也都年代久遠，已經褪了色。

房間另一角有扇沉重的門。我原本打算偷走房門或樓下大門的鑰匙，但遍尋不著，只好進一步查探，不然冒這麼大的險來這裡，豈不徒勞無功？我推了推那扇門，門後面是一條石造的通道，底端是一座往下延伸且十分陡峭的旋轉梯。我一邊小心翼翼地往下走，一邊試著記住方向與路線，因為這條密道一片漆黑，厚厚的石牆上只有幾個槍眼，透進一點光線。樓梯底部是一條很像隧道的黑暗通道，我聞到一種令人作嘔的氣味，讓人想到死亡，好像剛翻過腐土的味道。我愈深入通道，那味道就愈清晰也愈明顯。通道盡頭是一扇半開半掩的門，我推開之後發現這裡是一座傾頹的老舊禮拜堂，顯然已成了墓園。屋頂已經坍塌，另有兩座通往地下墓穴的階梯。看起來，地面最近被挖過，那些斯洛伐克人搬來的巨大木箱裡都裝滿了泥土。四周沒

5. 編按：此處沒有指名，但從後文來看，應該是指情同父子的彼得·霍金斯先生。

有半個人影。我試著尋找其他出路，但沒有找到。為了不浪費這個機會，我仔細檢視每一個角落。儘管我百般不願，但仍鼓起勇氣走進地下墓穴，裡面只有一絲微弱的光線。我走進兩間地下墓室，但除了一些老舊棺材的碎片和厚厚灰塵外，什麼也沒有。不過，我在第三間墓室終於有了收穫。

第三間墓室裡放了五十個大木箱，其中一個木箱安置在新挖的土堆上，伯爵居然躺在裡面！他不是死了，就是正在睡覺，我不確定——他的眼睜得大大的像石頭一樣，但眼神並不像死人那樣呆滯無神——而且他的雙頰蒼白，仍隱約帶著生氣，雙唇則紅豔如血。雖然如此，他的身體一動也不動，沒有脈搏，沒有呼吸，也沒有心跳。我俯身仔細看著他，試圖尋找他活著的線索，但一無所獲。他應該才躺下不久，因為土壤仍發出剛翻整過的味道，應該幾個小時內就會散去。木箱旁放著蓋子，四處戳了許多小洞。鑰匙可能就在伯爵身上，我試圖要搜他的身，但一看到他那雙石頭般的眼睛，靜止不動卻仍透出刺骨的恨意，我就嚇得半死。雖然他可能看不到我，也不知道我在這裡，我還是忍不住拔腿狂奔，一路逃回那間臥室，急急忙忙爬出伯爵房間的窗戶，手腳並用地爬過城牆。回到房間後，我上氣不接下氣的一頭倒在床上，試圖理出思緒……

六月二十九日

我最後一封信上標的日期，就是今天。伯爵用行動證明他要寄出那封信，他再次出門。我從同一扇窗看到他穿著我的衣服離開。當他像蜥蜴一樣爬下城牆，我真希望自己有把槍或能致人於死地的武器好把他解決掉。但世上恐怕沒有任何的人造武器能動他一根寒毛。我擔心又會看見可怕的三姐妹，不敢等他回來，就回到書房看書，直到睡著。

伯爵叫醒了我，我從沒看過他露出那麼陰沉的表情。他盯著我，說：「我的朋友，明天，我們就要分道揚鑣。你將回到你美麗的英格蘭家鄉，而我另有事情要忙，恐怕我們再也見不到面了。你寫給家鄉的信都已經寄出。我明天不會在這裡，但我已經安排好你上路的事。茨根尼人和斯洛伐克人上午會過來，他們在這兒還有工作。他們離開之後，我的馬車會來接送你到博戈隘口，你在那兒就可以搭上來回於布科維納和比斯特里察之間的公共馬車。希望有一天還能在德古拉城堡和你會面。」我不大相信他說的話，決定試探他是否真心誠意。真心誠意！天哪！我怎會把這四個字和眼前的怪物聯想在一起？這簡直是褻瀆！我直接了當地問：「我可以今晚就離開嗎？」

「不行，親愛的先生，我的車夫和馬匹有任務在身，今晚不在城堡。」

「我很樂意徒步而行。我想立刻動身。」他露出一抹溫柔又狡詐的笑意，如惡魔般的微笑。我知道他的圓滑包藏著可怕的陰謀。

他說：「那你的行李怎麼辦？」

「我不在乎行李。我可以晚一點再派人來拿。」

伯爵站起身，他說話的口氣如此謙恭有禮，讓我不得不揉了揉眼睛，他看起來的確真心誠意。「你們英國人有句我非常認同的諺語，這句話的精神和我們博雅貴族的座右銘不謀而合：『來時盛情款待，別時一路順風。』來吧，我親愛的朋友，雖然我很難過即將的道別，你突然急著離開更讓我傷心。但我不會違背你的意願，強留你在此，甚至連一小時都不會拖延。來吧！」他拿起油燈，莊重肅穆地送我下樓，走過門廳。突然，他停步不前。

「聽哪！」

一陣狼嚎應聲而起，彷彿牠們就在牆外。伯爵就像交響樂團的指揮，一舉起指揮棒，音樂就盡情流洩；他一揚手，狼群便仰頭嚎叫。過了一會兒，他又莊重地走到門前，移開那沉重的木門，解開沉重的鐵鍊，準備把門打開。

我大吃一驚，大門居然沒有上鎖。我疑惑地四處張望，但根本沒看到鑰匙。

隨著大門緩緩開啟，狼嚎更加清晰，也愈來愈激昂。我望向門外，看見一群狼齜牙咧嘴地露出鮮紅的下巴。牠們一跳躍就露出粗短的尖爪。此時，我明白再怎麼掙扎也無繼於事，只能聽從伯爵的安排。狼群全聽他的命令，我完全無法反擊。伯爵站在門縫間，繼續把門拉開。突然，我明白這就是我的死期，因為我冒昧從事，他打算把我丟進狼群。邪惡的伯爵打著如意算盤，他真是不折不扣的惡魔！最後我終於喊道：「快把門關上！我會等到明天早上再出發！」絕望而怨恨的淚水在我臉上流了下來，我只能把臉埋進雙手中。伯爵那力大無窮的手瀟灑地一揮，大門立刻砰然關上。門哐啷一聲上了閂，金屬碰撞的聲響在門廳裡迴盪不止。

我們一語不發，走回書房。過了一兩分鐘，我就回到臥室。我看到伯爵的最後一眼，他的眼中閃著勝利的紅光，露出連地獄裡的猶大也自嘆弗如的微笑，朝我送來飛吻。

當我回到臥室，正準備躺下時，突然聽見有人在門外低語。我躡手躡腳地走到門後，側耳傾聽。如果我沒聽錯，那是伯爵的聲音。他低聲說：「退回去，回去妳們的地方！現在還不是妳們出來的時機。再等一下，有耐性點！今晚是我的。明晚就是妳們的！」我聽見一陣甜甜的低笑聲如水波般蕩開。怒急攻心之下，我猛地拉開房門，看見那三個恐怖的女人正在房外，舔著她們的嘴唇。我一走出門，她們就縱聲大笑，立刻跑遠了。

我回到房間，腳一軟地跪了下來。難道我真的完蛋了嗎？明天！明天呀！上帝，求求祢救救我，救救那些愛我的人！

六月三十日，上午

這可能是我有生之年寫下的最後幾句話吧。我睡到破曉前，一起床，就立刻跪在地上。如果死神真的來了，我希望他發現我已準備好了。

終於，空氣中起了微妙的變化，我知道早晨已經來到。我聽到久違的雞啼，確認自己安全了。我雀躍地打開房門衝向門廳。昨晚我看到大門根本沒有上鎖，現在我終於可以逃跑了。我的雙手興奮得發抖，手忙腳亂地解開鐵鍊，拉開那沉重的門閂。

但大門一動也不動，絕望再次攫住了我。一次又一次，我使盡吃奶的力氣想要拉開門。雖然門很沉重，但在我的使勁搖晃下，門在門框裡格格作響。我看到門縫之間的螺栓已經卡上。顯然昨晚我離開伯爵後，他又鎖上了門。

逃亡的欲望令我瘋狂，不管如何，我非拿到那把鑰匙不可。我決心再次爬上外牆，潛入伯爵的房間。他可能會殺了我，但一想到我即將成為惡魔的玩物，真寧願一死了之。我一秒也不浪費，立刻衝到東面的窗戶，慌亂地像之前一樣爬下外牆，潛進伯爵的房間。不出所料，房裡半個人也沒有。那堆金幣仍在原地，而我依舊沒找到鑰匙。我走進角落的那扇門，走下旋轉梯和漆黑的通道，直到古老的禮拜堂。這一回，我知道要去哪兒找那個怪物。

那個巨大的木箱仍在原地，緊靠牆邊，上面放了蓋子，但還沒蓋緊。釘子都已安置在洞口，就等著別人用鐵鎚釘下。我知道鑰匙一定在伯爵身上。我搬開蓋子，靠牆放好，但下一秒看到的景象，嚇得我魂飛魄散。伯爵的確躺在箱子裡，但他的面容卻大不相同，簡直回春了似地。原本灰白的頭髮和鬍子變成深灰色，削瘦的臉頰飽滿許多，蒼白的皮膚隱隱透著紅潤的光澤。他的嘴唇前所未見的紅潤，而且有幾滴新鮮的血珠從他的唇角滑過下巴，落到他的頸項上。那雙燃燒的雙眼深陷眼窩，現在周圍的皮膚肌肉都膨脹了起來，連眼皮和眼袋都十分飽滿。這個可怕的怪物似乎喝飽了血，全身顯得飽滿豐盈。他躺在那兒，就像一隻令人憎惡的血蛭，因喝太多的血而累得精疲力盡。當我彎下腰觸碰到他的時候，不斷打著寒顫，噁心得想吐。但我一定要找到鑰匙，不然我就沒命了。今晚，我的身體就會成為那恐怖三姐妹的大餐。

我伸手在他的身上四處翻找，還是沒找到鑰匙。我停了手，看著伯爵，那張飽滿的臉上隱約露出一抹嘲諷的笑容，令我發狂。我來這兒，居然是為了幫助這個嗜血惡魔搬到倫敦！而在接下來的數百年間，他恐怕會在數百萬人口中，盡情地大開殺戒，甚至創造一大群半魔半人的怪物，追趕那些無辜的人們。我手邊沒有武器，只有工人鏟完土所留下的鏟子。我別無選擇的拿起鏟子、高舉過頭，瞄準那張可恨的臉，把尖銳的那一角往下用力一揮。但就在此時，那張臉居然轉了過來，雙眼惡狠狠地瞪著我，盛怒的火焰幾乎從他眼中噴發出來。他的眼神嚇得我身子一軟，鏟子偏了方向，只劃過他的臉，在他的額上留下長長的傷口。鏟子從我手中滑落，掉在盒子邊，鏟緣打到了蓋子，於是蓋子砰一聲倒在箱子上，遮住了那個怪物。我對那張沾著血跡、紅潤飽滿的臉望了最後一眼，他臉上仍掛著那不懷好意的微笑，想必會跟著他直到地獄。

我絞盡腦汁，仍然不知所措，腦袋像著了火一樣，絕望漸漸籠罩了我。束手無策的我只能等待。此時，我聽到遠方傳來歡快的吉普賽歌謠，歌聲愈來愈近，除了歌聲以外，還有載著重物的車輪滑動聲響和馬鞭的拍打聲。伯爵提到的茨根尼人和斯洛伐克人來了。我對那裝了可恨怪物的箱子看了最後一眼，趕緊逃離這地方，跑回伯爵的房間。我打算等茨根尼人和斯洛伐克人打開房門，就立刻衝出去。我心驚膽跳地豎起耳朵，聽見下面傳來轉動鑰匙的聲音，沉重的大門被打開了。但他們並沒有來這間房，顯然不一定要從這裡的密道進入禮拜堂，他們手上可能另有鑰匙，能打開某扇上鎖的門。我聽見一陣嘈雜的腳步聲，在某條通道裡發出響亮的回音。等到腳步聲漸行漸遠，我打算再次從旋轉梯到地下墓穴，尋找另一個出入口。然而，忽然吹來一陣強風，通往旋轉梯的門砰地一聲就關上了，把門楣震得晃動不止，灰塵紛紛飄落。我趕緊跑過去，但不管我怎麼用力推，門就是紋風不動。我又成了沒有出路的囚犯，死亡之網愈來愈細密地包圍了我。

現在，我努力記下一切。樓下的通道裡傳來響亮的腳步聲，還有重物落地的聲音。想必就是那些裝了土的大箱子。接著，我聽到鐵錘敲打的聲音，他們正把伯爵睡的那只箱子封住。我又聽到沉重的步伐走過門廳，後面還跟著很多閒散的腳步聲。接著又聽見大門關上的聲音，還有鐵鍊撞擊的響聲。鑰匙在門鎖轉動著，有人把鑰匙抽了出來，接著他打開了另一扇門，又關上，接下來是上鎖和上門閂的聲音。

聽哪！在中庭裡和外面的碎石路上，再次傳來沉重車輪的轉動聲、鞭子的抽打聲，還有茨根尼人漸行漸遠的合唱。

現在，城堡裡只剩下我一個人，和那可惡的三個女人。老天爺，米娜才是女人，那如妖似魅的三姐妹根本不是人，她們全是地獄來的惡魔！

我不能單獨一人和那些女鬼待在這兒。我得試著爬上城牆，力所能及的逃離這裡。我得帶點金幣，也許能派上用場。我一定要找到逃出這險惡之地的方法。

接著，我得想辦法回家！在最近的車站搭上最快的一班車！逃離這個受詛咒的鬼地方，這個受詛咒的國家，這個惡魔與惡魔之子昂然行走的國度！

在上帝的懷中安息，好過落進怪物的魔掌。山壁陡峭，底下的山谷深不可測，但在它的腳下，人終能安眠，不受魔鬼侵擾。永別了，所有的人。永別了，米娜！

第五章　米娜・莫雷寫給露西・魏斯特拉的信

五月九日

我最親愛的露西：

請原諒我這麼遲才回信給妳，我的工作實在太忙了。助理教師的生活還真不容易啊！我真渴望見到妳，和妳一起在海邊暢談，編織不著邊際的夢想。為了瞭解強納森的工作，我最近很認真而且非常勤奮地練習速記碼。等我和強納森結婚後，我得當好賢內助。也許我能以速記碼記下他說的事情，再幫他用打字機繕打出來，為此我非得勤加練習。我們有時也會用速記碼寫信給彼此呢！他這次出差，也會用速記碼寫日記！當我見到妳的時候，我也打算這麼做。

我說的日記，可不是那種無趣的流水帳，而是隨心所欲、想寫什麼就寫什麼的日記。這樣的日記，對別人來說也許微不足道，但我並不是為了別人而寫。如果生活中發生了有趣的事，我得先記下來，到時候才能和強納森分享，但這本日記最主要的功能，還是練習速記碼。我會試著模仿那些女記者，到處和人交談，記述各種事件，盡量記下完整的對話內容。聽說只要用心練習，一般人也能把一天內發生過的事情、說過的話記得清清楚楚。我們等著看成果如何吧！等我們見面時，我會告訴妳我所有的小計畫。我剛收到強納森從外西凡尼亞寄來的短信。他說他一切都好，大概一週後就會回來。我真想知道他那兒的所有消息，想想看，在遙遠的國度旅行，看到各種新奇事物，多有趣呀！我在腦中描繪著未來，有一天我們——我是說我和強納森——也許能攜手見證那些異國事物。十點整的鐘響了。再會！

愛妳的米娜

備註：妳回信時，一定要跟我說最近發生的每件事情。這一陣子，妳什麼都沒跟我說。我可聽到不少傳言，而且幾乎都跟某位高大帥氣的鬈髮男子有關？

露西・魏斯特拉小姐寫給米娜・莫雷小姐的信

查森街十七號

星期三

我最親愛的米娜：

妳居然敢抱怨我很少寫信給妳！我得說，這實在太不公平啦！上次分別後，我寫了兩封信給妳，而妳在上封信之前，只寫過一封信給我！事實上，我也沒什麼新鮮事兒好說，沒有讓妳感興趣的消息。倫敦現在有很多有趣的活動，我們去了很多畫廊，也常去公園裡散步、騎馬。妳說的那位鬈髮高大男子，我想應該是指上次跟我一起去音樂會的那一位男士。看來，雞婆多嘴的人還真是不少呀。他是赫姆伍德先生，常來拜訪我們，他和媽媽很談得來呢。這兩人一碰面，話匣子開了就停不下來。

前一陣子，我們認識了一位很適合妳的男士唷，若不是妳和強納森訂婚了，我一定會把他介紹給妳。他可是貨真價實的黃金單身漢，不但外表帥氣、資產豐厚，出身良好，是一名醫生，而且非常聰明。想想看，他才二十九歲就開了一家規模龐大的精神病院，還親自管理呢！赫姆伍德先生介紹我們認識後，他就來拜訪我們，現在他已經是我們家的常客了。我想，他是我見過最堅毅又冷靜的人了，他總是一副沉著穩重的樣子。我猜他的病人一定對他佩服得五體投地。不過呢，他有個怪癖，他會直直盯著妳的臉，好像在讀妳心裡在想什麼。他也常這樣盯著我瞧，但我得說，要讀懂我的心可沒那麼容易！我照鏡子時，早就注意到這一點啦。妳曾經照著鏡子，試著研究自己的面相嗎？我就會這麼做，很有趣呢！不過妳試過就知道，研究面相恐怕會帶來不少出乎意料的煩惱。他說，他把我當作一個獨特的心理學研究個案，我想，我這人還真夠他研究的了。妳也知道，我對服飾流行毫無興趣，那些衣服實在無聊透頂！哎呀，這麼說有點粗魯，妳別太在意。亞瑟常說別太在意細微末節。

好啦，我該講的都講完啦！米娜，我們從小就無話不說，彼此之間沒有任何祕密。我們曾經一起睡覺吃飯，也一起大哭大笑。雖然我已經寫了不少事情，但我還想繼續寫下去。米娜，妳猜得到我的心事嗎？我愛他。我一邊寫著，一邊臉紅。我猜想，他也愛我，不過他還沒開口說過。但是呀，米娜，我愛他，我愛他，我愛他了！好啦，我終於說出來了，總算鬆了口氣。真希望妳就在我身邊，親愛的米娜，希望我們坐在火爐前的老位子，一起更衣梳妝，那我就會試著向妳解釋我心中的感受。我根本不知道自己怎麼會寫下這些事。我真害怕自己一停筆，就會把信撕掉，但我不想停下來，我真想和妳分享一切。請妳快快回信給我，快告訴我妳的想法。米娜，我得停筆了。晚安，禱告時，別忘了祝福我。最後，米娜，請祝我幸福！

露西

備註：不用我說，妳也知道這可是天大的祕密吧！再跟妳說聲晚安。L.

五月二十四日

我最親愛的米娜：

謝謝、謝謝、謝謝妳溫柔的回信，能跟妳一訴衷情，我實在太開心了，真高興妳能體會我的心情。

親愛的，有句古老的諺語說：「不鳴則已，一鳴驚人」，還真說中了！眼看九月就要滿二十歲了，卻一直沒有人上門向我提親，沒有半個人影。但今天呢，卻有三個人向我求婚！想想看！一天內被三個人求婚！真是太瘋狂了，我對那兩個可憐男子感到非常抱歉，真的很抱歉。喔，米娜，我實在太開心了，開心得不知該怎麼辦才好！三個人向我求婚！但是，妳行行好，千萬別跟其他女生說，不然她們一定會作起白日夢，萬一她們離校回家的第一天，上門求婚的人不超過六個，她們就會歇斯底里、傷心欲絕，好像被人欺負似地。有些女孩很虛榮。

親愛的米娜，妳和我都訂下婚約了，很快就要走入家庭生活，過著已婚老婦人的生活啦！我們不在乎那些無謂的虛榮。我非得跟妳說說這三個人不可，但親愛的，妳千萬得保守祕密，別告訴任何人呀。當然，除了強納森。妳當然可以告訴強納森，若換成是我，我也會告訴亞瑟。妻子應該跟丈夫開誠布公，不是嗎？親愛的？而且我要講求公平。男人希望受到女人公平對待，特別是他們的老婆。不過呢，在我看來，女人並不老是那麼公平。

言歸正傳，第一位求婚者在中午前到來。他是約翰．西瓦德醫生，我跟妳提過他，那個精神病院的負責人。他的下巴方正，額頭寬大好看。他雖然神態自若仍難掩緊張之心。顯然，他已經做好研究，還把求婚守則銘記在心，注意著各種小細節；但一時疏忽，差點坐到了他自己那頂絲質帽子。真正從容瀟灑的男人才不會像他這麼莽撞呢。接著，他為了故作輕鬆，居然把玩起一把雙刃手術刀，我嚇得差點失聲尖叫。米娜，他開門見山地跟我說，雖然他對我瞭解不深，但我對他十分重要，若我能在他的生命中，輔佐他、安慰他，他一定會無比幸福。他原要繼續講下去，說如果我拒絕了他，他會多麼痛苦。但他看到我哭了起來，就說他實在太冒昧了，他不願意成為我的煩惱。但他又衝動地問我是否會愛上他。當我搖頭時，他的雙手顫抖了。他猶豫了一會兒，問我是否已有意中人，並非常委婉地說，他絕不會洩露我的祕密，只想確認一下。畢竟，若我沒有心上人，那麼他還有希望。米娜，此時我覺得自己有義務坦誠以對。我一說我已心有所屬，他就站了起來，神色凝重地握住我的雙手，低沉地說祝我幸福，當我需要朋友時，他必定是我忠誠的夥伴。

喔，我親愛的米娜，我哭了，淚水完全止不住……妳得原諒我，我的淚水把這封信都弄糊了。求婚本該是美好的，但實際上並非如此。妳必須面對這個可憐的傢伙，不管他多麼真摯地愛著妳，妳都不得不讓他抱著一顆破碎的心離開。不管此刻他怎麼說，妳心底都很清楚，你們的人生已經漸行漸遠。親愛的，我不得不暫時停筆。我一方面很快樂，但一方面又很難過。

傍晚

亞瑟剛離開。我現在的心情比起下午寫信給妳時，好多了，讓我繼續告訴妳後來發生的事。親愛的，午餐後，第二位求婚者來了。他是來自德州的美國人，他真的是一個好人，渾身散發著青春朝氣，真無法想像他已經去過那麼多的地方，冒了無數次險。我完全明白黛絲德蒙娜的心情，她聽了那麼多英勇危險的事蹟，即使講述者是黑人，她也不得不對他傾心。[6]

我想，我們女人家的膽子還真小，一找到可靠的男人就想立刻嫁給他。現在，我知道若我是男人，該怎麼讓女人愛上我了！不，其實我也不大清楚，因為一直講故事的是莫里斯先生，亞瑟從沒提過他們的故事，然而我愛上的卻是亞瑟——親愛的，我講得太快了，再回到莫里斯先生身上吧。

昆西．P．莫里斯先生趁我落單的時候——男人好像老是注意女人什麼時候會隻身一人——不過他失敗了，因為亞瑟試了兩次想找我攀談，而我一心向著亞瑟。現在，說起這些我一點也不害臊了。我得先跟妳解釋一下，莫里斯先生並不是老把俚語掛在嘴邊的人，事實上，他從不對陌生人或在陌生人面前講俚語，因為他受過良好教育，非常有教養。但自從他發現我很喜歡聽他講美國俚語，如果沒有其他人在場，他就會跟我講很多好玩的俚語。親愛的，我猜有時候那些俚語八成都是他自己編出來的，因為他說的俚語總是非常巧妙。這就是俚語的特色。我不知道以後我會不會講些俚語，我連亞瑟喜不喜歡俚語都不知道呢！目前為止，我還沒聽他說過半句俚語。

那時，莫里斯先生坐到我身邊，他的神情看起來泰然自若，但我一眼就看透他明明很緊張。他握起我的手，用最溫柔的口氣說：「露西小姐，我知道自己配不上妳。但如果妳死心塌地要等如意郎君出現，恐怕會等到頭髮都花白啦。何不跳上我的馬車，咱倆一起握住馬鞭，攜手走過這場人生的漫漫長路？」

幸好他那麼詼諧風趣，拒絕他，應該不會像拒絕失神落魄的西瓦德醫生那麼痛苦。我盡量保持語調輕快，說我不知道怎麼搭順風車，也完全不懂得駕馭馬車。此時他說，自己故作輕鬆，可能失策了。他進一步說，其實他想和我談一件嚴肅莊重的大事，希望我能原諒他剛才的輕佻。看到他那麼正經，我也不禁緊張了起來——我知道，米娜妳一定會說我太愛挑逗別人——但一想到一天之內就有兩個人向我求婚，我又不禁沾沾自喜。親愛的，在我再次開口前，莫里斯就開始深情傾訴，他的話語又溫柔又甜蜜，把心和靈魂都奉獻在我的跟前。他看起來多麼深情款款呀！我再也不會因他有時愛開玩笑，而把他看成一個行事輕浮、只顧著遊戲人間的人了。我想，我臉上的表情一定令他大感意外，他突然間停了下來。他實在很有男子氣概，要不是我心有所屬，說不定會愛上他。

6. 譯註：此處指的是莎士比亞《奧塞羅》中的情節，黑人軍官奧塞羅向黛絲德蒙娜講述自己的冒險故事以贏得芳心。

他說：「露西，我知道妳是坦誠的女孩，也知道妳心地光明善良，靈魂純潔無瑕，才向妳述說我的心情。把我當作妳的好友吧，大大方方地告訴我，妳是否已有心上人？如果妳已心有所屬，我絕不會再打擾妳，如果妳願意，我會當妳一輩子忠誠不貳的好朋友。」

親愛的米娜，為什麼男人們那麼高貴呀？我們女人根本配不上他們！上一秒鐘，我居然還打算取笑這個善良真誠的紳士！我不禁落下淚水——親愛的，這封信恐怕到處都是被淚水弄糊的字跡——我真的覺得自己糟糕極了！為什麼一個女孩不能嫁給三個男人？或者嫁給所有的求婚者，好免去這些麻煩？哎呀，這真是異端邪說，我實在不該這麼說。

不過，雖然我哭個不停，我還是很慶幸自己當時望著莫里斯先生無畏的雙眼，直捷了當地回答：「是的，我已愛上了某個人。不過，他從未說過他愛我。」

對莫里斯先生坦白是對的，他的臉上露出心領神會的表情，雙手握住了我的手——我想，也許是我把手放在他的手上——他溫柔地說：「好極了，這才是我的勇敢女孩。我不在乎世上其他的任何女人。就算我遲了一步，難以贏得妳的芳心，我也毫無遺憾。親愛的，別再哭泣。如果妳是為我而流淚，讓我告訴妳，我很堅強，我會站得直挺挺，無所畏懼地接受這一切。如果這位男士還不知道自己的幸福在哪裡，他得把握機會，不然我就要他好看！好女孩，我欣賞妳的誠實和大膽，妳已贏得我的友情，這可比愛情還稀少，至少友情比較無私。親愛的，看來我只能孤獨地過完此生。何不給我一個吻？它將為我擊退黑暗。別擔心，妳可以給我一個吻，反正那位先生還沒對妳告白。我肯定他一定是個好傢伙，一個值得尊重的好人，不然他不可能讓妳動心。」

他這番話打動了我的心。米娜，他勇氣可佳又體貼溫柔，談起自己的對手，竟然還能保持清高的節操，真是太難得了，不是嗎？他看起來那麼難過，於是我靠近他，輕輕吻了他一下。

他握著我的雙手，站了起來，低頭望向我的臉——我猜自己的臉一定羞得發紅——他說：「好女孩，我握著妳的雙手，而妳親吻了我，這證明了我們是真誠的朋友。謝謝妳溫柔的坦誠相待，再會了。」他擰了一下我的手，就放開了。他拿起帽子，頭也不回地邁開大步走出了房間，沒有流下一滴眼淚，也沒有因顫抖而停步，而我卻哭得像個小孩。

想想看，世上有多少女人會拜倒在他的足下，為什麼他卻必須經歷這些傷心事？要不是我心有所屬，我一定也會愛上他——可是，我的心已有所繫。親愛的，這一切讓我難過極了，跟妳說了那麼多，但現在我無法告訴妳快樂的消息。在我能真正快樂起來之前，我不想提起那第三場求婚。

永遠愛妳的露西

備註：關於第三場求婚，我應該不用說求婚者是誰，妳也很清楚吧？坦白說，一切都混亂極了，好像他才剛走進房裡，突然間他已伸出雙臂擁抱我，接著就吻了我。我開心極了，我不知道自己做了什麼好事能這麼幸運！我將隨時感恩上帝，證明自己沒有辜負祂的厚愛，感謝祂賜給我這樣一位美好的愛人，這樣一位好丈夫，這樣一位好朋友。

再會！

西瓦德醫生的日記（以留聲機記錄）

五月二十五日

今天心情真低落。我食不下嚥，寢不能寐，就來錄錄留聲日記吧。昨天求婚被拒絕後，我的心好像被掏空了，世上再也沒有重要的事了，我什麼也不想做……我知道，治療心傷的唯一解藥就是工作，於是我下樓去看病人。我選了一位頗有研究價值的病人。他很奇特，我下定決心要盡己所能地深入瞭解他。今天似乎是我第一次如此接近他神祕的內心世界。

我第一次鉅細靡遺地仔細詢問他各種問題，試圖成為他的幻想世界的專家。現在回想起來，我的態度簡直過於殘暴。我好像希望他保持瘋狂——通常，我盡量避免病人發瘋，就像小心翼翼地避開地獄之口一樣。

（備忘：在什麼情況下，我才會奮不顧身地跳入地獄，在所不惜？）羅馬的一切都已腐敗，任人買賣。要我下地獄可是要付出代價的！對智者來說，一句話就夠了。也許我的直覺準確，那我該好好詳盡追蹤，最好現在就開始吧。聽好了：

R. M. 朗菲爾德，五十九歲。他是多血質[7]，因此個性活潑急躁，體能強健，容易亢奮。週期性地陷入低潮，陷入某種我無法確知的想法中。我猜測多血質和它的擾亂作用，造成他的精神錯亂。他有潛在危險，如果他無私的話，恐怕會造成危險。一個自私的人，會小心注意敵人，也會同樣關注自己，安全是他們的盔甲。我認為，當自我是人的中心點，向心力與離心力達到平衡。但如果人的中心點不是自我，而是責任，目的等等事物時，離心力的力量過於強大，唯有經歷一連串的事件，才能讓心智重新獲得平衡。

昆西．P．莫里斯寫給亞瑟．赫姆伍德閣下的信

五月二十五日

親愛的亞瑟：

你還記得嗎？我們曾在草原的營火旁談天說地，那次我們試著登上馬克薩斯群島後，也為彼此包紮傷口，更曾在的的喀喀湖岸酣然大醉。還有很多的故事等著我們說，很多的傷口等著癒合，很多酒等著我們一飲而盡。明晚，要不要來我的營火一聚？我這麼直接地邀你，是因為我知道某位姑娘明晚有一場晚宴，想必你是自由之身。我還邀請了咱們在韓國的老友傑克．西瓦德[8]。他也會赴約，我們都想借酒消愁，並誠心誠意地舉杯向這世上最幸運的男人致敬！上帝創造出一名最高貴、最令人渴望的女子，而你贏得了她的芳心！我們絕對會熱誠地歡迎你，真摯地問候你，並祝福你永遠健康快樂。若你喝得酩酊大醉，別擔心，我們保證會收留你一晚！來吧！

你永遠的昆西．P．莫里斯

亞瑟．赫姆伍德發給昆西．P．莫里斯的電報

五月二十六日

不見不散。我有個會令你們大為興奮的消息！

亞瑟

7. 譯註：原文為Sanguine temperament，古希臘醫學家希波克拉底發現人有四種體液：血液、黏液、黃膽汁和黑膽汁，體液會影響人的性情和行為。不過後來的發現排斥這種說法。四種性情分別為：多血質：活潑浮躁；膽汁質：豪爽衝動；黏液質：踏實守舊；抑鬱質：謹慎悲觀。

8. 譯註：亞瑟和莫里斯叫西瓦德醫生：傑克。范．海辛教授叫西瓦德醫生：約翰。

第六章 米娜・莫雷的日記

七月二十四日・惠特比

露西到車站來接我，她看起來比以前更加甜美可愛。我們坐上馬車，到魏斯特拉家位於新月路上的度假屋。惠特比是個美麗的地方，有一條小河叫作艾斯克，它流過深谷後，在靠近港口處隨著地勢趨緩，河面也變得寬闊了。河面上有一座壯觀的高架鐵路，橋墩很高，從橋下望過去，另一頭的景色顯得格外遙遠。河谷綠意盎然，而兩旁的山勢十分陡峭，若站在兩座山的高點就只能看到對面，除非站在峭壁邊緣，才能看見山下的景色。我們的對岸是舊城區，那兒的房子都有磚紅色的屋頂，一個一個交相錯疊，就像我們看過的紐倫堡照片一樣。被丹麥日耳曼人破壞的惠特比修道院，那醒目的遺跡俯瞰著整座城鎮。詩歌《瑪米恩》[9]中，有一段就以此地為場景，有個女孩被砌在牆裡。這是一座巨大且莊嚴的廢墟，有許多美麗動人的角落，也流傳著有人曾從一扇窗子看到一名白衣女子。

修道院和城鎮之間還有一間教區教堂，周圍是佔地寬廣的墓園，立滿了墓碑。我私心認為，這座墓園是惠特比最美的地方，因為它位在城鎮旁的高地，一眼望去就能看遍整個港口和海灣，連延伸到海中的凱托尼斯岬角也都盡收眼底。這裡的地勢險惡，有一部分的斜坡已經傾頹，有些墳墓也被毀了。有個地方，墳墓的石基往外延伸，通往下方的一條碎沙小徑。墓園裡有許多小路，隨處都設有座椅，人們常來這裡漫步，坐在椅子上，享受一望無際的美景和陣陣微風。以後，我一定會常常坐在這裡，也許在這兒工作。其實，我正在這兒寫日記，我把筆記本放在腿上，傾聽旁邊三位老先生的對話。他們好像無所事事，整天坐在這兒聊天。

我的下方就是海港，遠方一座石牆往海面延伸，尾端形成一道弧形，那兒立著一座燈塔，外圍有一道厚實的防波堤。在近側，另一個防坡堤像手臂一樣彎曲，尾端也是一座燈塔。兩座燈塔之間就是通往港口的窄小入口，一過了防波堤，水面就寬闊了起來。

漲潮時的景色很美，但退潮時，沙洲露了出來，只有艾斯克河的水流在沙洲和石塊間潺潺流動。港口外，這側有一個長達約半英里的巨大礁石，礁石銳利的突角顯現在南邊燈塔的後方。礁石尾端有一座浮標，上面有個鈴，天氣不好時就會搖響鈴，不祥的鈴聲在風中傳來一陣又一陣哀傷。這裡盛傳每當有船沉沒時，外海就會聽到這些鈴聲。老先生正往這兒走過來，我得問問他這件事情……

這位風趣的老人家，那一張皺紋遍佈的臉就像多瘤的樹皮，他年紀應該很大了。他說，他快滿一百歲啦，滑鐵盧戰役時，他在格陵蘭的漁船隊當船員。他恐怕是懷疑論者，當我問起海中鈴聲，還有修道院那名白衣女子的事情時，他直率地說：「小姐，我才不會去煩惱那些事兒。過一陣子，這些傳說就不會有人提起了。聽好，我不是說它們毫無根據，但至少在我的年代，從沒聽過。訪客或旅人可能會喜歡這種傳說，但像妳這樣年輕又身世良好的淑女，不適合聊這種事兒。那些從約克或里茲來的步行者，老是嚼著鹹魚乾、喝著茶，一心想買塊便宜煤玉，這些人啊，聽到什麼胡說八道就信以為真。我也不知道到底是誰跟他們說這些亂七八糟的謊話。這些事連傻話連篇的報紙也不會寫。」

---

9. 譯註：《*Marmion*》，蘇格蘭名作家華特．史考特（Walter Scott）寫於一八〇七年的史詩。其中一名女主角 Clara de clare 為了躲避 Marmion 的追求，躲到惠特比修道院。

我想，我一定能從他身上學到不少有趣的事情，於是我問他願不願意說說以前的捕鯨業。當他正準備開口時，六點的鐘響了，他費了點力氣才站起來，說：「小姐，我得趕緊回家啦！我的孫女不喜歡等人，她急著要吃晚餐啦！我得花好多時間才能走完那長長的石階。小姐，我肚子也餓扁啦！」

他步履蹣跚地走遠了，我看得出來他努力加快腳步，急急走下石階。那條石階是這兒的著名景點，從鎮上一路通到教堂，總共有好幾百階——但我不知道到底有幾階——一路蜿蜒而下。階梯並不陡，連馬兒也能輕易地爬上爬下。我猜，這條石階說不定是為了修道院而修建的。我也該回家了。露西和她的母親去串門子，因為只是例行的社交拜訪，我就沒有一起去。現在，她們差不多回家了吧。

八月一日

一小時前，我和露西一起爬上石階到了墓園。我們和我的老朋友有一場很有趣的對話，他那兩位形影不離的好朋友也和我們一起聊天。我的老朋友顯然是三人中的「至聖哲人」，我相信他以前一定是唯我獨尊、傲視眾人的人。他從不讓步，老是堅持己見，貶視他人。如果他無法在爭論中勝出，就會用言語威嚇；朋友一不回話，他就當作他們默認他的觀點。露西穿著白色麻質洋裝，看起來嬌美極了。她來到惠特比後，膚色就健康多了。當我們坐下來時，我注意到那些老人立刻聚了上來，想要坐得離她近一點。她對老人家非常溫柔，我猜他們都對她一見鍾情啦！連我的老朋友都棄械投降，沒有反駁她說的話，反而把火力集中在我身上。我向他談起各種傳說，他立刻滔滔不絕地說起教來。我回想他說的話，畫量完整地記下來：

「這些全是胡說八道！全都是不值一提的荒唐事。什麼詛咒、鬼畫符、鬼魂、犬魔啦，還有那些妖魔鬼怪，全都是拿來嚇小孩和女人的玩意兒，都是沒有根據的傳說。什麼可怕的記號、警告啦，都是那些牧師、聰明人、還有鐵路商人編出來的，不是打算把膽小的人嚇得魂飛魄散，就是要逼人去做一些原本不想做的事。一想到這兒，我就憤氣填膺。就是那些人，在紙上印出謊言還不夠，在講台上講道還不行，硬要把這些事兒刻在墓碑上。瞧瞧你周圍吧，這些墓碑站得直挺挺地，一臉驕傲地迎風而立，其實多半是空的——墓碑上全是一派胡言，沉重的謊言讓墳墓都坍啦！瞧瞧它們上面全刻著：『某某某在此安息』或『永誌不忘』，但裡面沒有半個死人，什麼回憶？連一口菸也不如！更別說什麼永遠不忘啦！一派胡言！一個接一個的謊言！老天爺，等上帝的最後審判來到，我倒要看看那些亡靈如何從墳墓裡爬出來，抱著墓碑證明自己是怎樣的好人。有些亡魂八成嚇得渾身發抖，或者因為沉在海底而溼答答、滑溜溜的，恐怕連走都走不穩咧！」

這個老傢伙洋洋自得，左顧右盼等著他兩位老友的認同，我看得出來他其實是愛現。我慫恿他多說一些：「喔，史威爾斯先生，你不是認真的吧？這些墓碑不可能全是假的吧？」

「當然！不過呢，裡面可能也有些是真的墓，但少得可憐！它們以假亂真，難以分辨，而世上蠢蛋很多，有的人還以為海只是一個盛滿水的碗哩！所有的事都是謊言！瞧瞧妳，妳是外地人，不懂事，妳仔細看看這個教堂墓地。」我點了點頭。其實我聽不太懂他的方言，但最好還是同意他說的話。我猜他接下來要說的事，一定和教堂有關。他繼續說：「妳認為這些墓碑下方都躺了人，是吧？」我又點點頭。「這全是幌子！因為啊，這些墓穴跟老唐星期五晚上抽的菸盒一樣，全是空的！」他用手肘推了推朋友，他們全都哄然大笑。「老天爺，它們怎會躺著人？妳看看那個墓碑，瞧瞧它的正反面，讀出來！」

我走了過去，唸道：「愛德華．史賓瑟萊，偉大的航海家，一八五四年四月在安德烈斯島外海遭海盜殺害。得年三十歲。」

我走了回來。史威爾斯先生繼續說：「我倒想知道，是誰把他的屍首帶回來，葬在這兒？在安德烈斯島外海被殺！而你還相信墓碑下躺著他本人！哎，那些躺在格陵蘭海面上的屍體，我可叫得出一打名字——」他伸手指向北方：「或者告訴妳，他們是遇到哪一場海流才被淹死。瞧瞧妳身邊立著的墓碑，妳還年輕，但從這兒也能看見上面寫滿謊話。這個布萊斯韋特・洛瑞——我跟他老爹很熟，他二十多歲就在格陵蘭的萊弗利失蹤。那個安德魯・伍德豪斯，一七七七年在同一片海域淹死了。隔年，那個強・派克斯頓則是在費爾威角淹死的。還有老約翰・羅林斯，我跟他爺爺一起航海過，他五十歲時，在芬蘭灣淹死。妳覺得這些人，難道一聽到號角響起，就會急急忙忙地跑來惠特比被安葬？拜託，我很清楚，我告訴妳，他們若回得來，一定會像生前一樣大呼小叫、你推我擠，就像過去那樣，一起在冰天雪地的極地打架，又在極光下包紮彼此的傷口！」說完，他和兩個老朋友都哈哈大笑起來，顯然這是當地的玩笑。

「但是，」我說，「你說的也不完全是正確。你說，在最後的審判日，這些可憐人或不幸的鬼魂，都得拖著墓碑一起去見上帝。這可是你猜的，你覺得他們有必要這麼做嗎？」

「不然那些墓碑有啥用處？妳倒說說看，小姑娘！」

「我想，是為了安慰他們的親人。」

「為了安慰他們的親人！妳想得美！」他譏嘲道，口氣裡滿滿的不屑。「這些謊言連篇的墳墓，怎能安慰他們的親人？更何況，這兒的每個人都很清楚這些墓全是假的！」他指向我們腳下一塊很靠近懸崖邊緣的石板，上面設置著一張行人椅。「讀讀這上面的謊言！」他說。字排列的方向跟我坐的位置相反，而露西坐在正上方，因此她彎腰唸出來：

「謹此紀念喬治・康南，於一八七三年七月二十九日在凱托尼斯墜崖而逝，期待終有一日，帶著光榮重獲新生。其母悲慟欲絕，為愛子立下此碑。『他是母親的獨子，而其母是一名寡婦。』真是的，史威爾斯先生，這一點也不好笑！」露西非常嚴肅地說，有點不快。

「妳說這一點也不好笑！哈！哈哈！那是因為妳不知道這個悲慟欲絕的母親根本是潑婦，她痛恨自己的兒子，因為他是跛子——是殘廢。他也恨他媽媽，所以他選擇自殺，讓他媽媽拿不到保險金。他拿了一把平常用來嚇烏鴉的步槍，親手轟掉自己的頭。這回，不但沒趕跑烏鴉，還為他招來蒼蠅啦！他就是這樣摔下崖的。再說那個『重獲新生』，我常聽到他說，該死，寧願下地獄也不想上天堂。因為他媽媽很虔誠，一定會上天堂，他一點兒也不想去有她在的地方。現在，妳還不相信這上面寫的——」他拿起手杖，敲了一下墓板。「全是一派胡言？想想看，若審判日那天，喬治氣喘吁吁地揹著這塊墓板到上帝面前，宣稱這就是他是個好人的明證，旁邊的加百列大天使怎能不笑掉大牙呢！」

我不知道該說什麼才好，此時露西站起身，轉了話題，說：「哎呀，你為什麼跟我們說這些事呢？這張椅子一直是我最喜歡的位置，我一坐在這兒，就不想離開。現在我才知道自己一直坐在自殺者的墳上。」

「我美麗的姑娘，妳儘管坐下來。有這樣一位美嬌娘坐在喬治身上，他一定很開心，不會傷害妳的。我在這兒坐了快二十年啦，他也沒傷我半根汗毛！妳別煩心那些在或不在妳腳下的墓碑，如果有天妳發現所有的墓碑都不見啦，這兒一片光禿禿，像剛收割的農地似地荒蕪，那時再煩惱也不遲！哎呀，鐘響了，我該走啦！姑娘們，隨時為您們效勞！」他蹣跚地走了。

露西和我又坐了一陣子。眼前的景色實在太美了，我們不禁牽起彼此的手。她跟我暢談亞瑟和接下來的婚事。這令我有點難過，因為這一個月來，我都沒收到強納森的任何消息。

同一天，稍晚

難過的我獨自來到墓園。我仍然沒有收到信。我希望強納森不是遇上什麼意外。九點的鐘聲剛響起。我俯望著鎮上的點點燈火，有的燈沿著街道緊緊相連地亮著，有的沿著艾斯克河疏疏落落地亮著，直到隱沒在河谷間，再也看不見。墓園左邊有一棟老屋鄰著修道院，那黑色的屋頂擋住了我的視線。我身後的草原，遠遠傳來綿羊和小羊咩咩叫的聲音。有一頭驢子從我的下方行過，在路面發出噠噠的聲響。港口那邊有樂團正在演奏一首嘈雜的華爾滋，而救世軍則在遠處碼頭的後街開會。這兩群人聽不見彼此的聲音，但我站的這兒居高臨下，不但可同時聽見兩邊傳來的聲響，也能看見兩邊的景象。我不知道強納森現在人在何處？是不是正想著我呢？真希望他就在這兒。

西瓦德醫生的日記

六月五日

我愈瞭解朗菲爾德，就愈覺得這個病例太有趣了。他的某些特質十分顯著，比如自私、行蹤神祕、具有強烈目的。他似乎自有盤算，但我還不太明白，很想確認他的目的。他的可取之處在於他熱愛動物，但有時他的好奇心太過旺盛，我不禁認為他根本反常的冷血。他養了一些奇特的寵物，目前他的興趣是抓蒼蠅。他現在抓了一大堆的蒼蠅，我不得不出言告誡。他居然沒有如我猜測的大發脾氣，反而認真地考量這件事，大出我的意料之外。他思考了一陣子後，說：「你可以給我三天嗎？三天內我會把牠們都清理掉。」我當然同意了，我得注意他的行動。

六月十八日

現在，朗菲爾德的興趣轉到蜘蛛。他抓了好幾隻大蜘蛛，都裝在一個盒子裡。他用蒼蠅餵養蜘蛛，於是蒼蠅的數量大幅下降。然而，每次用餐，他都只吃一半，把剩下的食物拿到房外，好吸引更多的蒼蠅。

七月一日

現在，他的蜘蛛現在變得跟蒼蠅一樣成為令人討厭的東西，今天我告誡他，非得處理掉這些蟲不可。他顯得非常難過，我只好退讓地表示，至少他得丟掉一部分。他很高興地接受了，就像之前一樣，我訂下明確的期限。當我和他在一起時，有一隻吃了很多腐爛食物的琉璃蠅飛進房裡，嗡嗡地到處亂飛，他用拇指和食指抓住琉璃蠅，喜悅地看著牠好一陣子，在我還沒想及他的反應之前，他就把琉璃蠅吃下去了！真令我作嘔。我責備他不該這麼做，但他低聲地回答，琉璃蠅不但好吃還有益健康。他說那是生命，強壯的生命，而吃下牠就會帶給他生命力。這點醒了我，或者至少帶給我某種模糊的想法。我得觀察他會如何處理那些蜘蛛。他隨身攜帶一本小筆記本，一有空就在上面塗塗寫寫，他心裡一定藏著深沉的想法，因為很多頁面上寫滿了密密麻麻的數字，都是個位數的加法，接著再把好幾個算式的總和相加，就像忙著查帳的審計員。

七月八日

朗菲爾德的瘋狂依循著某種規則，而我腦中漸漸有了初步的想法。很快我就會明白他的邏輯，到時候，無意識的大腦思考啊，你將被你的兄弟——有意識的思考——所取代！這幾天我刻意不去探望我的朋友，這樣如果他有任何變化，我才能立刻察覺。目前的進展正如我的預料，他已處理掉一些寵物，注意力轉移到新的對象。他抓到一隻麻雀，現在已快馴服牠。他馴鳥的手段很簡單，想想看那些蜘蛛怎麼消失的！不過呢，還活著的蜘蛛都被養得很好，因為他仍然用自己的食物招引蒼蠅。

七月十九日

我們有所進展。我的朋友已經有了一大群的麻雀，而他的蒼蠅和蜘蛛幾乎全都陣亡了。當我進到他的房裡，他跑向我，拜託我幫一個大忙——一件重大的事，他像小狗一樣對我搖尾乞憐。我問他什麼事，他的身子和聲音似乎都因狂喜而顫抖起來：

「我想要一隻幼貓，一隻健康活潑的小貓，我想和牠玩、教牠、養牠，對，我想養牠！我想餵牠！」他的請求並非出乎我的意料，我已注意到他的寵物數量愈來愈多，也愈來愈難以控制，就算他那群溫順可愛的麻雀家族，終將和蒼蠅、蜘蛛一樣遭到全軍覆沒的命運，我也不大介意。我說我會試試看，並問他為什麼不養一隻成貓，而要小貓。他無法克制心中的興奮，立刻回答：「太好了！我想要一隻成貓！我擔心你不肯給我一隻成貓，所以只敢要求一隻小貓。應該沒有人會拒絕給我一隻小貓，對吧？」

但我搖了搖頭，接著說，目前我無法給他一隻貓，不過我會想想辦法。他像洩了氣的皮球，露出失望的表情。他突然斜眼瞪我，那凶狠的眼神明顯帶著殺氣。我察覺到他隱含的危險因子，這人根本是尚未露出真面目的潛在殺人狂。趁著他對我有所求，我得再試探他，看看會發生什麼事，好更瞭解他。

晚上十點

我又去看朗菲爾德了，而他躲在角落裡沉思。我一進門，他立刻衝到我的面前、噗咚一聲就跪在地上，懇求我給他一隻貓，宣稱這事關他的救贖。但我不為所動，拒絕地說他不能養貓。他一言不發地又坐回剛剛的角落裡，咬著指甲。明天一早，我就會再來瞧瞧他的情況。

七月二十日

我一大早就去探訪朗菲爾德，連護理人員都還沒去他房裡巡視。他已經起床了，哼著歌。他收集了不少糖，現在他把糖都灑在窗邊，顯然又在設計抓蒼蠅的陷阱。而且他的態度歡快，似乎毫無芥蒂。我四處尋找他的鳥群，但沒有絲毫蹤影，就問牠們在哪裡。他連頭也沒回就說牠們全都飛走了。房內散落著幾根羽毛，而他的枕頭上還有一滴血跡。我不發一語的離開了，並交代管理員，若他有任何怪異舉動，一定要通知我。

上午十一點

護理人員跑來向我報告，朗菲爾德身體不舒服，還吐出了一大堆羽毛。他說：「醫生，我相信他吃了他養的那些鳥，可能把牠們活生生地吃下肚了！」

晚上十一點

今晚，我把藥效強勁的鴉片劑給朗菲爾德，讓他睡個好覺，趁機拿走他的隨身筆記本。在我腦中縈繞許久的想法終於成形，而我的理論也獲得證實。我的這位殺人狂與眾不同，我得為他想個新分類才行，我要稱呼他為「噬生狂」。他所想要的，是盡其所能吞噬大量的生命體，而他已用各種方式、想盡各種方法來達成這個目標。他餵食很多的蒼蠅給蜘蛛，再餵每隻鳥很多的蜘蛛，接下來，他希望找一隻貓來，好讓貓吃掉所有的鳥。再接下來，他會怎麼做？也許完成這個實驗，我就能一探究竟。如果真有明確的目標，也許我們真該不顧一切地去做。人們曾經鄙視活體解剖，但瞧瞧現今的成果！何不面對科學最難以探索但也最重要的領域，好刺激科學的進展呢？我說的是人腦的領域，如果我真能掌握人心的祕密——只要我能瞭解一名瘋子的狂思亂想——也許我能自創獨一無二的科學流派，到時候連伯頓．桑德森的生理學或費里爾的大腦研究，都只是不值一提的雕蟲小技。哎呀，若是有明確的原因就好了！我可不能一直這樣想下去，不然說不定會被蠱惑。只要有個好原因，我可能就能佔上風，說不定我生來就是天才呢！

人的邏輯多麼複雜，瘋子總是活在自己的世界裡。我很好奇，他認為一個人是由多少生命構成的？或者在他眼中，人只是一條性命而已？他已精準地結束上一個實驗，而今天，他將開始新的紀錄。我們之中有多少人在活著的每一天都能開創一項新紀錄呢？

想想看，那一天我的新希望化為灰燼，我的人生也變得毫無生氣，對我來說彷彿只是昨天的事。而現在，我已找到新的目標。所以，只有等到記錄天使[10]結算的那一天才能蓋棺論定，祂將清算我的帳戶，決定尾數是正還是負。喔，露西，露西，我不能生妳的氣，我也不能生我朋友的氣，儘管妳選中的人是他，不是我。我只能在無望中等待，並且認真工作。工作！工作！我多希望能像這位不幸的瘋子朋友，我想和他擁有一樣旺盛的動機——一個良善無私的動機，好讓我工作不懈——這就是幸福的所在。

米娜·莫雷的日記

七月二十六日

我心神不寧，唯有在日記上盡情抒發來尋求平靜。寫日記就像在對自己低語，同時傾聽自己的心聲；而用速記碼感覺比一般的文字更私密。露西和強納森的事情都令我鬱鬱不快。這一陣子，我完全沒有強納森的音訊，我擔心極了。昨天，那位總是和藹可親的霍金斯先生寄給我一封強納森寫的信。我之前寫信詢問霍金斯先生，是否有強納森的消息，而他在回信中說，他剛收到這封信。強納森在信中只寫了一行字，說他即將啟程回家，上面標有日期。這封信是從德古拉城堡寄出的。

這不太像是強納森的作風，我左思右想也無法理解，這封信反而更讓我惶惶不安。我也很擔心露西。雖然她身體無恙，但她的老毛病發作，又開始夢遊了。她的母親和我都很擔心，決定每晚都把我們的房間上鎖。魏斯特拉夫人認為夢遊者會跑到屋頂或走到懸崖邊，然後因為突然驚醒而失足，在尖叫聲中跌落，只剩那悽慘的呼喊迴盪不已，久久不散。可憐的夫人，她當然很擔心露西的怪毛病，她說她的先生，也就是露西的父親，也有這種習慣。他會在半夜裡起來，若沒人阻止，他會穿上衣服走出家門。露西即將在秋天完婚，她已經開始設計婚紗，計畫要如何整理新家。我完全明白她的心情，因為我和強納森也這麼計畫過，只是我們的生活會非

10. 譯註：Great Recorder，指的是Recording Angel，基督教中負責記錄每個人一生事件的天使。

常簡樸平實，甚至拮据。赫姆伍德先生——他就是可敬的亞瑟·赫姆伍德先生，葛達明勳爵的獨子——很快就會來這兒。他的父親近來身體微恙，等他能抽空離開時就會過來，而我猜親愛的露西正心焦地數著日子。她很想帶他到懸崖邊的墓園，一起坐在那張長椅上，欣賞惠特比的美景。我敢說，等待就是煩擾她的原因，只要他一出現，她的病就會轉好了。

七月二十七日

強納森依然音訊全無。我愈來愈擔心他的情況，雖然我並不清楚自己為何那麼心神不寧。我希望他能寫封信，就算只有一行字也好！露西的夢遊也愈來愈嚴重，我每天晚上都被在房內走來走去的她嚇醒。幸好天氣很熱，她不會因此著涼。但是內心憂慮再加上睡不好，這一切都令我神經緊張，使我時常毫無來由地自己驚醒。幸好露西的健康狀況不錯。赫姆伍德先生又被召回林恩，因為他的父親重病纏身，露西和赫姆伍德相見的日期又被推遲了，她因此心煩意亂。不過，這些都沒有影響她的氣色，她的臉頰更加紅潤，之前那種貧血柔弱的樣子消失了。我希望她能一直保持健康。

八月三日

又過了一週，強納森依舊無消無息。據我所知，連霍金斯先生也沒收到他的音訊。唉，我希望他不是生大病了。如果他一切無恙，一定會寫信給我的。我看著他寫來的最後一封信，但那一行字沒有帶給我任何慰藉。這封信完全不像他的口氣，但紙上清清楚楚是他的筆跡。我認得他的字，絕不會認錯。上週，露西夢遊的次數減少了，但她不知為了什麼而心事重重，她入睡之後，好像偷偷在窺探我。她在夢遊中想打開房門，卻發現上了鎖，就到處尋找鑰匙。

八月六日

又過了杳無音訊的三天，無休無止的憂慮快令我承受不了了。若我能寫信給他，或知道他人在何處，心裡多少會舒坦一些。但是，自從上封信後，沒有人收過強納森的隻字片語。我只能祈求上帝賜與我更多的耐心。露西變得更加焦躁，除此之外，一切都好。

昨天夜裡非常可怕，漁夫說暴風雨快來了。我得觀察天氣，學習認識各種徵象。今天的天色陰沉，我寫日記的此刻，凱托尼斯上方懸掛著厚厚的雲層，遮住了太陽。一切都灰濛濛的，只有草地仍然碧綠如茵，就像灰色世界裡的一塊翡翠。灰色的岩石、灰色的雲，遠方的雲隙間隱隱透出一絲光線，但沉重的烏雲掛在灰色的海面上，而延伸入海的沙洲就像灰色的手指似的。海浪激烈地在淺灘和沙地上翻滾咆哮，而濃重的水霧一陣陣吹向陸地。灰色的霧遮住了海平線。灰色的世界無邊無際，烏雲堆積成巨石，颼颼風聲從海上傳來，宛如末日前兆。海灘上站著幾個疏疏落落黑色的身影，有人被霧氣遮住了上半身，就像馬可福音中盲人形容的，「他們好像樹木，並且行走」。趕著回家的漁船爭先恐後地航向岸邊，船隻隨著浪潮不斷上下顛跛地衝撞上岸，把船邊的排水孔都撞彎了。史威爾斯老先生出現了，他直接朝著我走來，他把帽子高舉起，似乎有話要對我說……老人家最近的改變令我十分感動。

他在我身邊坐下來，口氣溫柔地說：「好姑娘，有件事我想告訴妳。」

我看得出來他不大自在，我握住他滿是皺紋、歷經歲月風霜的手，請他大方地說出來。

他把手放在我的手中，說：「我親愛的姑娘，這幾週來，我恐怕說了很多跟死人有關的怪事，把妳嚇得魂飛魄散。但這不是我的本意，我走了之後，我希望妳清楚我們只是一群神智不清的老傢伙，已經一腳踏進棺材裡啦！別把我們說的話當真，我們並不想嚇到妳。就是因為這樣，我總是故作輕鬆地談生論死，好讓自己開心一點。但是啊，上帝愛妳，好姑娘，我一點也不怕死亡，儘管我還不想死。我的時日不多啦，我已經夠老了！人啊，活到一百歲就了不起啦！而我老成這樣，已經看見死神那老頭磨刀霍霍地等著我。妳瞧，我就是愛開玩笑和絮絮叨叨說不停。過不久，死亡天使就會為我吹響號角了。妳千萬別難過，別哭，我親愛的！」他看到我哭了起來，就這麼安慰我。

「如果他今晚來找我，我不會把他拒在門外。說起來，人生就是不斷的等待，期待得不到的事情終會發生，而死亡卻是唯一牢靠、絕不會令我們失望的事。我很滿足，親愛的，我知道死亡近了，我會很快的死去。可能我們還在到處張望、不知所措的時候，死亡就來了。也許他就是海上那陣風，帶來死亡與毀滅，還有苦難與傷痛。看呀！妳看呀！」他突然喊了出聲：「那股風裡有個東西，它的聲音、形貌、滋味、氣息都和死亡一模一樣。死亡就在空氣中，我感覺得到它近了。上帝啊！當我時數將盡，讓我歡欣回應死亡的呼喊！」他虔誠地高舉雙手，並舉起他的帽子。他說著話卻沒有發出聲音，好像正在祈禱。沉默了幾分鐘後，他站起身，和我握手致意，祝福我並與我告別，然後步履蹣跚地離開了。他不僅感動了我，也讓我憂傷不已。

當海巡員腋下夾著望遠鏡走過來的時候，我非常高興。他像往常一樣停步與我聊天，並不時望向一艘奇怪的船。

「我真搞不懂那艘船，」他說，「從外表看起來是俄國船，但它航行的方式搖擺不定，好像搞不懂自己要去哪裡，實在太奇怪了！它似乎察覺到暴風雨就要來了，但拿不定主意要航往北方的開闊海域，還是要停在這兒。瞧瞧它！它突然就怪異猛然轉向，好像毫不在乎那雙掌舵的手打算要去哪兒。風一吹，它就東倒西歪，橫衝直撞！我想，明天此時，我們就會知道它到底有沒有停泊在這兒。」

第七章 《每日畫報》八月八日的文章

（貼在米娜．莫雷日記中的剪報）

惠特比通訊記者的現場報導

惠特比剛經歷一場有史以來最強烈、突如其來的暴風雨，引發了一些奇怪而少見的影響。前幾天天氣炎熱，不過這在八月並不少見。星期六傍晚的天氣非常晴朗，為數眾多的遊客前往墨格拉福森林、羅賓漢灣、里格米爾、朗斯威克、史特雷斯，以及惠特比附近的其他景點。蒸汽輪船艾瑪號和史卡伯羅號來來回回航行，這一天進出惠特比的船隻特別多。天氣出奇的好，但到了下午，幾名經常前往東崖墓園的人發現，東邊與北邊的海面起了滾滾大浪，更令人驚異的是西北方的高空居然出現馬尾雲。此時，西南方吹來一陣溫和的風，以氣壓學來說，就是「二級風：輕風」。執勤中的海巡員立刻通報這些現象。

一名年老的漁夫半世紀來都在東崖上觀察氣象變化，他大膽斷言馬上就會形成風暴雨。傍晚的夕陽非常美麗，多彩的晚霞壯麗極了，許多人聚集在舊墓園中懸崖旁的小徑上一睹少見的美景。太陽仍昂然懸掛在西方天際，映著下方的雲朵呈現出火紅、艷紫、粉紅、翠綠、紫羅蘭色，同時發散深淺不一的金光。周圍散落著大小形狀不一的黑影，把彩雲與夕陽襯托得更加耀眼，令人屏息。

畫家也迫不及待地畫下令人屏息的美景，可想而知，他們的作品有望在明年五月登上皇家藝術學院與皇家研究院的牆。不少船長已決定要把他們的「小舟」或「騾子」——船員對不同大小船隻的稱呼——停在港中，直到暴風雨結束。

晚上，風悄悄停了，午夜時一切如死亡般靜寂，只有難以忍受的酷熱和愈來愈近的雷聲，心思敏感纖細的人為此擔憂不已。海面上只有幾盞零星的燈火，在海岸邊梭巡的蒸汽輪船都一反緊靠海岸的習慣而移向外海。不過海面上仍可見幾艘漁船，唯一令人側目的是一艘張開所有風帆的外國縱帆船，似乎打算往西航行。居民專注觀察這艘船的動向，討論著這艘船的船長到底是有勇無謀還是單純無知。許多人試圖向這艘船發出趕緊收帆的警訊。夜色降臨前，人們看見這艘船順著海浪上下起伏，風帆隨意拍打著，正如塞謬爾在《古舟子詠》中形容的，「就像一艘畫好的船，停在一片畫好的海洋上，慵懶隨意。」

將近十點時，停滯的空氣瀰漫著濃重的壓迫感，四周一片寂靜，陸地的羊叫或鎮上的狗吠都變得清晰可聞。樂團在碼頭上演奏活潑的法國小曲，打破了大自然的沉寂無聲。午夜剛過不久，海上就傳來詭異的聲響，天空也發出奇特又模糊，而且空洞沉悶的轟鳴。

暴風雨毫無預警地說來就來，它以風馳電掣之勢來襲，當下令人難以置信，事後想來更是離奇，彷彿違背所有的自然知識。海浪捲起驚人的高度，一波比一波更聲勢浩大，幾分鐘前平靜如鏡的海面搖身一變成了咆哮的怪獸，吞噬一切。頂著白色浪花的海浪瘋狂地打在平緩的沙灘上，還衝上險峻的懸崖。海浪蓋過了碼頭，惠特比海港兩道防坡堤上的燈塔也都被海浪的泡沫吞沒。風發出像雷聲一般的呼嘯，陣陣強風讓最強壯的人也站不穩了，只能緊緊抓著欄杆。要不是整座碼頭的觀看民眾都在當下被驅散，當晚的傷亡人數一定會增加好幾倍。更危險駭人的是，海上飄來的大霧湧進陸地——白而溼潤的雲霧如鬼魅般飄移；潮溼、濃重又冷冽的煙霧讓人不禁想像，那些死於海上的亡魂回來了，用牠們溼黏的手指撫過活著的親友們。海霧一飄過，許多人就打起寒顫。當霧稍稍散去，遠方的海面立刻雷電交加，又急又快地往海岸靠近，突然響起的轟雷似乎讓整個天空嚇得瑟瑟發抖，害怕這場突如其來的暴風雨。

接下來的場景壯麗無比又震撼人心——海浪以排山倒海之勢捲起，每一波浪潮都頂著白色的浪花衝向天際，海浪好像被暴風伸手抓住捲進高空漩渦之中。三兩艘漁船衝向海岸，急著在雷劈風嘯之前尋找停泊處，但它們的風帆都已被吹得破破爛爛。張著白色羽翼的海鳥也被風拋來打去。東崖頂端的探照燈亮了起來，這些全新的燈還沒經歷過暴風雨呢。當海面湧來的濃霧稍稍止歇，值勤的警消人員把準備好的探照燈打亮，掃過波濤洶湧的海面。它的確起了一兩次功用，有艘已經被水淹沒船舷的漁船跟著探照燈的指示成功衝入港口，不然它恐怕會撞上防波堤。在每艘船都成功入港後，岸上人群爆出興奮的歡呼，一時之間，眾人的叫喊似乎劈開暴風，但很快又被風聲吞噬。

很快地，探照燈照到不遠處一艘風帆齊揚的帆船，顯然就是傍晚時大家注意到的那艘縱帆船。風這時又往東吹，此時站在懸崖上觀望的人都發現這艘船岌岌可危。在船和港口之間是長而平坦的礁石，曾讓許多船吃過苦頭。而從當時的風勢看來，這艘船恐怕無法順利進入港口。此時已近漲潮時分，但海浪太過激烈，因此當浪退下去時，海岸的底部仍隱約可見。而縱帆船張著全帆以驚人的速度往前衝，就像經驗老到的水手說的：「它急於靠岸，就算到了地獄也罷！」又一陣濃重的海霧鋪天蓋地而來，比之前的霧更濃重——又溼又沉重的霧像灰色的棺衣蓋住一切，人們什麼也看不見，只聽得到暴風在耳邊呼嘯的聲音和隆隆作響的雷聲，而那海浪驚人的喧囂劃破溼潤的雨霧直衝鼓膜，一聲強過一聲。探照燈的光集中在東港港口，人們屏息等待，眼看這艘船就要撞上礁石。此時，風突然轉向東北方，水霧也散開了！奇蹟降臨，這艘奇特的縱帆船以極速前進，躍過一波波的海浪，在千鈞一髮之際，張著滿帆，穿過港口，安全進入港灣。探照燈指引著縱帆船，而所有看到這一幕的人都不禁全身顫慄，因為船舵上居然趴著一具屍體。他低垂著頭，隨著船身左搖右晃。除此之外，甲板上沒有半個人影。當人們發現這艘船居然憑藉一名死人之手順利進入港灣，不禁此起彼落的驚呼起來。然而，在眾人還來不及反應過來前，沒有減速停止的縱帆船衝過港灣，直直衝上東崖下方的東南端碼頭，當地人稱那片已經見識過無數潮汐漲落、暴風驟雨的沙堆瓦礫為泰德坡碼頭。

縱帆船衝上沙堆，嚴重的撞擊使得所有的桅桁、繩索、船桅支索都搖搖欲墜，上方船具也倒塌了一部分。最奇特的事，是船一靠岸就有一隻體型巨大的狗從船底跳上甲板，好像被剛剛的撞擊嚇了一大跳似地往前直奔，從船首一跳到沙地上就直直跑向陡峭的懸崖。東港有一條通往墓園的小徑，而懸崖上方就是墓園。陡峭的懸崖不時有落石崩落，有些平面的墓板——惠特比當地的方言稱作「平碑」或「穿石」——因此而斜倚在懸崖上。探照燈的光芒讓周圍的黑暗更加深沉，而這隻狗很快就消失在暗夜中。

當時，泰德坡碼頭上沒有半個人，附近的住戶不是已經入睡，就是在高地懸崖上觀浪。因此，正在港口東側值勤的巡防隊員趕緊前往這座小碼頭，他是第一位登上這艘船的人。操作探照燈的人員向港口四周掃射確認沒有其他船隻後，就把探照燈固定直照在那艘已經毀壞的縱帆船。巡防隊員跑向船尾，當他走到船舵旁俯身檢視時，像是被眼前的景象受到強烈衝擊，嚇得往後退了好幾步。懸崖上圍觀的人起了好奇心，不少人往這艘船跑去。雖然從活動吊橋旁的西崖到泰德坡碼頭有段頗長的距離，可幸的是，為您報導的我跑步速度不落人後，在許多民眾前搶先一步抵達現場。不過，此時碼頭上已有一些圍觀人潮，而巡防隊員和警察嚴禁任何人登船。幸好守船人准許身為記者的我上船。我和在場的幾個人發現這名已經死亡的水手其實被綁在船舵上。

船上的景象太過怪異罕見，難怪巡防員會大驚失色，嚇得魂飛魄散。水手的兩隻手相疊被綁在船舵的一個手把上。手和木製船舵之間卡了一個十字架，手腕被念珠項鍊繞在船舵上，再用繩索纏繞固定。風帆被吹打上船舵，把這個運氣不好的水手坐著的身體東拉西扯，繩索磨破了他的手腕，皮開肉綻的連骨頭都露了出來。警察詳細記錄船上的情況，有名醫生——J. M. 卡芬外科醫生，診所地址在東艾略特廣場三十三號——在我抵達後趕到，他檢視水手後，宣佈水手已死了兩天之久。水手的口袋裡有一個塞了瓶蓋的瓶子，裡面只放了一卷紙，已確認是船海日誌的附錄。巡防員說，這人一定是把自己綁在船舵上，用牙齒打了繩結。巡防員身為第一位登上這艘船的人，接下來恐怕得上海事法庭作證。如果首先登上漂流船的是一般平民，就可以取得漂流船的所有權，但巡防員不行。旁觀的律師已開始高談闊論，一名年輕的法律學生斷言這艘船主已失去所有權，他的船將因違反《沒收法》而充公，因為負責掌舵的人已經死亡，除非另有證據，不然無法翻案。當然，眾人畢恭畢敬的將這位鞠躬盡粹的舵手搬下船——他和偉大的卡薩比安卡一樣堅決而無畏——送至停屍所，稍後將進行驗屍。

這場突如其來的暴風雨開始離去並漸漸轉弱，民眾也紛紛散去。約克郡高原上的天空已染上一片隱約的紅暈。我將在下一期裡，為讀者進一步報導這艘奇蹟般安全入港的漂流船的後續。

八月九日・惠特比

昨晚在暴風雨中入港的漂流船的到來令人意外，但後續卻更加離奇。經過查證，這是一艘來自瓦爾納的俄國縱帆船，以希臘女神狄米特為名。船上幾乎只有裝了白沙的壓艙物。一名惠特比的律師——住在新月路七號的 S. F. 比林頓先生——是這艘船的委託代理人。他今早已上船收取寄給他的貨物。俄國領事也替租船公司正式取得這艘船的所有權，並付清所有的港口費用。今天，本地沒有任何其他消息，人人都對這艘船議論紛紛，商務部官員也出面確認一切程序完全符合規定。由於這是一件轟動當地的大事，官方顯然想確認事後不會收到任何申訴。

許多人很關心船撞上岸時，那隻從船中跳出去的大狗，惠特比十分活躍的動物保護協會中有數名成員特別關切牠的情況。可惜的是，牠目前不知去向，好像完全從鎮上憑空消失了。因驚嚇而跑向荒原區域的牠，可能害怕得躲了起來。但有些人並不這麼認為，因為牠看來野性十足、個性凶猛，恐怕將來會造成危險。今晨，泰德坡碼頭附近的煤礦商人養的一頭混有獒犬血頭的大狗，陳屍在主人院子對面的路旁。這隻大狗顯然經過一番打鬥，而牠的對手非常粗暴，殘忍地用銳利的爪子劃開牠的喉嚨，割穿牠的肚皮。

稍晚

多虧商務部的檢查員大公無私，讓我有幸翻閱狄米特號的航行日誌。日誌停在三天前，記載了先前發生的大小事情，大部分的內容都沒有特異之處，但其中提到船員陸續失蹤的事件。不過，眾人最在乎的是，官員今天公開了小瓶子裡的紙條，而裡面的奇怪內容讓人嘖嘖稱奇。航海日誌並沒有保密的必要，我翻閱後就將內容抄寫下來公諸於世，只刪去航海與貨物經管相關的技術細節。從內容看來，船長似乎在海上漂流前就發瘋了。但整趟航程中，類似的怪事層出不窮。當然，這一切尚有待查證，多虧俄國領事館的熱心辦事員在匆忙中替我翻譯，我才能把內容記下來。

狄米特號航行日誌

從瓦爾納航向惠特比

寫於七月十八日：船上發生不少怪事，我決定按時間順序重新記下這段時間發生的事，並一直更新，直到靠岸。

七月六日：我們將所有貨物裝上船，包括白沙和數箱土壤。於中午張帆啟航。東風，空氣清新。全體成員包括五名船員，大副、二副、廚師和我（船長）。

七月十一日：我們在黎明時分進入博斯普魯斯海峽，土耳其海關官員上船檢視，付了些錢打點。一切無誤。下午四點出港。

七月十二日：穿過達達尼爾海峽。遇到更多的海關官員和海巡隊的快艇。再次行賄。官員仔細檢查，但行動迅速，希望我們趕快開船。天黑後進入愛琴海群島。

七月十三日：行經馬塔潘角。船員們為了某事心煩，似乎受到驚嚇，但不願解釋原因。

七月十四日：船員個個都神色緊張。我和他們之前都曾同船共事，本都是沉著的漢子。大副搞不懂出了什麼問題，船員只跟他說，船上「有東西」，接著紛紛在胸前畫十字架。大副對某位船員發脾氣並揍了他一拳。除了這場激烈爭執，其他都十分平靜。

七月十六日：早上大副通知我，一名叫佩特夫斯基的船員失蹤了，但找不出原因。他昨晚在左舷守望了四小時。亞伯拉莫夫去接他的班，但他沒有回到臥艙。船員前所未有的垂頭喪氣。所有的人都說要出事了，但又不願多說，只說船上「有東西」。大副已失去耐性，擔心接下來可能會有麻煩。

七月十七日：也就是昨天，船員歐嘉蘭到船長室來找我，畏畏縮縮地吐露，他覺得船上有一個怪人。他值班守夜時，因為遇上暴雨就待在甲板房艙裡，然後看到一個完全不像工作人員的高瘦男子走出艙梯，沿著甲板往前走，接著就消失了。歐嘉蘭謹慎地跟在他後頭，但走到船頭時，卻沒看見任何人，而且所有的艙門都關得好好的。他嚇得魂飛魄散，擔心自己遇上鬼魅，而我則憂心船員會陷入恐慌。為了減輕船員的焦慮，今天我會仔細從船頭檢查到船尾。

同一天稍晚，我召集所有船員，宣佈說：既然大家都覺得船上「有東西」，我們就從船頭徹底搜查到船尾。大副勃然大怒地說，這根本是胡說八道，如果我們相信這種無稽之談，只會降低大家的士氣，他堅持只要用點蠻力就能讓這些人不再為非作歹。我請第一大副掌舵，其他船員開始搜索，所有的人並肩而行，握著提燈，徹頭徹尾地搜了一遍船隻。貨艙內只有許多體積龐大的木箱，沒有可以躲人而不被察覺的角落。搜查結束後，船員都鬆了口氣，心情振奮地重返工作崗位。大副頗為不悅，但什麼也沒說。

七月二十二日：這三天以來，天氣非常惡劣，所有的船員都忙著操縱風帆——沒有時間害怕。船員似乎已把那個鬼影拋在腦後。大副心情也變好了，大夥相處得很愉快。我讚揚大家不畏風雨、冒著危險工作的精神。穿過直布羅陀，進入直布羅陀海峽。事事順利。

七月二十四日：這艘船好像被下了詛咒。我們已經少了一名船員，而在進入比斯開灣時，又遇上惡劣天氣。昨晚，我們又失去一名船員——又是失蹤。像上一名船員一樣，他值勤後就消失了，沒人再看過他。所有人都驚慌失措。我下令實行雙循環守望制，每次值勤都得兩人結伴同行，因為他們很害怕落單。大副很憤怒。我擔心大副或船員會失控打架，這樣情況就會更加棘手。

七月二十八日：這四天有如置身地獄，我們被捲入某種大漩渦中，而且暴風不斷。沒有人有時間睡覺，船員都已筋疲力盡。我根本無法排值勤班表，沒人有精力去守望。二副自願掌舵並獨自值勤，好讓船員睡幾小時。風正在轉弱，海濤仍然猛烈，但船隻已不再劇烈搖晃，平穩多了。

七月二十九日：又發生一件慘案。船員們都太過疲憊，今晚只有一人值勤。早上的值勤水手走上甲板時，除了舵手，沒看到任何人，他立刻高聲呼喊，所有人聞聲都匆匆趕到甲板上。我們徹底搜查，但沒找到人。現在我和大副在一起，船員們都陷入恐慌。大副和我說好，今後隨身配戴武器，觀察和找出船員失蹤的原因。

七月三十日：我們離英格蘭愈來愈近，昨晚眾人士氣大振。天氣晴朗，揚起全帆。我筋疲力竭地回房休息，睡得很沉。大副叫醒了我，說守望的兩名船員和舵手都消失了。整艘船上只剩下我、大副和兩名船員。

八月一日：接連兩天的大霧，海面上看不到任何一艘船。我原希望進入英吉利海峽時，能發出求救訊號或在某處靠岸暫停。我們都已無力操縱風帆，只能在起風之前盡快航行。我們擔心無法再次升帆，因此不敢收帆，但似乎在劫難逃。大副比其他人更沮喪，他原本堅強個性似乎更鞭笞著他的內心。反倒是船員已對恐懼麻木，遲鈍而耐心地工作，心裡已有最壞打算。大副是羅馬尼亞人，船員都是俄國人。

八月二日：午夜，我才睡幾分鐘就被一聲叫喊驚醒，似乎從我的艙門外傳來。大霧瀰漫，能見度很低，我一衝上甲板就撞上大副，他也是一聽見叫聲就奔來，但沒看到守望的船員。又一個人消失了！上帝啊，救救我們！大副說我們一定穿過了多佛海峽，因為霧稍微散開時，他看到北佛蘭，就在此時聽見叫喊聲。若他沒看錯，那我們現在應該到了北海，唯有上帝能指引我們在霧中前進。然而，霧似乎隨著這艘船而移動。上帝好似已遺棄了我們。

八月三日：午夜時分，我去和舵手換班，但到了那兒卻沒看見半個人影。風勢穩定，而在風起之前，我們並沒有偏離航道，但我仍不敢鬆開船舵，於是呼喚大副上來。過了一會兒他身上只穿著單薄的法蘭絨衫就衝上甲板，雙眼圓睜，神情枯槁，我擔心他已神智不清了。他靠近我，在我耳邊沙啞地低語，好像擔心空氣會竊聽他說的話：「『它』在這裡。現在我終於明白了。昨天守望的時候，我看見『它』，看起來就像個高瘦的男人，臉色死白。『它』在船頭張望。我躡手躡腳地跟在『它』後面，握著刀往『它』身上刺去，但刀子卻穿了過去，好像『它』只是一縷輕煙。」他一邊說一邊拿出刀子，刺向空氣。他繼續說：「但『它』真的在這兒，我一定會把『它』找出來。『它』藏了起來，可能躲在那些箱子裡面。我要把它們一箱箱拆開，看能不能找到『它』。你就繼續掌舵吧。」他警戒地望了我一眼，把手指比在唇上，然後就走進船艙。

此時一陣紊亂的氣流吹來，我無法放開船舵。我看到他又走上甲板，手裡提著燈籠和工具箱，接著走進前艙口。他瘋了，完完全全地瘋了！我試著阻止發狂的他，但徒勞無功。他不能拆那些箱子，單據上寫著裡面都是「泥土」，把泥土灑滿貨艙也是無濟於事。我留在這兒掌舵，勉力記下這些事情。此刻，我只能相信上帝，等待霧散。到時候如果風太大，無法航向任何港口，我只能割下風帆，鋪在地上，發出求救訊號……

一切都完了。我暗自希望大副再次現身時會冷靜些——我聽到他在貨艙裡東敲西打，也許他能藉此宣洩壓力吧。突然船艙口傳來一聲淒厲的慘叫，聽得我骨子發寒，接著大副像被射了一槍似地衝上甲板。他眼珠亂轉，一臉恐懼，已成了狂亂的瘋子。他在迷霧中東張西望，嘶吼著，「救救我！救救我！」他的恐懼很快變成絕望，沉著聲說：「船長，你最好跟我一起來，不然就來不及了。『他』在這裡。我現在終於明白這個祕密。逃離『他』的唯一方法，就是跳海。沒有別的辦法了！」我還來不及說話或伸手阻止，大副就心意已決地從船舷上縱身一躍，跳入大海裡。我猜，我現在也明白箇中道理了，就是這個瘋子一一除掉船員，而現在他尾隨他們，踏上黃泉路。上帝，救救我呀！等到靠了岸，我該怎麼解釋這一連串的怪事？船什麼時候才能靠岸？我真能獲救嗎？

八月四日：霧還沒散去，連日出的陽光也無法穿透這陣濃霧。我是個水手，熟知日出時間，其他的事就不是那麼瞭若指掌。我不敢踏進船艙，也不敢離開船舵，只能一直守在這裡，而在夜色朦朧中，我看見了！我看見「它」，或「他」！上帝，求求祢寬恕我，大副說得沒錯，他跳海是對的。要死就必須死得像人，當個堂堂正正的水手，沒人會拒絕死在湛藍大海的懷中。但我是船長，我不能棄船不顧。我得嚇唬這個惡魔或怪物，當我力氣漸失，我會把雙手綁在船舵上，而且還會繫上一個「他」或「它」不敢碰觸的東西。這樣一來，不管發生什麼事，我終能拯救我的靈魂，並堅守身為船長的榮譽。我愈來愈虛弱了，夜晚就要來了。如果「他」再現身，我恐怕就沒時間了……如果船隻失事了，希望有人能找到這個瓶子，讀完日誌的人一定能明白發生了什麼事。如果沒人發現瓶子……世人也將終會知道我沒有辜負所擔負的責任。上帝、聖母和聖人們，求祢們救救我悽慘無知的靈魂，我只想盡好自己的責任……

這件慘案尚無定論，目前沒有任何足以論斷的證據，也沒有人敢說是否船長自己謀殺了其他船員。當地人幾乎異口同聲地斷定船長是名英雄，而且即將為他舉行公祭。民眾已安排好數艘船將列隊並載著他的遺體，先航進艾斯克河，再轉向回到泰德坡碼頭。接著由眾人扛著棺木，爬上通往修道院的階梯。他將被葬在懸崖上的教堂墓園。超過一百艘船的船主已報名要送船長最後一程。

那隻體形巨大的狗仍然不見蹤影，許多人為此感到可惜，因為依照目前的民意看來，牠應該會被全體鎮民共同收養。明天，我將出席葬禮，這一回的「海上之謎」將在此畫上句點。

第八章 米娜・莫雷的日記

八月八日

露西整晚都坐臥不寧，我也睡不著。暴風雨威力強勁，從煙囪頂管傳來呼嘯的風聲，嚇得我全身顫慄。有時傳來一陣尖銳的風聲，像極了來自遠方的槍響。最奇怪的是，露西居然沒被吵醒。不過她夢遊了兩次，無意識地起床穿衣。幸好我都及時醒來，趕緊小心翼翼地幫她脫衣，盡量不吵醒她，再把她帶回床上。這件事實在太詭異了，一旦外界阻擋她的意志，她的意圖——如果她真有自我意識的話——也立刻消散，於是她又重回日常習慣。

我們很早就起床了，趕著去碼頭看看昨晚發生了什麼事。雖然陽光普照，空氣清新，但附近的行人很少。海面仍舊陰鬱，雪白的浪花顯得海水更暗沉，大浪一波波襲來，爭先恐後地擠進狹窄的港口——看起來就像一個仗勢欺弱的人東推西擠地穿過人群。不知為何，我很慶幸昨晚強納森不在海上，而是留在陸地。但是，我怎能確定他到底是在海上還是在陸地呢？他人在哪裡？在做什麼？我一概不知。我愈來愈忐忑不安，擔心他遭遇不幸。若我知道該怎麼做就好了！若我能做點什麼就好了！

八月十日

那位不幸船長的葬禮實在太感人了。幾乎每一艘停泊在港口的船都參加了葬禮。後來由數名船長扛著他的棺木，從泰德坡碼頭一路爬上墓園。露西和我一起出門，我們很早就來到我們的老位子上。那時，數艘船組成的送葬行列正載著遺體航進艾斯克河，直到高架橋那兒再轉向回到港口。我們坐在長椅上，視線極佳，幾乎看得到航行全程。下葬時，這位可憐人就葬在長椅附近。站在長椅上的我們能清楚看到入土安葬的過程。可憐的露西看起來很難過，她老是心神不寧，坐立不安。我只能猜測，夜裡的夢遊嚴重影響了她的身心。有件事特別奇怪：她完全不願說明自己如此心神不寧的原因；如果真有原因的話，恐怕連她自己也不明白吧。

而且又發生了一件傷心事，今天早上，有人在我們的長椅上發現了老史威爾斯先生的屍體，他的脖子被扭斷了。醫生說，他顯然是因懼怕而跌坐在椅子上，因為他臉上的表情十分驚恐，看過的人都說那神情令他們不寒而慄。可憐的老好人！也許他在死前真的見到死神了！露西是那麼的溫柔又敏感，因此她比一般人更容易察覺到影響。剛剛她才為一件我不會注意到的小東西而心煩，雖說我自己也愛好動物。有個男人常帶著他的狗，爬到墓園這兒來看船。那隻狗總是形影不離地跟在他的身邊，他和狗都很安靜，我從沒看過他發怒，也從沒聽過那隻狗兒吠叫。葬禮過程中，那位男士跟我們一起坐在長椅上，但他的狗卻不願靠近，停在幾碼外狂吠，有時還發出長嚎。主人一開始溫柔地安撫牠，後來嚴厲地制止牠，最後生起氣來，但那隻狗仍不願過來，照樣嘶嚎不已。牠的雙眼透出野性，看起來好像怒火中燒，像隻準備打架的貓般高舉尾巴，全身毛髮豎得直挺挺的。主人終於發起火來，跳下長椅踢了牠一腳，接著抓起牠脖子上的項圈，半拖半甩地把牠丟在固定著椅子的墓碑上。那隻狗一碰到墓碑，立刻不吭一聲，怕得不停發抖。牠並沒有跑開，只是縮成一團，畏畏縮縮地顫抖著，看起來像嚇破了膽。我實在不忍心，試著安撫牠，但毫無用處。露西也很難過，但她並沒有去摸狗，只是哀傷地望著牠。我真擔心像她這樣纖細敏感的人，能否安然面對世上的磨難。我敢說，今晚她一定會夢到這些事。這一連串的事件——那艘由亡魂操縱的船進了港、船長至死堅持不懈還用十字架念珠把自己綁在船舵上、令人感傷的葬禮、那隻一下子張牙舞爪一下子膽怯發抖的狗——都將成為她夢境。

我想，最好的辦法就是讓她筋疲力盡再上床，才能睡得好。我打算帶她沿著懸崖散步，一路走到羅賓漢灣再回來。這樣一來，累壞的她夜半就不會夢遊了吧。

同一天，晚上十一點

哎，我真的累壞了！要不是我已把寫日記當做每日必做的功課，現在的我恐怕連翻開日記都懶。今天的散步很愉快。我們走了一陣子後，露西的心情就漸漸開朗起來。當我們走到燈塔附近的田野時，一群該死的牛一邊哞哞叫一邊朝我們湊過來，嚇壞我們了。但多虧牠們，被驚嚇住的我們一時就把其他的事全拋在腦後，露西心情也因此變好了。突然的意外振奮了我們的精神，讓我們煥然一新。羅賓灘灣有家小巧可愛的老式酒館，雖然時間尚早，我們還是在那兒享用了一頓豐富的晚餐。從弧形窗往外望，正好可以看見佈滿海草岩石海岸。我想我們驚人的食慾一定會讓那些所謂的「新女性」大感意外，男人倒是挺包容我們的，真感謝他們！接著我們動身回家，路上停了幾次——不如說很多次。我們一邊走，一邊擔心那些野牛又會跑過來。

露西很累了，我們原打算一回到家就溜上床休息。可是，鎮上的年輕牧師來訪，魏斯特拉夫人又留他在家吃晚餐。瞌睡蟲已經爬到露西和我身上，至少我是用盡全身精力才勉強戰勝睡意。我得說，所有的主教必須找時間開會，想辦法培養一批新的牧師，而首要原則就是，不管主人多麼盛情難卻的邀請，牧師都不該留下用晚餐，他們得學會分辨女孩們什麼時候累了。現在，睡熟的露西輕緩地呼吸著，臉龐比平時更加紅潤，而且姿色也變得更加嬌媚了。赫姆伍德先生和露西平常只會在起居室見面，他就已陷入情網；若他看到此刻熟睡的露西，不知道會說出什麼樣的情話！我看，「新女性」作家應該建議男人求婚前，和女人應允或拒絕前，都應該先看過彼此睡相。但我猜想，未來的新女性才不會被動地等待求婚，她們會主動出擊！而且，新女性的求婚一定很有意思！想到這兒，我就感到安慰。今晚我很開心，因為親愛的露西看起來好多了。我相信她已經度過險境，不會再夢遊了。如果能得知強納森的消息……我應該會更開心。上帝啊！請祢保佑他，確保他安然無恙。

八月十一日，凌晨三點

日記，又是我。我睡不著，不如起床寫寫日記。我太激動了，完全睡不著。我們剛經歷一場奇遇，實在令人心煩意亂。我寫完上一篇日記後，一闔上日記本就睡著了……但我突然醒了過來，而且完全清醒。房內瀰漫著空盪盪的氣氛。我坐了起來，恐懼襲上我的心頭。房間很暗，我看不清楚露西的床，只好悄悄靠過去摸索。露西不在床上。我劃亮一根火柴，發現她不在房間裡。我上床睡覺時，只關上房門，並沒有上鎖。露西的媽媽近來生了重病，我並不想打擾她，因此我穿上衣服要去找露西。

正當我準備出門時，突然想到露西穿的衣服往往暗示了她夢遊要去的地方。如果她只披上晨袍，表示她會在屋內；如果她穿上洋裝，就代表她打算出門。但晨袍和洋裝都沒有被動過，還在原地。「感謝上帝！」我自言自語，「她只穿著睡衣，絕不會走遠。」我跑下樓梯，往起居室望了一眼，她不在裡面！我一一確認其他房間，恐懼愈來愈強烈且沉甸甸地壓在我的心頭，讓我不寒而慄。最後我走到門廳，發現大門沒有關。雖然門沒有大開，但門閂沒有拴上。僕人每晚都會仔細確認大門上了鎖。看到這個景象，我不禁擔心露西走出大門了。我抓了一件厚重的大披巾就跑了出去。

我站在新月路上，一點的鐘聲正好響起，路上沒有半個人影。我沿著北街跑，但沒有看到那個讓我心焦如焚的白色身影。我一直跑到西崖旁，下方就是碼頭，我掃視港口，再望向東崖那兒，希望與恐懼糾結著我的心——看著我們最愛的老位子，我已搞不清楚自己是期待還是害怕。濃厚的烏雲在明亮的滿月周圍湧動，隨著月亮和雲朵的移動，眼前就像一座光影不斷變換的布景。雲朵的陰影遮住聖瑪麗教堂和周圍一帶，有好一會兒，我什麼也看不見。隨著烏雲散開，修道院的遺跡漸漸在黑暗中浮現，一道狹窄閃亮的月光緩緩移動，像一把劈開黑暗的劍，我慢慢看清了教堂和墓園。不管期待還是害怕，我都沒有失望，因為在我們最愛的老位子上，銀色的月亮照亮一個斜躺的人影，一身雪白。但雲朵飄動得太快，我還來不及看清楚，那兒又被暗影籠罩了。在那短短的一瞬間，我似乎看到露西雪白的身影在月光下發著光，而彷彿有個黑影俯身在露西的背後。那是什麼？人還是動物？我看不清楚，也無法停在原地等待，立刻衝下通往碼頭的階梯，跑過魚市，直到橋邊，這兒是去東崖的唯一一條路。

城鎮一片死寂，沒有半個人影，我心裡大感慶幸，我可不希望別人撞見可憐的露西夢遊的樣子。時間好像靜止了，這條路似乎漫長的沒有盡頭，我氣喘吁吁、雙膝顫抖地好不容易爬上那座直通修道院的階梯。我明明走得很急，但雙腳卻好像綁了鉛塊一樣沉重，身上的每一個關節都像生鏽似地遲鈍。當我就快走到懸崖上時，雖然周圍暗影重重，但距離已近得能讓我看清楚那張椅子和雪白的身影。那兒果然有個長長的黑影俯在露西的身上。我驚懼地叫道：「露西！露西！」那個東西抬起了頭，從我站的地方可以看到一張蒼白的臉和閃著紅光的雙眼。露西沒有回答，我繼續跑向墓園入口。然而教堂擋在前方，我得繞過去才能進到墓園裡，因此有好一會兒我看不到露西。當我來到她身邊時，雲已經飄走，月光灑落一地，露西頭往後仰地癱坐在椅子上。但她孤身一人，周圍沒有半個人影。

我彎下腰察看露西，她還沒有醒來。她的雙唇微張，仍在呼吸——不過和平常輕柔的呼吸不同，她沉重地喘著氣，好像肺部急於吸滿每一口氣。當我靠近她，她在熟睡中伸手拉起頸項間的衣領，瑟縮了一下，好像很冷的樣子。我立刻把披肩罩在她身上，包裹住她的脖子，我可不希望衣著單薄的她因夜晚的寒氣而著涼。我擔心突然叫醒她會嚇到她，所以先用一只大別針把披肩固定在她的頸前，空出手的我才方便行動。她的呼吸漸漸平緩下來，又用手撫住喉間，呻吟了一聲。我恐怕在慌張中失手用別針刺傷了她吧。

當我用披肩裹好她的身軀，並幫她穿上我的鞋子後，才輕輕搖醒她。一開始她毫無反應，慢慢地，她睡得愈來愈不安穩，不時呻吟嘆氣。時間毫不留情地流逝著，考量各種原因，我必須趕緊帶她回家，只好用力搖晃她，直到她終於睜開雙眼且清醒過來。當然，她一開始並不知道自己身在何處，也不意外看見我。雖然在這緊張的時刻，露西醒來的樣子依舊很美。當她發現自己居然身在的墓園，不禁大驚失色，寒夜讓她冷得發抖，但她優雅地打了個寒顫，依偎在我身上。我請她立刻跟我回家，她一語不發的站起來，像孩子一樣聽話。我們一踏上回程，地上的沙礫就刺痛了我的雙腳，我吃痛地瑟縮了一下。露西注意到了，趕緊停下來，要把鞋子還給我。但我拒絕了。離開墓園的走道上，地上有一灘暴風雨留下的泥水，我毫不猶豫地踩進去，讓兩隻腳都沾滿泥巴，就這樣一路走回家。我相信不會有人注意到我赤裸的雙腳——如果有遇到人。

承蒙幸運之神的眷顧，我們一路上沒遇見任何人。只有一次，前方有個醉醺醺的人橫越街道，我們立刻躲進門旁的陰影裡，直到他走進兩棟房子中間的一條死巷。蘇格蘭人稱這種巷子為「狹道」。我的心劇烈跳動，幾乎要暈倒了。我很擔心露西會受寒生病，也擔心萬一走漏風聲，會影響她的名聲。好不容易回到家裡，我們洗好腳，一起做了晚禱。謝天謝地後，我替她蓋上棉被，再次入睡前，她問我——甚至乞求我——不要跟任何人提起今晚夢遊的事，包括她媽媽。我猶豫不決，不知該不該答應；但一想到她母親的身體狀況，若她知道這件事一定會心煩意亂，而外人可能會議論紛紛，最後決定絕口不提，我希望自己沒做錯。我鎖上房門，把鑰匙繫在腰間，希望不會再因此驚醒。露西已經睡熟了，而遠方的海面已映照著清晨的曙光……

同一天，中午

諸事順利。露西一直睡到我出聲叫她才醒過來。她睡得很沉，連翻身也沒有。看來她沒因半夜的意外而受傷，似乎反而因此獲益，今天早上，她的氣色比過去幾週都更好。我很慚愧自己手腳笨拙，別針果然傷到她，把她喉間的皮膚都刺穿了，脖子上有兩個紅紅的小點，睡衣領口的抽繩上也有一滴血跡。我別別針時夠到了她單薄的皮膚，把針穿了過去，要是有個差錯，她可能會被我傷得更重！我很擔心她的傷勢，向她道歉，但她笑了起來，安慰我說，她根本沒有發現，也沒有任何感覺。幸好傷口很小，不會留下傷疤。

同一天，晚上

今天過得很開心。晴空萬里、空氣清新，涼爽的微風陣陣吹拂。我們帶著午餐去墨格拉福森林野餐。魏斯特拉夫人搭馬車過去，露西和我則走上懸崖邊的步道，在入口和魏斯特拉夫人會合。我感到很難過，如果此時強納森在我的身邊，我一定會幸福似神仙。好了，別再想了，我只能耐心等待。傍晚，我們漫步在賭場街上，聽到幾首施波爾和麥肯錫的曲子，好聽極了。

我們今晚早早就寢。和這幾天比起來，露西格外安靜，很快就睡著了。我會像平常一樣鎖好門，藏好鑰匙，不過我想我們會一夜好眠。

八月十二日

我的期望落空了。前晚我被吵醒了兩次，因為露西試著開門。雖然她仍在睡夢中，但她發現門上了鎖，就面露不耐的氣呼呼地回到床上。我在黎明時分醒來，窗外傳來鳥鳴聲。露西也醒了，我很高興看到她的氣色比前一天早上更紅潤。她回復往日活潑可人的樣子，跑來我的床上，緊挨著我，述說亞瑟的一切。我告訴她，我多麼擔心強納森，她努力安慰我。我得說，她的確撫慰了我的心，雖然旁人的憐憫無法改變事實，至少能賦與我承受的勇氣。

八月十三日

今天也很平靜，我像之前一樣把鑰匙繫在腰間，但夜裡又被驚醒。露西坐在床上，仍然在睡夢中，她舉起手指向窗戶。我躡手躡腳地起身，悄悄拉開窗簾往外看。月色皎潔，柔和的月光照亮夜空和海面——在朦朧光暈中，海與天的界線都融合了，廣闊的景色顯得寧靜又神祕——美得難以言喻。在月亮前方，我看到一隻巨大的蝙蝠在空中繞行。有一兩次，牠飛得很靠近我，但我猜牠被我嚇到了，立刻飛過港口，朝修道院的方向飛去。當我退離窗戶時，露西已經躺下了，睡得正香。後來，她沒有再醒來。

八月十四日

今天一整天，我都在東崖上看書寫字。露西好像和我一樣喜愛這個老位子，要叫她離開，回家吃午餐、茶點或晚餐，她都不為所動。下午她說了一句奇怪的話。那時，我們正在回家吃晚餐的路上，走到西崖階梯最高處時，像往常一樣停下腳步，欣賞眼前的景色。夕陽逐漸西沉，低低掛在空中，就快要在凱托尼斯後面沉下海平面。那赤紅色的餘暉籠罩整個東崖和修道院的廢墟，一切都沉浸在玫瑰色的美麗光暈裡。

好一陣子，我們不發一語的欣賞著美景，露西突然低聲地自言自語：「又是他那雙紅色的眼睛！它們根本一模一樣。」她說的話奇怪極了，完全沒有前後文，把我嚇了一跳。我側身想看清露西的表情，但沒讓她發現我盯著她瞧。她似乎陷入半夢半醒的境界，表情很奇特。我沉默地順著她的眼神望過去。她看著我們的老位子，此刻，那兒坐著一個黑色的身影。一瞬間，坐在那兒的陌生男子似乎有一雙冒著火焰的眼睛，讓我吃了一驚。但我定神再看一次，剛剛的錯覺就消失了。

在那張椅子後方，聖瑪麗教堂的窗戶反映著夕陽餘暉，隨著太陽下沉，光的折射與反射不斷變換，好像光不斷流動似地。我呼喚露西瞧瞧這特別的視覺效果，沒想到她卻嚇了一跳，滿臉憂傷的神情，也許她想起了夢遊到墓園的那一晚吧。

我們絕口不提那晚的夢遊，所以我什麼也沒說，兩人就走回家吃晚餐。露西說她頭痛，很早就上床休息了。我陪在她身邊，等她睡著後才出門去散步。我沿著懸崖往西邊走，想著強納森，心裡甜蜜又苦澀。我回家時，月色明亮極了！雖然新月路上的宅第正門陷在暗影中，我仍看得一清二楚，抬頭望向我們房間的窗戶，卻看見露西的頭探出窗外。我想，她可能在找我吧，就掏出手巾朝她揮了揮。但她完全沒發現我，一動也不動。此時，月亮往前移動，月光正落在我們的窗戶上。我清楚看見露西的頭靠在窗戶一側，雙眼緊閉。她仍在熟睡中，而窗台上停著一隻像大鳥的東西。我擔心她會著涼，急急地跑上樓梯，但當我進到房間，她已經回到床上，睡得很熟，沉重地呼吸著。她的手護住了她的脖子，好像怕脖子吹到風似地。我沒有叫醒她，幫她蓋好棉被，接著謹慎地鎖上房門，也關緊窗戶。她睡著的樣子甜美極了，但我不大喜歡她的臉色比平常蒼白，而且露出憔悴的眼袋。我擔心她又為了某事心煩，真想知道到底發生了什麼事。

八月十五日

今天我們比平常晚起床。露西一臉疲倦，懶洋洋的。我們被叫醒後，她又睡著了。早餐時，我們收到令人開心的好消息。亞瑟父親的身體已轉好，而且他希望婚事盡快進行。露西默默地期待著，而她的母親既高興又感傷。稍晚，她的母親跟我解釋，女兒即將出嫁令她傷心，但又很高興未來將有個可靠的人保護她。她是一位多麼溫柔的夫人呀！她向我吐露，自己的大限已不遠了。醫生跟她說，頂多再幾個月，她就會走了，因為她的心臟愈來愈衰弱了。但她還沒跟露西說，並要我守口如瓶。她的命危在旦夕，只要一點點驚嚇就能置她於死地。哎，我想，沒跟她提那一晚露西夢遊到墓園是正確的決定。

八月十七日

整整兩天，我一個字也沒寫。我沒有心情寫日記。某種幽暗的不幸似乎為我們的幸福時光染上一層陰影。我仍然沒有收到強納森的隻字片語，露西變得愈來愈虛弱，而魏斯特拉夫人的時日已經不多。我不明白為什麼露西會日漸憔悴？她食量如常也睡得很好，很喜歡出門享受新鮮空氣。然而，她的臉龐卻失去往日的紅潤，隨著一天又一天過去，她愈來愈無精打采。夜裡，我聽得見她粗重的呼吸，好像快吸不到空氣似地。我依舊每晚都把鑰匙繫在腰間，但她照樣起床夢遊，在房間裡走來走去，或呆坐在大敞的窗戶前。

昨晚我醒過來時，她正把上半身探出窗外。我想把她叫醒，但她似乎陷入昏迷之中，完全醒不過來。我費了好大的力氣才把她叫醒，她看起來虛弱極了，在那一聲聲長而痛苦的喘氣之間，她默默地流下眼淚。我問她怎麼會坐在窗前，她搖搖頭就把臉撇開。我想，讓她病成這樣的應該不是那個該死的別針。她睡著後，我發現她的喉嚨那兩個小小的傷口並沒有癒合，仍然像新鮮傷口，甚至比之前還要大，邊緣有點發白。它們看起來就像兩個紅心的白色小點。如果這一兩天，傷口還不癒合，我一定要請醫生來看了。

惠特比的塞謬爾・F・比林頓父子律師事務所寫給倫敦的卡特與派特森公司的信

八月十七日

親愛的諸位先生：

請查收大北方鐵路公司發出的收貨發票。貨物一寄到國王十字路車站，必須立刻送往彼爾費里特附近的卡爾法克斯大宅，雖然目前無人居住，但我已在信封內附上鑰匙，每把鑰匙上都已標示清楚對應的門。

隨信附上宅邸的平面圖。請將客戶委託的這批貨物，總計五十個箱子，送到宅邸一處半傾頹的地方，也就是平面圖上標示「A」的地方。相信您的代理人輕易就能認出位置，因為那裡其實是大宅旁的一座舊禮拜堂。裝載貨物的火車今晚九點半發車，預計明天下午四點半抵達國王十字路車站。客戶要求貨物盡快送達，麻煩您安排好工作人員，即時在國王十字路車站取貨，並立即發送到指定目的地。為了避免任何延誤，比如收付款項、額外支出，我們在本信件中附上面額十鎊的支票，請確認無誤。如果費用低於此，您可以事後退回；如果超過，我們一收到您的通知，就會立即補足差額。離開時，請依屋主指示，將鑰匙留在宅內的主廳，之後屋主會使用備份鑰匙入屋，以及收回鑰匙。

請您諒解，務必以最快速度運送貨物，也懇請您不要介意我們的催促，希望我們的急切沒有造成您的不快。

親愛的諸位先生，您最忠誠的塞謬爾・F・比林頓父子律師事務所敬上

倫敦的卡特與派特森公司寫給惠特比的塞謬爾・F・比林頓父子律師事務所的信

八月二十一日

親愛的諸位先生：

我們已收取十鎊的款項，並退回超額，依照附於信中的帳戶收據明細，在此附上一鎊十七先令九分的支票，懇請您確認無誤。已根據您的指示將貨物送達指定地點。亦已將鑰匙包好放在主廳，一切都遵照您的囑咐。

卡特與派特森公司敬上

米娜・莫雷的日記

八月十八日

我正坐在墓園的椅子上寫日記，今天我高興極了。露西的夢遊比之前好多了，昨晚她一夜好眠，完全沒吵醒我。她的雙頰又露出玫瑰般的光澤，雖然臉色仍然蒼白憔悴。要是她貧血的毛病又發作了，我倒能理解，奇怪的是她並沒有貧血。她精神飽滿、活力十足，非常開朗，也不再像之前那樣緘默少言，剛剛她還特意提醒我，就是「那一夜」，我在這張椅子上發現沉睡

的她。我哪需要她的提醒！

她一邊說，一邊頑皮地用靴跟敲響石板：「看來，我的這雙可憐的小腳沒弄出什麼聲響！我敢說，老史威斯爾先生要是還在世，一定會說，我當時不想吵醒小喬治而特別輕手輕腳。」她打開了話題，我順勢問那晚她是不是作了什麼夢。她還沒來得及回答，額頭就先皺了起來，露出亞瑟——我現在跟著露西叫他亞瑟——很喜歡的那個可愛表情。我立刻明白亞瑟喜歡她的原因，她實在太逗人了。

她陷入一種如夢似幻的樣子，好像在努力回憶：「那稱不上是夢，我只覺得一切真實極了。我一心想來這個地方——我也不知道為什麼，事實上我在害怕某種東西——我不知道我到底在怕什麼。雖然我好像在睡夢中，但我記得自己走過街道，上了橋。當我走在橋上時，有一隻魚躍出水面，於是我靠著欄杆往下望。而且我走上台階時，聽到很多狗在吠叫——好像整座鎮都被狗兒佔據，而且牠們同時在仰頭長嚎。接著，我隱約記得一個又長又黑的身影出現了，他的雙眼通紅，就像日落時我們看到的一樣，一種甜蜜又苦澀的感覺立即籠罩住我。接著，我好像掉進深不見底的綠水中，然後聽見一陣歌聲；就像人們說的，即將被淹死的人會聽到女妖的歌聲。一切好像從我身邊飄過，靈魂好像離開了我的身體，在空中飄遊。印象中，有一陣子，西燈塔就在我的腳下，我有一種好像發生地震似地不舒服感。接著我就醒來了，看到妳正在搖我。我先看到妳，才發現自己正在晃動。」

說完，她笑了起來。她說得很逼真，我不禁屏息傾聽。這整件事讓我很不安，我轉了話題，打斷她的回想，於是露西又回復平時的神采。等我們回到家，新鮮空氣令她精神大振，她蒼白的臉頰也變得紅潤多了，像染上玫瑰般的色澤。一看到女兒回來，她的母親顯得很開心，我們度過非常快樂的一晚。

八月十九日

我太高興了！太開心了！真的太棒了！我終於收到強納森的消息，可惜並不全是好消息。我的愛人病了很久，無法提筆寫信給我。已得知實情的我再也不會逃避內心的憂慮，也終於敢回顧過去的恐慌，大膽地說出來。好心的霍金斯先生把他收到的信寄給我，還親自寫了封信給我。等天一亮，我就動身出發去找強納森，如果他仍然很衰弱，那我會細心照顧他，再帶他回家。霍金斯先生說，若我們決定在當地結婚，倒也不失為好主意。

我捧著好心修女的信哭了一遍又一遍，直到信紙在我胸前溼透。我緊緊把信壓在心房上，這是強納森的消息，他就「在我的心中」。我安排好旅程，行李也整理好了。我只準備一套換洗衣服，露西會把我的行李帶回倫敦，在我通知她接下來的打算之前，她都會幫我保管，萬一……我不能再寫下去了，我得讓我的丈夫強納森決定。修女寫的這封信，強納森親眼讀過、親手碰過，在我們會面之前，這封信會為我帶來無盡的安慰。

布達佩斯的聖約瑟夫與聖瑪麗亞醫院，修女艾嘉莎寫給薇爾米娜．莫雷小姐的信

八月十二日

親愛的女士：

強納森．哈克先生因病沒有力氣親自寫信，我依他的指示寫下這封信。感謝上帝、聖約瑟和聖瑪麗，他已日漸康復。他得了嚴重的腦膜炎，已住院六週。他希望我將他的愛意傳達給您，並告知您，在我代他寫給埃克塞特的彼得．霍金斯先生的信中，他誠摯地為行程延誤道歉，並說明他已完成霍金斯先生交代的任務。他必須在我們山上的療養院休息數週才能完全康復，並回到英格蘭。他希望我告訴您，他身上的錢不夠，而他希望能付清在這裡的醫藥費，好

讓其他需要治療的病患都能獲得應有的醫療。

相信我，我十分同情您，真誠祝福您一切順利。

修女艾嘉莎敬上

備註：我的病人已經入睡，我再次打開這封信，想跟您多說幾句。他跟我說了很多您的事情，他提到您很快就會成為他的妻子。我真心祝福您們將幸福快樂！他經歷了某種可怕的驚嚇——我們的醫生這麼說——當他陷入譫妄狀態時，總會胡言亂語，提到一些可怕的事，比如狼群、毒藥、血，還有鬼魂和惡魔……我說不清。您必須花很多時間小心看護他，別讓他太興奮或受到驚嚇，這些癥狀恐怕不容易消失。

我們早該寫信通知您，但我們不知道他朋友的資訊，而且沒人知道他發生了什麼事。那時，他出現在來自克勞森堡的火車上。他衝進車站大吼大叫，喊著要買回家的車票。站長通報警衛，他行為古怪，而且是名英國人，站長就給了他一張當地火車能到達的最遠一站的車票。

不用擔心他，我們十分細心地照顧他。他性格溫和有禮，全院都非常喜歡他。他愈來愈有精神，我相信再過幾週，他就會回復往日的光采。但請千萬小心他的狀況。我向上帝、聖約瑟和聖瑪麗祈禱，但願您倆將共度美好而長遠的未來。

西瓦德醫生的日記

八月十九日

昨晚，朗菲爾德突然變得很奇怪。八點左右，他開始興奮起來，像被主人放開的狗一樣東嗅西聞。照護員知道我正在研究他，一發現他的怪異行為，就試著引他說話。他通常很尊敬照護員，有時甚至對他們卑躬屈膝，但今晚，照護員說朗菲爾德變得仗勢欺人，一副不屑跟他說話的樣子，只肯說一句話：

「我不想跟你說話，你啥也不是。主人就要來了。」

照護員猜想他突然陷入某種宗教妄想症。如果真是如此，我們得小心任何叫喊，因為一個身強力壯又有殺人傾向的人，若再加上宗教狂熱，可能變得非常危險。一個人集合了這些特質，實在太可怕了。九點時，我親自去察看他。他對我的態度和對照護員一樣，自視甚高，並無差別待遇。這看起來真像宗教妄想症，他很快就會自以為是上帝。在他心中，對全能的造物主來說，人與人之間的差別小如塵埃，不值一提。哎，這些瘋子總是一下子就露出馬腳！真正的上帝連一隻麻雀墜落都會心疼不已，但人們根據虛榮心而創造出來的上帝，連老鷹和麻雀也分不清；哎，如果人們能明白這道理就好了！

接下來的半小時或更久，朗菲爾德愈來愈興奮。我假裝忽略他的行為，暗中嚴加觀察。突然他眼神變了，每次瘋子想到什麼鬼點子就會露出這種眼神。接著，他前後晃動自己的頭，精神病院的照護員都很熟悉這個動作。後來他安靜下來，聽話地坐在床邊，眼睛失神地望向半空。我決定測試一下他是否真的對周圍漠不關心，就開始試著引他說話，聊他的寵物，往常他一聽到這個話題就會興奮難耐，但這一回，他一開始還是保持安靜，過了好一陣子，才暴躁地回答：

「誰管牠們！我根本不在乎牠們死活。」

「你說什麼？」我問，「難道你完全不在乎那些蜘蛛？」（現在，他的嗜好是養蜘蛛，而且他的筆記上寫滿一欄又一欄密密麻麻的數字。）

他高深莫測地回答：「等待新娘到來的那雙眼，歡喜地欣賞伴娘們的姿態；但當新娘步步靠近，伴娘們就隨之失色。」

他不願多加說明這些話的意思，只是固執地坐在床邊。我又陪了他一陣子。

今晚我很疲倦，而且心情低落。我一直想著露西，想著現在和當時，一切都已變得多麼不同。如果我一時睡不著，只能求助現代的睡神摩爾弗斯——助眠劑了！我得小心別養成習慣。不行，今晚我絕不能用藥。露西縈繞在我的心頭，此時我不能用藥，不然就太不敬了！就算今晚我一夜無眠，又如何……

稍晚

真慶幸我下定決心不用藥，真的很慶幸我沒用藥。我在床上翻來覆去，當夜間警衛跑來找我時，鐘剛敲了兩下。他從病房跑過來說朗菲爾德逃跑了。我立刻套上衣服衝下樓，畢竟這名病人實在太危險，可不能讓他在外面亂晃。我腦中不斷浮現他可能會對陌生人做出哪些可怕的事情。照護員正在等我，他說不到十分鐘前，當他從門上的監視窗查看房間時，朗菲爾德還躺在床上睡得很熟的樣子。當他聽見窗戶被人用蠻力打開的聲音，立刻警覺地跑向病房，看見朗菲爾德的腳正踏出窗外，於是趕緊叫人上來找我。朗菲爾德只穿著睡衣，應該跑不遠。照護員沒有立刻去追朗菲爾德，而是注意他離開的方向，因為等照護員追出醫院，他已經跑得不知去向或躲起來了。照護員身材高壯，沒辦法爬出窗戶去追他。於是決定由較瘦的我去追病人，在照護員的幫助下，我把腳先伸出窗戶，再把身體翻出窗外。窗戶離地只有幾英尺，我輕而易舉就跳到地上，毫髮無傷。照護員說病患往左邊直奔而去，我趕緊往那個方向狂奔。穿過一排樹林後，我就看見病院和那棟廢棄大宅之間的高牆上，有個白色的身影正在爬牆。

我連忙跑回去，叫警衛帶三四個人去卡爾法克斯大宅的庭園裡，以防我們的病患朋友做出危險的事。我自己找了梯子來，爬過牆，一跳進隔壁的庭院就看見朗菲爾德的身影剛消失在房子一角，我立刻追過去。在房子的另一端，我發現他緊靠在禮拜堂那扇以鐵架為框的橡木門上，顯然在對某人說話；但我擔心一走近，就會嚇到他，萬一他又拔腿飛奔，情況就更棘手了。跟蹤一個徹頭徹尾的瘋子可不像追一群盲目亂飛的蜜蜂，特別是他正陷入逃亡的妄想中！不過，幾分鐘後我就發現他根本不在乎周圍的動靜，於是我躡手躡腳地靠近他。當其他人已經越牆過來，一步步包圍他的時候，我又再前進幾步。我聽見他說：

「主人，我來此聽從您的吩咐。我是您的奴僕，我會永遠對您忠誠不貳，而您將因我的忠誠而賞賜我。長久以來，我一直遠遠地膜拜您，現在您終於來了，我等待您下達命令。親愛的主人，懇求您，當您分送好東西時，別少了我一份。您願意嗎？」

現在，他倒搖身一變成了一個自私的老乞丐。他相信自己在真主面前，卻還想著五餅二魚！他的妄想症還真是亂七八糟。當我們一步步包圍他，他像隻老虎一樣掙扎纏鬥。他的力氣不像常人，而像野獸般驚人。我從沒看過別的瘋子像他這樣突然暴怒，希望這種事不會再次發生。幸好我們及早發現他的力氣和危險性。像他這樣力氣驚人又很有決心的人，恐怕在送來精神病院前做過不少瘋狂事。至少，現在他安全了，就算鼎鼎大名的神偷傑克·雪柏德本人也無法擺脫掉那套限制行動的束衣而逃跑。我們用鐵鍊把他綁在牆上，房間的牆都裝了隔音棉。他不時發出陣陣嘶吼，但接下來又一陣死寂，每一個動作都充滿殺意。

剛剛，他第一次講出完整的一句話：

「主人，我會耐心等待。它要來了！來了！來了！」

我接受他的暗示，回到自己的房間。我太激動了，根本睡不著，幸好日記可穩定我的心情。今晚，我一定會累得倒頭就沉睡。

第九章　米娜・哈克寫給露西・魏斯特拉的信

布達佩斯。八月二十四日

我最親愛的露西：

我知道妳一定急著想知道我們在惠特比火車站告別後發生的所有事情。哎，親愛的，我順利抵達赫爾，搭上往漢堡的船，再換搭火車到布達佩斯。我記不清路上發生了什麼事情，只知道自己正一步步靠近強納森，接下來我得照料他，最好先在路上睡一會兒……

天哪！我終於見到我心愛的人，但他變得那麼蒼白、消瘦又憔悴。眼中失去過去堅定的光采，我跟妳提過的那種沉著冷靜的表情已完全消失。他只是過去那個人的軀殼，也記不得到醫院前發生了什麼事。至少，他希望我這麼認為，而我也不打算再問。他顯然受到某種驚嚇，我擔心若他逼自己回想，恐怕那可憐的腦袋會無法承受。

善良的艾嘉莎修女是天生的好護士，她說強納森陷入瘋狂時，胡言亂語地說了很多可怕的事情。我請她告訴我詳情，但她不斷地在胸前畫十字，說絕不能跟我說，因為病患的狂言是上帝的祕密，如果護士因為工作職責而聽到這些話，就必須守口如瓶。她真是溫柔的好人。隔天，她看到我煩惱的模樣，又重申，她無法告訴我，強納森說了什麼，但她繼續說：「親愛的，我只能告訴妳，他沒有做任何壞事，而妳身為他的未婚妻，完全不用擔心，那些事都與妳無關。他並沒有忘記妳，一直惦記著妳。他很恐懼，他經歷了活人無法承受的可怕事情。」我相信這位可人兒說的話，但若是強納森愛上別的女孩，我恐怕會嫉妒得發狂。想想看，我因強納森而嫉妒！讓我偷偷跟妳說，知道他沒愛上別人讓我鬆了口氣，高興極了！現在，我坐在他的床邊好看著他的睡臉。他醒過來了！……

他一醒來，就請我去拿他的外套，他想拿口袋裡的東西。我去找艾嘉莎修女，她把強納森的東西都帶了過來。我看到他的筆記本，正想問可不可以看——我想從中找出他遇上麻煩的線索——他從我的眼中察覺我的想法，就說想一個人靜靜，叫我去窗戶邊。過一陣子，他又叫我過去，他把手放在筆記本上，慎重地跟我說：

「薇爾米娜，」——我立刻知道他是嚴肅的，自從他向我求婚後，就再也沒叫過我的全名——『親愛的，妳知道我認為夫妻之間該彼此信任，我們之間沒有祕密，也沒有任何隱瞞。我受到劇烈的驚嚇，每當我試著回憶就頭暈目眩，我不知道腦中的一切到底是真的，還是瘋子的幻想。妳知道我得腦膜炎，我一定是瘋了。一切的祕密都在這本筆記裡，但我不想翻閱它，也不想知道內容。我只想重新好好活著，我想和妳結婚。』親愛的露西，我們已經決定，只要手續完成，就立刻結婚。『薇爾米娜，妳願意和我一起忘卻那一切嗎？我把筆記本交給妳，妳拿去吧！好好保管，如果妳想要讀，就讀吧！但別讓我知道，也別跟我提起。除非，我必須承擔某種神聖的責任，不得不回憶那些可怕的日子，不得不翻閱裡面的紀錄。不管我到底是作夢還是清醒，神智正常還是瘋了，我所經歷的苦痛都記在這本筆記本裡。』筋疲力盡的他一說完，就癱倒在床上。我把筆記本塞到他的枕頭底下，深深地吻他。我已請艾嘉莎修女請示上級，准許我們今晚成婚。我正在等待她的消息……

她來了，說已派人去英國新教傳道會尋找教士。一小時後，我們就會結為夫妻。也許，我們得先等強納森醒過來……

露西，我們已如期完婚，一切都結束了。我感到非常神聖，同時非常、非常快樂。時間到了，但強納森過了一會兒才醒過來。我們已把一切都準備好。他坐在床上，背倚著枕頭。他毫不猶疑，肯定地說了「我願意」。我激動地幾乎說不出話來，千言萬語好像都卡在喉中。那些修女們太善良了！上帝啊！我永遠、永遠不會忘記她們，也不會忘記我身上背負著沉重又甜蜜的責任。我得告訴妳，我的新婚大禮。

當教士和修女們離開，只剩下我和我的丈夫兩人獨處——天哪！露西，這是我第一次寫下「我的丈夫」——沒錯，我和我的丈夫兩人獨處，我從他的枕頭下拿出那本筆記，用白紙將它包起來，再用一條原本繫在我頸間的淺藍色緞帶綁好，最後滴上密封蠟，並用婚戒壓上印。我親吻它，並給我的丈夫看，說會這樣保管它，這是我們彼此信任的明證，我們永遠信賴彼此。除非為了他或不可逃避的任務，不然我絕不會拆開這本筆記。接著，他握住了我的手。喔！露西！這是他第一次握住「他的妻子」的手。他說這雙手是這廣大世上最珍貴的東西，若為了贏得這雙手，他不得不重新經歷可怕的過去也在所不惜。可憐的他，他指的其實是前陣子，但他目前還無法回想明確的時間、日期，因此只說「過去」。若他連月分都搞不清楚，我也不會意外他連年份都弄錯了。

哎呀，親愛的，我能說什麼？我只能回答他，在這廣大的人世中，我是最幸福快樂的女人，我沒有任何東西可送他，只能把我自己，我的生命，我的信任，全交給他，除此之外，也把我的愛無怨無悔地給他，我人生的每一天都將為他而活。親愛的，當他吻我，用他那雙孱弱的手抱住我，我知道我們已許下莊重的誓約……

親愛的露西，妳知道，為什麼要跟妳講這一切嗎？並不只因為這一切太甜美了，更是因為一直以來，妳是我心中萬分珍貴的朋友，並在妳離開校園後，當妳人生路上的嚮導。我真的很榮幸成為妳的朋友，並在妳離開校園後，當妳人生路上的嚮導。我想讓妳明白一個幸福妻子的體悟，不管責任感如何引領我。藉此，妳也會和我一樣，歡欣迎接結婚生活。全能的上帝啊！希望祂能保佑妳的人生，讓妳一帆風順，不會遇到狂風暴雨，沒有猜忌，同時謹記我們身負的責任。我不會祝福妳毫無病痛，因為這不可能發生，但我希望妳永遠快快樂樂，希望妳就像我此刻一樣幸福。我親愛的，再會了。我會立刻把信寄出去，也許很快就會再寫信給妳。我得停筆了，強納森醒來了，我得趕緊照顧我的丈夫！

永遠愛妳的米娜．哈克

露西．魏斯特拉寫給米娜．哈克的信

惠特比。八月三十日

我最親愛的米娜：

我向妳送去我無盡的愛和千萬個吻，希望妳很快就有自己的家，和丈夫兩人度過幸福的生活。我真希望妳能早點回來，和我們一起住幾天。這裡充滿活力的空氣很快就會讓強納森痊癒，至少我覺得自己差不多康復了。我的食欲大好，活力充沛，而且睡得很好。我幾乎不再夢遊了，妳一定會很欣慰。自從上一次夢遊後，這一週來我都睡得很平穩，沒有再在睡夢中起來。亞瑟說我圓潤些了。對了，我忘了說亞瑟來了。我們常常一起出門散步，駕車出遊或騎馬兜風，還去划船、打網球、釣魚，我比之前更愛他了。他跟我說，他愛我更甚於我愛他，但我才不信呢！因為他之前也說過，他不可能愛我更深，但他現在又比之前更愛我了。好啦，這些都是蠢話。他來了，他在叫我，我就在此停筆了。

深愛妳的露西

備註：媽咪向妳捎去她的愛。可憐的媽媽，她看起來似乎好一點兒了。

備註之二：我們會在九月二十八日結婚！

西瓦德醫生的日記

八月二十日

朗菲爾德的病例愈來愈奇特了。現在的他比之前更沉默，他的熱情好像突然被某種魔法澆熄了。自從他發作後，這一週來他的情緒一直很激動，行為粗暴。有天晚上，當月亮升起時，他突然安靜下來，一直自言自語：「現在，我可以等。現在，我可以等。」照護員過來跟我說，我立刻衝下樓瞧瞧他的狀況。他依然被綁在那間隔音房，用拘束衣固定。但他的神情已不再激動，又像以前一樣露出懇求的軟弱神色——幾乎可用畏畏縮縮來形容。我滿意他目前的狀況，就派人把他解開。照護員一開始猶疑不決，但沒有反對，還是照我的話做。此時，病人居然注意到照護員對他的不信任！他走近我，一邊鬼鬼祟祟地盯著他們，一邊低聲對我說：「他們以為我傷得了你！想想看，我怎能傷得了你！真是一群蠢蛋！」

這個瘋子把我和其他人區別開來，這件事竟然帶給我某種慰藉。但與此同時，我依然不明白他的想法。這是否代表我和朗菲爾德之間有某種共同點，所以我們站在同一陣線？或是他從我身上獲得某種重要的好處，因此他必須確保我平安無事？接下來我得想辦法找出答案。但後來他不肯再開口，就連用一隻幼貓或成貓給他當誘因，也無法使他上鉤。他只是不斷地說：

「我不要養貓。我要想很多別的事，而且我可以等，我可以等。」

過了一陣子我才離開他。照護員說，他原本很安靜，但黎明前突然不安分起來，愈來愈激動，最終陷入狂亂。發作完，他筋疲力竭地暈了過去，陷入昏迷。

……連續三個晚上都發生一樣的事——白天，他激動暴躁，但月亮一升起，就安分了，直到日出。我真想找出背後的原因。看起來，好像某種魔力來襲，時間一到又立刻消退。這想法多妙呀！我們今晚就和瘋子鬥智吧！之前，他不需要任何幫助就逃脫了，今晚就讓我們幫助他逃跑。我們故意給他一個機會，看看他會怎麼做，我得先部署好人力以備萬一……

八月二十三日

「天有不測風雲。」說這話的迪斯雷利實在對人生瞭解透徹。雖然籠門大開，但我們的籠中鳥不肯振翅高飛，滴水不露的計畫也只能付諸流水。至少我們證明了一件事：他每次平靜的時間很長。接下來，我們每天可以讓他鬆綁幾個小時。我已指示值夜班的照護員，他回復平靜就鬆綁到晚上，日出前一小時再把他關在隔音室裡。可憐的傢伙，當他忙著胡思亂想時，至少他的身體能獲得暫時的解放！聽呀！意外之事馬上再次降臨了！有人來找我，我們的病人又逃跑了。

稍晚

又是驚險萬分的一晚。奸詐的朗菲爾德等照護員走進房間才衝出去，在走廊間狂奔而去。我派照護員跟著他。他又跑到那棟廢棄大宅的庭院裡，我們在同一個地方找到他，他像之前一樣緊挨著老禮拜堂的門。他一看到我就大發雷霆，要不是照護員及時壓制他，他恐怕會衝過來殺了我。當我們抓住他時，奇怪的事情發生了。一開始他變得更加孔武有力，突然之間，他又冷靜下來。我立刻東張西望地搜尋他看到什麼東西，但什麼也沒看到。我循著朗菲爾德的眼神望過去，但沒看到任何人，好像他只是痴痴地望著明月高掛的夜空。我只看到一隻大蝙蝠靜悄悄地拍翅向西飛去，像是暗夜中的鬼魅。蝙蝠通常會繞著圈子來回飛，但這隻蝙蝠好像打定主意，目標明確地直直往前飛。病人愈來愈平靜，接著說：

「你們不用把我綁起來，我會好好跟你們走！」我們毫不費力就把他帶回病院。他的沉默反而令人不寒而慄，給我不祥的預感，我絕對忘不了這一晚……

露西・魏斯特拉的日記

八月二十四日。希靈漢

我得向米娜學學，養成寫日記的習慣，這樣一來，我才能記住發生什麼事，見面時好好講給她聽。不知道我們什麼時候才會再見面？我真希望她現在就在這裡陪我，我好難過。昨晚，我似乎又像之前在惠特比一樣夢遊。也許是因為天氣改變了，或者在惠特比度假後再次回到家中，讓我的舊病復發。我不記得發生什麼事，只覺得一切又黑暗又可怕，我因某種莫名的理由而害怕。我全身虛弱，實在累壞了。當亞瑟來吃午餐時，他一看到我就露出擔憂的表情，我也無心強顏歡笑。不知道今晚能不能跟媽媽一起睡？我得想個理由跟她說。

八月二十五日

昨晚又沒睡好。媽媽沒讓我跟她一起睡。她的氣色也不太好，可想而知，她一定是怕我擔心。我試著保持清醒，撐了好一陣子，但鐘敲響十二聲時，我醒了過來，所以我剛剛一定忍不住打了個盹。窗外傳來有東西刮過玻璃的聲音，還有拍打聲，但我沒理會那些聲音。我記不清剛剛發生什麼事，所以我想我一定睡著了。我又作了很多可怕的夢，但還是記不得到底夢到什麼，真想記下來。今天早上我感到很虛弱，臉色一片慘白，喉嚨很痛。我的肺一定出了問題，好像老是吸不到空氣。亞瑟來的時候，我得想辦法振作一點，不然他看到我這樣子一定會很難過。

亞瑟．赫姆伍德寫給西瓦德醫生的信

亞貝瑪爾飯店，八月三十日

親愛的傑克：

我想拜託你幫我一個忙。露西病了——雖然這麼說，但她並不是真的得了什麼病，只是氣色愈來愈差，日漸虛弱。我問過她發生什麼事，但我不敢問她的母親，夫人現在的情況很不樂觀，再讓她煩惱女兒的事情，恐怕會造成無法挽回的後果。魏斯特拉夫人私下告訴我，醫生已宣佈她時日不多——她得了心臟病——不過可憐的露西並不知道。我相信，我的愛人心裡一定藏了什麼事，一想到她我就憂心忡忡；看著她，令我痛不欲生。我已跟她說，我會請你去看看她，她遲疑了一會兒——老朋友，我明白她的顧忌——最後她終於同意。親愛的老朋友，我知道這對你來說是艱鉅的任務，但這一切都是為了「她」。我知道我不該猶豫，而你也會挺身而出。明天兩點，請你來希靈漢吃午餐，這樣才不會引起魏斯特拉夫人的疑心。午餐後，露西會找機會和你獨處。我會在下午茶時分過去，我們再一起離開。我現在很焦急，希望在你看過她之後，能盡快和你私下長談。別失約！

亞瑟

亞瑟．赫姆伍德發給西瓦德的電報

九月一日

父親病重，他要我過去看他。我正在寫信。請詳細寫下你的看法，今晚就寄到林恩來。有必要就發電報給我。

西瓦德醫生寫給亞瑟．赫姆伍德的信

九月二日

我親愛的老朋友：

對於魏斯特拉小姐的健康狀況，我一時不知該如何啟齒，她的身體沒有任何異樣，也沒有得到任何我所知的疾病，但她的外貌令我十分擔心，她和我上一次見到的樣子大不相同，實在讓人擔憂。當然，你得諒解，我沒有機會徹底檢查她的身體狀況，這非我所願。我們過去的友誼關係讓情況更為棘手，連醫學或禮儀都對這種尷尬情況束手無策。我想，我最好一一敘述整個過程，讓你自行判斷。接下來就說明我做了哪些檢查和我的建議。

和魏斯特拉小姐見面時，她的母親也在場，她看起來心情很好。過了一會兒我就看出來，她正在盡一切努力轉移母親的注意力，不希望母親替她擔心。就算她還不知道母親的病況，我想她也早就猜到母親的病情並不樂觀，需要隨時小心。我們三人一起用餐，因為我們都極力裝作開心的樣子，果然假戲真作，氣氛變得很歡快。用完餐後，魏斯特拉夫人回房休息，露西和我終於有機會獨處。我們去她的閨房，一路上她仍是一派活潑，因為僕人在旁邊來來去去。但房門一關上，她就卸下臉上的面具，重重地嘆了口氣，跌坐在椅子裡，伸手摀住雙眼。我一看到她垂頭喪氣，就趁機診斷她的狀況。

她非常溫柔地說：「我不知該怎麼表達，但我實在不想說我的私事。」我提醒她，醫生會守口如瓶，絕不會洩露病人的病情，但你非常擔心她。她立刻明白我的意思，並馬上解決我的困擾。「你不必隱瞞亞瑟任何事，我並不擔心我自己，我只擔心他！」所以我所說的這一切，都已獲得她的同意。

顯而易見，她面無血色，但我找不到其他常見的貧血症狀。後來有個機會讓我能分析她的血液，因為她要打開那扇有點卡住的窗戶時，控制窗戶的繩子掉了下來，碎玻璃割傷了她的手。這只是件小事，但給了我絕佳機會採集幾滴血液，我後來也仔細分析了。就質量分析來看，她的血液完全正常，甚至可以推斷她非常健康，並不需要擔心她的身體狀況。但她會變得那麼虛弱一定有原因，我的結論是，她的精神狀況恐怕不佳。她抱怨難以獲得充足的空氣，常常陷入昏睡狀態，作了很多可怕的夢，但她又完全不記得夢境。她說，她從小就有夢遊的習慣，前陣子在惠特比時，這個老毛病又發作了。有天晚上她在夢遊中出了家門，走到東崖上，最後是莫雷小姐發現了她。她向我保證，現在她已不再夢遊了。不過我很懷疑，只能憑著良心來做決定。

阿姆斯特丹的范．海辛教授是我的良師也是益友，他熟知世上各種疑難雜症。我已寫信請他過來。你說過，這件事得由你作主，所以我已跟他說明你的身分、你和魏斯特拉小姐的關係。親愛的老友，我做的一切都是遵循你的囑咐，不然，驕傲的我可會十分高興地親自為她服務，鞠躬盡粹也在所不惜。為了某個私人因素，我確信范．海辛會為了我付出一切，因此，不管他基於什麼理由而來，我們都得接受他的要求。乍看之下，他可能像獨斷的人，這是因為他比任何人都瞭解他的專業領域。他不但是哲學家，也研究形而上學，同時還是當代最卓越的科學家之一。而且我知道他很謙虛，心胸開闊。不只如此，他臨危不亂，不屈不撓，鎮定自若，而且寬容待人，他的虛懷若谷已不只是美德，簡直是天賜的福氣！他有顆最善良、最真誠的心——從他為人類所作的各種高尚研究就看得出來——不管是理論上還是實務上，他總是滿懷憐憫之心。我告訴你這些，好讓你明白我為什麼對他如此信任。我已請他立刻動身過來。明天，我會再去看魏斯特拉小姐，她會找藉口出門購物，這樣她的母親才不會因我的再三到訪而起疑心。

你的老友，約翰．西瓦德敬上

醫學、哲學、文學博士及其他領域的教授亞伯拉罕．范．海辛寫給西瓦德醫生的信

九月二日

我的摯友：

我一收到你的信就立刻動身。幸運的是我不需要辜負任何信任我的人，就能立刻出發。不然就太不公平了——我的朋友為了他們所在乎的人而呼喚我，為此我竟毫不猶豫地拋下其他人，急急離開。好在這種情況並沒有發生。你得告訴你的朋友，那一回，我們另一個朋友因為緊張而失手落下那把沒有消毒的刀子，可是靠你替我清創的。而且，當那位朋友需要我的幫助時，你比我還大力幫忙他，你為他們所做的一切，就算他散盡錢財也無法報答。不過，幫助朋友是榮幸的事，因此我要去找你了。請幫我在大東方飯店訂一個房間，這樣我才能隨時就近幫忙。另外，請你安排明天和這位年輕小姐會面的時間，希望不要太晚，因為我當晚就得趕回阿姆斯特丹。不過，如果有必要，三天後我可以再來一趟，若情況緊急，下回我能多待幾天。我的約翰朋友，先跟你說聲再會，到時候見。

范．海辛

西瓦德醫生寫給亞瑟．赫姆伍德閣下的信

九月三日

我親愛的亞瑟：

范．海辛來過，現在已離開。他先和我會合，我們再一起去希靈漢。我們到了才知道考慮周到的露西已安排她的母親出門用餐，好讓我們三人能獨處。范．海辛仔細檢視病人的狀況。我並沒有全程在場，因此他會跟我報告，我再跟你說。我得說他看起來心事重重，但他沒多說什麼，只說他得思考一下。我說，我和你的交情匪淺，你非常信任我，才會把這件事情交給我。他聽了就說：「你得把你的想法毫不保留地跟他說。如果你猜得到我的想法，你也可以把我的想法跟他說。我可不是在說笑。這件事事關重大，恐怕攸關生死，甚至超過生死。」他神色嚴肅，我問他這是什麼意思。那時我們剛回到城裡，他正在喝茶，等會兒就要回阿姆斯特丹了。但他不願意多說，半點線索也不肯給我。亞瑟，你別生我的氣，他語帶保留，代表他正為了她的情況苦思。等到時機一到，他就會開誠布公。因此，我跟他說，我只會寫信向你報告我們的拜訪過程，就像我在為《每日郵報》寫特別報導一樣。他心不在焉，好像沒聽到我說的話，反而談起倫敦的煙塵和之前他在這兒唸書時相比，空氣已經好多了。他說會盡力完成診斷報告，明天就可寄給我。不論如何，他會寄封信向我說明。

現在，讓我跟你說說我們這場探訪。露西比我上次見到更加活潑，氣色好多了。那種令你不安的蒼白已經消失，呼吸也回復正常。她親切地接待教授（就像平時一樣甜美可人），盡量讓教授感到自在。但我看得出來，這位可憐的姑娘其實費了不少心力，我相信范．海辛也看出來了，我從他濃密的眉毛下看到那一閃而逝但熟悉的表情。接著，他和露西聊起各種瑣事，卻絕口不提我們來訪的目的和疾病。他的和藹關懷讓原本假裝開心的露西漸漸真的開心起來。接著，他溫和提起這次拜訪的緣由，巧妙地說：

「我親愛的小姑娘，我真榮幸能見到妳，妳實在太討人喜歡了。雖然我對妳瞭解不多，但我已發現妳的迷人之處。他們說妳身體孱弱又面無血色。我得跟他們說：你們都胡說八道！」他向我一彈手指，繼續說：「妳和我會證明他們全說錯啦。他怎能——」他的手指向我，就像以前在課堂上當著全班指著我一樣，他常常用那件事奚落我。「明白年輕姑娘的心思呢？光是病院裡的那些瘋子就已經讓他分身乏術，他想盡辦法好讓他們再次嘗到人生的幸福，回到親友和愛人身邊。他十分繁忙，當他為病人帶來幸福時，自己也獲得美好的報償。但他怎懂年輕姑娘呢？他既沒妻子又沒女兒，年輕人之間不會推心置腹，只有面對像我這樣嘗盡風霜、深知人生滄桑的老人，年輕人才能侃侃而談。那麼，親愛的，就讓我們趕他去花園抽根菸吧，我們兩人好好聊聊。」我明白他的暗示，就出門去散步。一直到教授走到窗前叫我，我才回去屋內。

他的神色嚴肅，但他說：「我已仔細做了一番檢查，她的身體功能一切良好。我同意你的說法，她失血嚴重，不過那是之前的事，現在她沒有失血。她的狀況看起來絕不是貧血的問題。我已請她把她的女僕叫來，我會問她一兩個問題，確保我沒有忽視任何細節。我已經猜到她會跟我說什麼了。但這一切一定有原因，每件事背後都有原因。我得趕緊回家好好思考。你每天都得向我發電報，如果我找到原因，我會再過來。這個病——畢竟，若身體出了問題就代表有病——讓我很好奇，而我對這位溫柔的年輕女子也很有興趣。她很迷人，就算不是為了你或疑難雜症，我也會專程為她而來。」

接下來，就像前面說的，他不願再多說，就算只有我們兩人獨處，他也一字不提。現在，亞瑟，我已將所知道的一切都告訴你了。我會密切觀察她的狀況。我相信你的父親正慢慢康復。我親愛的老友，我明白深愛的兩個人都陷入病魔之手，你一定很難受。我知道你對父親的義務，你的確該守在他的床邊。萬一有必要，我會立刻通知你來看露西。若你沒有我的消息，千萬別太憂心。

西瓦德醫生的日記

九月四日

那個噬生狂病人的動向持續吸引我們的注意。昨天，在令人意外的時刻，他突然又發作了。接近中午時，他變得躁動不安。照護員已熟悉他的症狀，立刻叫人來幫忙。急奔而來的幫手剛好趕上，一夥人用盡力氣才制服住異常暴怒的他。但不到五分鐘，他就安靜下來，愈來愈沉默，最後陷入憂傷的狀態，一直到現在。照護員說，他一發作就會發出撕心扯肺的尖叫，令人心驚膽顫。他的尖叫嚇到許多病人，我一進到病院就趕緊照顧他們，忙得焦頭爛額。我當然瞭解他的尖叫聲威力多麼強大，儘管我離他很遠，但連我自已都被嚇到了。現在已過了病人的晚餐時間，而我的這位病人坐在牆角沉思，臉上露出呆滯的表情，死氣沉沉，失魂落魄，好像藏了某種暗示。我實在搞不懂。

稍晚

我的病人又有了變化。我五點時去探視他，發現他回復往日開心滿足的樣子。他忙著抓蒼蠅並把牠們一一吃下肚。他用指甲在門與隔音棉的空隙間做記號，記錄他抓到的蒼蠅數目。他一見到我就靠過來，為自己的惡行惡狀道歉。接著他非常謙恭，甚至戰戰兢兢地問我，是否能回到自己的房間並拿回他的筆記本。我想此時迎合他的需求是好主意，就讓他回到房間，而且打開窗戶。他把配茶的糖粉灑在窗台上，抓了一大群蒼蠅。這一回，他沒有吃掉牠們，而是像以前一樣把牠們全裝進盒子裡。而且，他已經開始到處尋找蜘蛛。我試著引他說出過去幾天發生的事，若能得到任何線索，對我都是莫大的助益。但他完全不肯透漏。有一兩回他露出傷心的表情，說話的口氣悠遠，像在自言自語，而不是對我說。

「結束了！一切都結束了！他已經拋棄我了。我毫無希望，除非我自己想辦法！」接著，他突然下定決心似地轉向我，說：「醫生，你能不能行行好，再給我一點糖？我想這對我有幫助。」

「是要給蒼蠅嗎？」我問。

「沒錯！蒼蠅很喜歡糖，而我喜歡蒼蠅，所以我也喜歡糖。」聽聽他說的話！世上有些無知的人居然認為瘋子不懂論證！我滿足他的願望，給了他雙份的糖，他成了世上最快樂的人。至少在我看來是如此。我真想搞懂他心裡在想什麼。

午夜

他又變了。今天我出門去看魏斯特拉小姐，她看起來好多了。我回來時，在病院的大門外站了一會兒，看著日落，此時我又聽到他的尖叫聲。他的房間在靠近大門這一端，因此這一回我聽得比上一次還清楚。那時，我正欣賞夕陽，它讓煙霧瀰漫的倫敦變得那麼美麗，那血紅的天空和墨水一般的暗影，還有多彩的雲朵都美得讓人目不暇給，連水面都映照著變化莫測的天色。此時我意識到這棟冰冷的石造建築是多麼陰暗冷峻，它裡面滿是活生生的苦難，而我必須隻身一人面對這一切。

當夕陽漸漸西落，我過去看他，從他的窗口正好看見那顆火球緩緩下沉。隨著夕陽一步步消逝，狂躁也一步步離他遠去，而夕陽一消失，他就從眾人的手中跌癱在地上，變成一具了無生氣的軀殼。不過，我得說瘋子的恢復力令人震驚，不過才幾分鐘，他已經站起身，冷靜地看著四周。我請看護放開他，急於知道他要做什麼。他筆直地走向窗口，揮去桌台上的糖粒，接著拿出蒼蠅盒，清空後就丟了。他關上窗，走過房間，坐在床上。他的行為大出我的意外，我問他：「你不想再留著那些蒼蠅嗎？」

「不要，」他回答：「我已厭倦這些垃圾！」他還真是令人好奇不已的病例。我真想瞧瞧他的內心世界，或者瞭解他每一次執念背後的原因。我該停下來了，也許我們終會找出蛛絲馬跡，如果我們能明白為什麼他今天會在中午和日落時發作，或許就有答案了。是不是太陽對某些本質會造成週期性的負面影響，就像有時月亮會對其他事物造成影響？我們等著瞧吧！

倫敦的西瓦德發給阿姆斯特丹的范・海辛的電報

九月四日

病人今天好多了。

九月五日

病人的狀況大為好轉。食欲旺盛，睡得很好，精神極佳，已恢復氣色。

九月六日

嚴重惡化。事不宜遲，請立刻前來。等看到你後，我再發電報給赫姆伍德先生。

西瓦德醫生給亞瑟．赫姆伍德閣下的信

九月六日

我親愛的亞瑟：

今天的消息不太妙。早上，露西的情況有點惡化，不過卻讓事情有了轉機；魏斯特拉夫人很擔心露西，因此正式請我為露西看診。我趁此機會告訴她，我之前的老師范．海辛是厲害的專家，他正要來找我，我可以請他一同為露西看診。這樣一來，我們就可以光明正大地進出她家，不用擔心她會因此猜疑。夫人現在已完全無法承受任何驚嚇，不然恐怕會有猝死的危險。這對虛弱的露西可能會造成極為嚴重的傷害。我的老友啊，我們所有人都陷入危機之中，求求上帝憐憫，讓我們安然度過難關。若有必要，我會立刻寫信給你，若你沒收到我的消息，那我一定是在等待進一步的發展。匆匆停筆於此。

你永遠的朋友，約翰．西瓦德

第十章　西瓦德醫生的日記

九月七日

當我和范．海辛在利物浦街車站會合，他跟我說的第一句話是：「你跟他說了嗎？就是你的朋友，她的愛人？」

「沒有。」我說，「就像我在電報中說的，我得先跟你見面。我只寫了封信給他，說魏斯特拉小姐的情況不好，你會過來，若有必要就會通知他。」

「做得好，我的朋友，」他說，「你做得很好！現在最好別讓他知道，也許，以後也別讓他知道比較好。我是這麼祈禱。不過，若真有需要，就得讓他知道一切。我的約翰朋友呀，讓我警告你，雖然你常和瘋子打交道，知道所有的人或多或少都有點瘋狂，正如你謹慎對待醫學上的瘋子，你也得小心面對上帝的瘋子——也就是這世上的其他人。你不會跟病患說你會怎麼做，為什麼那麼做，你不會跟他們分享你的思緒。這樣你才能好好收起你所知的一切，藏在一個地方——一個只有同類才能明瞭並交換意見的地方。你和我必須把我們所知的一切藏在這裡，和這裡。」他邊說邊用手碰觸我的心臟和前額，接著也一樣碰摸他自己的心臟和前額。「我已經有想法了，晚一點就會告訴你。」

「何不現在就告訴我？」我問，「說不定這樣比較好，我們可以一起做決定。」

他停了下來，看著我說：「我的約翰朋友，當玉米生長時，在它完全熟成之前——當大地之母的奶水還充溢在它體內，太陽還沒讓它變成鮮豔的金黃色，農夫會抓住玉米穗，用粗糙的手搓揉它，吹掉綠色的殼，對你說：『瞧，這是一株好苗，時機一到，它就會飽滿熟成。』」

我不明白他的比喻。他把手伸過來揪著我的耳朵，開玩笑似地拉一拉，就像很久以前他在課堂上對我做的一樣。他說：「好農夫只會在他確定後才會這麼說，不會事先就說的。好農夫不會把種好的苗挖出來，看看它長了多少，只有假扮農夫的孩童才會這麼做，以農為生的人不會如此瞎搞。你明白了嗎？親愛的約翰？我已播下玉米，而自然之母自會運作，好讓它發芽。如果芽長得好，我們就有了希望。我會耐心等到它結穗為止！」他停頓下來，因為他顯然看到我明白了的神情。接著他沉重地說：

「你一向是小心謹慎的學生，從以前就比別人更認真，總是準備最齊全的資料。那時，你只是個學生；如今，你已是一名大師，我相信你還維持著好習慣。記得，我的朋友，知識比記憶還要強大，我們不該仰賴比較不可靠的記憶。即使你沒有維持那好習慣，讓我告訴你，我們關心的這位姑娘，她的案例可能——注意，我說的是『可能』——不但對我們很重要，也對其他人很重要，就像你們英國人說的茲事體大。你要記好，世上沒有無關緊要的細節。我建議你好好記錄一切，包括你的疑惑和猜測。有天你可能會發現自己當時居然猜中了真相。成功不會讓我們學到新知，失敗才會！」

當我描述露西的症狀——和之前一樣，不過更加明顯——他看起來非常嚴肅，但不發一語。他的行李袋裡裝了許多器材和藥材。他說：「我們這一行以助人為本，但老是帶著一堆可怕的器具。」就像他有次在課堂上將教具稱為治療工具。

當我們走進大門時，魏斯特拉夫人前來接待我們。雖然她很意外，但沒有我想得那麼緊張。大自然一向好生，連可怖的死亡也有解藥，眼前即是一例。任何驚嚇都可能會讓魏斯特拉太太突然過世，但不知為何，此刻沒有事物能影響她——就連她摯愛女兒的身體惡化，她也處之淡然，好像自然之母在她身上裹了一層阻絕感受的保護層，隔絕了可能因接觸而感染的邪惡力量。如果這是一種必要的自私，那我們不該因某人自我中心就貶低他，因為表面下可能有更深層的緣由，而我們無法得知。

此時，我根據精神病理學的知識立下一個規定，要求魏斯特拉夫人不該與露西共處一室，或者非必要就別去想露西的病情。她爽快地同意，我看到堅強求生的自然之手再次運作。僕人帶領范．海辛和我上樓前往露西的房間。昨天她的情況令我大為意外，今天的她更令我驚駭。她的臉色雪白如紙，簡直像幽靈一樣面無血色，嘴唇和牙齦都失去正常人的紅色，臉頰消瘦，皮下的骨骼格外突出，而且她的呼吸沉重。看著她憔悴的面容，再聽到她那費力的呼吸，真讓人心疼不已。范．海辛臉色凝重，眉心糾結，兩邊的眉毛都快連成一線。露西一動也不動地躺著。范．海辛向我招了招手，我們兩人默默地退出房間，一關上房門，他立刻穿過走廊，走向隔壁開著門的房間。他拉著我進入房間後就立刻把門關上。「我的天哪！」他說，「太可怕了，我們一秒鐘也不能浪費。她很快就會因缺血而死，她沒有足夠的血維持心臟的運作。我們得立刻輸血。你來還是我來？」

「教授，我比較年輕也強壯多了，當然由我來。」

「你趕快準備好。我帶了輸血器材，我去把袋子拿上來。」

我和他一起下樓走向門廳，外面有人敲門。我們到門廳時，女僕剛好把門打開，只見亞瑟急急忙忙地走進來。他跑到我面前，緊張地低聲說：「傑克，我擔心極了。我讀出你信裡的弦外之音，我很緊張。我父親的狀況好多了，因此我趕回倫敦，想親眼看看她。這位想必就是范．海辛醫生？先生，我真的很感謝您不辭辛勞，遠道而來。」

教授剛看到他時，眼中明顯露出怒火，想著這人來得真不是時候；但他一發現眼前這位年輕人不但身材健壯且活力充沛，雙眼就露出了光采。他等不及地向亞瑟伸出手，非常嚴肅地對他說：「先生，你來得正好。你就是我們關切的那位姑娘的愛人。她的情況不妙，非常、非常糟糕。哎，我的孩子，別垂頭喪氣。」此時亞瑟臉色發白地跌坐在椅中，好像快暈過去了。「你得幫幫她。你能做得比其他人都還要多，你的勇氣就是你的最佳助手。」

「我能做什麼？」亞瑟沙啞地問，「告訴我，我立刻照辦。我為她而活，我可以為她放棄我身上的最後一滴血。」

教授向來很幽默，以我對他的瞭解，我立刻就從他的回答中明白他的用意：「年輕人，我不會要你做那麼多——你可以保留你的最後一滴血！」

「我該怎麼做？」亞瑟急得像熱鍋上的螞蟻，睜大雙眼，鼻孔都因急躁而抖動。范．海辛拍了拍他的肩。「來吧！」他說，「你是個男子漢，我們需要的就是一位男子漢。你比我還有用，也比我的約翰朋友中用多了。」亞瑟一臉疑惑。教授和善地解釋：「年輕姑娘的情況很糟糕，她需要血，如果沒有血，恐怕難逃一死。我和我的約翰朋友談過，我們正準備進行所謂的輸血——由一個有充足血的人，把血輸到需要的人身上。約翰本來要輸他的血，因為他比我年輕又強壯——」亞瑟一聽，立刻握住我的手，緊緊擰了一下。「既然現在你來了，顯然你是更適合的人。我們兩人，一個老一個年輕，但都在思想的世界裡操勞已久，神經脆弱，我們的血液可比不上你的新鮮健康！」

亞瑟轉向他，說：「若能為她而死，我終生無憾。你若明白，你就會瞭解我……」他話哽在喉頭說不下去。

「好傢伙！」范．海辛說，「你樂意為愛付出一切，你能做的正是如此。現在過來吧，別出聲。在我們進行輸血前，你可以給她一個吻，但一輸好血，你就必須立刻離開。我一指示，你就得走，不要跟夫人碰面，也別跟她說這些事情，你知道她的身體很不好，她承受不了任何驚嚇，絕不能對她洩露。來吧！」

我們三人上了樓，走近露西的臥房。亞瑟聽命先在門外等候。露西並沒有睡著，她轉過頭望向走進房的我們，但她虛弱到無法開口說話，只能用眼神對我們示意。

范．海辛從他的袋子拿出一些工具，排好放置在她看不見的小桌子上。接著，他拿著調配好的麻醉劑走近床邊，歡快地說道：「小姑娘，這是妳的藥。當個好孩子，好好地把它喝光。來，讓我扶妳起來，比較好喝藥。好極了。」

露西努力地喝下藥。藥效發作得很緩慢。我嚇了一跳，這顯示她有多麼虛弱。等待睡神讓她閉上雙眼的這段時間實在出奇地漫長，麻醉劑終於漸漸顯現藥效，教授確認她陷入深沉的睡眠後，就把亞瑟叫進房，請他把外套脫掉。接著教授指示：「你可以先給她一個吻。讓我把桌子移過來，我的好約翰，過來幫幫我！」因此，當亞瑟俯身靠向露西時，我們兩人誰也沒多看一眼。

范．海辛轉向我，說：「他很年輕強壯，血也很純淨，我們不需要去除纖維蛋白。」

接著，范．海辛嫻熟而俐落地進行這項手術。當血液輸往露西體內時，她的臉上漸漸回復一絲生氣。雖然亞瑟的臉色愈來愈白，但他沉浸在喜悅裡，臉上像發了光。過了一會兒，我注意到身強體壯的亞瑟在失了許多血之後，也快無法承受了。我也愈來愈緊張，這讓我明白露西這些日子裡受盡多少折磨，亞瑟輸了那麼多血，竟也只幫她回復一點生氣而已。但教授態度堅定，他的眼神銳利地在病人和亞瑟臉上來回。我聽見自己的心臟激烈地跳動。

過一陣子，教授溫柔地說：「你現在先別動，夠了。你照顧亞瑟，我來看看露西。」輸完了血，我看得出來亞瑟變得極為衰弱。我包紮好傷口，挽著他的手臂，扶他出去。此時，范・海辛沒有回頭——這傢伙好像背後長了眼似地——說：「我想這位勇敢的愛人值得第二個吻，你現在就過來吧。」

手術完成後，他調整了一下病人枕頭的角度。露西老是在頸間繫一條黑絲絨飾帶，上面的古董鑽石飾扣是亞瑟送她的。正當教授調整枕頭時，黑飾帶隨之移動，露出一個紅色的印記。亞瑟沒注意到這個紅色印記，但我聽到范・海辛倒抽了一口氣。他常在細微舉動中洩露真實的心情。當下他沒說什麼，只轉向我，說：「現在把我們勇敢的年輕愛人帶下樓吧。給他一杯波特酒，讓他好好躺一會兒。然後，他得回家休養一陣子，多吃多睡。接下來，他可能還必須再為他的愛人多奉獻一些。他不能待在這兒！等一下！先生，我相信你急著想知道結果，手術很順利，你不用擔心。這一回，你成功挽回她一命，現在回家好好休息，別擔心，你已做了一切。等她身體轉好，我會告訴她這件事，她一定會因你的作為而更加愛你。再見！」

亞瑟一離開，我就回到房間裡。露西睡得很平穩，棉被隨著她的呼吸緩緩起伏，顯示她的呼吸也較強壯了。范・海辛坐在床邊專心地看著她。那條絲絨帶子又蓋住了紅色的印記。

我低聲地問教授：「你覺得她脖子上的痕跡是什麼？」

「你覺得是什麼？」

「我還沒機會檢查。」我回答。接著我把那條飾帶解開，看到在外頸動脈上有兩個小小的傷口。傷口不大但非常完整，看起來沒有發炎，但外圍發白，不像是新傷，好像有被東西磨擦過。我立刻想到，不管這個傷口是怎麼形成的，它可能就是讓露西大量失血的原因；但我很快就把這個剛成形的想法拋在腦後，因為這絕不可能發生。因為露西還沒輸血前已在垂死邊緣，若她失了那麼多血，床單應早就滿是血跡。

「你說呢？」范・海辛問。

「嗯……」我說，「我搞不懂。」

教授站了起來。「我今晚必須回阿姆斯特丹，我需要讀些書和找些資料。今晚你得待在這裡，視線萬不可從她身上移開。」

「我該找一名護士過來嗎？」我問。

「你和我，我們就是最佳的護士。你得整晚守著她，確保她飽餐一頓，別讓任何事情打擾她。今晚你絕不能闔眼。之後，你和我有的是時間睡覺。我會盡快趕回來。接著我們就能下手。」

「下手？」我說，「你到底在講什麼？」

「等著瞧。」他一邊急急地衝出門，一邊說。過了一會兒，他又折回來，把頭探進門內，手指放在唇上說道：「記住，現在你負責照顧她。如果你讓她受到任何傷害，你這輩子都會不得好眠！」

九月八日

我整晚照顧露西。接近黃昏時，鴉片的藥效退了，她自然地醒過來。她的氣色跟手術前大不相同，精神大振，既歡快又活潑，但我仍看得出來她先前極為虛脫而留下種種效應。我跟魏斯特拉夫人說，范．海辛醫生命令我整晚都要看顧露西時，她幾乎嘲笑我們小題大作，她指出她女兒一副充滿活力、精神奕奕的模樣。不過，我仍很堅定地準備這場漫長的守夜。露西的女僕幫她更衣梳洗預備入睡時，我已回到她家，草草吃了點東西，就坐定在她床邊。她沒有拒絕，我抬頭看她時，發現她望著我的眼神盡是感謝。經過這漫長的一天，她看起來很睏，但總努力提起精神想趕跑睡意。她和睡神來來回回地交手，每次打起盹，她就花更多力氣喚醒自己，而時間也悄悄地流逝了。顯然她不想睡著，因此我試著和她說話。

「妳不想睡覺嗎？」

「不想。我很害怕。」

「害怕睡覺！為什麼？這是每個人都渴望的恩典呀！」

「哎，如果你是我的話——如果睡覺成了一場恐怖之旅，你也不會想要這種恩典的！」

「一場恐怖之旅！妳到底在說什麼？」

「我不知道。哎呀，我什麼也不知道。我不知道自己在怕什麼，但我一睡覺就會變得虛弱，身體愈來愈糟糕，我不敢睡。」

「我親愛的姑娘，今晚妳可以好好睡一覺。我會在這兒陪妳，保證什麼事也不會發生。」

「啊！你是值得我信任的人。」

我立刻抓住機會，說：「我保證，如果妳作惡夢，我會立刻叫醒妳。」

「你會叫醒我？喔，真的嗎？你真的對我太好了。那麼我會睡一下！」她放心地嘆了一口長氣，往後一倒就睡著了。

我在她身邊坐了整晚，仔細地觀察她。她完全沒有驚醒，睡得很深沉也很安穩，這是一場賦與人體生命與活力的好覺。她的雙唇輕微地張開，胸部的起伏就像鐘擺一樣規律。她的臉上露出一抹淺笑，顯然沒有任何惡夢來打擾她香甜的睡眠。

女僕在清晨時分進來，我讓她照顧露西，然後拖著疲憊的身軀回家，心裡煩惱著很多事。我給范．海辛和亞瑟都發了電報，說手術很成功。

我積欠了許多工作，花了一整天才處理完畢。當我有機會去巡視噬生症病人的情況時，天已經黑了。照護員報告一切正常，過去一整天和前一夜，他都很安分。我正在吃晚餐的時候，收到范・海辛從阿姆斯特丹發來的電報，他建議我今晚也該去希靈漢，說我在旁守護可能有所助益。他說他會搭夜郵車，一早就會跟我會合。

九月九日

我抵達希靈漢時，可說筋疲力盡，整個人都累壞了。過去兩晚我幾乎沒有闔眼。我覺得心神遲鈍麻木，這正是腦部過勞的癥兆。露西倒很有活力，心情愉快。當她和我握手時，她眼神銳利地望著我的臉，說：「今晚你不能守夜，你累壞了。我已經好多了，我完全康復了。如果非要守夜不可，該換我替你守夜。」我無力和她爭執，默默去吃晚餐。露西陪我用餐，她迷人的風采讓我的晚餐更加美味，我飽餐一頓，還多喝了兩杯風味絕佳的波特酒。接著，露西帶我上樓，領我進了她隔壁的房間，壁爐裡的火燒得正旺。

「現在，」她說，「你就待在這兒。我會把這間房和我房間的門打開。我知道，醫生一想到病人就在旁邊，絕不肯上床睡覺，那你就在沙發上打個盹吧。如果我需要什麼，一定會叫你，你再立刻過來。」我只能默默接受她的安排，因為我已經累壞了，完全無力堅持。她再次保證，她有事一定會叫我，於是我躺到沙發上，馬上忘了一切地睡著了。

露西・魏斯特拉的日記

九月九日

今晚我開心極了。這一陣子我非常虛弱，能夠像今天一樣頭腦清醒靈活、行動自如，就像灰暗許久的天空在吹了好一陣子的東風後，太陽終於再次普照大地。不知為何，亞瑟覺得好像和我非常、非常親近，而我似乎也感覺他溫暖地陪在我左右。我想，病痛與衰弱讓我們變得自私，只看到自己的痛苦和內心世界，而健康與強壯則讓愛發揚光大，在思緒與感受間盡情流洩奔馳。我知道自己的思緒飛到哪兒去。若是亞瑟也明白我的心就好了！我的摯愛，我的摯愛，當你睡著，你一定會感到耳朵一陣搔癢，因為我正想念著你。昨晚我睡得多香呀！有善良的西瓦德醫生照顧我，讓我睡得安穩極了！今晚，我不會再恐懼睡眠，他離我很近，我一呼喚，他就會過來。每個人都對我很好，我太感動了，謝謝大家！感謝上帝！亞瑟，晚安。

西瓦德醫生的日記

九月十日

當我發現教授的手正放在我頭上，立刻驚醒了過來。在精神病院久了，或多或少會養成這種習慣。

「我們的病人如何？」

「當我離開她——不如說當她離開我時，她看起來很好。」我回答。

「來吧，我們過去瞧瞧。」他說。

我們一起走進她的房間。我走到窗邊輕輕拉起垂下的窗簾。范．海辛像貓一樣輕手輕腳地靠近她的床邊。

隨著窗簾拉起，早晨的陽光灑落一地。此時我聽見教授反常地倒抽一口氣，恐懼立刻襲上我的心頭。當我走近床邊時，教授讓了位子給我，同時因驚嚇而用德文低呼：「老天爺啊！」不用他解釋，我也清楚他心煩意亂。他舉起手指向床，臉色變得面如死灰。我感覺自己的膝蓋抖個不停。

可憐的露西躺在床上，顯然已陷入暈厥。她比之前更加蒼白枯瘦，連她的嘴唇都發白萎縮，牙齦也好像往內縮，那模樣就像是慢性病患的屍體。范．海辛氣急敗壞地跺腳，但他與生俱來的敏銳直覺和多年來的修行阻止了他，他又回復鎮定地輕輕把腳放下。「快點！」他說：「拿白蘭地過來。」

我立刻衝到餐廳拿了酒。他把白蘭地抹在那枯槁蒼白的嘴唇上，我們一起用酒摩挲她的掌心、手腕和心臟。教授測測她的心跳，過了漫長又讓人心焦的幾分鐘後，他終於說：「還來得及。雖然很微弱，但心跳還算穩定。我們之前的努力都白費了，得再做一次才行。年輕的亞瑟不在這裡，我不得不拜託你，我的約翰朋友親自上場了。」他一邊說，一邊伸手從他的袋子裡拿出輸血的器具。此時我已脫下外套，把襯衫袖子捲起來。現在來不及使用鴉片麻醉，不過也不需要。因此我們一秒鐘也不浪費，立即進行輸血手術。過了一陣子——印象中不太短的一段時間。即使我樂意捐出鮮血，但血液源源不絕地流出去，仍讓身體很不舒服——范．海辛舉起一根手指警告。「小心點，」他說，「我擔心她體力好些後就會驚醒而造成危險，哎，那會使情況更加危急。我要在她皮下注射一些嗎啡，先預防一下。」他迅速熟練地執行，這次很順利就看到藥效作用了；露西的昏厥狀態隱隱約約地變成麻醉造成的深沉睡眠狀態。看著她蒼白的臉頰和嘴唇悄悄染上一層紅暈，我不禁暗暗感到一陣驕傲。唯有親身經歷，男人才能明白自己賴以維生的血流入他深愛女子的血管中，是什麼樣的感覺。

教授審慎地看著我。「這就夠了。」

「夠了嗎？」我語帶抗議地問：「你從亞瑟身上輸出更多的血。」

他憂傷地微笑，回答：「他是她的愛人，她的『未婚夫』。你身上背負更多的使命，不只為了她，還得為其他人付出。現在這些就夠了。」

輸血手術結束後，他看護著露西，我則自行施加壓力為傷口止血。我感到一陣頭暈和噁心，只好躺著等教授過來。過了一陣子，他幫我包紮好，就叫我下樓喝杯酒。我走出房間時他跟了出來，低聲說：「當心點，千萬別提起這件事。如果我們年輕的愛人像之前一樣突然出現，也千萬別提起。他一定會嚇到，而且也會心生嫉妒。我們不能讓這種事情發生。記住！」

當我回到房間後，他的目光先在我臉上梭巡一陣，接著說：「你的情況不太糟。回到你的房間，躺在沙發上好好休息一下。接著吃頓豐富的早餐，再過來找我。」

我知道他的指示正確且富含智慧，就照做了。我已盡了我的責任，而我的下一個責任就是恢復體力。虛弱無力的我無暇費神思索這件怪事。我在沙發上睡著了，但半夢半醒間，卻反覆想著為什麼露西的身體會急劇惡化？她如何失掉那麼多的血，但身上卻毫無血跡？我在夢中仍不斷思索，不管我睡著還是醒著，我總是忘不了她喉頭上那兩個小傷口，它們的邊緣看起來曾磨擦多次且為時已久——儘管它們非常小。

露西一路安穩地睡到白天，當她悠悠醒轉，精神和身體狀況都很好，儘管比不上前一天神采奕奕的樣子。范．海辛確認她的情況後，就請我看護她，他要出門散散步。他再三叮嚀千萬不能離開她一分一秒。我聽見他的聲音從門廳裡傳來，他向僕役詢問最近的電報局在哪兒。

露西自在地和我聊天，好像對不久前的驚恐事件毫無所覺。我盡量討她開心，保持她的興致。她的母親來看她時，似乎完全沒注意到女兒有所變化，只是滿懷感激地對我說：「西瓦德醫生，感謝你做的一切，我們虧欠你太多了。你千萬得保重，別累壞了。你的臉色看起來很蒼白，你需要有個好老婆來照顧你，看護你！你真的需要！」

聽著母親的話，露西臉紅了起來，不過只是短短一瞬，因為她那脆弱的血管無力往臉上輸送那麼多的血液。當她轉頭用乞求的眼神望著我時，她的臉又回復慘白。我只是點頭微笑，並把手指放在我的唇上。她深深嘆口氣，又倒回枕頭之間。

約莫兩個小時後，范．海辛回來了，他很快就對我說：「現在你回去吧，記住，要吃得飽、喝得足。你得保持身體強壯。今晚我待在這兒，我會親自為小姑娘守夜。你和我得小心監控病人，而且萬萬不可讓別人知道。我自有原因，不過不太樂觀。不，別問我想什麼，你想猜就猜吧。別害怕，你盡量去想，就算看起來最不可能的原因，也別隨意排除可能性。晚安。」

兩位女僕走進門廳，我詢問她們可否一起或輪流為露西小姐守夜。她們拜託我讓她們照顧露西，我回答范．海辛醫生認為由我或他輪流守夜比較好，她們立刻可憐兮兮地請求我代為向「外國來的紳士」求情。她們的好意讓我很感動。也許因為我當時疲憊不堪，也許是為了露西著想，但不管如何，她們對她的忠心無庸置疑。我總是一再看到女人毫不猶豫地展現類似的善意。我回到醫院時，剛好能吃頓有點遲的晚餐，並在院中巡視一番——一切都很平安。我一邊等著睡意來襲，一邊用留聲機記錄這一切。我差不多要睡了。

九月十一日

下午時，我去了一趟希靈漢。范．海辛心情很好，露西的健康狀況也好多了。我剛抵達不久，教授就收到一個來自國外的大包裹。他迫不及待地打開包裹，並拿出一大把白色的花。

「露西小姐，這些是給妳的。」他說。

「給我的？哎呀！范．海辛醫生，你太客氣了！」

「這些是給妳的，但不是給妳玩的，這些是藥草。」露西一聽，露出垂頭喪氣的樣子。

「哎，別擔心，我們不用煎煮這些藥草，把它搞得又苦又難喝。妳不用把那可愛的鼻子皺起來，不然我可會跟我的亞瑟朋友告密，如果他知道他深愛的那張臉扭曲成這個樣子，他會多麼擔心唷！啊哈，我美麗的好姑娘，讓那個漂亮的鼻子回來吧。這是草藥，但妳不知道該怎麼使用它。我會把這束花放在妳的窗邊，再做個漂亮的花圈套在妳的脖子上，這樣妳才能睡個好覺。沒錯，就是這樣！它們就像蓮花一樣，會讓妳忘卻煩憂。它們聞起來就像忘河之水一樣，也像西班牙的征服者在佛羅里達尋找的青春之泉。可惜的是，他們太晚才找到了。」

露西邊聽他說邊仔細看著這束花，嗅聞它的氣味。現在，她把這束花放下，半笑半怒地說：「哎呀，教授，我看你是在開我的玩笑吧！這些花根本就是常見的大蒜呀！」

范．海辛站了起來，出我意料之外地露出嚴厲的表情。他的下巴如鋼鐵般堅毅不屈，那濃密的眉毛也糾了起來。他十分嚴肅地說：「別調侃我！我從來不開玩笑！我所做的一切，背後都有重大的原因。我警告妳，千萬別違背我的指示。好好照顧妳自己，如果不為了妳自己，就當作是為了別人好！」一想當然爾，露西嚇到了。教授也察覺了，口氣立刻轉柔地說：「哎，小姑娘，我親愛的，別害怕。我只是為妳好。這些不足為奇的花朵，對妳有很多好處。瞧，我把它們放在妳的房間，我會親自做個花圈給妳戴。但，噓！別跟別人說，他們老是問東問西。我們得服從，而保持沉默就是服從的一部分。服從才能讓妳再次健康、強壯起來，重回那些等著張臂擁抱妳的親友懷中。現在，好好坐一會兒。我的約翰朋友請跟我過來，我們一起用大蒜裝飾這個房間。這大蒜可是遠從哈勒姆送來的，我的朋友凡德普終年在那兒的溫室裡種植各種香草。幸好昨天我發了電報，不然它們就來不及送過來。」

我們拿著這把花，走進她的房間。教授的行為古怪，我從來沒在藥典上看過這種治療法。他先把一些花綁在窗戶上，並確保窗戶緊閉。接著他摘下幾朵花，在手中揉了揉，抹在窗台上，好確保吹進來的每一絲空氣都染上大蒜的氣息。他拿起一束花在門框四邊仔細磨擦，上上下下裡裡外外，沒有漏掉任何角落。最後，他在火爐旁也照做一遍。這一切實在太詭異荒謬了！過了一會兒，我說：「教授，我知道你的所作所為自有道理，但這一次，你真的把我搞迷糊了。幸好我們這兒沒有懷疑論者，不然他準會說，你在下咒語好趕跑惡靈。」

「說不定我真的是在下咒趕跑惡靈！」他沉著地說，然後開始編織要給露西戴在脖子上的花環。

到了晚上，我們等露西梳洗好，躺在床上準備入寢時，教授親自把大蒜花圈套在她的脖子上。他對露西最後講的一句話是：「小心，別把花圈弄壞了！就算覺得很悶，今晚也絕對不可打開窗戶或門。」

「我保證。」露西說，「真的太感謝兩位了，你們對我實在太好了。我做了什麼好事，才能得到那麼棒的朋友？我真的太幸福了。」

離開時，我的輕便馬車已在門口等待。我們坐上車，范．海辛說：「今晚我總算能好好睡一覺了，我真想睡——連續兩晚到處奔波，白天忙著看書，隔一天又擔心萬分，還守了一夜，完全沒機會打個盹。你明天一早就來找我，一起去看我們的美麗姑娘，瞧瞧我的『咒語』是不是發揮了效用，讓她變得更強壯了！哈哈！」

他看起來自信滿滿，不禁讓我想起兩天前自己也是如此志得意滿，沒想到卻迎來可怕的後果，讓我驚慌失措，莫名的恐懼襲上心頭。我想我一定太過軟弱，才不敢向朋友坦白心中的感覺，但心中的猶疑卻愈來愈沉重，好像那在眼中打轉不去的淚水。

第十一章　露西・魏斯特拉的日記

九月十二日

大家對我實在太好了。我真的很喜歡范・海辛醫生。我很好奇他為何那麼在乎那些花。早先，他那種堅持己見、不容分說的氣勢的確把我嚇了一大跳，但他這麼做一定有道理，因為它們的確讓我舒服多了。不知道為什麼，我不再擔心今晚一個人待在房間，也不害怕獨自入睡。我不用再恐懼窗外會傳來拍打聲。哎，這一陣子，我多害怕睡覺啊！失眠讓我很痛苦，或者說讓我痛苦的是對睡覺的恐懼，連我都搞不懂自己在害怕什麼！有些人無畏無懼的活著，多幸福呀！對他們來說，睡眠是夜晚的恩典，等待他們的只有美夢。今晚，我一個人坐在這兒，等著入睡，希望像舞台劇裡的歐菲莉亞[11]一樣「躺在鮮花和花圈中」，沉沉睡去。我一向討厭大蒜，但今晚居然體會到它的妙用！它的味道讓我安心，我快睡著了。晚安，親愛的人們。

西瓦德醫生的日記

九月十三日

我到了柏克萊飯店。范・海辛一如往常的準時。飯店叫的馬車已經在等了。教授帶著那個他現在隨身攜帶的袋子。讓我把一切鉅細靡遺地記下來。

11. 譯註：莎士比亞名劇《哈姆雷特》中的角色，後面的「躺在鮮花和花圈中」引自其葬禮上牧師說的一段話。

范．海辛和我在八點整抵達希靈漢。這是個美好的早晨，陽光普照，初秋新鮮的空氣令人精神大振。大自然經過一整年的蘊釀，此刻終於享受豐收的成果。樹葉還沒開始飄落，但已染上各種美麗的色彩。當我們走進門裡，正巧遇到一向很早起床的魏斯特拉夫人走出晨間起居室。她熱忱地歡迎我們，說：「露西的身體好多了，你們一定很高興。我親愛的孩子還在睡，我已去過她的房間，但我沒進去，免得吵醒她。」

教授微笑，看起來高興極了。他摩挲雙手，說：「啊哈，看來我已診斷出病因啦。我的治療很有效。」

夫人一聽，回道：「醫生，你可別全歸功給自己，露西今早的狀況，我也功不可沒唷！」

「夫人，妳的意思是？」教授問。

「昨晚，我很擔心露西的狀況就去她房裡，她睡得很熟──連我走進房內，都沒吵醒她。但房間裡很悶，到處都是那個嗆鼻難聞的花，連她脖子上也戴了那種花做的花圈！我擔心那虛弱的孩子受不了這麼強烈的味道，就把它們全移走了。不只如此，我還打開了點窗，讓新鮮空氣吹進來。我相信她今天一定會轉好，你一定會很滿意。」

說完，她就走向臥房，通常她都在那兒吃早餐。她說話時，我留意到教授的臉色唰地變得慘白。在夫人的面前，他竭力控制自己，因為他知道夫人身體虛弱，不能受到任何驚嚇。他甚至面帶微笑地替她開門，送她走回房間。但夫人一消失，教授立刻用力拉著我走進餐廳，關上門。

這是我生平第一次看到范．海辛陷入崩潰。在無言的絕望中，他舉起雙手抱住頭，接著無助地擊打掌心。最後，他坐在椅子上用雙手蓋住臉，開始啜泣起來，轉而嚎啕大哭，嘶啞地抽泣，每一聲都發自他痛苦糾結的內心。接著他又高舉雙臂，好像在質問整個宇宙。「上帝！上帝！上帝啊！」他說，「我們到底做了什麼？這個可憐的人兒做了什麼？為什麼我們得受這種殘酷的折磨？難道這就是命運？為何古老的異教世界還存在這種東西？還會發生這種事情？這個可憐的母親什麼也不知道，只是依她所知，盡量為她的女兒著想，但恐怕卻會因此失去女兒的肉體和靈魂。我們不能告訴她，甚至不能警告她，不然她一定會死，而她們兩人恐怕都活不下去。唉……我們坐困愁城，而惡魔集結全力對抗我們！」突然間他跳了起來。「來吧！」他對我說，「來吧，我們得檢視情況，立刻行動。不管惡魔怎麼做，就算全部的惡魔都現身又如何！我們得照樣戰鬥下去。」他先去門廳拿他的袋子，接著我們一起走到露西的房間。

我再次拉起窗簾，范．海辛走向她的床邊。這一回，他看著那張又像之前一樣蒼白枯槁的臉已經不再驚訝，只有無限的憂傷和憐惜。

「正如我想的一樣。」他喃喃說，深吸一口氣，這就是他所能說的一切。他沒再多說就鎖上房門，開始在小桌上擺放輸血工具。我早就想到又必須輸血了，已經開始脫外套，但他伸手阻止我。「別脫掉！」他說，「今天得由你來操作，我來輸血，你已經很虛弱了。」他一邊說，一邊脫掉外套，捲起袖子。

又一場輸血手術，又一次注射麻醉劑，而那慘白的雙頰再次起了顏色，平穩的呼吸聲又回來了，她安穩地睡著。這一回，露西由我看護，范．海辛自行把傷口包紮好，休息了好一陣子。後來，他找了個機會跟魏斯特拉夫人說明，若沒有他的同意，萬萬不能移開露西房間的任何東西。他解釋，那些花朵有治療功效，聞它們的味道是治療的一個重要步驟。接著他親自照顧病人，今晚和明晚他會守夜，並會通知我何時過來。

一小時過後，露西醒了，顯得神清氣爽，前一晚的苦難幾乎沒在她身上留下痕跡。

這一切代表什麼？我開始懷疑我是不是待在瘋人群裡太久了，連自己好像也快瘋了。

露西・魏斯特拉的日記

九月十七日

這四天四夜都平安無事。我的身體愈來愈健康了，好像經歷了一場悠長的惡夢，醒來發現陽光耀眼，整個人沉浸在早晨的新鮮空氣裡。我隱約記得之前那段漫長的時光，總是恐懼不已、焦急等待，那是一段黑暗而絕望的日子，因為希望只會讓眼前的苦痛更難以忍受。接著我忘卻一切，像穿過強大水壓游上岸的潛水員，我重回生命盎然的世界。

自從范・海辛醫生陪在我身邊，那些可怕的夢好像都消失了！那些曾經把我嚇得不知所措的聲音——窗戶上的拍打聲、遙遠但又近在耳畔的呢喃，還有不知從哪兒傳來的刺耳聲，不知道在命令我去做些什麼——全都消失了。現在，睡覺時我無所畏懼。我甚至不再抗拒睡眠、努力保持清醒。我愈來愈喜歡大蒜了，每天都有一盒新鮮大蒜從哈勒姆送來給我。今晚，范・海辛醫生必須離開了，明天他要到阿姆斯特丹辦事。但我不需要擔心一個人睡覺。感謝上帝，感謝上蒼為了媽媽、為了亞瑟，如此眷顧我！感謝對我那麼溫柔的每個人！昨晚，范・海辛醫生大多時候都在椅子上打盹，我醒來兩次都發現他在睡覺。既然如此，今晚他不在，也不會造成什麼影響。雖然昨晚，不知道是樹枝、蝙蝠，還是什麼東西，好像發怒似地敲打窗框，但我醒來一會兒後，就安安心心地又睡著了。

《倫敦帕摩爾晚報》。九月十八日

逃跑的狼：我們採訪記者的驚險之旅，專訪動物園管理員

經歷許多次探詢與幾乎一樣多次的回絕、不斷搬出《倫敦帕摩爾報》的招牌作為護身符之後，我終於和動物園裡一位掌管狼及其他動物部門的管理員取得聯繫。扎馬斯・畢爾德住在

園內的大象之家後面的一間小屋。當我到訪時，他正準備吃頓簡單的晚餐。托馬斯和他妻子的年紀已大，兩人膝下無子。他們很好客，熱誠地接待我，如果他們常常像今晚一樣接待其他客人，想必他們的生活過得不錯。

在晚餐結束前，管理員都不願提到他口中的「事業」。等我們飽餐一頓，餐桌清空後，他才點起菸斗，好整以暇地說：「現在，先生，你想問什麼就說吧。你得原諒我，我在沒吃飽前不想談工作的事。我如果要問我管的那些狼啊、胡狼、土狼問題，也會先讓牠們吃飽再說。」

「問牠們問題？什麼意思？」我問，想引起他閒聊的興緻。

「你可以拿根棍子打牠們的頭，也可以抓抓牠們的耳朵，有時公狼會想在母狼面前炫耀一番。我不拘小節，但我不會在晚餐前敲牠們的頭，我會等牠們喝夠雪莉酒和餐後咖啡，再抓抓牠們的耳朵。你得當心，」他饒富哲意地補充：「我們人啊，和動物有很多相同的特質。你來這兒，問了我一大堆工作上的問題，如果我心情不好，在回答你之前早就把你趕出去啦。要不是拿了你那半鎊錢，才不會讓你待在這兒。瞧你那副諷刺的口氣，還問需不需要先去徵求園長的同意，再來問我，我根本不想理你！我沒惡意，但我說過少來煩我，下地獄去吧，對吧？」

「你的確這麼說過。」

「當你說，你要舉發我用詞粗俗，就是用棒子打我的頭。不過你打了些賞給我，那就算了。我並不想打架，所以我等著食物送上來，就像我的貓頭鷹、狼、獅子和老虎等著被餵食一樣。不過呢，託老天爺的福，現在那老女人把我餵得飽飽的，還用她那煮沸的水壺泡了好茶，餵了我一大塊糕點，把我服侍地舒舒服服，我點了菸，你現在可以抓抓我的耳朵了，我不會對你齜牙裂嘴。你就問吧，我知道你是為了那頭『逃跑的狼』而來。」

「正是如此。我希望知道你的看法。請你敘述事發經過，等我知道所有的事實後，我會讓你發表一下想法，說說你認為是什麼造成的，還有這件事接下來會如何收場。」

「好吧，你是老大。這頭狼的故事很久遠，我們管牠叫貝爾席克，是從挪威運到賈拉奇店裡的三頭灰狼的其中一隻，我們在四年前把牠買來。牠是隻很乖巧的狼，從來沒惹過麻煩。我很驚訝居然逃出去的是牠，不是別的傢伙。不過，狼像女人一樣，你可不能隨便信任。」

「先生，你別在意他說的話！」托馬斯太太插口，愉悅地笑了一聲。「他老是在動物裡面打轉，他自己不就像隻老狼？他沒啥惡意。」

「先生，昨天餵完牠們兩個小時之後，我才得知大事不妙。有隻年輕的美洲母獅生病了，所以那時我正在猴子園那兒照顧牠的幼獅。我一聽到吼聲和嚎叫就立刻衝出去，看見貝爾席克像發瘋似地撞著獸欄，似乎想衝出去。那天園裡的遊客不多，附近只有一個又高又瘦的男人，他有個鷹勾鼻和山羊鬍，還有幾根白鬍鬚，眼睛紅紅的，模樣看起來很冷酷。我不大喜歡他，因為那些動物好像在對他發火。他的手上套著白色的手套，指著動物，對我說：『管理員，那些狼好像在為什麼事生氣呢。』

『說不定牠們討厭的是你。』我說，我不喜歡他自負的態度。他倒沒如我所料地發火，只是有點傲慢地笑著，露出一嘴又白又尖的牙齒。『喔不，牠們不喜歡我。』他說。

『不會啦，牠們很喜歡你呢，』我模仿他的口氣說，『晚餐時間，牠們總喜歡啃一兩根骨頭來清清牙，你身上有不少骨頭，夠牠們啃上好一陣子。』

「奇怪的是，我們說話時，所有的動物都躺了下來。我靠近貝爾席克，牠像平常一樣，溫順地讓我抓抓牠的耳朵。那個人也靠過來，而且，老天爺，他也把手伸進去，抓了抓那老傢伙的耳朵！

『小心點兒，』我說，『貝爾席克的動作可是很快的。」

『別擔心，』他回答，『我習慣牠們了。』

『你也做這一行嗎？』我問他，同時摘下我的帽子，因為買賣狼的商人稱得上是動物管理員的同行好友。

『不是。』他回答：『我不是做這一行的，但我有好幾隻這樣的寵物。』他一邊說一邊像個大爺似地禮貌的舉起帽子致敬，就走開了。老貝爾席克一直盯著他瞧，直到他走出我們的視線，牠才走到角落躺下來，整個晚上一步也不肯走出來。昨天夜裡，月亮一升起來，這兒所有的狼就開始嚎叫，但附近沒有半個人影，只是有個人在動物園後面的公園路上呼喚他的狗。我出門確認了一兩次，一切都很正常，過了一陣子狼嚎停了。午夜前，我準備再巡視一次就回家睡覺，但當我走到老貝爾席克的籠子時，看到欄杆被扭得亂七八糟，還被拉開了，籠子裡空空如也。這就是我知道的一切啦。」

「有人看到發生什麼事嗎？」

「有個園丁那晚去參加唱歌會，差不多是那時候回家的，正好看到一隻很大的灰狗穿過籬笆走出來。他是這麼說的啦，但我不大相信。他回到家後，什麼也沒跟他老婆說，直到那頭狼逃跑的事情公開後，我們在動物園裡到處找貝爾席克，他才說他想起來看到一隻灰狗。我看啊，八成是他被剛剛唱的歌搞得精神恍惚吧！」

「現在，畢爾德先生，能不能請你猜測一下狼是怎麼逃出去的？」

「這個嘛，先生，」他故作謙虛地說，「我有個想法，但我不知道你會不會同意我的理論。」

「我當然會同意。像你這樣和動物打了多年交道、經驗豐富的男人，如果連你都猜不到原因，誰還能猜得出來呢？」

「先生，那麼我的想法是這樣：我認為那隻狼之所以逃跑，只是因為牠想出去。」

從托馬斯和他妻子哄然大笑的樣子看來，他們之間已經聊過這個笑話了，而這番長篇大論的解釋也不過是哄騙人的把戲。我可沒本事跟可敬的托馬斯開玩笑，不過我知道該怎麼讓他說出真心話。

我說：「畢爾德先生，現在我們就當作那半鎊已經花完了，不過呢，若你老實告訴我，你認為發生了什麼事，還有半鎊在等著你喲！」

「好吧、好吧，先生，」他很快地說：「請你原諒我亂開玩笑，我旁邊這位老太太在對我眨眼睛了，她要我繼續講下去。」

「才怪！我才沒有！」老婦人回嘴。

「我的看法是，那隻狼現在正躲在某處。園丁說牠跑得比馬還快，筆直地往北邊跑。但我才不相信他，因為先生，你想想，狼不像狗，牠們和狗的天性不同，狼不會亂跑。故事書裡的狼優雅又厲害，當一群狼聚在一起、追趕目標時，眾狼發出鬼哭神嚎的叫聲，不管是什麼獵物，牠們都能將之五馬分屍。不過呢，老天有眼，現實生活中的狼只是低等動物，沒有狗的聰明，也不像狗那麼大膽，而且牠們不大愛打架。這一隻狼不擅長打架，也不敢和別的狼爭食，所以呢，最大的可能就是牠正在公園附近亂晃，嚇得哆嗦發抖，如果牠真有腦袋，現在恐怕在想要去哪兒吃早飯。或者，牠去了別的地方，說不定躲在地下煤窖。哎喲喂呀，想想看，萬一有人在黑暗中看到一對綠眼珠盯著他瞧，一定會被嚇得半死！既然沒有食物，牠就一定會到處找東西吃，也許牠運氣好，及時找到一間肉販飽餐一頓。如果牠找不到，那麼推著娃娃車、在外面散步的保母就得要小心了——如果有個小娃兒在人口普查紀錄上就此消失，我也不會意外。」

我把半鎊遞給他時，有個東西突然從窗戶冒了出來，只見畢爾德先生露出驚訝的表情，臉像是拉長了一倍。

「上帝保佑！我沒看錯吧！」他說，「那不是老貝爾席克自己回家來了嗎！」

他走向門口，毫不猶豫地打開門——對我來說，他的行為實在太怪異了。我一直認為，人和野生動物之間應該要保持安全距離，最好有個穩固的東西隔開兩邊，而我自身的經驗，讓我更加深這種想法。不過，顯然這是習以為常的事，狼對畢爾德和他的妻子來說，如同狗在我眼中的樣子。狼本身非常安靜乖巧，就像那位眾狼之父——小紅帽的昔日好友，牠可成功假扮老奶奶，贏得了她的信任。

這一幕難以形容，像是悲喜交加的一齣戲。過去半天中，這隻調皮的狼讓倫敦陷入癱瘓，城裡所有的孩子都嚇得發抖，此刻牠卻懺悔似地回到家，像放蕩不羈的浪子終於歸來，受到眾人的歡迎和愛撫。老畢爾德喜出望外，仔仔細細地察看牠的全身。等到罪人老實悔過後，他說：「好了，我早知道這可憐的老傢伙會惹上麻煩，我不是一直這麼說嗎？現在呢，牠的頭滿是傷痕，傷口裡卡了一堆玻璃碎片，八成是跳過一座牆吧。很多人為了防賊都在自家牆上插滿碎玻璃瓶，太可惡了，這就是下場。貝爾席克，來吧！」

老畢爾德帶著狼離開，把牠鎖回籠子裡。他給了牠一大塊肥嫩的小牛肉，不管怎樣，這份量足夠讓牠滿意了。接著他就去跟園長報告情況了。

我也離開了，因為我急著回報這件動物園逃跑奇案，披露這篇獨家新聞。

西瓦德醫生的日記

九月十七日

晚餐後，我在書房裡整理帳冊。由於其他工作的壓力和頻繁拜訪露西，很慘地導致我有欠款的情形。突然房門砰地一聲打開，我的病人衝了進來，他神情激動地整張臉都扭曲了。我嚇了一大跳，病人逃離病房、衝到院長辦公室可是前所未有的事情。他手上握著一把餐刀，毫不猶豫地衝向我，我想用書桌和他保持距離，以避開他的行為危險，但是他動作太迅速、力氣又大，我在穩住重心之前就已被他刺傷，他的刀在我的左手腕上深深地畫下去。不過，我閃過了他的再次攻擊，使他摔倒在地上。我的手腕血流如注，在地毯上形成一個小小的血池。我發現這位朋友不打算再次攻擊，就趕緊包紮傷口，同時注意那個匍匐在地上的身影。當照護員衝進來，我們才注意到他的奇怪舉止，那行為真讓我噁心。他像隻狗一樣倒在地上，飢渴地舔著我流在地上的鮮血。令我意外的是，他很快就被制服了，安分地跟著照護員離開，口裡不斷地重複著：「血就是生命！血就是生命！」

現在的我實在禁不起這次的大出血，近來我已失了很多血，身體大不如前，而露西遲遲不見起色的病和它詭異的症狀，都對我造成影響。我的情緒過度激動，全身疲憊，需要休息、休息、休息。幸好范．海辛至今尚未召我過去，我不用再放棄睡眠去守夜。今晚我必須好好睡一覺。

安特衛普的范．海辛發給卡爾法克斯的西瓦德的電報

九月十七日

（因未標明郡名，這封電報誤送到薩塞克斯的卡爾法克斯。晚了兩小時才送達正確地址）

今晚你得去希靈漢。如果你無法守整夜，就頻繁地查看房間，確認那些花都安然無恙。非常重要，切勿疏忽。我一到就會去找你。

西瓦德醫生的日記

九月十八日

剛搭上前往倫敦的火車。我收到范．海辛的電報，實在太讓人沮喪了。我們平白損失了一整晚，這一陣子的苦澀經驗讓我學到，一個晚上就能發生多大的變故。當然，也可能一切都沒事，但「萬一」發生什麼慘事呢？不管怎麼做，總是有意外來扯後腿，我們是不是注定要失敗？我得帶著這卷圓筒唱片，用留聲機仔細記錄露西的病況。

露西．魏斯特拉留下的備忘錄

九月十七日，晚上

我寫下這些，希望有人可以看到，以避免任何人因我而陷入麻煩。我會依序詳細記下今晚發生的每一件事情。我覺得自己太虛弱了，恐怕來日不多，只能擠出全身最後一點力氣來寫下這些事，即使寫到一半就死了，也非寫不可。

我像平日一樣進房休息，依照范．海辛教授的指示，把花放在他交代的地方，然後很快就睡著了。

窗外的拍打聲吵醒了我。記得那次我在惠特比夢遊，一路走到懸崖邊，幸好米娜救了我。自從那晚之後，我就常聽到窗外傳來拍打聲。我並不害怕，但我真希望西瓦德醫生就在隔壁房間——范．海辛醫生說他會過來守夜——這樣我就能向他求救。我試圖睡覺，卻睡不著。那種對睡眠的恐懼又回來了，我決定保持警醒。但就像過去一樣，我一不想睡覺，睡神就會頑固地來找我。我害怕一個人獨處，於是我打開房門，呼喚：「有人在嗎？」但沒有半個人影。我擔心把母親吵醒，又關上房門。我聽到外面的灌木叢中好像傳來一聲狗吠，但那聲音比狗吠更凶猛、更低沉。我走向窗戶朝外望，但什麼也看不到，只有一隻大蝙蝠一直在外面飛，翅膀拍打著窗戶。我又回到床上，下定決心整晚不睡了。

過了一會兒，房門打開了，母親探頭進來看見我翻來覆去，就走進來坐在我身邊。她比平常更溫柔，更關愛地對我說：「親愛的，我很擔心妳，就過來看看。」

我擔心她坐在床邊會感冒，就請她躺到床上，和我一起睡。她躺到我身邊，但沒脫下睡袍，她說她只會待一會兒，就會回房休息。我們互相擁抱，窗外又響起那不斷拍打、敲擊的聲音。她嚇了一跳，有點害怕地叫道：「那是什麼？」我試著安撫她，她才終於放下心來，靜靜地躺著，但我聽見她那可憐的心臟急促地跳著。過了一陣子，灌木叢間那低沉的嚎叫又傳了過來。過沒多久，我就聽到窗戶哐啷一聲被打破了，碎玻璃灑落一地的聲響。一湧而進的風吹得窗簾飛了起來，在那一大片碎玻璃中，我看到了狼的頭，牠是一隻體形很大的灰狼。母親嚇得尖叫起來，她急著想坐起身，伸手在周圍急急亂抓，想找個東西穩住重心，她抓到了范・海辛堅持要我戴在脖子上的花圈，把它們扯散了。一兩秒鐘後，她勉強坐了起來，手指著狼，喉間發出奇怪又可怕的咕嚕聲。突然，她好像被雷電擊中一樣倒了下去，她的頭撞到我的前額，我暈了一會兒。整個房間不停地旋轉，我一直望著窗戶，狼撇過了頭，此時窗戶上的碎玻璃似乎全飛進房裡，在半空中不斷旋轉飛舞，像灰塵一樣形成一個風柱，就像是走過沙漠的旅人形容的西蒙風。我試圖起身，但我像被下了咒一樣動彈不得。而且母親的身軀壓在我身上，我摯愛的她似乎已經慢慢變冷，我再也聽不見她的心跳。接下來，我意識不清了好一陣子。

我並沒有昏厥太久，但這段時間可怕極了。好不容易我才回復意識。不遠處的一座鐘響了起來，附近的狗全都仰天長吠，而我們的灌木叢中傳來夜鶯的歌唱，那聲音近得好像就在窗外。痛楚在我的全身漫延，我因恐懼和虛弱而頭暈目眩，無法思考。這些聲音好像也把女僕吵醒了，我聽見房門外傳來一陣沒穿鞋的腳步聲。我趕緊叫喚她們進來。當她們看到屋內一片狼籍，而母親的屍體躺在我的床上時，都驚呼了起來。風從破掉的窗戶吹進來，砰一聲就把門關上。她們移開母親的身體，我才能勉強起身。她們讓她在床上躺平，並蓋上白布。她們全都嚇得魂飛魄散，緊張不已，我讓她們都去餐廳裡倒杯酒喝。此時，門突然又打開了，但立刻又關上。女僕們嚇得全身發抖，緊靠在一起走去餐廳。我把手邊的花朵放在我摯愛的母親胸前。雖然當女僕進房時，范．海辛醫生的囑咐在我腦中響起，但我不想把花朵移開母親的遺體。更何況，現在女僕們可以陪我度過漫漫長夜。但過了好一陣子，女僕遲遲沒有回來。我呼喚她們，無人回應。我就去餐廳找她們。

我看到的情景讓我的心沉到谷底。四個女僕全都倒在地上，一動也不動，粗重地呼吸著。桌上的雪莉酒仍然半滿，但空氣中瀰漫一種奇特的苦辣味。我覺得大有蹊蹺，拿起酒瓶檢查，它聞起來像鴉片酊。我望向餐櫃，裡面應該放著醫生開給母親的藥瓶——哎呀，裡面全空了！我該怎麼辦？我該怎麼辦？我又回到房間，母親的遺體仍在床上。我不能放下她，但我孤立無援，僕人被下了藥，全沉睡不醒。我只能和一具屍體相依相守。我不敢走出門，因為大敞的窗戶外面傳來低沉的狼嚎。

空氣中滿是玻璃碎片不斷地從窗戶飄進來，在半空中飛舞旋轉，藍色的火焰在蠟燭上跳躍，愈來愈幽微。我該怎麼辦？上帝啊！保佑我今晚平安無事吧。我得把這張紙藏在胸口，當人們發現我的屍體，讓我平躺安息時，就會發現這張紙。我親愛的母親已與世長辭！我也該隨她而去。我親愛的亞瑟，若我撐不過今晚，跟你說聲再會了。親愛的，希望上帝保佑你，也希望上帝救救我！

第十二章　西瓦德醫生的日記

九月十八日

我立刻招了一輛兩輪雙座馬車去希靈漢，到達時還很早，我請車夫等在大門口，獨自走上車道。我輕輕地敲著大門，小心地按門鈴以壓低音量，因為我不想吵醒露西或她的母親，只希望僕人來替我開門。過了好一陣子都沒人來應門，我又敲了敲門、再按了一次門鈴，但依舊無人應答。我暗暗咒罵著僕人也太懶惰了吧，難道他們還在呼呼大睡嗎？此刻已經十點了。我心急地按門鈴並比之前更用力敲門，發出響亮的聲音。

原本還在埋怨僕人的我，此刻被一陣強烈的恐懼迎頭蓋下。我們已被一連串的噩運糾纏，難道此刻的死寂無聲，代表的是另一場噩耗？難道一切已經太遲？是不是這兒已變成死亡之屋？若露西又像之前一樣進入大失血的狀態，我知道幾分鐘、甚至幾秒鐘的耽擱都會讓她陷入無法挽回的險境。我走到屋子後方，企圖尋找能進入屋內的門窗，但沒找到，每一扇門窗都關得緊緊的且上了鎖。我困惑不已地走回門廊，此時，一陣急切的馬蹄聲嗒嗒地愈靠愈近。馬車在門口停下來，幾秒後，范・海辛急急地跑上車道，他一看到我就驚喊：「所以你才剛到！她還好嗎？我們來晚了嗎？你沒收到我的電報？」

我趕緊向他解釋事情的經過，我今早才收到他的電報，一分鐘也不敢耽擱就立刻趕來，但屋裡遲遲無人前來應門。

他愣住了，拿起帽子，陰鬱地說：「我們恐怕遲了一步。只能交給上帝了！」他如常重新振作精神，說：「來吧，如果沒其他入口，我們就弄一個，沒時間再浪費了。」

我們繞到屋後，走到廚房那扇窗戶邊。教授從醫事包裡拿出一把小巧的手術鋸遞給我，指向窗外的鐵柵。我立刻用鋸子把三根鐵柵鋸斷，再用一把很細的長刀推開固定窗戶的扣環，就把窗戶打開了。我協助教授先進屋，再跟著爬進去。廚房裡沒有半個人影，旁邊的僕人房也空空如也。我們一路查看每個房間，終於在餐廳發現倒在地上的數名女僕。窗外的窗板還沒有拉開，只有一絲光線從縫隙間透進來。我知道她們沒死，因為空氣中瀰漫著鴉片酊的苦辣味，而她們個個鼾聲如雷。范．海辛和我狐疑地互望。走出餐廳時，他說：「我們晚點再來照顧她們。」我們趕緊上樓走去露西的房間，到了門口，我們停步並側耳傾聽一會兒，但沒聽見任何聲響，我們臉色慘白地用顫抖的手轉動門把，輕輕地打開門，進了房間。

我該如何描述眼前的景象？床上躺著露西和她的母親。夫人躺在最裡面，身上蓋著一條白色的床單，從破掉窗戶灌進來的風吹掀了床單一角，露出那張毫無生氣的蒼白臉龐，臨死前那滿懷恐懼的表情仍凝止在她的臉上。露西躺在她旁邊，死白的臉龐比母親更加憔悴。原本戴在她脖子上的花環現在在她母親的胸前，赤裸的頸項上露出那兩個我們之前就注意到的小傷口，但它現在看起來更白也更加血肉模糊。

教授沉默不語地彎下腰，他的頭幾乎就要碰到露西的胸口。此時他猛地轉過頭，用另一耳仔細傾聽，接著跳了起來，對我吼道：「還有救！快把白蘭地拿來！快！」

我飛奔下樓去拿白蘭地，小心地先聞一下並嚐了一口，以防它像桌上放的雪莉酒一樣被下了藥。女僕們仍在呼吸，不過比之前紊亂了些，我猜鴉片的藥效正慢慢退去。不過我沒時間確認就趕緊回到范．海辛旁邊。他像之前一樣，把白蘭地抹在露西的嘴唇和牙齦上，也抹在她的手腕和手掌裡。他對我說：「現在由我照顧她即可。你快把女僕弄醒，用溼毛巾用力拍她們的臉，同時讓她們把火生起來，保持溫暖，並準備熱水。這個可憐的姑娘幾乎和她身邊的屍體一樣冰冷。我們得先讓她的身體溫暖起來，才能治療她。」

我立刻照辦，毫不費力就把三個女僕喚醒了。第四個女僕很年輕，她身上的藥效比別人強，我只好把她扶到沙發上，讓她再睡一會兒。其他三個人一開始頭很暈，但一想起之前發生的事就歇斯底里地哭了起來。我嚴厲制止她們，不准她們說話。我告訴她們，失去一條命令人悲慟，但若她們再浪費時間，恐怕連露西小姐都保不了。於是她們一邊哭一邊起身，撐著還有點僵硬的身體，生了火，準備熱水。幸好廚房和爐台的火沒有完全熄滅，熱水還很充足，一準備好，我們就扶著露西，讓她浸在熱水裡。當我們忙著按摩她的四肢，門廳裡傳來敲門聲。一名女僕趕緊披上衣服跑去開門，接著她回來低聲說，有位先生帶來赫姆伍德先生的口信。我要她請來客稍待，因為我們現在無法會見任何人。她聽了就離開了。我們忙著照顧露西，一下子就忘了這一回事。

儘管和教授相處多年，但這是我第一次看到他那麼拚命地救一個人。我知道——他也知道——我們正和死神正面交戰。好不容易有機會喘口氣時，我這麼跟他說。他用一種我難以理解的方式回答我，臉上掛著最堅定認真的表情：「如果和我們交戰的只是死神，那我現在就會停手，好讓她安息，因為我看不出她有存活的可能。」他說完繼續按摩露西的手腳，比之前更加賣力。

過了一陣子，熱水漸漸起了效用，用聽診器聽見露西的心跳比之前清晰多了，而她的肺也開始起伏。范．海辛的臉上幾乎露出興奮的光采。我們把露西扶出澡盆，在一條溫熱的毛巾上推挪她的身體，好擦乾她。范．海辛說：「我們贏了第一仗場！將了他一軍！」

女僕已將另一間臥室整理好，我們把露西搬過去，讓她在床上好好躺著，並強迫她飲下幾滴白蘭地。我注意到范・海辛拿了一條質地柔軟的絲巾繫在她的頸上。她仍然昏迷不醒，她的氣色看起來跟之前一樣糟，毫無起色。

范・海辛叫來一位女僕守在露西身旁，並交代她不可把目光移開露西，直到我們回來。接著他示意我跟他一起出去。

我們下樓時，他說：「我們得討論接下來該怎麼做。」到了門廳，他打開餐廳的門，我們一走進去，他就小心地把門關緊。窗板已經打開了，但因家有喪事，窗簾放了下來。勞動階級的英國婦女對這種事情特別注意。因此餐廳依舊很昏暗，不過對我們來說，已經夠亮了。范・海辛不像之前那麼嚴肅，反而露出不知所措的表情。他顯然正在苦思某件事，我靜靜在旁等了一會兒。他開口說：「現在，我們該怎麼做？該求誰幫助我們？我們非得再輸一次血不可，而且事不宜遲，不然那可憐的姑娘恐怕活不過一小時。你已經累壞了，我也好不到哪裡去。就算那些女僕敢輸血，我怕她們也撐不下去。我們要去哪兒找願意為她流血的人呢？」

「那我呢？我不行嗎？」

餐廳角落的沙發傳來一個男人的聲音，我立刻放下心上的大石，高興極了，因為我聽出說話的是昆西・莫里斯。范・海辛一開始很生氣，但他聽到我興奮地喊：「昆西・莫里斯！」他的表情就柔和下來，露出高興的神采。我立刻衝過去，向他伸出雙手，一碰到他的手，就興奮地喊：「你怎麼會在這裡？」

「是亞瑟要我來的。」他發給我一封電報，上面寫著：「這三天西瓦德都沒傳給我任何消息，我心急如焚，但走不開。父親依然病重。請告訴我露西好不好，千萬別耽誤。赫姆伍德。」

「我猜我來得正好，你只要告訴我該怎麼做，我一定照辦。」

范・海辛大踏步走過來，握起莫里斯的手，直直地望著他說：「女士有難時，一個勇敢男子漢的鮮血是世上最佳的良藥。無庸置疑，你是個男子漢。雖然魔鬼想盡辦法來阻撓我們，上帝還是及時送來幫手。」

我們再次施行了那可怕的輸血手術，但我已無心再描述細節了。露西失血實在太嚴重，雖然大量的血輸進她的血管裡，但她的身體不像之前恢復得那麼快。她努力掙扎求生，但聽著那粗喘的呼吸、看著那枯瘦的面容，實在太讓人難受了。不過，她的心臟和肺都逐漸恢復運作。范．海辛像之前一樣為她注射嗎啡，藥效作用後，她漸漸從昏迷回復安穩的熟睡狀態。教授留在房內照顧她，我和昆西．莫里斯一同下樓，請女僕付車資給仍等在外頭的車夫，並請他離開。昆西喝了杯酒後，我讓他躺在沙發上休息，並吩咐廚師準備一份豐盛的早餐。此時，我突然有個想法，匆匆忙忙回到露西休息的房間。當我躡手躡腳走進房時，看到范．海辛手上握著一兩張紙。他顯然已經讀完裡面的內容，手撐著眉頭，正坐著思量。他看起來很陰鬱，但似乎又有點得意，好像已找到內心疑惑的答案。他把紙張遞給我，只說：「我們把露西搬進浴室時，這幾張紙從她的胸口掉了出來。」

我站著讀完後，望向教授，愣愣地想了好一陣子才問他：「奉上帝之名，這代表什麼？她是不是瘋了？還是她真的遇到某種可怕危險？」張皇失措的我實在不知該說什麼。范．海辛伸出手接過那幾張紙，說：「現在別心煩這些事。暫時忘了吧！等時機到了，你自然會明白這一切，這是以後的事。說吧，你原本進來要跟我說什麼？」

他提醒我回到現實，我立刻鎮定下來。「我要跟你談死亡證明。如果我們處理這件事不夠明智、不恰當的話，會有人要求先驗屍再發死亡證明。我希望免去驗屍程序，不然，就算沒有別的事來扯後腿，露西恐怕也會因煩惱此事而病情惡化。你和我還有夫人的醫生都知道她的情況，魏斯特拉夫人有心臟病，我們可以開立她死於心臟病的證明。我們趕快填寫證明書，我會親自送到戶政所，接著去殯葬公司接洽後事。」

「我親愛的朋友，你說得對，而且想得很周全。露西小姐真幸運，雖然她身陷苦難，但至少她有許多愛她的朋友真心為她著想。除了我這個老人，還有一、二、三，總共三個男人為她流血而在所不惜。啊，是的，我知道，親愛的約翰朋友，我老歸老，可沒瞎了眼！我因此更佩服你！現在，快去辦事吧！」

我在門廳裡遇到昆西・莫里斯，他正準備發電報給亞瑟，告訴他魏斯特拉夫人已經過世，露西生了病，但現在好多了，而我和范・海辛在照顧她。我說我要出門辦的事，他催促我趕快去，但我離開前他說：「傑克，你回來後，我們兩人可以私下談談嗎？」我點頭同意後就離開了。戶政所沒有為難我，接著我去找當地的殯儀業者洽談夫人的後事，請他們晚上來丈量棺木尺寸並處理其他事。

我回來了，昆西正在等我，但我得先確認露西的狀況。我上樓到她的房裡，她仍在熟睡，教授顯然沒有離開過，一直守在她的床邊。他把手指比在唇上，示意我小聲點，我想再過不久露西應該就會醒來，他不想打擾她的睡眠。於是我走下樓，帶昆西去早餐室。女僕沒有把那兒的窗簾放下來，所以氣氛比較開朗，至少不像別的地方那麼憂鬱沉悶。我們獨處時，他說：「傑克・西瓦德，我不想隨便探聽我不該知道的事情，但這件事非同小可。你知道我曾經深愛那個女孩，也曾想娶她，雖然一切都過去了，但我還是沒辦法不為她擔心。她到底怎麼了？當你們兩人走進餐廳，那位荷蘭紳士——我看得出來他是個老好人——說，你們必須替她『再』輸一次血，而你們兩人都已累壞了。我知道這是你們醫生私下的討論，一般人不該探聽醫生之間的談話內容。但這件事太奇怪了，而且不管如何，我也出了一份力，不是嗎？」

「的確如此。」我說。

他繼續說：「我想，你和范．海辛都做過我今天做的事，對嗎？」

「的確如此。」

「我猜亞瑟也這麼做了。四天前，我和他碰過面，他看起來怪怪的。以前我在彭巴草原時，我很喜歡其中一匹母馬，有一晚牠整夜在外面吃草，沒想到牠的身體一夜之間就變差了。那天我看到的亞瑟，比那匹母馬的情況還糟。人們說，有一種叫做『吸血蝠』的大蝙蝠在夜裡襲擊牠，不但吸飽牠的血，還讓牠的動脈傷口暴露在外，牠連站都站不了，我不得不開槍射死牠，好讓牠安息。傑克，你可以放心跟我說，我絕不會辜負你的信任。亞瑟是第一個捐血的人，對吧？」這憂心忡忡的可憐人說完，等著我回答。他正為一個深愛過的女人擔心不已，飽受折磨。更令他痛不欲生的，是發現自己竟然一直不知道她經歷了多少痛苦、多少謎樣的恐懼。他的心在淌血，必須強自振作——他是個鐵錚錚的好漢子——才能免於崩潰。我在回答前猶豫了一會兒，因為我不想洩露任何教授想保密的事情，但想到他已知道不少，也猜中很多事，我也不能不回答，於是我又重複：「的確如此。」

「這種情況已經多久了？」

「大約十天。」

「十天！傑克．西瓦德，讓我猜猜，這位我們深愛、可憐的美麗小姑娘，在十天內接受了四個強壯男人的血。天啊，她的身體可容納不了那麼多血啊！」接著，他湊近我，低聲而嚴肅地問：「為什麼她失了那麼多血？」

我搖了搖頭。「那個，」我說，「就是問題所在。范．海辛急得快瘋了，我也束手無策。我完全無法猜測到底出了什麼事。我們做了很多防範，比如徹夜守在露西旁邊，但總是發生一些小狀況打亂我們的規劃。但這種事絕不會再發生了！我們全都會守在這兒，直到她康復——或者惡化。」

昆西伸出手來。「算我一份，」他說，「只要你和那荷蘭人告訴我該怎麼做，我就照辦。」

露西在接近傍晚時醒來，她做的第一件事是伸手摸住胸口，我很意外地看到她拿出那幾張范・海辛先前遞給我的紙。教授心思很細膩，已把它們放回原處，以防她醒來會起疑心。她一看到范・海辛，臉就亮了起來，接著她看到了我，露出高興的表情。她望了望四周，發現不在自己的房間，打著冷顫地哭喊了一聲，用那雙瘦弱的手掩住蒼白的臉。我們知道她在想什麼——她明白母親已經過世了。我們盡所能地安慰她。雖然我們的撫慰稍微平息她的難過，但她依然垂頭喪氣，好一段時間，她只是默默流著淚。我們告訴她，從現在開始，如果我們沒有同時在她身邊，至少有一人守著她，她聽了似乎安心不少。隨著天色漸漸變暗，黃昏時她又打起盹。此時她做了一件怪事，她在睡夢中伸手拿出胸口的紙張，並撕成兩半。范・海辛立刻走上前，把紙拿走，但她似乎沒察覺，兩隻手好像仍握著紙似地反覆著撕紙的動作，最後她舉起雙手，張開十指，做出像是在撒紙片的動作。范・海辛訝異的眉心都糾結起來，陷入深思，但他什麼話也沒說。

九月十九日

昨晚她睡得斷斷續續，她一直很害怕睡著，但每次醒來時，看起來都更加虛弱。教授和我輪流守在她的床邊，我們一分一秒也不敢離開她。昆西・莫里斯什麼也沒說，但我知道他整晚都在屋子四周來回巡視。

當白日降臨，銳利的陽光落在可憐的露西身上，更顯得她消瘦憔悴許多。此時的她幾乎無法轉頭，只能勉強吃點東西，但她的身體毫無起色。當她睡著時，我和范・海辛都注意到她入睡和清醒時大不相同。睡夢中的她，看起來比較強壯堅毅，呼吸較微弱，微張的嘴巴露出蒼白的牙齦更加萎縮，顯得牙齒又長又尖。當她醒來，表情改變了，眼神回復溫柔婉約的光采，雖然依舊憔悴但較像原本的她。她恐怕時日不多了。下午時，她說想見亞瑟，於是我們就發電報請他過來。昆西去車站接他。

接近六點時，亞瑟才抵達。暖洋洋的太陽正在西沉，紅色的餘暉從窗戶照進來，在露西的蒼白雙頰染上微微的紅暈。一見到露西，亞瑟激動地說不出話來，只能忍住不讓淚水流下，我們四人相望無言。接下來的幾個小時，露西仍然斷斷續續地睡著，或者說是有時昏迷有時清醒，而且這情形變得愈來愈頻繁，因此我們能與她談話的時間也變短了。不過，亞瑟似乎為露西帶來一點振奮作用，她努力打起精神，和亞瑟說話時，她盡量表露出歡快的樣子。自我們抵達以來，還沒看她那麼開心過。亞瑟也振奮起來，開朗地和她說話。一時間，氣氛終於沒那麼感傷。

現在已過了午夜，將近凌晨一點了。亞瑟和范．海辛守在她身邊。我用留聲機記錄露西的病況，再過十五分鐘，我就會和他們換班，好讓他們休息片刻，六點再起來。我很擔心明天會是我們最後一天守夜了，這可憐的小姑娘受了太大的驚嚇，恐怕難以康復。上帝，救救我們吧！

米娜．哈克寄給露西．魏斯特拉的信（露西沒有拆信）

九月十七日

我最親愛的露西：

好久沒收到妳的消息，好像已經過了好幾年啦！的確，我上次寫信給妳也已經是很久以前的事了。不過，妳若知道我發生什麼事，一定會原諒我的。我終於帶我的丈夫回家了，一切還算順利。我們抵達埃克塞特時，馬車已經等在那兒了。霍金斯先生坐在車上，雖然他被痛風纏身，還是特地來接我們到他家，而且替我們準備了舒適的房間，並和我們一起晚餐。

吃過飯後，霍金斯先生說：「親愛的孩子，我用這杯酒祝你們健健康康，事事如意，但願你們一直幸福。你們在孩子時期，我就認識你們了，我關愛又驕傲地看著你們長大成人。現在，我希望你們和我一起住，把我家當作你們的家。我沒有妻子、膝下也無子嗣，一直孤家寡人。我已立好遺囑，在我百年之後，把一切都留給你們。」

親愛的露西，我一聽就哭了起來，強納森和老先生握緊了彼此的手。我們共度了一個快樂的晚上。

現在，我們在這棟古老美麗的大宅住了下來，從臥室和客廳望出去，我可以看到附近教堂旁的那幾棵老榆樹，那又粗又黑的枝幹襯著教堂古老的黃石顯得更加醒目。我聽得到外面烏鴉粗啞地嘎嘎叫，就像人一樣一整天東家長西家短地聊個不停。我不用解釋，妳也想得到我忙著安排傢俱和料理家務。強納森和霍金斯先生也十分忙碌，現在強納森是公司的合夥人，霍金斯正把所有客戶的業務都交給他，他每天也都忙得昏天暗地。

妳母親還好嗎？親愛的，我真希望能抽一兩天去倫敦看看妳，但我現在肩負很多責任，暫時還走不開，強納森也希望我陪在他身邊，多照顧他一陣子。原本消瘦的他，這陣子總算多長了點肉，但這場大病讓他變得很虛弱，即使現在，他仍常從睡夢中驚醒，哆嗦個不停。我得好言軟語地安撫他，才能使他平靜下來。不過感謝上帝，隨著一天一天的過去，這種情況已逐漸減少，我相信再過一陣子，他就能安穩地好好睡覺，不再驚醒了。

講完了我這邊的消息，妳過得怎麼樣？妳何時要結婚？婚禮辦在哪兒？誰會主持婚禮？

婚紗是什麼樣式？公開還是私密的婚禮？親愛的，快跟我說婚禮的一切和其他事情，妳所在乎的一切都對我十分重要。強納森要我向妳「誠摯地問好」，但我認為這位霍金斯和哈克律師事務所的新合夥人不該那麼客套。妳愛我，他也愛我，而我全心全意地愛妳，我決定替他向妳送上他的「真摯的關懷」。再見，我最親愛的露西，希望妳沉浸在幸福中。

妳的米娜・哈克

派翠克・漢納西醫生給約翰・西瓦德醫生的報告

九月二十日

我敬愛的先生：

依照你的囑咐，在此向你報告我代為管理時的狀況……關於朗菲爾德這位病人有些異常。他又發作一次，原本可能造成難以挽回的後果，不過幸運的是，我們擔心的事情沒有發生。今天下午，兩個男人駕著送貨馬車在緊臨病院的那棟空屋前停了下來——你還記得病人逃跑了兩次，都是跑去那棟大宅的院子裡。他們停在病院的門前，向門房問路，顯然這兩人是外地人。此時我剛吃過晚餐，在窗口一邊抽菸一邊往外望，看到其中一人朝主屋這兒走來。當他經過朗菲爾德的病房窗口，病人突然從病房大聲咒罵他，用他想得到最難聽的字眼來罵人。那個人看起來挺體面的，回嘴說：「你這嘴巴不乾淨的傢伙，快閉上你的髒嘴。」我們的病人指控這位先生搶了他的東西，想要殺了他，並說要是那位先生再大搖大擺，他一定會讓他好看。

我打開窗戶，打了手勢請那位先生別介意。他東張西望地打量這兒到底是什麼地方，接著對我說：「先生，上帝保佑你，我不會介意瘋子對我說的話。我真同情你，想不到精神病院的院長得跟這樣一群野獸住在一起。」他很有禮貌地向我問路，我告訴他那棟空屋的大門在哪兒，他就離開了。而我們的病人還不斷對著他的背影叫囂、出聲威脅，並且咒罵不停。於是我下樓查看他的情況，想搞清楚他為何變得那麼憤怒。畢竟他沒發作的時候，一向很安分。令我意外的是，他已經回復冷靜，而且態度很親切。我試著和他談這件事，但他柔和地問我，我指的是什麼，他讓我相信他已經完全忘了剛剛的事。但我得遺憾地說，這只是他的另一場詭計。

半小時後，有人來向我通報，他又從窗戶逃了出去，正跑在車道上。我叫照護員跟著我，一起去追趕他，我很擔心他心懷不軌。我的擔心成真了。那輛運貨馬車從路的另一頭駛來，車上載著好幾個大木箱。那兩個男人拂去額上的汗水，滿臉通紅，好像剛經過激烈的運動。我來不及追上病人，他往那些人衝過去，把其中一人拉下馬車，抓著他的頭往地上撞。要不是我及時抓住他，他早把那人打死了。另一個人從馬車上跳了下來，用那根沉重馬鞭的手把底端往病人頭上打。這一下打得很重，但病人好像一點也不在乎，反而抓住他，同時把我們三人當做小貓咪一樣拉來扯去。你知道我的身材並不瘦削，那兩人更是魁梧。一開始，病人一聲不吭地和我們三人扭打，當我們好不容易壓制住他，照護員把束衣往他身上套時，他開始大叫：「我會打敗他們！他們不能搶走我的東西！他們不能一吋吋地把我殺死！我會為我的神和我的主人戰鬥！」他還喊了很多類似的話，但聽起來都毫無條理。

我們花了很多力氣才把他帶回精神病院，把他送到隔音室。其中一位名叫哈帝的照護員斷了一根手指，幸好我處理妥當，他現在好多了。

兩位車夫一開始大聲威脅、要求賠償，宣稱會動用一切法律來逼我們付出代價。不過他們威脅之餘，好像又為自己被一個瘦弱的瘋子打倒而難堪地找藉口。他們說，要不是他們費了很多力氣把那些沉重的木箱搬到車上，不然一定會給那個瘋子好看。他們又說了另一個藉口，他們的工作總是灰塵瀰漫，所以體力不佳，而且老是得在人煙稀少的地方工作，實在過分。我明白他們的目的，就奉上一杯烈酒給他們，事實是好幾杯，並給兩人各一枚金幣。他們立刻轉換口氣，輕描淡寫地看待這事，甚至發誓說若運氣不佳，說不定會遇上更難纏的瘋子。為了以防萬一，我抄下他們的名字和地址，如下：傑克．史莫雷，大威爾沃斯區，喬治國王路的道丁蘭特。托瑪斯．史奈林，貝思納格林區的蓋德科特，彼得法利巷。他們都受雇於位在蘇活區奧蘭吉邁斯特街的哈利父子貨運公司。

若這兒又發生不尋常的事，我會再跟你報告。若有急事，會立刻發電報給你。

親愛的先生，請信任我。

你忠誠的派翠克．漢納西

米娜．哈克給露西．魏斯特拉的信（露西沒有拆信）

九月十八日

我最親愛的露西：

我們這兒發生了一件傷心事，霍金斯先生突然過世了！一般人可能覺得我們沒必要那麼難過，但他真的就像我們的父親，我們和他的感情愈來愈好。特別是我和自己的父母素未謀面，這位老人家的過世對我來說，宛如晴天霹靂。強納森也很痛苦，他不只難過，為了這位親愛的老好人深深哀痛，因為他認識霍金斯先生一輩子，他把強納森視為己出，甚至將遺產全留給他。像我們這樣出身平庸的人，從來不敢妄想得到那麼多的財富。

不過，還有一件事情使強納森煩惱不已，他說現在承擔了重責大任，讓他非常緊張，也開始懷疑自己。我試著安慰他，我相信他，希望能幫助他重拾自信。但之前的可怕經歷仍然困擾他，讓他心神不寧。哎，他溫柔、簡樸、高尚又強壯的個性正面臨重大的考驗——正是因為他的個性，我們親愛的老朋友才出手幫助他，讓他在幾年內從一名辦事員考上律師——然而，當他失去勇氣後，他沉著的個性卻有了反效果，讓他變得猶疑不定。

親愛的露西，在妳大喜的日子將近之時，我還告訴妳這麼多煩心的事，讓妳擔心，請妳原諒我。但是，露西，我必須找個人聊聊，在強納森面前強顏歡笑，已讓我身心俱疲。在這兒，我沒有推心置腹的朋友。我不想去倫敦，但我們後天必須去一趟，因為霍金斯先生的遺願是和他父親葬在同一個墓穴。除了我們，霍金斯先生沒有其他親人，強納森必須擔任主祭人。我最親愛的，我會想辦法去找妳，就算只能碰面幾分鐘。原諒我讓妳憂慮。祝福妳一切都好。

愛妳的米娜·哈克

西瓦德醫生的日記

九月二十日

我今晚繼續記錄露西的狀況只是迫於決心和習慣。這一切都太悽慘了，我心情低落，厭倦整個世界，連生命也令我厭煩，如果此刻我聽到死亡天使拍著翅膀前來，我也不在乎。反正，祂已經拍著那對不祥翅膀好一陣子了——祂帶走了露西的母親和亞瑟的父親，現在……還是讓我專注在我的職責上吧。

我準時和范·海辛交班後，就由我來照顧露西。我們叫亞瑟去休息，他原本堅持不肯離開，直到我說白天可能會需要他幫忙，我們不能在露西需要我們時倒下，他才同意去歇息。范·海辛對亞瑟很和藹。「我的孩子，來吧，」他說，「跟我來。你生病了，身體虛弱，心裡又痛苦，我們都知道這些會削弱你的精力。你不能單獨一人。當人獨處，恐懼就會趁隙而入，讓人驚慌。來客廳休息吧！火爐的火正旺，那兒有兩張大沙發，你躺一張，我躺另一張，就算我們不說話，只是睡覺，也能為彼此帶來安慰。」亞瑟跟著他離開了，臨走前不忘再看一眼露西，眼神滿是柔情渴望；而露西躺在枕頭上，臉像麻布一樣白。

她靜靜地躺著。我在房間四處巡視，確認一切安然如常。教授和之前一樣，在房間放滿了大蒜花朵。窗台發出大蒜特有的辛辣味，露西的脖子上不只繫著范・海辛為她戴的絲巾，也戴著氣味濃郁的大蒜花圈。露西發出粗重的呼吸，面容比之前更憔悴，張開的嘴露出蒼白的牙齦。在昏暗跳躍的燭光下，她的牙齒比早上更長更利。奇特的是，也許是光線角度的關係，犬齒看起來比其他牙齒更加尖利。我在她身旁坐下來。過了一會兒，她不安地挪動身軀。與此同時，窗外傳來拍打敲擊聲。我躡手躡腳地走過去，從窗簾的縫隙往外望。夜空掛著一輪滿月，拍打聲來自一隻來回飛行的大蝙蝠——顯然是被房裡隱約透出的光線引來的——牠的翅膀不時拍打在窗玻璃上。我回到床邊，發現露西稍微移動並把喉間的大蒜花圈扯開了。我把它們放回去，盡量維持原本的樣子，坐下來看著她。

過一陣子，她醒了過來，我依范・海辛的叮囑，餵她吃東西。她只吃了一點，整個人懶洋洋的。當她昏迷時，有種無意識為生命奮鬥的決心，但醒來時那決心卻消失了。最讓我驚訝的是，當她意識恢復的時候，總是把大蒜花朵緊緊壓在胸口上。然而，每當陷入昏睡，她發出粗重的呼吸，就會伸手把花朵從身上移開；但一醒來，又再次緊緊抓著花朵。這實在太奇怪了。我絕對沒有搞錯，在接下來的好幾個小時裡，睡睡醒醒的她一再重複著這些動作。

早上六點，范・海辛前來和我交班。亞瑟打著盹，仁慈的范・海辛刻意讓他多睡一會兒。當他看到露西的臉龐，我聽見他倒抽一口氣的聲音，嚴厲地低聲說：「把窗簾拉起來，讓陽光灑進來！」接著他彎下腰，臉幾乎貼在露西的臉上，仔細地檢查露西。他把花束移開，掀起她喉間的絲巾。此時他的身體突然往後一震，我聽見他用德文驚呼：「天啊！」他好像快喘不過氣來。我也彎腰俯視，這一看讓我全身打起冷顫。

她喉間的那兩個傷口消失了！不留一點痕跡。

范．海辛站著盯著她瞧，足足有五分鐘之久，臉色嚴峻如石。最後，他轉向我，冷靜地說：「她正在死去。沒剩多少時間了。不過，你仔細聽我說，她是在清醒時還是睡夢中死去，事關重大。把那可憐的男孩叫醒吧，讓他來見他的愛人最後一面。我們向他保證過，他對我們很信賴。」

我去餐廳[12]叫醒他。一開始，他有點頭昏眼花，當他看見陽光從窗板的縫隙間射進來時，以為自己睡遲了，擔心一切已經太晚。我向他保證露西還在睡覺，接著盡量委婉地告訴他，我和范．海辛都認為時間恐怕所剩無幾。他雙手掩住臉，身體慢慢從沙發上滑下來，跪在地上。他大約跪了一分鐘，低著頭默默祈禱，雙肩因悲慟而顫抖不已。我握住他的手，把他拉起來。「來吧，」我說，「我親愛的老朋友，堅強起來，為了她好，讓她安心地離開吧。」

我們回到露西的房間。我馬上看出來設想周到的范．海辛已重新整理過房間，盡量讓一切看起來舒適宜人。他梳整了露西的頭髮，髮絲在枕頭上如波浪般散開，在陽光下閃閃發亮。我們走進房間時，露西睜開了雙眼，一看到亞瑟，就溫柔地呢喃：「亞瑟！喔，我的愛，我真高興你來了。」

亞瑟正要低頭親吻她，但范．海辛把他拉開。「不可以！」他低聲說：「先別吻她！握住她的手，這樣會為她帶來更多安慰。」

於是亞瑟握起她的手，跪在她的床邊。露西看起來美極了，原本枯槁的臉龐變得柔和，襯

12. 譯註：前文說客廳（drawing room），此處卻說餐廳（dining-room），可能是作者筆誤。

托著那雙像天使一樣美麗的眼。慢慢地，她閉上雙眼又沉睡了，胸膛安穩地起伏，熟睡的呼吸聽起來就像一個累壞的小孩。

此時，昨晚我注意到的變化再次在她身上重演——她的呼吸變得粗重，嘴巴張開露出的蒼白牙齦更加萎縮，牙齒看起來比之前更長更尖。在半夢半醒之間，她無意識地張開雙眼，一開始她的眼神黯淡無光，接著她用我從來沒聽過的柔媚聲音說：「亞瑟！喔，我的愛！我真高興你來了！快吻我！」亞瑟熱切地彎下腰，眼看就要吻上她的唇，在這一瞬間，范．海辛跟我一樣因她的聲音而嚇了一跳，隨即立刻衝上前，用雙手握住亞瑟的脖子，用力往後拉。我從來沒想過教授的力氣如此驚人，他把亞瑟甩到房間另一端。

「為了你自己的命！千萬不要！」他說，「為了你和她的靈魂，千萬不可這麼做！」他像一隻被逼到絕境的獅子，直挺挺地擋在亞瑟和露西之間。

亞瑟大吃一驚，好一陣子說不出話來。在他打算以暴力反擊之前，突然意識到現在的情況不宜爭執，只好默默地站著等待。

我和范．海辛緊緊盯著露西的臉，她臉上閃過一抹憤怒的神色，就像一道陰影飄上她的臉，那兩排尖銳的牙齒緊緊咬合；接著她又閉上眼睛，沉重地呼吸著。才一會兒，她又睜開眼睛，眼神盡是無限柔情。她伸出瘦弱蒼白的雙手，握住范．海辛那雙曬黑的大手並拉近她的臉龐，親吻它。「你是我真正的朋友，」她有氣無力地說，聲音裡盡是難以描述的悲淒。「我真正的朋友！也是他真正的朋友！哎，保護他，讓我安息吧！」

「我發誓！」他莊重地回答，跪在她的床邊，高舉他的手，彷彿在對天發誓。接著他轉向亞瑟，對他說：「來吧，我的孩子，現在握住她的手，親吻她的前額，不過你只能吻一次。」

他們無法擁吻，只能痴痴地相望，接著又分開了。

露西閉上眼睛。范．海辛一直凝神觀察露西，他挽起亞瑟的手，把他帶開了。

接著，露西的呼吸又變得粗重，突然之間就中斷了。

「一切都結束了。」范．海辛說，「她走了。」

我挽著亞瑟的手臂，帶他走到客廳。他坐了下來，把臉深深埋進雙手裡。我都不忍看他那抽泣不止的樣子。回到房間，我看到范．海辛專注地凝視著可憐的露西，表情嚴峻極了。露西的身體起了一些變化，死亡把一部分的美貌還給了她，她的眉毛和臉頰回復柔和，失去血色的嘴唇也變得豐潤些；彷彿是她的心臟不再需要血液，於是有些血液流回她的臉龐，稍稍緩和了死亡殘酷的樣貌。

「她睡著時，我們以為她要死了；她死了，我們以為她睡著了。[13]」

我站在范．海辛身邊，說：「哎，可憐的女孩，她終於獲得安息。一切都結束了！」

他轉向我，悲傷而沉重地說：「還沒結束，哎呀，還沒結束呢。才剛開始而已！」

我問他這是什麼意思，但他搖了搖頭，回答：「現在，我們什麼也做不了。等著瞧吧！」

13. 編按：出自英國詩人 Thomas Hood 的詩：The Death-Bed。

第十三章　西瓦德醫生的日記（續）

葬禮訂於兩天後舉行，好讓露西和母親能一起下葬。我安排了所有令人難過的正式手續，而彬彬有禮的殯儀業者和他的職員都莫名地阿諛奉承，不知到底是好還是壞。連那位專門經辦死亡事宜的女人，在離開停屍間時，推心置腹地用專業口吻對我說：「先生，她的遺體真是美麗極了，能替她整理儀容，真是我的榮幸。她一定會為我們公司增光！我一點也沒誇大唷！」

我注意到范・海辛一直在附近守候，可能是因為魏斯特拉家沒有親人住在附近，而現在家裡一團亂，亞瑟隔天就必須回去參加他父親的葬禮，我們一時之間不知該通知誰才好。在這種情況下，范・海辛和我自然而然地承擔起檢視相關文件的任務。他堅持自己翻閱露西的文件。我擔心身為外國人的他不太清楚英國的法律規定，可能會造成一些麻煩，因此問他為什麼這麼堅持。

他回答：「我明白，我很清楚，你忘了我不只是醫生，也是律師。不過這一切不完全是法律事務。你心底很明白，所以才想方設法避免驗屍官驗屍。除此以外，我想避免的事還很多呢，也許我會找到更多重要文件，比如這個。」他邊說邊從隨身筆記本裡掏出那露西放在胸口、並在睡夢中撕毀的備忘錄。「當你找到魏斯特拉夫人的律師，把她的文件封好。今晚就寫信給他。我會徹夜檢查這個房間和露西原本的臥房，看看能找到什麼東西，不該讓完全不相干的陌生人看到她的隱私。」

於是我著手進行他交代的工作，在半小時內就找到魏斯特拉夫人律師的名字和住址，並寫了封信給他。這位不幸夫人的文件都已整理好，也選好了墳墓，她為自己的後事留下明確的指示。當我正在封上信封時，范．海辛出乎我意料地走進來，說：「親愛的約翰，我幫得上忙嗎？我現在有空，如果需要的話，儘管吩咐我。」

「你找到你想找的東西了嗎？」我問。

他回答：「我並沒有特別想找什麼，只是希望確認那兒所有的東西——我找到一些信件和備忘錄，和一本剛寫不久的日記。我把它們放在這裡，暫時不要跟其他人提起。明晚，我會見到那位可憐人，到時我會請求他准許我使用。」

我們處理完手邊的事情後，他對我說：「現在，我的朋友，我想我們該休息了。你和我都很睏，得休息才能回復精神。明天還有很多事要做，但今晚我們不用再守夜了。哎！」

我們離開前去看可憐的露西。殯儀業者善盡職責地把房間裝飾成小小的靈堂，擺滿了美麗的白花，讓死亡變得沒那麼恐怖。壽布遮掩了露西的臉龐。當教授彎下腰，輕輕掀起白布時，我們被眼前美麗動人的露西嚇了一跳。長蠟燭的火光讓我們盡覽那張迷人的臉龐。死後的露西在幾個小時間就回復往日的甜美可愛，身上不見那隻「消抹一切的腐敗之手」[14]的痕跡，反而充滿生命力，整個人顯得鮮活而嬌媚。我盯著她看了好一陣子，無法相信眼前是一具毫無生氣的遺體。

教授的表情更加沉重。他不像我一樣深愛過她，因此他的眼中沒有淚水。他對我說：「待在這兒，等我回來。」就出去了。門廳裡放著一個還沒打開的箱子。他從箱子裡拿出一大把野

---

14. 編按：此句出自拜倫的《異教徒——一個土耳其故事的殘片》(*The Giaour: A Fragment of a Turkish Tale*, 1813)，這是英國文學上最早提到吸血鬼詛咒的作品。

生大蒜，把大蒜花朵放在床上和周圍。接著他從衣領裡解下脖子上掛的一個金十字架，放在露西的唇上。他把壽布蓋回她的臉，我們就離開了。

當我在自己的房間裡更衣時，門上響起敲門聲，他走了進來，說：「明天晚上前，你得為我準備一組驗屍刀。」

「我們非驗屍不可嗎？」我問。

「是也不是。我得進行手術，但不是你想的那樣。我可以跟你說，但你絕不能跟別人提起。我想切掉她的頭，掏出她的心。啊，瞧瞧你！你自己是外科醫生，還嚇成這樣！我看過你冷靜從容地從事生死攸關的手術，就算別人緊張得發抖，但你眉頭都不會皺一下。哎呀，但我得記住，我親愛的約翰朋友，你愛過她。我從來沒忘記這件事，正因如此，我才要這麼做，而你非得幫我。我原想今晚就施行，但為了亞瑟，不得不等到明晚。明天，他父親的葬禮結束後，他一定會過來看看她——不，是『它』。所以，我們得等到她被安置在棺材裡到隔天下葬時，在大家都睡著後再下手。我們得把棺材蓋的釘子轉開，進行這場手術，最後再把身體放回原樣，除了我們之外，確保沒人發覺異樣。」

「我們何必這麼做？那女孩已經死了，為何要無緣無故肢解她那可憐的身體？如果沒有驗屍的必要，這麼做也只是無濟於事而已——對她、對我們、對科學、對全人類的知識——都沒有好處。為什麼要這麼做？更別提這種事實在太可怕了。」

他把手放在我的肩上，口氣柔和地說：「約翰朋友啊，我同情你那淌著血的心，正因它血流不止，所以我更加疼愛你。如果可以，我願意代你承受這些沉重的痛苦。但有些事情你並不知道，有天，你會明白，並因我早已知道而感謝我，雖然這一切並不值得高興。你說無緣無故？我是個凡人也可能犯錯，但我的所作所為無愧於心。正因如此，當你遇到重大瓶頸時，才會來求助於我，不是嗎？是吧！當我不讓亞瑟親吻他的愛人——想想看她快死了——我用盡全力把他拉走，你是不是很驚訝？不，你毛骨悚然，對吧？是的！但你看到她是怎麼感謝我，用那雙美麗的眼睛望著我，她虛弱地說不出話，只能親吻我的手，並祝福我，不是嗎？你全看到了吧！你難道沒聽到我如何向她發誓，接著她感謝地闔上雙眼？你聽到了吧！

「我打算做的每件事都自有道理。這麼多年來，你一直很信任我。過去幾週，你也相信我做的一切，有時你心裡對我奇怪的行為起了疑惑，但你還是選擇相信我。親愛的約翰朋友，再多相信我一點。如果你不相信我，那我就必須向你解釋我的想法，但這恐怕會帶來不太好的後果。如果我做了——不管你信或不信，我都非做不可——而你不相信我，我只能懷抱沉重的心情堅持下去。哎！到時候，當我需要幫助和勇氣時，會多麼寂寞啊！」他停頓了一會兒，又莊重地說：「約翰朋友，有一段奇特而可怕的日子等在我們眼前，別讓我們各自為政，讓我們合而為一，為了美好的目標而努力。你對我有信心嗎？」

我握住他的手，向他保證，我對他信心十足。當他離開時，我替他打開房門，望著他回到他的房間，再把門關上。當我站在走廊時，我看到一名女僕悄悄地走過長廊——她背向我，所以沒看到我——走進露西躺著的房間。這一幕令我很感動，能忠心奉獻的人畢竟是少數，那些不需要求就對我們所愛的人全心付出的人，總讓我們心懷感謝。這一位女孩把對死亡的恐懼置之一旁，獨自一人去照看她所敬愛的小姐，守在她的棺木旁，好讓她的肉體在入土為安前不會太寂寞……

我一定睡得很熟，當范．海辛走進我的房間，把我吵醒時，天色已經大亮。他走到我的床邊，說：「你不用準備手術刀了，我們不用行動了。」

「為什麼？」我問。前一晚他嚴肅的樣子讓我印象深刻。

「因為，」他神色冷峻地說，「太遲了——也可能時機還沒到。你瞧！」他手中握著那枚金色十字架。「昨晚有人把這個偷走了。」

「它不是好好地在你手上？」我疑惑不解地問。「怎麼會被偷了？」

「這是我從那個不肖無恥的傢伙身上拿回來的。那個女人專門偷東西，不管死人還是活人都難逃她的手。有一天她一定會受到懲罰，但不是透過我的手。她不知道自己做了什麼，只是愚昧地到處偷東西。現在，我們只能等了。」

他說完就離開了，又給我留下一個必須思考的難題，一個我苦思不已的新謎團。

上午很冷清。中午時，律師來了，他是在霍曼父子、馬肯與李達戴爾事務所工作的馬肯先生。他非常親切，很感謝我們事後的處理，現在由他接手安排細節。用餐時，他說魏斯特拉太太知道自己可能會因心臟病發而突然辭世，因此已做了周全的安排。她從露西父親繼承的財產，因為沒有直接繼承人，將會由家族的旁支親戚繼承。除此之外，這整棟房子，以及她個人的房地產和動產都會由亞瑟・赫姆伍德繼承。接下來，他又對我們說：「坦白說，我們一開始很努力阻止她立下這樣的遺囑，告訴她可能會發生一些意外，讓她的女兒身無分文，或者不那麼自由，必須守著她和葛達明勳爵的婚姻。我們非常反對，甚至引發一些衝突，她還質問我們到底願不願意執行她的遺囑。當然，我們沒有別的辦法，只能接受。原則上來說，我們考慮是對的，而且按照常理，後續發展有百分之九十九的機率會證明我們的考量正確。不過，憑良心說，我得承認在這個例子上，若她依我們的建議立下遺囑，此刻恐怕完全無法執行。因為她的女兒會繼承所有的財產，即使她只比母親多活五分鐘。在這種情況下，若女兒沒立下任何遺囑——通常，像她這種情況不會事先立下遺囑——那她就會被判定無遺囑死亡。這樣一來，葛達明勳爵雖然是她深愛的人，也無權繼承一分一毛。她的繼承者會是那些毫無關係的遠親，他們絕不可能為了一個陌生人或情義的理由，放棄他們正當的繼承權。我親愛的先生們，我向你們保證，這個結果讓我太高興了，我開心極了。」

他是個好人，但他為了這樣一件小事高興——在如此淒慘的悲劇中，只為一件他親身參與的小事而喜不自勝，他實在可稱為「拙劣表達同情心」的具體實例。他沒有停留太久，他說晚一點再過來，並和葛達明勳爵會面。雖然如此，這位律師讓我們安心不少，他已經保證我們的行為不會受到任何惡意的抨擊。亞瑟預計在五點抵達，我們還有些時間，就去看看靈堂。這個房間現在成了名符其實的靈堂，母女兩人的棺木都在這兒。高明的殯儀業者非常巧妙地把房間佈置了一番，空氣中充滿喪葬的氣氛，我們一進來就不禁難過起來。但范．海辛請殯儀業者把房間還原，他解釋地說，葛達明勳爵很快就要來了，如果他能再看到「未婚妻」房間的原本樣貌，他悲傷的心情多少能獲得一點安慰。殯儀業者因自己的思慮不周而驚慌不已，趕緊動手把房間還原成昨晚的樣子。這樣亞瑟就不會因在靈堂瞻仰愛人的容貌而悲慟。

真是可憐人啊！亞瑟哀痛欲絕，他原本強健的體魄也在連日的內心折磨下變得憔悴，整個人都好像萎縮了。我知道他真心敬愛他的父親，兩人之間有很深厚的父子之情。同時失去父親和未婚妻，對他來說是苦澀至極的打擊。他像往日一樣親切地對待我，並溫柔有禮的面對范．海辛，但我覺察到他為了某事而惴惴不安。教授也覺察到了，於是示意我帶他上樓。我帶他上樓，並讓他獨自進房，讓他與她獨處。

但他挽著我的手，拉我一起走進房間，沙啞地說：「老朋友啊，你也愛過她。她跟我說了一切，在她心中，你是她最親愛的朋友。我不知道該如何感謝你為她做的一切。我無法思考……」說到這裡，他突然情緒崩潰，張開雙臂抱住我，頭倚在我的胸前，哭喊：「哎，傑克！傑克！我該怎麼辦？我好像突然之間失去一切，在這廣大的世界裡，再沒有什麼值得我留戀的了。」

我盡力安慰他。在這種情況下，男人之間不需要多說什麼，只要緊握對方的手，用力環住對方的肩，或者一起流淚，這對男人來說就是最好的安慰。我站得直直的，沉默著，直到他的啜泣聲低了下來，我才柔聲對他說：「來吧，好好看看她。」

我們一起走向床邊。當我揭開蓋在她臉上的壽布時，天啊！她多麼美呀！她的美麗好像隨著每個小時就多增添幾分，這嚇到我了，甚至讓我有點恐懼。而亞瑟發起抖來，疑惑讓他打起寒顫。我們沉默了好一陣子，最後他怯怯地問我：「傑克，她真的死了嗎？」

我向他保證，不幸地，她真的走了！我繼續說下去——我覺得這種懷疑太過恐怖，連一秒都不該在我們心中停留，得想辦法消滅它才行——很多人死後，臉龐的線條變得更柔和，甚至回復青春的光采，而深受長期病痛折磨的人更容易出現這種現象。我的話似乎驅散了他的疑心。他跪在她身旁好一陣子，凝視著她那甜美的臉龐，最後才轉過身來。我跟他說，這是最後一面了，接下來她就會被放進棺木。於是他又走上前，握起她的手並低頭親吻它，接著再彎腰親吻她的額頭。他走開時，還深情地回頭痴望著她，就像他來時那樣。

我讓他待在客廳，自己去告訴范．海辛，亞瑟已經見了她最後一面。范．海辛走到廚房，請殯儀業者開始準備組裝棺材。當他走出廚房，我向他提起亞瑟的問題，他回答：「我一點也不驚訝他的反應。剛剛我也有同樣的疑惑！」

我們一起吃晚餐，亞瑟努力想讓氣氛變得輕鬆些，范．海辛一直沉默不語，但當我們點起雪茄時，他說：「勳爵——」

亞瑟打斷他：「別、別那樣叫我！天啊！我還不是勳爵。原諒我，先生，我無意冒犯任何人，我才剛失去親人，實在擔當不起。」

教授和顏悅色地說：「我不確定你的想法，才會這樣稱呼你。畢竟，我不該叫你『先生』。而且我愈來愈喜歡你──是的，我親愛的孩子，我很愛你──我愛你因為你是亞瑟。」

亞瑟伸出他的手，溫暖地握住老人的手。「你想怎麼稱呼我都可以，」他說，「我希望有幸當你的朋友。我實在不知道該如何感謝你，你為我那不幸的愛人付出那麼多。」他停頓一下，又說：「我知道她比我還瞭解你是多麼善良的好人，如果那時──你記得──我因一時衝動而對你無禮，」教授心領神會地點點頭。「請你一定要原諒我。」

教授神色莊重又親切的回答：「我知道，那時要你明白我的所作所為，實在不容易。畢竟我的行為粗暴，你若不理解我的為人，一定很難信任我。我知道你現在也不信任我──應該說無法信任我，因為你還不能理解。接下來，恐怕還會有很多時刻，儘管你無法──或者不願──信任我，但我仍必須請你在理解一切以前，就先信任我。不過，時機到了，你就會完全信賴我，也會明白我所做的一切，就像陽光照進你的心房一樣，你會恍然大悟。到時候，你會為了自己、為了別人，和為了我誓言保護的她，好好感謝我從頭到尾做的一切。」

「當然、當然，先生，」亞瑟溫暖地說，「我會永遠信任你。我很清楚，你的心地高尚純潔，而且你是傑克的朋友，也是她的朋友。你可以放心地做你想做的事。」

教授清了清喉嚨，好幾次欲言又止，最後才說：「我現在能否拜託你一件事？」

「沒問題。」

「你知道魏斯特拉夫人把所有的財產都給了你嗎？」

「不，不幸的夫人啊！我從不知道這回事。」

「你擁有她所有的私人財產，你有權依自己所願來處理。我希望你允許我閱讀露西小姐的所有文件和信件。相信我，我這麼做不是為了無謂的好奇心，我的動機純正，我確信她會認同我的作法。我把她的文件和信件都收在這兒，我在知道這些都屬於你之前，就先把它們收起來，才不會有陌生人窺探裡面的內容——不會有陌生人翻閱她的靈魂。如果你允許，請把它們暫時交給我。雖然你尚未讀過這些書信，但我會好好保管它們，不會向任何人洩露一字半句，等到時機到了，我就會把它們還給你。我知道我的要求很冒昧，但你是否願意為了露西，答應我的請求？」

亞瑟回復往日的神情，熱誠地說：「范．海辛醫生，就照你的心意吧。我知道我的愛人會同意我這麼做。在時機到來前，我不會用無謂的問題打擾你。」

老教授站了起來，嚴肅地說：「你做了正確的決定。我們都將面臨苦痛，但在我們眼前的絕不會只是苦痛，而這份苦痛也不會到此結束。我們和你——特別是你，我親愛的孩子——必須穿過苦水，才能嚐到甜美的滋味。我們必須勇敢而無私，盡我們的職責，一切都會順利解決！」

那一晚，我睡在亞瑟房裡的沙發上。范．海辛徹夜未眠，他走來走去，在四處巡視。露西躺在棺材、停放在房裡，范．海辛特別注意這間房間，在裡面放滿了野生大蒜的花束。整個晚上，在百合花與玫瑰的香氣中，野生大蒜仍舊散發著刺鼻強烈的氣味。

米娜．哈克的日記

九月二十二日

正在開往埃克塞特的火車上。強納森睡著了。

上次寫日記好像只是昨天的事。在這短短的一段時間裡，發生了多少事情呀！那時我還在惠特比，強納森仍然杳無音訊，不知身在何處。現在，我已成了強納森的妻子，而強納森不但是律師，還成了一名合夥人；他有了錢，掌管自己的事業。而霍金斯先生過世了，也已經下葬了。強納森又受到一次重大打擊。有天，他可能會問起這件事，我最好還是把一切都記下來。我對速記碼有點生疏——瞧瞧意外的好運對我們的影響多大——我想，正好藉這機會多練習，復習一下速記碼……

霍金斯先生的葬禮很簡單莊重，參加的人只有我們兩人、僕人、他在埃克塞特的一兩位老朋友、他的倫敦代理人，還有一位紳士，他代表公司法協會會長強・派克斯頓前來。強納森和我雙手交握，我們最好、最親切的朋友已經永遠離開了我們……

我們搭了一輛前往「海德公園大門」的巴士，安靜地回到倫敦市區。強納森以為我會想要去騎馬道那兒逛逛，於是我們沿著騎馬道散步，找了一張椅子坐下來。但那兒人很少，無人停留的椅子看起來十分淒涼，更讓人難過，讓我們想到家裡的空椅子。所以我們轉而沿著皮卡迪利街漫步。強納森挽著我的手臂，就像以前我還沒教書時那樣。我隱隱覺得這不大得體，畢竟多年來，我都對少女教導端莊禮儀，那套舊規矩多少影響了我。但我身邊的人是強納森，他是我的丈夫，而且我相信我們不會遇到任何熟人——坦白說，就算真有人認出我們，我們也不在乎——我們就這樣互相依偎地走著。我看到一位非常美麗的女孩，戴著一頂寬邊圓扁帽，坐在一輛兩人座的四輪敞篷馬車上，正停在吉利安諾珠寶店門外。此時，我發現強納森緊緊攫住我的手臂，力量大到把我都弄疼了。他大氣也不敢吐地低喊道：「天啊！」一直擔心強納森病情的我，擔心他太過緊張又會發病，立刻轉向他，詢問是什麼事讓他心煩。

他臉色慘白，雙眼因恐懼和驚嚇而突出，直直瞪著一位高瘦的男子。那位男子有一個像鳥嘴的鼻子，人中留著黑色的鬍子，下巴也留著山羊鬍；正凝神望著那位美麗的女孩。幸好他很專注，完全沒注意到我們兩人，我才能好好觀察他。他的臉長得並不福氣，嚴肅冷酷的臉透露著貪婪的肉欲。他滿嘴白牙，牙齒在紅潤嘴唇的襯托下，看起來白森森的，像野獸的牙齒一樣尖銳。強納森一直盯著他瞧，我真擔心那位先生若發現我們，恐怕會覺得我們很無禮，畢竟他那副兇惡的樣子實在很討人厭。我問強納森在煩惱什麼，他回答的口氣好像我早該明白似地：

「妳看到他了嗎！」

「親愛的，我不懂，」我說，「我不認識他。他是誰？」

他的回答讓我意外，把我嚇得發毛，他好像不知道身邊站的人是我。我搞不清楚他在對誰說話。

「就是那個人！他本人！」

我親愛的可憐人顯然為了某種原因而受到驚嚇——他嚇得魂飛魄散。如果不是我的手支撐住他，他恐怕就會倒地不起。他仍盯著那個人。有個男子帶著一個小包裹走出店門，把它遞給那位淑女，馬車就離開了。那位陰沉的男子仍緊盯著她。當馬車沿著皮卡迪利街前行，他還跟在後頭，並招了一輛單馬雙座馬車。

強納森仍盯著他瞧，自言自語似地低咕著：「我相信那就是伯爵，但他變年輕了。天啊！真的發生了！哎，我的老天！我的上帝！要是我早點知道的話！早知如此！」他心亂如麻。我怕開口詢問會令他更加煩心，只好沉默。我安靜地拉他離開，他緊抓著我的手臂，聽話地跟著我。我們又走了一段路，來到了綠園。以秋天的氣候來說，這一天算很熱。樹蔭下有一張舒適的椅子，我們坐了下來。強納森瞪著前方，但好像什麼也看不見。幾分鐘後，他閉上雙眼，把頭倚在我的肩上，悄悄睡著了。我想小憩對他有益無害，就沒有吵他。

約莫二十分鐘後，他醒了過來，心情開朗地說：「怎麼回事？米娜，我剛睡著了嗎！哎呀，原諒我的失態！來吧，我們找個地方喝杯茶。」

　　顯然，他完全忘了那名陰沉的陌生人。病症老讓他忘記那些會令他想起痛苦往事的事件。我不喜歡他一直失去記憶，這可能會持續傷害他的腦部。但若我開口問他，恐怕只會傷害他，有害無益。我必須弄清楚他的異國之行發生了什麼事。我想，此時我不得不打開那個包裹，看看他在日記裡寫了什麼。喔，強納森，萬一我做錯了，我相信你會原諒我。我是為了你好才這麼做。

稍晚

　　回到家裡實在太讓人傷心——那位疼愛我們的人已經離開了。強納森因為這一場發病而臉色蒼白，頭還有點暈。現在我又收到一封電報，來自一位我完全不認識的范·海辛先生。

「魏斯特拉夫人在五天前與世長辭，而露西在前天也過世了，這個噩耗一定讓妳悲痛不已。今天，她們已經安葬了。」

　　哎，短短幾句話裡藏了多少哀傷啊！可憐的魏斯特拉夫人！不幸的露西！全都走了，走了，再也不會回來了！還有可憐的亞瑟，失去他如此深愛的人！上帝啊，助我們一臂之力，承受這一切打擊！

西瓦德醫生的日記

九月二十二日

　　一切都結束了。亞瑟和昆西·莫里斯一起回林恩了。昆西真是個好人！在我心中，我深信他和我們所有人一樣，為露西之死哀痛至極，但他就像無畏的維京人打起精神，勇敢承受這一切。如果美國培養出許多像他這樣的人，相信終有一天會成為世界強國！范．海辛終於躺下休息，為接下來的旅程儲備體力。今晚他就會回到阿姆斯特丹，因為有些事情他必須親自處理，但他說明天晚上就會回來。他說如果可以，到時要借宿在我那兒，因為他在倫敦有工作，可能會花上一段時間來處理。可憐的老人！我擔心上周的勞累讓他那鋼鐵般的意志也難以消受。

整場葬禮上，我看得出來他非常拘謹，神色緊張。葬禮結束後，我們站在不幸的亞瑟身旁，亞瑟正說起他參與的那場輸血手術，范．海辛的臉青一陣、白一陣。亞瑟說，自從他的血注入露西的血管，他就覺得兩人好像已經結婚了，在上帝的眼中，相信她已是他的妻子。我們誰也沒提其他的輸血手術，從此之後，這一切都將深埋我們心中。

亞瑟和昆西一起去車站，范．海辛跟著我回到這兒。我和他單獨坐在馬車上，他又開始歇斯底里。但他否認自己歇斯底里，堅持他只是在困境之中仍故作幽默罷了。他一直笑著，直到哭了起來，我不得不放下窗簾，免得別人看到而誤會了。他縱聲大哭，直到又笑了，最後又哭又笑，活像個女人家。我試圖板起臉孔，就像遇到歇斯底里的女人時做的那樣，但沒有效。男人和女人表達軟弱或緊張的方式多麼不同！最後，他終於鎮定下來，臉色回復平時的嚴肅。我問他剛剛在高興什麼，怎麼會在這種時刻大笑。他的回應正如其人，既有邏輯卻又神祕難解，同時又有點霸道。

「哎呀，我的約翰朋友，你搞不懂呀！千萬別誤以為我大笑是因為我不難過。你瞧，當我笑得喘不過氣時，我的淚水也落了下來。但當我哭泣時，也別以為我很難過，因為我哭的時候也不忘大笑。你要謹記在心，『笑』不會敲響你的房門，有禮地問：『我可以進來嗎？』那不是真正的笑。不！『笑』是一名國王，他要來就來，想笑就笑。他不需要詢問任何人，也不在乎合不合時宜。他只說：『我在這裡。』看哪，我為那位甜蜜青春的女孩多麼傷心，我給了她我的血，雖然我又老又疲憊。我為她付出我的時間、我的技能、我的睡眠。我讓其他的病人空等，好讓她得到我的一切。但在她的墳前，我卻笑得出來——當教堂司事握著鐵鏟，土落在她的棺木上，我的心砰砰砰地劇烈跳動，直到我的臉頰發紅。我的心為那可憐的男孩而淌血——那個親愛的男孩！若我的孩子有幸活下來，現在也該像他那麼大了。他們有著同樣顏色的頭髮和眼珠。現在，你知道我為何那麼疼愛他了。他所說的話深深觸動了我，我明白對一名丈夫來說，失去妻子多麼悲慟，同時又讓我像父親一樣渴望好好疼惜他——我對別人從來沒有這種心情，就算是你，我的約翰朋友，我也不曾把你當作我的兒子，因為我們是惺惺相惜的夥伴，而不是父子——即使這種時候，笑之王也會跑到我的面前，在我的身旁震耳欲聾的呼喊：『我在這兒！我在這兒！』直到我的血湧上臉，而他帶著陽光在我的頰上跳躍。哎，我的約翰朋友，這個世界太奇怪了，太讓人傷心了，這是充滿災難和苦惱的悲苦世界，但是當笑之王出現，他會讓所有人都依他放的音樂跳起舞來。不管是淌血的心房，還是墓園裡的白骨，都只能從命狂舞，一旦失足，就會留下燒灼的淚水——他那笑也不笑的嘴哼著音樂，大家就只能認命地隨樂音而起舞。相信我，約翰朋友，他來得正好，他很仁慈。啊！我們男人和女人啊，就像被綳得緊緊的繩子拉著，朝向截然不同的地方。當淚水到來，就像雨水落在繩索上，把我們愈拉愈緊，直到我們崩潰。笑之王的來臨像是陽光，他舒緩了緊綳的繩索，我們才活得下去，不管我們接下來得做什麼。」

我不想假裝聽不懂來傷他的心，但我仍搞不清楚他笑的緣由，又問了他。當他回答我時，臉色變得冷峻，他用截然不同的口氣說：「我笑，是因為這冷酷的一切都太諷刺了——這位甜美的女孩戴著花環，靜靜地躺著，看起來就像生前一樣美麗動人，我們一個接一個驚呼她是否真已死去。在那寂寞的墓園，她躺在那華貴的大理石墓穴裡，她的過世親友圍繞著她，那位摯愛她且她深愛的母親也與她同眠。那神聖的鐘聲『噹！噹！噹！』響起，悠悠地迴盪，多麼哀傷。而那些身著白衣、像天使一樣的神職人員，假裝讀著聖經，他們的眼神根本沒有落在書頁上。而我們所有的人虔誠地低著頭。這一切究竟是為了什麼！她已經死了！不是嗎？」

「教授，就算我絞盡腦汁，」我說，「我還是看不出來有什麼好笑的。哎，你的解釋反而讓我更想不通了。就算這場葬禮很可笑，但想想亞瑟多麼心痛啊！他的心徹底地碎了，這有什麼好笑的呢？」

「我正要說到這件事。他不是說，把自己的血液輸到她的血管中，讓她成了他名符其實的新娘嗎？」

「沒錯，對他來說，這個想法很甜蜜，為他帶來安慰。」

「他的確這麼說。但約翰朋友，這種說法造成一個難題。若他說的沒錯，那其他人呢？哎呀呀！這樣一來，這位甜美的閨女不就有了好幾個丈夫嗎？而我，對我來說，我那不幸的妻子已經不在人世，但在宗教規範下，儘管她喪失思考能力，整個人都完了，她仍是個人。依亞瑟的說法，現在的我可不是忠誠的丈夫，而是重婚者了。」

「我還是不理解這有什麼好笑的！」我說。他這些話讓我有點不高興。

他輕輕地握住我的手臂，說：「約翰朋友，如果我身陷痛苦，請你原諒。我從不讓他人發覺我的心痛，只會在你面前暴露我的傷口，因為我信任你。當我想笑的時候，或者當笑聲抵達的時候；或在此刻，當笑之王收起他唯一的行囊，帶走那頂皇冠——他已經走得遠遠的，離開了我，在接下來很長一段時間都不會再來拜訪我了——若你真能看見我的內心，也許你就會成為那個最憐憫我的人。」

他說話的語氣如此哀愴，讓我動容，我問他為什麼這麼說。

「因為我明白了一切！」

現在我們分別了。接下來，寂寞會在我們的屋頂落腳，收起它的翅膀，沉思好一陣子。露西和她的親人躺在那間在冷清墓園的氣派墓室裡，遠離熱鬧的倫敦。而倫敦的空氣新鮮，陽光照耀在野花恣意綻放的漢普斯特山丘上。

是該結束這份露西日記的時候了。只有上帝知道我是否會開始另一份日記。如果我真又開始錄日記，或再播放這份日記，那時應該物換星移，人事已非了。此時此刻，我已說完了我人生的愛情故事，我該回到以研究為主的日常生活，恐怕不會再有心錄製日記了。

我只能難過而絕望地說句：「全文完。」

《西敏新聞》

九月二十五日。漢普斯特之謎

近來，漢普斯特一帶發生了一連串的奇特事件，寫過〈肯辛頓恐怖事件〉、〈拿刀刺人的婦人〉或〈黑衣女人〉等熱門新聞頭條的作者們，一定會對這次的情節感到十分熟悉。過去兩、三天內，發生數起幼童離家在外遊蕩，或兒童在漢普斯特荒野公園遊玩後卻沒有回家的事件。這些孩子年紀太小，無法有條理地說明發生了什麼事，但他們卻都說，他們是和一位「美麗姑娘」在一起，因此玩到忘了時間。這些孩子都在入夜後才失蹤，而有兩位兒童在隔天早上才被人發現。根據附近住家的說法，自從第一名走失兒童宣稱有位「美麗姑娘」邀他一起散步而沒有回家後，其他兒童立刻仿效他的說法。這種解釋不無道理，因為目前盛行於兒童間的遊戲，就是用各種詭計來捉弄彼此。有一位通訊記者表示，看著小孩子假扮那位傳說中的「美麗姑娘」實在很有趣。他說，有些漫畫家會藉由比較現實與圖片，來發現可笑的諷刺之處。而以人性來看，在這場戶外鬧劇中，一位「美麗姑娘」的出現是不可或缺的。我們的通訊員甚至認為，在這群鬼靈精怪的小孩面前，就算是廣受歡迎的女演員艾倫·泰瑞恐怕也得不到他們的青睞，更何況要讓他們宣稱——或幻想——自己受到一位「美女」的誘惑！

不過，在這些事件中藏有不容小覷的危險。所有在夜間失蹤的小孩，脖子上都留下被刺或撕裂的輕傷。這些傷口可能是老鼠或小型犬造成的，雖然傷口並不嚴重，但這代表了不管傷害他們的是什麼動物，似乎依循某種特定的模式。本區的警察已收到指示，在漢普斯特荒原公園一帶，必須嚴密注意走失的小孩子，特別是年紀很小的幼童，並且留意附近是否有野狗出沒。

《西敏新聞》

九月二十五日。特別快報

漢普斯特恐怖事件，又一名孩童受傷

傳說中的「美麗姑娘」

我們剛剛得知昨晚又有一名兒童失蹤，今天上午稍晚才在漢普斯特德荒野公園的槍手之丘一帶，一株刺金雀花下面被人發現。槍手之丘是荒原公園中人煙稀少的區域。這名孩童和之前的案例一樣，喉間都出現小傷口。他的身體十分虛弱，一夜之間消瘦很多。當他稍稍恢復之後，和其他案例一樣，說自己是被一名「美麗姑娘」拐走的。

第十四章 米娜・哈克的日記

九月二十三日

經過煩擾的一夜後，強納森好多了。我很慶幸他有很多工作要忙，正好可以讓他暫時忘掉那些可怕的事情。喔！我很高興他不再因新職位的責任而苦惱。我一直都知道他不會失去自我，現在看到我的強納森擔起責任，有條不紊地面對各種繁複工作，我多麼為他驕傲呀。今天他會工作到很晚，他已跟我說他沒空回家吃午餐。我把家事處理好了，現在我可以關在房裡，好好讀他那本異國日記……

九月二十四日

強納森的日記讓我心煩意亂，昨晚我無心寫日記。我親愛的可憐人哪！不管他記下的一切究竟真實發生過，還是憑空幻想，他一定吃了不少苦頭。我想不通裡面的真實性有多少。他是不是在得了腦膜炎後才寫下這些可怕的事情？是什麼原因讓他寫下這些？我猜我恐怕永遠也無法確定，因為我不敢跟他提起那些事……但想想昨天我們遇到的那個人！強納森似乎很清楚他的身分……不幸的人兒呀！我猜，葬禮一定讓他很難過，讓他想起那些令他困擾的往事……他完全相信那些事情真的發生過。

我還記得，我們結婚的那一天，他曾說：「除非，我必須承擔某種神聖的責任，不得不回憶那些可怕的日子，不得不翻閱裡面的紀錄。不管我到底是作夢還是清醒，神智正常還是瘋了，我所經歷的苦難都記在這本筆記本裡。」他的文字和行為有某種一致性……那個可怕的伯爵打算到倫敦來……如果真是如此，他到了倫敦，帶著他數以百萬計的同類……也許這就是他說的神聖任務。如果我們肩上負有責任，就絕不能逃避……我得準備好才行。

我現在得趕緊準備好打字機，把這些速記日記都打出來。等到必要時刻，我們才能給別人看。當然，我是說如果有人想看的話。若我事先做好準備，到時候強納森可能就不用為這些事情煩惱，我可以代他說明，他不用擔心。如果強納森有天能擺脫精神緊張的症狀，也許他會願意告訴我一切，我就可以問他一些問題，找出線索，看能否安慰他。

范．海辛寫給哈克夫人的信件（密函）

九月二十四日

親愛的夫人您好：

希望妳能原諒我的冒昧來信，我並不是妳的朋友，卻為妳帶來露西．魏斯特拉小姐的死訊，想必讓妳十分難過。我很擔心一些嚴肅的事情，而葛達明勳爵好心授權，讓我能翻閱魏斯特拉小姐的信件和文件。我發現妳寄給她的信，顯然妳們曾經是知心好友，妳非常喜歡她。喔，米娜夫人，我希望妳看在妳們之間的情誼，願意伸手協助我。我是為了別人的安危而前來請求妳——我想挽回一場嚴重的錯誤，消滅可怕的困擾——事關緊要，恐怕超過妳所能想像的程度。我能否見妳一面？妳可以信任我，我是約翰．西瓦德醫生和葛達明勳爵（也就是露西小姐口中的亞瑟）的朋友。不過，我必須以私人身分與妳相見，暫時別讓他人知道。如果妳同意我的請求，我會立刻前往埃克塞特去看妳，時間與地點都由妳決定。我請求妳的原諒，夫人。我看過妳寫給可憐的露西的信件，我知道妳是位多麼善良的人，也明白妳的先生受過很多折磨。我懇求妳，如果妳願意的話，請不要讓他知道我的來信，我不想造成他的困擾。再次請求妳的諒解，原諒我。

范・海辛

哈克夫人發給范・海辛的電報

九月二十五日

如果你來得及，請搭今天十點十五分的火車過來。你一到，我就會和你見面。

薇爾米娜・哈克

米娜・哈克的日記

九月二十五日

隨著范・海辛醫生拜訪的時間愈來愈近，我也不禁坐立難安。我不知怎麼地相信，這次拜訪後我會對強納森的痛苦經驗更瞭解。當露西病重時，是范・海辛親自照顧她的，他一定能跟我說說她發生了什麼事。哎呀，這才是他來訪的目的吧，他一定是為了露西和夢遊而來的，不是為了強納森呀。這樣的話，我就無法透過他瞭解強納森發生了什麼事！我真蠢呀！那本可怕的日記讓我心神不寧，只顧胡思亂想，把一切都和它聯想在一起。

不幸的露西，她的夢遊毛病一定又發作了。在那個恐怖的夜晚，她在夢遊中走上東崖，一定是在那時染上重病。我只想著自己的事都忘了她，後來她想必病得很重。她應該跟范・海辛提到自己夢遊、走上東崖的事，也跟他講過我都知情。現在他希望我解釋她知道的一切，他想明白發生了什麼事。那時，我什麼都沒跟魏斯特拉夫人說，我希望自己沒做錯。如果我的行為傷害了露西，就算我是無心的，我也絕對無法原諒自己。我祈求范．海辛醫生不會怪罪我。近來，我已為了太多事情煩惱，我無法再承受任何壞消息。

我想，有時痛哭一場是件好事——淚水就像雨水一樣洗淨空氣。也許，我只是因為昨天讀了日記而恐慌，而且強納森今天又出差去了，一天一夜後才會回來。自從結婚後，這是我們第一次分開那麼久。我希望我親愛的丈夫會好好照顧自己，希望別發生什麼事情讓他受到驚嚇。現在已經兩點了，醫生很快就會到這兒來。除非醫生問起，不然我不該提到強納森的日記。我很高興我把自己的速記日記用打字機整理好了，萬一醫生問起露西的事，我就能把那些整理好的複本交給他，讓他讀一讀，這樣可以省下不少時間。

稍晚

醫生來過了，現在已經離開了。喔，多麼奇特的一場會面！我好像掉入一場夢境，整個人暈頭轉向！這一切是真的嗎？就算只有一點真實性，我也忍不住懷疑。要不是我先讀了強納森的日記，我絕對不會相信這是真的，我無法接受這種事的可能性，就算一點點也無法。我親愛的強納森，他多麼不幸啊！他受了多少折磨！仁慈的上帝啊，希望這一切不會讓他再次發狂。我得試著隱瞞他這件事，但如果他知道自己的雙眼和雙耳並沒有被幻覺迷惑，他經歷的一切都是真實的，也許和人談談反而能夠幫助他，為他帶來一點撫慰——雖然這是件可怕的事，恐怕會引起駭人的後果。也許，真正令他困擾的是對自己的懷疑，當他不再懷疑自己，當他確信自己經歷過的——不管是清醒或在睡夢中——都是真的，也許他會肯定自己，重拾面對震撼的勇氣。

既然范・海辛醫生是亞瑟和西瓦德醫生的朋友，他們大老遠請他過來照顧露西，那麼他一定值得信任且博學幹練。見過他之後，我更確信他是個仁慈善良、品性高潔的人。明天他過來時，我得向他問問強納森的事。上帝呀，希望到時候，這一切的悲傷與恐慌終將迎來美好的結果。我曾經有意訓練自己的訪問技巧，強納森有位朋友在《埃克塞特新聞報》工作，他曾說過，訪問最重要的就是記憶力——你必須盡量一字不差地記下對話，事後再加以適度潤飾。我和醫生的會面是場少見的訪問，我得試著逐字記錄下來。

兩點半時，有人敲響大門。我鼓起勇氣等待。幾分鐘後，瑪麗打開房門，說：「范・海辛醫生到了。」

我起身向他行禮，他走向我。他是一名健壯、體重中等的男人，雙肩下是寬闊深厚的胸膛，粗壯的頸項強而有力地支撐著頭部。他那沉著而自信的神情立刻讓我感到他是個深思熟慮的人，心智強健。他的頭大小適中，臉部寬大，耳後的後腦勺很飽滿。他細心修過鬍子，露出堅毅方正的下巴和那張果敢而靈活的大嘴。他的鼻子不小，很挺直，鼻孔看起來很敏感，當那粗大的眉毛皺在一起、嘴巴收緊時，鼻孔就張大了。他的前額寬大平滑，靠近眉毛的地方很挺，過了太陽穴後就往後仰。那一頭紅髮無法蓋住他那寬大的額頭，自然地往後垂向兩側。他那雙分得很開的大眼睛是深邃的藍色，隨著他的心情，眼神一會兒溫柔，一會兒嚴肅。他對我說：「妳就是哈克夫人嗎？」我鞠躬同意。

「妳婚前的閨名是米娜・莫雷小姐？」我再次同意。

「那位我親愛的可憐姑娘，露西・魏斯特拉小姐，她的好友就是米娜・莫雷小姐。米娜夫人，很遺憾我今天是為了過世之人而來見妳。」

「先生，」我說：「你是露西・魏斯特拉的好友，也是救助她的人，這就是我們相見的最好理由。」我向他伸出手。

他握出我的手，溫柔地說：「喔，米娜夫人，我知道那位討人喜歡的姑娘的朋友一定是好人，但我沒想到——」他有禮地向我敬禮，以此結束這句話。我問他，他為什麼想要見我，他開口說：「我讀了妳寫給露西小姐的信。請妳原諒我，但我得想辦法找出線索，我無人可問。我知道妳和她在惠特比同住了一段時間。有時，她會寫寫日記——妳不用驚訝，米娜夫人，妳離開後，她學妳寫起日記——在日記中，她提到自己曾夢遊一次，她說是妳救了她。我很疑惑，因此過來找妳，想懇求妳告訴我，就妳的記憶所及，當時發生了什麼事。」

「范．海辛醫生，我想我能詳細地告訴你一切。」

「哎呀，想必妳的記憶力驚人，能夠記住許多細節？年輕姑娘的記憶力通常不大好。」

「不，醫生，我的記憶力並不突出，但我當時就把發生的事都記錄下來了。如果你願意，我可以讓你看看。」

「喔，米娜夫人，我太感謝妳了！妳幫了我一個大忙。」我忍不住想小小捉弄他一下——我想，夏娃第一次嚐到蘋果的滋味，還殘留在我們口中——我把用速記碼寫成的日記原稿交給他。

他很感激地向我鞠躬致謝，接著說：「我能否拜讀？」

「如果你願意的話。」我故作正經的回答。

他打開日記，臉色一暗。接著他站了起來，又鞠了個躬。「哎呀，妳真是位機智的奇女子！」他說：「我早就知道強納森先生是位值得敬重的人，但他的夫人更令我刮目相看！妳能否賞我一點面子，幫我讀出這本日記呢？哎，我對速記碼一竅不通呀！」

這時，我的頑皮顯得多麼放肆無禮呀，我有點難堪。我立刻從工作籃中取出打字機打好的版本，交給他。「請你原諒我，」我說：「我只是一時興起。我已想過，你一定想知道親愛的露西發生了什麼事，但恐怕沒有時間等待——並非我無心接待，而是你想必事務繁忙——所以我已經先為你用打字機整理好了。」

他雙眼發亮的收下這一疊日記。「妳人太好了，」他說：「我可以立刻翻閱嗎？等我讀完，我可能想問妳幾件事情。」

「當然，」我說：「我得去張羅午餐，請你安心在這兒讀吧。我們吃午餐的時候，你想問什麼都可以。」他鞠了個躬，背著光、坐進一張椅子裡，立刻聚精會神的讀起來。我去安排午餐，其實是不希望自己打擾他。當我回來時，我發現他在房裡走來走去，臉上露出興奮的神采。他一見到我，就走上前來，握住我的雙手。

「噢！米娜夫人，」他說：「我該如何表達自己對妳的虧欠啊？妳的文章就像我的陽光，為我打開一扇門。那麼耀眼的陽光令我頭暈目眩，讓我睜不開眼睛，但陽光後面，總有雲層在翻滾。不過這妳並不明白，也無法明白。雖然如此，噢，我多麼感謝妳呀！妳實在太聰穎了，夫人。」他口氣一變，一板正經地說：「如果有天，亞伯拉罕．范．海辛能為妳或妳的親友做任何事的話，請妳務必讓我知道。如果我能有幸當妳的朋友，將是我的榮耀，我會非常高興。身為妳的朋友，我願意為妳和妳所愛的人，付出我所學習到、我能做的一切。生命中總會遇到黑暗，但光明也無所不在，妳就是光明。妳將會有快樂而幸福的人生，妳的丈夫將因妳而備受眷顧。」

「但是醫生，你太恭維我了，你根本不認識我。」

「我怎不認識妳——我是個老人，終其一生都在研究男人與女人。我專攻腦部研究，所有腦的特質與腦引發的一切，都是我的專長。妳特意為我打出妳的日記，我已拜讀過了，字裡行間，妳真誠無飾。我也讀了妳寫給露西的信，那些信情感豐沛，講述妳的婚禮，付出妳的信任，讀了這些，我怎麼還不認識妳呢！噢，米娜夫人，天使一眼就能分辨出好女人，她們腳踏實地、活在當下；而我們這些想要瞭解好女人的人，心中多少有雙天使之眼。妳和妳的丈夫品格高尚，因為妳信賴別人，而品格低劣的人無法信賴任何人。跟我說說妳的丈夫吧。他還好嗎？他的腦膜炎康復了嗎？他是否恢復健康？是否身強體壯？」

看到他真誠地問起強納森，我說：「他差不多康復了，但最近霍金斯先生過世了，令他受到很大的衝擊。」

他插話說：「啊，沒錯，我知道，我讀了妳最後寫給露西的兩封信。」

我繼續說：「我想這讓他很難過。星期四，我們去了趟倫敦，他又受到一場驚嚇。」

「在腦膜炎之後，馬上又受到驚嚇！這可不妙。什麼樣的驚嚇？」

「他看到某個人，他認為自己認識那人，因此想起一些可怕的事，就是那些事讓他得了腦膜炎。」此時，這一切突然把我壓垮了。對強納森的憐惜，他的恐怖經歷，那本日記裡難以解釋又令人害怕的謎，還有累日來的擔憂害怕，全讓我心煩意亂。我想我的行為一定很歇斯底里，我突然跪在地上，向醫生伸出雙手，哀求他救救我先生，拜託讓他好起來。他握住我的手，扶我起身，讓我坐在沙發上，並靠著我坐下來。

他緊握我的手，哎，他用非常和藹的口氣對我說：「我這一生很寂寞，也沒有子女。我的工作太多，也沒空交朋友。但自從我的朋友西瓦德醫生召我過來之後，我遇到許多生性善良、心地高潔的人們，讓我明白——隨著我漸漸老去，我就更加感到——我的人生多麼孤獨。相信我，我來到這兒，對妳滿懷敬意，而妳給了我希望——並不是我找到我尋找的答案，而是我發現，世上仍有許多良善女子，能讓人生變得美好——她們的人生和握有的真實，會成為未來孩子的模範，這為我帶來希望。能夠為妳服務，讓我很高興，高興極了。妳丈夫得的病是我熟悉的領域，我有豐富的經驗。我向妳保證，我會為妳做一切的事，讓他好起來，讓他變得強壯，變回往日的男子漢，讓妳的生活幸福快樂。現在，妳得吃些東西，妳為太多事情操煩，可能精神太過緊繃了。妳的丈夫強納森看到妳的臉龐如此蒼白，絕對不會開心的。如果他的愛人垂頭喪氣，他也會受到影響。因此，為了他，妳得吃些東西，開懷的笑一笑。妳已讓我知道露西的事了，現在我們就別談這些事情吧，別讓它煩擾妳。今晚我會在埃克塞特過一夜，我得好好想想妳跟我說的事，我想過之後，如果妳願意，我再問妳問題。妳也得好好跟我講講妳的丈夫強納森的困擾。現在我們去用餐吧，吃完飯後妳再好好跟我說。」

吃完飯後，我們回到起居室，他對我說：「現在，告訴我，強納森發生了什麼事吧。」想到要向這位博學多聞的人說起我發現的事情，我不禁害怕他會把我當作一個輕信的傻子，把強納森當作一個瘋子——那本日記的內容實在太詭異了——我猶豫到底要不要坦白。但他如此親切仁慈，又保證會幫助我們，我也相信他的為人，所以我說：「范．海辛醫生，我接下來要說的事很奇特，請你別笑我和我的丈夫。我從昨天就被一連串的疑惑糾纏。請你待我仁慈些，別因我相信一件怪事，就把我當成笨蛋。」

他不僅用那真誠的態度安慰我，還說：「啊，親愛的，若妳知道我是為了多麼奇特的原因而來，那就換成妳要取笑我了。我學到萬萬不可小看別人相信的事情，不管多麼奇特，也不要一笑置之。我盡量保持心胸開闊，而我可不會因一些小事就關閉心房，我會大方面對那些異常怪事，特別是那些令人懷疑自己發瘋的事情。」

「感謝你！太感謝你了！千謝萬謝也無法表達我的感激。你消除了我的憂慮。如果你願意的話，我會再讓你讀讀一份文件。這份文件很長，但我已經用打字機打出來了。從這裡面你就會明白我的煩惱和強納森的痛苦。這份文件是他在國外出差時寫下的日記，記錄了旅程中的一切。我不敢妄言評論這本日記，請你讀過之後再自己評斷吧。等你讀過之後，再拜託仁慈的你在我們下次會面時，告訴我你的看法。」

「我保證，」當我把文件遞給他時，他說，「如果妳允許的話，明天上午，我會盡早過來拜訪妳和妳先生。」

「明天十一點半，強納森就會回到家了。請你務必過來見見他，和我們一起用餐。你可以搭乘三點三十四分的火車，這樣八點前你就會回到倫敦的帕丁頓車站。」他很意外我居然那麼清楚火車的時刻。他不知道我早就記住埃克塞特的所有火車班次，這樣強納森急著出門時，我才幫得上忙。

他收好那些文件就離開了。而我獨坐在這兒思考——但我連自己在想什麼也不知道。

范．海辛寫給哈克夫人的信（手寫）

九月二十五日，晚上六點

親愛的米娜夫人：

我已讀完妳先生的精采日記。妳可以拋開疑惑，安睡一場。雖然日記記載的內容不但怪異，而且駭人聽聞，但它全是「真」的！我以我的性命發誓，裡面沒有半句假話。對別人來說，這恐怕是個壞消息，但對妳和他來說，反倒是好消息。他是品格高尚的人，以我對男人的了解，讓我告訴妳，他膽敢爬下牆，潛進那個房間——哎，他還去了不只一次——他的勇氣可嘉，絕不會被一場驚嚇打倒而無法痊癒。在我見到他之前，我就能向妳保證，他的腦和他的心都安然無恙，至於其他部分，我們到時候再說。我有很多問題要請教他。今天能夠見到妳，真是我的榮幸。一下子得知那麼多消息，令我頭暈目眩——我實在太驚訝了。我得好好思考一番。

妳最忠誠的亞伯拉罕・范・海辛

哈克夫人寫給范・海辛的信

九月二十五日，晚上六點半

我親愛的范・海辛醫生：

你的信太仁慈了，讓我沉重的心終於喘了口氣，我向你致上萬分謝意。但是，一想到那本日記的內容是真的，世上正發生如此可怕的事情，萬一那個男人，那個怪物真的來到倫敦，這實在太恐怖了！我不敢再想下去。此刻正當我寫這封信時，我收到強納森的電報，他今晚會搭乘六點二十五分從朗斯頓出發的火車，晚上十點十八分就會抵達埃克塞特，我想，今晚我應該能暫時拋下恐懼。明天，與其和我們吃午餐，不知你是否願意在八點過來，和我們共進早餐？如果對你來說不會太早的話？這樣，如果你急著離開，就可以搭十點半的火車，兩點三十五分會到帕丁頓車站。你不用回信，若我沒收到回信，我就當作你同意我們的早餐之約。

相信我，我永遠是你真誠並心懷感激的朋友。

米娜・哈克

強納森・哈克的日記

九月二十六日

曾經，我以為自己再也不會寫這本日記了，想不到重新提筆的時刻已經到來。昨晚我回到家時，米娜已把晚餐準備好了。當我們喝著湯，她向我提起范・海辛的到訪，她已把兩本日記打好字並交給他。她說她非常擔心我。她把醫生寫的信交給我，醫生說我日記中寫的一切都是真的。這封信讓我如獲重生，整個人煥然一新。這些日子來讓我一頹不振的，正是對現實的懷疑。我覺得虛弱無力，陷入一片黑暗，老是懷疑自己。但是，現在我明白了，我不再害怕，連伯爵也不能嚇倒我了。顯然，他真的實現他的計畫，成功抵達倫敦，我那天在路上看到的，正是他本人。他變得年輕了，他是怎麼辦到的？如果范．海辛真像米娜形容的那樣，我相信他會摘下伯爵的面具，找出伯爵的行蹤。昨晚我們坐著長談了好一陣子。現在，米娜正在穿衣，過幾分鐘，我就會去范．海辛的飯店接他過來……

我想，他見到我的時候，顯得很驚訝。我到了他的房間，向他自我介紹。他立刻抓住我的肩膀，把我的臉轉向光源，仔細檢視一番後，他說：「但米娜夫人跟我說你生病了，你受到驚嚇。」

聽到眼前這位表情堅毅的仁慈老人叫我的妻子「米娜夫人」，實在太有趣了。我對他微笑，說：「我本來生了病，我的確受到驚嚇，但你已把我治好了。」

「怎麼說？」

「昨晚，你寫給米娜的信治好了我。原本，我一直懷疑自己，疑東疑西，每件事看起來都不像真的，我不知該相信什麼，甚至連自己的感覺也不敢相信。不知道該相信什麼，讓我不知道該怎麼做，只能照著過去習慣的步調生活。即使如此，我仍無法康復，我依舊懷疑自己。醫生，你不知道懷疑一切、連自己也不信任的感覺是什麼。不，你不知道，瞧瞧你的眉毛，你不是會懷疑自己的那種人。」

我的回答似乎令他很滿意，他笑了起來，說：「哎呀，原來你是位看相名士啊！我在這兒待的每一個小時，都多學到一點東西！我很榮幸能與你共進早餐。還有，哎呀先生，想想我是個老人，你必得原諒我冒昧的讚美。我得說，你有那麼一位好妻子，真是太幸運啦。」我倒很願意聽他讚美米娜，就算聽個一整天也無妨，因此我點了點頭沒說話，讓他說下去。

「她是上帝派來的女人，是祂親自用雙手塑造出來的女人，她讓我們男人和其他女人知道，天國確實存在，我們將來真能進入天國，而天國的光也能穿透人世，照耀在這片土地上。她是那麼真誠而甜美，那麼高尚無私——我得跟你說，在這個人人質疑、自私自利的時代，這是多麼珍貴的特質啊。而你，先生——我讀了米娜夫人寫給露西小姐的信件，信裡提到了你，所以我透過別人，已先認識了你。但昨晚我終於有機會見到你本人。你願意向我伸出手吧？讓我們成為一輩子的朋友吧！」

我們握了彼此的手，他是那麼真誠又慈愛，讓我很意外。

「現在，」他說：「我能不能請你幫個忙？我有一項重大的任務，而第一步就是收集資訊。你可以幫我做這件事。你可否跟我說說，在你去外西凡尼亞之前，發生過哪些事情？以後我可能還要你幫我其他忙，但現在我只要知道這個問題的答案。」

「先生，告訴我，」我說：「這和伯爵有關嗎？」

「有關。」他嚴肅地說。

「那我會毫不保留地告訴你，我所知道的一切。我會給你一份文件，你得搭十點半的車離開，所以你現在沒空翻閱。你可以帶走它們，在車上讀。」

我們三人一起吃過早餐後，我送他去車站。當我們告別時，他說：「我可能會請你來倫敦一趟，到時也帶米娜夫人一起過來。」

「只要你願意，我們兩人會一起過去。」我說。

我為他準備了早報和倫敦前一晚的報紙。當我們隔著車窗閒談，等著火車發動時，他翻開了報紙。他立刻盯著其中一份報紙，那是《西敏新聞》——我從報紙的顏色看出來的——他的臉唰得慘白。他認真讀著內容，用德文對自己哀叫：「天啊！老天啊！」又用英文說：「太快了！太快了！」一時之間，他好像忘了我還在場。就在此時汽笛響了，火車緩緩開動了，這把他從沉思中喚醒，他將身體探出窗外，對我揮手，大喊著：「向米娜夫人獻上我的敬意！我會盡快寫信給你！」

西瓦德醫生的日記

九月二十六日

「結束」這件事還真不存在。我對留聲機說「全文完」不到一週，又開始錄日記了，而且還是同一份日記！直到今天下午，我都沒有回顧這一切的念頭。近來，朗菲爾德變得前所未有的冷靜，他的蒼蠅事業大放異彩，並開始進行蜘蛛培養計畫，目前沒給我帶來任何麻煩。我收到一封亞瑟在星期日寫的信，看起來他已振作許多。個性活潑開朗的昆西·莫里斯陪在他身邊，對他大有助益。昆西也寫了封信給我說，亞瑟漸漸恢復往日的活力，因此我也不用擔心他們。而我自己也像以前一樣，重新忙著工作。我可以持平地說，露西曾帶給我的傷痛，如今已經癒合了。但是現在，過去的一切又被打開了！而結果會如何，只有上帝知道。我猜測范·海辛也已看到結果，但他非得讓我們飽受好奇心的折磨之後，才會告訴我們。昨天他去了埃克塞特，並在那兒過夜。今天他回來了，但一直關在房間直到五點半才出來。他把一份昨天的《西敏新聞》塞進我手中。

「你怎麼看這件事？」他退了一步，交叉著雙臂，開口問我。

我瞧了瞧這份報紙，完全搞不懂他在說什麼。他把報紙拿過去並伸手指向一段報導，那是一篇漢普斯特一帶孩童被拐走的新聞。這對我來說沒什麼意義，直到我看到文章描述小孩喉間都有被東西刺過的傷口。一個想法擊中了我，我抬起頭。

「如何？」他說。

「和露西一樣的傷口。」

「你怎麼看？」

「他們都因同樣的原因失血。不管是什麼東西傷害了她，也傷害了那些孩子。」

「那東西的確間接傷害了那些孩童，但並不是直接的。」

當他回答時，一開始我不明白他的意思。「教授，你這話是什麼意思？」我有點想用輕鬆的態度化解他的嚴肅——畢竟，經過那段燃燒生命、折磨身心的日子，我才好好休息了四天，告別連日的操煩讓我的心情振奮不少——但一看到他鄭重其事的表情，又讓我清醒了。即使我們為了可憐的露西而身陷絕望時，他也從未像現在這麼嚴厲。

「告訴我！」我說，「我不敢妄下推測。我根本不知道該怎麼看待這些事，我毫無相關的資料，根本無法推論。」

「你的意思難道是說，約翰老友，露西的死從未讓你起過疑心？你從未猜測她的死因？就算這一連串的事件，還有我的行為都已經給了你那麼多的線索？」

「她因大量失血衰竭而死。」

「她是怎麼失了那麼多血？」

我搖了搖頭。他走過來，在我旁邊坐下，繼續說：「你很聰明，約翰老友，你很擅長推論且心細敏捷，但你有太多偏見。你不讓你的眼睛去看，也不讓你的耳朵去聽，你認為在你日常生活以外的一切都與你無關。你難道不認為世上有一些你不明白卻真實存在的事嗎？你不認為有些人能看到別人看不到的東西？事實上，有許多古老與新穎的東西，人的雙眼都看不到，因為人們知道——或者自以為知道——一些別人跟他們說過的事情。哎呀，這是因為我們的科學總想解釋世上每一件事情，當有些事無法以科學解釋時，科學就宣稱那沒什麼好解釋的。但看看我們四周，每天都有自以為是的新信念誕生，事實上它們不過是換湯不換藥的古老思想罷了——就像歌劇院那些優雅的女士們。我猜你並不相信肉體轉換，對吧？也不相信靈體能實體化，對吧？更別提靈魂出竅？也不信讀心術？或催眠——」

「我相信催眠，」我說，「沙可[15]證明了催眠的確有用。」

他微笑了，繼續說：「所以你就滿意了，是嗎？當然，你瞭解它的運作方式，你死心蹋地相信偉大的沙可——哎，願他安息！——你確信他能催眠他的病人，不是嗎？那麼，約翰朋友，我是不是該說你只接受事實，就算從前提到結論都一片空白也無妨？不能這麼說嗎？那麼，請你告訴我——我是人腦最忠實的學生——為何你相信催眠，卻不相信讀心術？讓我告訴你，我的朋友，電力科學現在做的有些事情，可是會被最早發現電的人視為瀆神行為——就算他們自己在不久前才被當作巫師而活活燒死。生命中充滿難解的奧祕。為何聖經中的瑪土撒拉[16]活了九百歲，而老帕爾[17]活到一百六十九歲，但是可憐的露西，儘管有四個男人把自己的血液輸送到她的血管裡，卻無法多活一天？要是她多活一天，我們就救得了她。你明白生死之間的祕密嗎？你知道比較解剖學的一切道理，那麼你能解釋為什麼有些人特別殘暴嗎？你能否告訴我，為什麼大部分的蜘蛛都體形小、壽命短，但卻有一種大蜘蛛在西班牙的古老教堂裡活了數百年，牠可以從高處爬下來，靠喝燈油過活？你能否告訴我，為什麼彭巴草原和其他地方，有些夜行蝙蝠會咬開牛馬的血管，吸乾牠們身上的血？為什麼在西方的海島上，有種蝙蝠白天倒掛在樹上，見過的人形容牠們就像巨大的果實或果莢，到了晚上，當水手因為氣候炎熱而在甲板上睡覺時，蝙蝠就飛到他們身上，接著——等天一亮，人們發現他們已經像露西小姐一樣，臉色慘白地死去？」

「天啊！教授！」我嚇得站起身，說：「你是說，露西就是被這種蝙蝠咬的？這種蝙蝠出現在十九世紀的倫敦？」

他揮了揮手，示意我安靜，繼續說：「你能否告訴我，為什麼烏龜的壽命是人的好幾倍？為什麼大象能見證朝代更迭？為什麼鸚鵡被貓、狗或其他動物咬傷，並不會就此一命嗚呼？你能否告訴我，不管任何年代或地點，為什麼總是有人相信少數一些人活得特別久，而且有些人就是死不了？我們都知道——因為科學支持事實——有些蟾蜍困在石頭裡數千年，當地球還年輕的時候，牠就待在那個小小的洞裡。你能否告訴我，為何印度僧侶能讓自己死去、被埋進土裡，他的墓被封住了，還有人在上面的土壤灑下小麥種籽，當小麥成熟、收割、再被播種、再成熟、再收割，如此過了不知多久後，人們打開封印完好無缺的墓穴，卻發現躺在那兒印度僧侶並沒有死亡，他像一般人一樣站了起來，若無其事地行走？」

這時我打斷他。這一切令我頭昏腦脹，他滔滔不絕地說著那些自然界的特異現象，可能的不可能性不斷衝擊我的想像力。我隱約覺得他在幫我上一堂課，就像很久以前，在阿姆斯特丹的辦公室裡，他孜孜不倦地教導我。但他以前總會先解釋主題，讓我明白重點為何，現在，我無援無助、毫無方向，但我想跟上他的腳步，於是我說：「教授，讓我再次成為讓你驕傲的

15. Jean-Martin Charcot，十九世紀法國神經學家、解剖病理學教授。
16. 聖經中亞當的第七代子孫，據說活了九百六十九歲。
17. Old Parr（Thomas Parr），傳說中十五世紀的一名英國人。

學生吧。請你告訴我主旨為何，我才能在你講課時，應用你所提到的知識。現在，我在腦中苦思，但我跟不上你的思緒，只能像個瘋子一樣橫衝直撞。我就像在濃霧中踉蹌走過沼澤地的新手，試圖從一塊草地跳到另一塊草地，卻渾然不知自己要走向哪裡。」

「你倒形容得不錯，」他說，「好吧，讓我告訴你，我的命題是：我要讓你相信。」

「相信什麼？」

「相信你無法相信的事情。讓我舉個例子，我曾經聽過一個美國人這麼定義信念：**『信念是讓我們明知道它不是真的，卻仍相信它的能力。』**就某方面來說，我同意他的說法。他指的是我們該保持開闊的心胸，不要因為掌握一些事實就過度斷定，就像用一顆小石頭去想像一輛鐵路運貨篷車。讓我們先確定一些小事實，好極了。我們保留下來，仔細考量，但我們千萬不能把一個事實當作全世界通用的定理。」

「你希望我不要讓預設想法擋住我的心，而刻意忽略那些奇怪的事件。我是否抓到這堂課的重點？」

「啊，你還是我最得意的門生！你認為在那些小孩喉間留下傷口的，和在露西小姐喉間留下傷口的，是同一種東西？」

「我是這麼想的。」

他站起身，一本正經地說：「那你就猜錯了。哎，若是這樣就好了！但又能如何！不，比這更糟，糟透了。」

「范．海辛教授，哎呀，你到底在說什麼啊？」我喊道。

他以絕望的姿勢倒進一張椅子，把手肘撐在桌上，用雙手遮住了臉，說：「那些傷口是露西小姐弄的！」

第十五章　西瓦德醫生的日記（續）

我怒不可遏。對我來說，他膽敢說出這種話，簡直像是在活著的露西臉上狠狠賞了一巴掌。好一陣子，熊熊燃燒的憤怒控制了我。我用力拍了一下桌子，邊說邊站起身：「范・海辛醫生，你瘋了嗎？」

他抬頭望向我，那柔和哀傷的表情立刻讓我冷靜下來。「真希望我瘋了！」他說。「與其接受這個事實，還不如瘋了快活！喔，我的朋友，你難道沒想過我為何兜了那麼多圈子嗎？為何我不直捷了當地告訴你這個事實？你以為我痛恨你，我恨了你一輩子，所以才這樣折磨你嗎？你以為看到你痛苦，我會好過嗎？你以為我是想要報復你多年前救了我一命嗎？你以為你把我從鬼門關前救回來，而我卻故意傷害你嗎？當然不是！」

「原諒我。」我說。

他繼續說：「我的朋友，我這麼做只是不希望讓你受到太大的衝擊，我希望盡量平和地告訴你真相，因為我明白你曾愛過那位如此甜美的姑娘。不過，我並不期待你相信。要人馬上接受如此抽象且長久以來不被接受的事實，太強人所難了；更可況，露西小姐這樣的好人居然落得這樣可怕的下場，更讓人難以置信。不過今晚，我會證明我說的話。你敢跟我來嗎？」

我動搖了。沒人會想見證這樣一個慘痛的事實。拜倫倒是個特例，因為嫉妒使然。

「證實他最恐懼的事實。」18

他看出我的猶豫。又說：「這是很簡單的邏輯，這回我們不是在一片片草地上盲目亂跳的瘋子。如果這不是真的，那麼證據能讓我們鬆一口氣，情況再糟，也不會對我們造成傷害。但如果這是真的呢！啊，光想就令人害怕，但這能幫助我達成目的，唯有親見證實，你才能夠相信。來吧，讓我告訴你，我的打算：首先，我們去醫院看看那個孩子。報紙說那個孩子現在在北方醫院，北方醫院的文森醫生是我的朋友，你們曾一起在阿姆斯特丹學醫，我相信他也是你的舊識。就算他不願意讓兩個朋友探訪他的病人，也會看在我們是兩位科學人的份上，同意我們看看他的病例。我們不用跟他說任何事情，只要表示希望藉此學習即可。接下來——」

「接下來呢？」我問。

他從口袋裡拿出一把鑰匙，舉起來，回答：「接下來，你和我，我們會在露西安息的墓園裡守夜。這是她墓穴的鑰匙。我從棺材業者那兒拿到的，以後我會把鑰匙交給亞瑟。」

我的心跌到谷底，雙腿一軟地整個人跌坐下來，我感覺到有場可怕的苦難即將到來。我什麼也不能做，只能振作精神，勉強回答，我們得快點出發，時間不早了……

我們到醫院的時候，那個小孩正好醒著。他已經睡了一場好覺，吃過東西，目前情況不錯。文森醫生解開他脖子上的繃帶，讓我們看看傷口。的確，他脖子上有兩個看起來像被東西刺入的小小傷口，和露西頸上的傷口一模一樣，只是比較小，邊緣看起來很新鮮。我們向文森探詢，他認為是什麼造成這些傷口？他回答可能是被某種動物咬傷，可能是老鼠；不過他私下認為可能是倫敦北邊高地上一種數量繁多的蝙蝠。

「絕大多數的蝙蝠都無害，」他說，「但有些來自南部的野生蝙蝠比較凶狠。可能是水手從海外帶了一隻蝙蝠回來，而牠逃跑了；或者是一隻從動物園裡逃出來的年幼蝙蝠，也可能是一種吸血蝙蝠。我可不是胡說的，真的發生過這種事。你們有聽說吧？十天前有隻狼從動物園逃出來，就我所知，牠就是跑來這一帶。一週之後，孩子們原本都在荒園公園裡玩小紅帽遊戲，但這個『美麗姑娘』一出現，孩子們全被這個神祕女人迷住了。連這個小孩子也是如此，今天他一醒過來，馬上就問護士能不能出院；護士問他，想出去做什麼；他回答想和那位『美麗姑娘』玩。」

「我希望，」范．海辛說，「你讓這孩子回家時，務必提醒他的父母看好他，別讓他到處亂跑。幻想離家、到處游蕩是很危險的，如果這孩子又在戶外過夜，說不定會造成難以挽回的後果。不過，我想你應該不會讓他那麼快出院吧？」

「當然不會，他至少得在這兒待一週，如果傷口沒有癒合，恐怕會待更久。」

我們在醫院待得比預期要晚，還沒離開，夕陽就已經西落了。范．海辛看到天色已暗，說：「不用急。我們比我想得還要晚離開。來吧，我們找個地方吃飯，接著就得上路了。」

我們在傑克．史奧城堡用餐，餐廳裡有一小群單車騎士和其他客人，氣氛很熱鬧。我們在十點左右離開酒館。街道非常暗，雖然路旁立了路燈，但光線無法照及的地方卻顯得更漆黑。教授顯然知道我們該往哪兒走，他踏著毫不遲疑的步伐往前，但我實在不熟悉這一帶。我們愈走愈遠，路上的行人也更稀稀落落，到了後來更是人煙全無，偶爾才會遇到值勤巡邏的騎警。最後我們來到了墓園，然後爬牆進去，好不容易才找到魏斯特拉家的墓穴——黑暗中的墓園漫著陌生的詭譎氣氛。教授拿出鑰匙打開那扇咿呀作響的門，接著很自然有禮地往旁邊退了一步，示意請我先進去。在如此恐怖的場景，他仍不忘殷勤有禮地讓我先行，實在諷刺極了。我走進去後，我的同伴也立刻閃身而入。他先確認門鎖是下扣式，不是彈簧鎖，然後小心地關上門。因為如果是彈簧鎖，那今晚我們的下場恐怕不妙。他在醫事包中東翻西找，掏出火柴盒

---

18. 此句出自英國知名的浪漫主義詩人拜倫的Don Juan（1819）。

和一根蠟燭，一下子就點起了光亮。即使在光天化日下，墓穴裡放了各種新鮮花束，還是免不了讓人毛骨悚然。現在，葬禮已經結束了好幾天，所有的鮮花都凋謝了，白色的花瓣變成鏽紅色，綠色的枝葉成了棕黑色，蜘蛛和甲蟲到處亂爬又各自稱霸一方。那因歲月而變色的石頭、積滿灰塵的灰泥、生鏽且潮溼的鐵件、失去光澤的銅器和不再光亮的銀盤，隱約反射搖曳的燭光，讓墓穴更加淒涼可怖，遠超過我的想像。墓穴並非死氣沉沉，反而有生命蓬勃發展——不過是動物的生命——但仍無法驅散那種哀悽氣氛。

范・海辛很有計畫地工作著。他舉起蠟燭，仔細讀著棺木上的金屬片，並小心避免滴下來的燭油落在上面。他確認好露西的棺材之後，又在醫事包中摸索一下，拿出一支螺絲起子。

「你要做什麼？」我問。

「把棺材打開。這樣才能說服你。」

他動手把棺木上的螺絲釘拆下來，再把棺蓋移開，露出下面的鉛棺。這一幕讓我不忍直視。打開死者的棺木，就好比她在世時趁她熟睡脫去她的衣服一樣令人髮指。我甚至伸手抓住范・海辛，試圖阻止他。但他只說：「你看了就會明白。」說完又從袋子裡拿出一把小巧的線鋸。他用螺絲起子敲打鉛棺，敏捷地往下一戳，我不禁倒抽一口冷氣。他戳出一個剛好可以容納線鋸伸進去的小洞。我原以為洞口會冒出一股臭氣，畢竟她已死了一週。我們醫生長期研究人體的各種機制，很習慣以這種方式來思考，因此我直覺地往門口退了一步。但教授不為所動，毫不遲疑地從鉛棺一側割了幾英尺，接著劃過上方，再往另一側割下去，開了一個口。他把這塊鉛板掀開，高舉蠟燭，示意我往裡面看。

我走過去看了一眼。棺材是空的！

這大出我的意料。我受到很大的震撼，但范・海辛毫不意外。他現在比之前更確信自己的理論，理直氣壯地繼續他的計畫。「你滿意了嗎？約翰朋友？」他問。

我心中頑固的好辯本性全被他這句話給激起來。我回答：「的確，露西的遺體不在棺材裡，但這只證明了一件事。」

「什麼事？約翰朋友？」

「她的遺體不在這裡。」

「你的邏輯清楚。」他說，「目前看來的確如此。但你要怎麼——你能如何——解釋為何她的遺體不在這兒？」

「可能是被盜墓者偷走了。」我猜測，「可能是殯葬業者偷了。」連我都覺得自己在胡說八道，但這是我能想到唯一合乎邏輯的理由。

教授嘆了一口氣。「哎！如果你這麼認為，那我們得找出更多證據才行。跟我來吧。」

他把棺蓋闔上，收拾所有的工具並放回袋子裡，接著吹熄蠟燭，再把蠟燭收起來。我們打開墓門走出去，然後再關上墓門並上了鎖。他把鑰匙交給我，說：「你保管鑰匙，好嗎？這樣你才不會起疑心。」我笑了起來——但我得說，那是苦澀的笑——並擺擺手拒絕了。「一把鑰匙沒什麼意義，」我說，「反正可能有備份鑰匙。不管怎麼說，撬開那個鎖並不是什麼難事。」

他沒有回答，默默把鑰匙放回口袋。接著他要我看好墓園一側，他負責監視另一側。我找了一棵紫杉木躲在後面，看著一身黑衣的他走過中間墓石區，到了另一側。當他躲到樹後，就消失在我的視線中。

這是一場寂寞的守夜。我站定位置後不久，就聽到遠方的鐘敲響十二下。過了一陣子，又響起一點、兩點的鐘聲。我全身發冷，垂頭喪氣，生氣教授帶我來做這件蠢事，也氣自己為什麼要來。我又冷又很睏，根本無法提起精神專心警戒，但睡意又沒強烈到讓我背叛信任，倒頭睡去。我只能萎靡地待在這兒。我轉一轉頭，突然之間，好像看到在離墓穴最遠的墓園一側，有一個白色細長的身影在兩株紫杉木的暗影間移動。與此同時，我看到教授那邊有個黑影現身，很快地往白色身影那兒衝過去。我也趕緊往那邊移動，但我得先穿過中央的墓碑區和那些圍了鐵柵的墓地，在黑暗中我失足跌倒了。夜空中烏雲密佈，遠處有公雞提早啼了起來。不遠處，有一排刺柏立在通往教堂的小徑旁，而在刺柏後面有一個幽暗的身影倏地飛向墓穴。從我的角度望過去，墓穴被樹影遮住了，因此我沒看到那個身影消失在何處。在我第一次看到白色身影出現的那個地方，傳來一陣清楚的窸窸窣窣聲，於是我走了過去，看到教授懷中躺著一個身材瘦小的孩子。

他一看到我，就把孩子交給我，說：「你滿意了嗎？」

「不。」我說，連我都覺得自己的口氣很挑釁。

「你沒看到這孩子？」

「我看到了，他是個孩子，沒錯，但是誰把他帶到這兒來？他受傷了嗎？」我問。

「我們來瞧瞧。」教授說。

我們立刻走出墓園，他仍抱著那名熟睡不醒的孩子。我們離開墓園一段距離後，走進一處樹林，他點了一根火柴，仔細檢視孩子的脖子。他身上一點傷痕也沒有。

「我說得沒錯吧？」我得意地問。

「幸好我們及時趕到。」教授謝天謝地的說。

我們得想辦法處理這個孩子，兩人低頭討論下一步該怎麼做。如果把孩子送到警察局，就得向警察詳細說明我們晚間的行蹤，至少必須解釋我們是如何發現他的。最後，我們決定把孩子帶到荒原公園，等巡警一靠近，就把他留在警察一定會注意到的地方；然後就立刻趕回家。

這個計畫很順利。在漢普斯特荒原公園的一角，我們一聽見警察沉重的腳步聲，就把孩子放在步道上，然後躲在一旁，直到看見他發現小孩，還舉起提燈察看以及發出驚呼之後，我們就悄悄離開。很幸運的是，我們在西班牙人酒館附近招到一輛馬車，急急往市中心駛去。

回來之後，我怎麼也睡不著，就錄下今天的日記。不過，我得想辦法睡幾小時才行，范・海辛中午就會來找我。他堅持我和他再次去探險。

九月二十七日

當我們有機會進入墓室時，已經兩點了。中午的葬禮結束，最後幾位送葬的民眾也緩緩離開了。我們小心地躲在幾棵赤楊木後面，看著教堂司事關上墓園的門，上了鎖。這樣一來，如果我們願意在這兒待到早上，也不會有人打擾。但教授說，我們頂多只要花一個小時。我再次感到現實重重地壓在胸口，此時想像力實在多餘。同時，我也明白我們褻瀆死者的行為，可能會引來哪些法律罪名。除此之外，我還覺得我們在做的事根本毫無用處。打開一具鉛棺，看看死了一週的女人是不是真的死了？這已經夠荒誕了！但這一回，明明已經看過棺木裡空空如也，還要再一次進墓室、再把棺木打開，這更是荒唐可笑。我聳了聳肩，但什麼也沒說，因為不管別人怎麼苦勸，范・海辛總是堅持己見。

他拿出鑰匙，打開墓門，再次有禮地讓我先進去。墓穴和昨晚比起來，少了一點恐怖氣氛，但陽光讓室內看起來很空洞。范・海辛走到露西的棺木前，我也跟過去。他彎下腰，再次把鉛棺的邊緣拉開，我一看，大驚失色，頓時萬念俱灰。

露西好端端地躺在棺木裡，看起來就像葬禮前一晚的樣子。詭異的是，她居然比過去更加美麗動人，我根本無法相信她已經死了。她的紅唇呈現前所未見的紅豔，豐潤的臉頰上仍隱隱透著紅暈。

「這是什麼花招？」我問他。

「你現在相信了嗎？」教授一邊回答，一邊用令我咋舌的魄力，伸手把露西那動也不動的雙唇拉開，露出白森森的牙齒。他繼續說：「你瞧，看清楚，她的牙齒比之前更鋒利了。用這顆和那顆牙——」他碰了她的一顆犬齒和下面的牙齒。「就能咬傷那些孩童。約翰朋友，你現在相不相信我說的話？」

再一次，我內心好辯的習性又熊熊燃起。我無法接受他的理論，這實在是無稽之談。為了爭論，我說出連自己都慚愧的論點：「可能是後來有人把她放了回來。」

「是嗎？若真是如此，是誰把她放回來的？」

「我不知道。反正有人把她放回來就是了。」

「但你想想，她已經死了一週。大部分死了一週的屍體，可不會像她這樣。」

我無言以對，只能沉默。范．海辛似乎沒注意到我的沉默，事實上，他既沒有露出懊惱的神情，也毫無勝利的得意。他專心凝望死者的臉龐，翻開眼皮查看她的眼睛，又拉開嘴唇檢查她的牙齒。最後他轉向我，說：「有件怪事，違背所有已知的紀錄。她具備某種少見的雙重生命。她精神恍惚時被吸血鬼咬了，就在她夢遊的時候——哎呀，你嚇到了。約翰朋友，你並不知道這回事，之後我再好好告訴你——在她精神恍惚時，他才能吸多一點血。她在精神恍惚中死去，也在精神恍惚中成了『不死人』。這就是她和別的不死人不同的地方。通常，不死人在家中睡覺時——」他邊說邊朝墳墓揮了揮手，指出吸血鬼的「家」：「他們的臉會透露吸血鬼的本性。但她的臉龐那麼甜美，這是因為當她不處於不死人狀態時，她回復一般死人的狀態。你瞧，她的臉上毫無惡意，這讓我實在難以下手，但我非得在她睡眠時殺死她不可。」

我一聽全身發冷，突然意識到自己已經默默接受范・海辛的理論。但如果她已經死了，為什麼殺死她這件事還會讓我恐懼失色？他抬眼看我，顯然注意到我的臉色驚疑不定，於是他幾近開心地說：「啊，現在你相信我了？」

我回答：「你別再逼我了。我接受你的說法。你打算怎麼處理這件該死的事？」

「我得切開她的頭，在她口中塞滿大蒜，用一根尖錐刺穿她的身體。」

一想到我曾愛過的女人將被分屍，我就不寒而慄。但我並沒有想像中那麼驚嚇。事實上，令我毛骨悚然的是眼前這個物體，這個范・海辛口中的「不死人」，它令我心生厭惡。愛是否可能完全主觀或完全客觀？我等著范・海辛動手，但等了好一陣子，他仍站在那兒，深陷沉思之中。

最後他把袋子俐落地闔了起來，固定好上面的扣子，說：「我想了好一陣子，終於決定該怎麼做比較好。如果我遵循自己的直覺，現在就會行動，一口氣把這件事解決掉。但必須考量其他事，而那些我們未知的事比殺死她還要困難幾千倍。殺掉她很簡單。目前，她還沒殺死任何人，不過這只是早晚的問題；現在解決她，就能避免她可能造成的危險。但我們得想想亞瑟，我們該怎麼跟他說這件事？你看到露西喉間的傷口，也看到醫院那孩子的傷口，他們的傷口多麼相似。你昨晚看到棺木空空如也，而在今天，她安然無恙地躺在這裡，就算她死了一週，屍體卻完全沒有腐敗的跡象，反而比之前更加美麗，氣色更加紅潤。昨晚，你還看到那白色身影帶著小孩來到墓園。如果你親眼見證了這一切，但你依然不願相信，我又怎能期待沒看過這一切的亞瑟會相信我說的話呢？當他要親吻臨死的她，我把他拉開，那時他就懷疑我的用心。他誤以為我不願意讓他好好地和她告別。儘管我知道他已原諒了我，但他可能會認為這個女人是被活埋的，誤以為是我們殺死了她。那麼，他就會宣稱，誤解的是我們不是他，是我們因怪異莫名的想法而下手殺了她。這樣他會一輩子都怨恨不已。但他永遠都無法確認，是我們還是他有理，這是最可怕的事情。有時，他會想著，他所愛的她被活埋了，他會夢到她受到多少折磨，夜夜被惡夢纏身。但是，有時他又會覺得我們說的有理，也就是說，他所愛的人居然成了可怕的不死人。不行！我曾跟他談過一次，現在我已明白更多事情。既然我知道這是真的，我更清楚瞭解到，他必須涉過苦水才能嚐到甘泉。他多麼不幸啊，但他必須勇敢面對，他必須親身經歷那個天崩地裂、痛不欲生的時刻；接著我們就能速戰速決，他的心也不會再猶豫不決。我下定決心了。我們走吧。今晚，你回去精神病院，看看那兒是否一切安好。我呢，會用我自己的方式在墓園裡過夜。明晚十點，你到柏克萊飯店和我會合。我也會叫亞瑟過來，還有那位曾付出鮮血、年輕善良的美國人。到時候，我們有很多事要做。現在我和你一起到皮卡迪利附近吃頓飯吧，但我不能走遠，我得在日落前趕回墓園才行。」

我們鎖上墓門，不太費力就爬過墓園的牆，搭上馬車，回到皮卡迪利。

在柏克萊飯店，范．海辛在行李箱中留了一份留言給約翰．西瓦德醫生。

九月二十七日（沒有寄出）

約翰吾友：

我事先寫下這封信，以防意外。我隻身一人去了墓園，我很高興不死人，也就是露西小姐今晚不會離開墓室，這樣一來，明天她會更渴望出去。我會準備一些她不喜歡的物品──大蒜和十字架──把墓室的門封起來。她才剛成為不死人，會特別小心。不過，這些東西只能防止她出來。如果她在外面，就會想盡辦法衝回去，因為不死人必須在特定時刻回到墓室，所以不管如何，她得想辦法進去。今晚日落開始，我就會守在墓園直到日出，若有我不瞭解的事情，剛好能藉此機會學習。我並不害怕露西小姐，也不擔心她會傷害我，我擔心的是那個把她變成不死人的傢伙，他有能力替她找到墓穴，讓她藏身。

我從強納森先生那兒明白他非常狡猾，而且他玩弄露西小姐的生命於股掌之間，把我們所有人都擺了一道。那一回，我們是輸了。不死人在許多方面都很厲害，而且他的力氣和二十個男人加起來一樣大。何況，我們四人都把自己的血液輸給了露西小姐，他已藉此獲得更多的能量。不只如此，他還能召喚狼群，這是我之前不知道的事。因此，如果今晚他來到墓園，就會發現我，而等別人找到我時，我恐怕已經歸西了。不過，也許他不會來，畢竟他沒有需要來的理由，他的獵場廣大，獵物繁多。即使有個不死女睡在這兒，而外面有名老人在守望，他也沒必要特地過來。

不過為防意外，我還是寫下這封信。若我遭逢不幸，請帶走和這封信放在一起的所有文件，包括哈克夫妻的日記和其他東西。你得好好細讀，接著你得找出這個不死人之王，把他的頭砍掉、燒掉他的心臟或用尖柱刺穿心臟，這樣他就無法再作怪了。

若真是如此，再會了。

范・海辛筆

西瓦德醫生的日記

九月二十八日

一夜好眠實在有益身心。昨天范・海辛荒謬恐怖的想法幾乎說服了我；但現在，那一切對我來說根本是無稽之談。當然，他完全相信自己的觀點。我不禁懷疑他是不是神智錯亂了？我相信這些如謎般難解的現象，一定有某種合理解釋。說不定是范・海辛教授自己在裝神弄鬼？

畢竟，他實在太過聰明了，若他真的發瘋，一定能找出辦法完美證實自己的理論。這種想法讓我難過。要是他真的瘋了，一般人根本難以察覺。不管如何，我得小心留意他的行為並仔細觀察。也許我能找出造成這一連串神祕事件的線索。

九月二十九日，早上

……昨晚快到十點時，亞瑟和昆西都到了范．海辛的房間。他向我們解釋要做什麼，不過他的注意力集中在亞瑟身上，好像亞瑟會左右我們其他人的動向。一開始，他說希望我們跟他一起去墓園。「因為，我們肩負沉重的使命，必須在那兒完成。我的信一定讓你感到意外吧？」這個問題是在問葛達明勳爵。

「我的確很驚訝。事實上，這封信讓我心煩意亂。這一陣子，我家已發生太多事情，我實在應付不了更多的麻煩。不過，你說的話也引起我的好奇心。我和昆西長談過了，但我們討論愈多就愈覺得迷惑。現在，我得說，我對一切都抱持懷疑，拿不定心意。」

「我也是。」昆西．莫里斯簡潔地回答。

「哎！」教授說：「那麼你們已經很接近起點了，至少你們兩個人比站在這兒的約翰朋友還靠近起點。他呀，又走上回頭路了，離起點愈來愈遠啦。」

顯然他已發覺我又回到之前的懷疑態度，儘管我什麼也沒說。接著，他轉向另外兩人，用極為嚴肅的口氣說：「我需要你的允許，讓我今晚能做我認為對大家都好的事。我知道這個的要求聽來過分。當然，唯有知道我的計畫，你才會知道能不能應允。但我要求你事先答應我。雖然你可能為此而生我的氣——我不能刻意忽略這個可能性——但接下來，你才不會因此責怪自己。」

「不管怎麼說，你倒是很坦白。」昆西首先打破沉默。「我同意教授的作法。我不知道他心裡打什麼主意，但我敢保證他是坦白正直的人，對我來說，這就夠了。」

「先生，謝謝你。」范．海辛驕傲地說，「我很榮幸能成為你信賴的朋友，你對我的信任實在太珍貴了。」他向昆西伸出手，昆西緊緊地握住。

接著亞瑟開口了：「范．海辛醫生，我不大喜歡蘇格蘭人說的『買頭躲在袋子裡的豬』19，要是考量我個人的榮譽或我的基督教信仰，我實在不該隨意做出這種承諾。如果你能保證，你想做的事不會違背這兩項原則的任何一項，那我就立刻應允你。雖然我完全猜不透你到底想做什麼。」

「我接受你的限制。」范．海辛說，「我只請求你，如果你要譴責我的任何行為，請先平心靜氣地衡量一下，確認我並沒有違背你的原則。」

「一言為定！」亞瑟回答，「你的要求很公平。現在我們閒聊完了，請問我們到底要做什麼？」

「我要你們和我一起潛進金斯德的墓園。」

亞瑟臉色一沉，驚訝地說：「那兒不就是露西下葬的地方嗎？」教授點了點頭。亞瑟繼續說：「到了那兒之後呢？」

「我們要進去墓室裡！」

亞瑟一聽，站了起來。「教授，你是認真的嗎？這是什麼邪惡的玩笑？原諒我，我看得出來你是認真的。」他又坐了下來，但坐得直挺挺地，神色倨傲。我看得出來，他在刻意維持自

19. 從中古世紀就流傳下來的騙局，騙子宣稱袋子裡有頭小豬，等買家付錢後，才發現袋子裡空空如也。

己的尊嚴。房裡一片沉默，直到亞瑟再次開口：「進了墓室之後呢？」

「我們得打開棺木。」

「實在太過分了！」亞瑟生氣地再次站起身。「只要是合理的事情，我都願意接受。但這個——褻瀆墳墓——特別是一位我……」他難過得說不出話來。

教授同情地望著他，說：「我不幸的朋友啊，若我能夠，天知道我會多麼奮不顧身地免去你的心痛。但今晚，我們不得不走上荊棘遍佈的道路。不然接下來，你所摯愛的人將走上火焰侵襲的不歸路，甚至永遠不得安寧！」

亞瑟面色慘白地抬起頭，說：「當心啊，先生！你小心點啊！」

「何不先聽聽我的解釋？」范．海辛說，「至少你能明白我的動機。我該說下去嗎？」

「這倒挺合理的。」昆西打破僵局。

范．海辛停頓了好一會兒，費了不少力氣才再次開口：「露西小姐已經過世了，不是嗎？是的！既然如此，她一定沒做任何什麼壞事，但如果她並沒有死……」

亞瑟跳了起來，喊道：「天啊！什麼意思？難道之前出了什麼差錯嗎？難道她被活埋了？」他痛苦地呻吟起來，此時無人能安慰他。

「我的孩子，我並沒說她還活著，我並不認為她還活著。我只能說，她可能成了不死人。」

「不死人！不再活著的不死人！你到底在說什麼？這是場惡夢吧，不然是什麼？」

「有些神祕的事情連人也搞不清楚，只能猜測。唯有時間，我們才能一一找出部分的答案。相信我，我們就快找出其中一個答案了。不過我還沒說完，我能否砍掉露西小姐的頭？」

「天哪！當然不行！」亞瑟狂亂地吼道：「就算為了全世界，我也不允許她的身軀受到任何的損害！范．海辛醫生，你太過分了。我到底對你做了什麼，讓你這樣折磨我？那個可憐甜美的女孩對你做了什麼，讓你在她安眠後，還執意去污蔑她的墳墓？你瘋了嗎？你怎能說這種話？還是我瘋了，不然怎麼聽得下去這番胡言亂語？想都別想！你不能傷害她的身體，我絕不同意你的行為。我有責任保護她的墳墓不受毀壞！以上帝之名，我絕對會保護她！」

原本一直坐著的范．海辛站了起來，沉重且嚴肅地說：「我的葛達明勳爵，我也有責任，我不只對其他人負有責任，也對你、對那位過世的姑娘負有責任。而且，以上帝之名，我必須這麼做！我現在只請求你跟我一起去，親眼去看，親耳去聽。如果，我再次徵求你的同意時，你仍這麼想，還是不認同急於完成使命的我，那麼——我還是會執行我的使命，不管我得做什麼。到時候，我會服從閣下的意願，我會任你處置，向你償債，時間地點隨你決定。」他的聲音顫抖起來，用悲天憫人的口氣繼續說：「但我懇求你，別生我的氣。人生中難免遇到許多困難痛苦的事，我的內心也深受折磨，但我從未面對如此沉重的任務。相信我，當時機到來，你就會改變對我的想法。只要你看我一眼，就能抹去我的哀傷，為了不讓你憂傷難過，我願意做任何事。你只要想一下就會明白，我何必勞心勞力，做吃力又不討好的事？我離開自己的家鄉，只為來此盡一己之力做一件好事。一開始，我來這裡是為了讓我的約翰朋友開心，接著我決心幫助這位年輕甜美的姑娘，因為她贏得我的心。為了她——說這麼多，實在令我難堪，但我是出於善意才這麼說——我就像你一樣，給了她我所能給予的一切，也就是我的鮮血。雖然我不像你，我不是她的愛人，只是她的醫生和她的朋友，但我還是給了她我的血。如果我的死亡能帶給她任何好處，就算現在她已成了沒有生命的不死人，我也願意無條件地把生命奉獻給她。」甜美的自豪與痛徹心扉的哀傷在他顫抖的聲音裡交融。

亞瑟顯然也被他感動了。他握起老人的手，用沙啞的聲音說：「要想通這一切實在太困難了！我還是搞不懂發生了什麼事，但我願意跟你去墓園瞧瞧。」

第十六章　西瓦德醫生的日記（續）

約莫晚上十一點四十五分時，我們越過矮牆，偷偷潛入墓園。夜色深沉，烏雲遍佈，月光偶爾才穿過厚厚的雲層，露出臉來。我們四人靠得很近，領路的范．海辛微微領先幾步。靠近露西的墓室時，我仔細注意亞瑟的神色，擔心這個充滿哀傷回憶的地方會令他難過，但他看起來很鎮定。我猜想這一連串的神祕事件多少讓他暫時忘卻心裡的苦楚。教授轉動鑰匙，打開墓門，發現各有心思的我們遲遲不敢踏入，他決定領頭走進墓室。我們尾隨他進入，教授再掩上墓門。他點亮燈籠，並指了指棺材。亞瑟猶疑不決地走向前。

范．海辛對我說：「昨天你跟我來過這裡，那時露西小姐的屍體是不是在棺木中？」

「是的。」

教授轉向其他人，說：「你們都聽見了，大家都相信他說的話吧。」他拿出螺絲起子，再次打開棺蓋。亞瑟看著教授的動作，儘管臉色發白但也沒說話。棺蓋打開後，他往前踏了一步。顯然他並不知道棺蓋下還有一層鉛棺，或者他一時之間忘記了。當他看見鉛棺上的裂痕，臉色一下子漲紅起來，但隨即又回復之前的死白，仍然沉默著。

范．海辛施力掰開鉛蓋，我們都朝裡面張望，嚇得立刻往後退。棺木裡竟然空空如也！過了好幾分鐘，沒有人敢吐出一字半句。終於，昆西．莫里斯打破沉默：「教授，我之前為你背書，只是想知道你的看法。照理來說，平時我絕不會這樣問你——我絕不願用質疑來侮辱你；但這一切實在太神祕了，已經超過榮譽與侮辱的界線。請問這是你弄的嗎？」

「我以一切神聖之名向你發誓，我絕沒有移開她或移動她。讓我向你們從頭道來吧。兩天前，我和西瓦德朋友一起來此——相信我，我們決無惡意。棺木那時封得好好的，我打開棺木，就像現在一樣，發現棺材是空的。我們在外面等了好一陣子，看到有個白色的身影穿過樹林而來。隔天白天的時候，我們又回來這兒，卻發現她好端端地躺在棺木裡。約翰朋友，你說是不是？」

「的確如此。」

「那一晚又有一個小孩失蹤了，幸好我們及時插手，感謝上帝，我們在墓碑間找到了毫髮無傷的孩子。昨晚我在日落前又過來，因為日落之後不死人就能自由活動。我在這裡守了整晚，一夜無事，直到旭日東升。很可能是因為我在墓門的門縫裡塞滿了大蒜以及其他不死人不喜歡的東西，所以她出不來。不死人受不了大蒜的氣味。既然確定她昨天沒有出來，今天日落前，我又過來把大蒜和其他東西移開。現在，我們發現棺木是空的。不過，我要做的事情還沒結束。目前為止，我們只發現這些奇怪的現象。等跟我到了外面，你們會發現更多前所未見、前所未聞的詭異事情。來吧。」此時，他用遮光片掩去燈籠的火光。「我們出去吧。」他打開墓門，先讓我們魚貫而出，由他殿後。他鎖上墓門。

哎！走出可怕的墓室，相比之下，室外的空氣多麼清新純淨呀！看著雲朵在天上快速飄動，月色在雲層間忽閃忽滅，令人心情愉快——流動的雲朵就像人生中的悲喜起落。能夠呼吸毫無死亡衰敗氣息的新鮮空氣，是多麼幸福的事呀！看著城市的燈火映亮山丘另一頭的夜空，聽著遠處傳來的悶響，知道這座偉大的城市依舊活力充沛，充滿人氣，多麼令人感動！

受到重大打擊的我們，每個人都心事重重。亞瑟很沉默，我看得出來他正在苦思這些詭異事件背後的原因和隱藏的意義。我自己倒還算沉穩，有點動搖地想拋下心底所有的疑問，接受范・海辛的說法。昆西・莫里斯很男子氣概地接受現實，因為他是少話沉穩的黏液質個性，用冷靜的勇氣接受一切，孤注一擲。由於不能抽菸，他就切了一些菸草，丟進口中嚼。至於范・海辛，他專心致志，毫不動搖。他從袋中取出一些用白色餐巾包得很好的薄脆餅，看起來有點像威化餅，然後掏出兩把像是麵粉或去污粉的白色東西。他先捏碎薄脆餅，再用手指揉得粉碎。接著他握住碎餅乾屑和白粉，揉成細細的長條物，再把它塞進墓門的門縫中。我不太明白他這麼做的用意。我開口問這是在做什麼。亞瑟和昆西也靠過來，一樣好奇范・海辛的動作。他回答：「我得把墓室封起來，不讓不死人進去。」

「你塞進去的那些東西阻止得了不死人？」昆西問。「太神奇了！這是陷阱嗎？」

「確是如此。」

「那些粉末是什麼？」這回開口問的是亞瑟。

范・海辛一邊恭敬地舉起帽子，一邊說：「聖餅。我從阿姆斯特丹帶過來的。我已請示過了，並得到特許。」

這是最讓我們害怕的答案。我們都感到教授心意堅決且真誠無偽。他居然使用一個對他來說極為神聖的東西，顯然沒有欺騙或捉弄我們。在心懷敬意的沉默中，我們各自根據教授的指令，躲在墓穴附近，確保若有人走向墓室不會看到我們。我很同情他們的處境，特別是亞瑟的心情。我之前已經親眼見證那前所未聞的恐怖景象。儘管一個小時前我還不願相信，一心想推翻教授的說法，但現在我的心也不禁往下沉。此刻，林立的墓碑看起來慘白異常，周圍的扁柏、紫杉和刺柏則顯得死氣沉沉，充滿不祥的氣氛。隨風擺動的樹木花草都有種不尋常的壓迫感，而遠方傳來一聲又一聲的狗吠，更讓今晚顯得惡兆連連。

經過一段漫長、沉重又令人痛苦萬分的沉默後，教授發出嘶嘶聲，伸手指向一處。在那條兩旁種滿紫杉木的小徑上，出現一個正在行進的白色身影——那個朦朧的白色身影懷中抱著一個深色的東西。那身影忽然停步，此時月色穿過飄動的雲朵落了下來，我們清楚看見一名穿著壽衣的深髮女子。她低著頭，因此我們看不清她的臉，但看到她懷中抱著一名金髮孩童。過了一會兒，小孩發出一聲尖銳但小聲的喊叫，就像熟睡中的嬰孩有時發出的聲音，或是躺在火爐前、睡得很熟的狗發出的嗚嚕聲。

我們悄悄往前移動，一看到站在紫杉木後的教授擺出警告的手勢，就止步了。接著，那白色的身影再次往前移動，現在她離我們很近，在月色下終於能看清她的臉。我頓時渾身發冷，同時聽見亞瑟抽了一口冷氣，眼前站的正是露西．魏斯特拉。的確，那是露西．魏斯特拉的長相，但她的面容和露西很不一樣。原本的甜美被冷酷取代，她的臉上露出冷血殘暴的神色，渾身散發著極為妖艷且淫蕩的氣息。范．海辛站了出來並朝我們舉手示意，我們就慢慢朝她走近，在墓門前將她圍住。范．海辛舉起燈籠，抽去擋光片，燭光照亮了露西的臉龐。我們看見她的嘴唇因鮮血而變得嫣紅，血滴滑下她的下巴，在她全白的細麻壽衣上留下血跡。

面對這恐怖的一幕，我們全都打著寒噤。從晃動的燭光中，我看見連范．海辛如鋼鐵般強健的意志都有點退縮。亞瑟就在我的旁邊，要不是我抓住他的手、撐住他的身體，他差點就要暈倒了。

露西——我用露西稱呼眼前這個怪物，只是因為它穿著露西的身軀——一看到我們，立刻退了一步，氣得齜牙裂嘴，好像受到驚嚇的貓一樣發怒。她目光兇狠地掃射我們四人。那的確是露西的眼睛，但她的眼珠混濁不清，燃著憤怒的地獄之火，不再是我們熟悉且既純潔又溫柔的眼眸。此刻，我對露西所殘留的一點愛意全化為憤恨與厭惡。要不是後來她被殺了，我一定會狂喜地親手置這個怪物於死地。她四處張望，眼裡閃爍著罪惡的光芒，臉上露出淫慾的笑容。天哪！看著這一切，我不禁渾身發抖。原本她緊抱在懷中的孩子，此時被她毫不在乎地拋在地上，她發出殘暴的嘶吼，就像狗護著骨頭低吠一樣。躺在地上的孩子發出一聲刺耳的叫喊，接著低聲地嗚咽著。她冷血的舉動讓心痛的亞瑟呻吟起來。而她伸出雙手走向亞瑟，那挑逗的笑容令亞瑟倒退一步，把臉埋進雙掌間。

但她並不介意，依舊朝他走來，帶著慵懶而淫亂的姿態，說：「亞瑟，到我這兒來。拋下那些人，來我這邊。我的雙臂渴望你的撫觸。來吧，讓我們一起長眠。來吧，我的丈夫！快過來吧！」她的語調有種邪惡的甜美──像玻璃相互碰觸一樣清脆悅耳──即使她並不是在對我們說話，那聲音仍舊迴盪在我們的腦中，繚繞不去。亞瑟似乎被下了咒，放下原本掩住臉的雙手，對露西伸出雙臂。露西立刻躍向亞瑟的懷抱，此時范．海辛以迅雷不及掩耳的速度舉起金色十字架擋在兩人中間。她一看到十字架立刻退後，原本淫蕩的表情變得猙獰可怖，勃然大怒地急衝向范．海辛，好像想躲進墓室裡。

在墓門前一、兩英尺的地方，露西怵然而止，好像被某種無法抗拒的力量阻擋了去路。她轉過身，此時月光一灑而下，再加上教授手中的燈籠，她的表情清晰可見，連一向無所畏懼的范．海辛也被震懾了。我從來沒在一張臉上看過如此怨毒的表情，我想凡是人都不該看到這種可怕邪惡的表情。她怒氣沖沖，原本妖艷的臉因憤怒而發青，瞪大的眼珠幾乎噴出地獄之火，糾結的眉心成了一條條梅杜莎的蛇，染上血的紅唇大張，有如希臘或日本文化中的面具一樣成了誇張的方形。如果世上有一種代表死亡的表情──如果眼神真能殺人的話──我想我們已經見識到了。

在這看似永無止盡的半分鐘間，她在高舉的十字架和被聖餅封上的墓門間徘徊。

范．海辛打破沉默，問亞瑟：「我的朋友啊！快回答我！我能夠實行我的責任嗎？」

亞瑟雙膝一軟地跪在地上，低頭把臉埋在雙手中，回答：「朋友，下手吧！你想做什麼就動手吧。這樣恐怖的怪物不能留在世上。」他痛苦地呻吟起來。昆西和我一個箭步衝向他，挽起他的雙臂。

我們聽見范・海辛放下燈籠的聲響。他走近墓室，把封住門縫的聖餅移開。教授一退開墓門，在我們又驚又怕的注視下，那女人，那個有副凡人軀體、看起來和我們一樣的女人，毫不猶豫地從狹窄門縫間飄了進去，儘管那門縫窄得連刀刃也插不進去。當教授冷靜地把聖餅重新塞進門縫時，我們都鬆了一口大氣。

他確定墓門封好後，就抱起地上的孩子，說：「我的朋友，來吧。現在除了等待天亮，什麼也不能做。明天中午有場葬禮，我們得在葬禮結束後過來。參加葬禮的親友一定會在兩點前就離開，我們等司事把門鎖上，就能辦正事了，不過不會像今晚那麼可怕。這個孩子沒受到太多傷害，明天晚上他就會康復了。我們得把他放在一個警察會注意到的地方，就像那一晚。然後我們就回去休息吧。」

他走近亞瑟，說：「我的朋友亞瑟，你經歷了一場艱苦的磨難。但過一陣子後，當你回憶起這件事，會明白這一切都是迫不得已的決定。你現在深陷苦海中，我的孩子。希望上帝憐憫，明天此時，也許你已行過苦海，飲下甘甜的泉水。別太難過，不用為她哀悼。我現在不會祈求你的原諒，到時候再說吧。」

亞瑟和昆西跟我一起回家。在歸途上，我們試著安慰彼此，並把孩子放在安全的地方。三人都累壞了。我們多多少少睡了一覺，雖然那恐怖的夢魘仍纏繞不去。

九月二十九日，晚上

快到中午十二點時，我們三人——亞瑟、昆西・莫里斯和我——去跟教授會合。有趣的是，我們都巧合地穿著一身黑衣。亞瑟當然穿正式喪服，畢竟他還在服喪。而我們其他人都直覺地穿上全黑的衣服。抵達墓園時還不到一點半，我們便四處漫步，盡量避開眾人的眼光。這樣一來，等到挖墓人完成工作，司事確認所有人都離開並鎖上鐵門後，我們就能在墓園裡自由行動。范・海辛沒帶他平時攜帶的黑色小提包，而是帶了一個比較長的皮製提袋，有點像裝板球棒的運動袋，看起來頗有重量。

當墓園最後的腳步聲在路的那頭消失後，我們就跟著教授走向墓室。一路上我們都沒說話，好像被下了禁言令似地。教授打開墓門，我們一一進入後，再把門關上。他從袋子裡拿出燈籠，點亮燈籠後，又點亮兩隻蠟燭，然後用燭油把蠟燭固定在旁邊的棺木上，確保燈光充足。他再次打開露西的棺木，我們都朝裡面看——亞瑟像風中的白楊一般瑟瑟發抖——露西的身體躺在裡面，就像之前一樣嬌艷欲滴，但我心中的愛意早已消失殆盡，對這個偷走露西形體的可怕怪物，我只有強烈的怨恨，露西的靈魂已經不在了。

我注意到盯著她的亞瑟，表情也愈來愈冷酷。過一會兒，他對范・海辛說：「這真是露西的身體嗎？還是一個假扮成露西的惡魔？」

「這的確是她的身體，但躺在這兒的不是露西。不過，等一會兒，那個你熟悉的露西就會回來。」這個女人躺在那兒，就像一場以露西現形的夢魘。她那尖銳的牙齒，染上血跡的豐唇——讓看到她的人都不禁打起寒顫——她全身都透著淫欲與罪惡的氣息，簡直是一場對甜美純真的露西開的邪惡玩笑。范・海辛像往常一樣有條不紊地行動，先從袋子中拿出各種物品並一一排列好，方便拿取使用。首先，他拿出一支焊鐵和鉛錫焊料，接著拿出一盞小油燈放在墓室一角，隨著瓦斯燃燒，藍色的火焰在燈芯上跳動。他再拿出一組手術刀，放在手邊。最後是一支約莫兩吋半或三吋粗、長達三英尺的圓形木錐，長棍一端被火燒得焦黑堅硬，修成銳利的尖角。還有一把沉重的鐵槌，很像一般家庭都會有的那種放在地下煤窖用來分開煤塊的鐵槌。對我來說，看著一名醫生準備工作是令人興奮，但亞瑟和昆西只是一臉驚惶地望著教授。不管如何，他們都努力鼓起勇氣，保持冷靜，不說話也不發出任何聲響。

等到萬事俱全後，范．海辛說：「動手前，先讓我跟你們解釋。我是從古代流傳至今的民間傳說和前人經驗，以及那些研究不死人力量的學者身上學到這種辦法。當人變成不死人就長生不滅。他們死不了，但必須年復一年增加受害人，讓自己的邪惡手下倍增。那些被不死人所獵殺的人，也會成為不死人，繼續獵殺其他的凡人。這是永不止息的循環，他們的數量愈來愈多，勢力愈來愈大，就像在水中拋進一顆石頭，水波不斷往外擴散一樣。亞瑟朋友，如果你在露西死前接受了她的那一吻；或者昨晚，你向她伸出雙臂；那麼當你死後，你就會成為東歐人口中的諾斯菲拉圖[20]，很快地，你就會製造許多那些令人聞風喪膽的不死人。這位不幸姑娘的不死事業才剛開始，那些被她吸過血的孩子們，情況還不算太糟。但若她不消失，就會一直到處吸血，從中獲取受害者的力量，她會召喚那些孩子過來，再用那雙邪惡的唇吸乾他們的血。不過，如果她完完全全地死了，這一切就會畫下句點。孩子喉間的傷口會消失，他們會變回單純玩樂的孩童，也不會有這段記憶。不過，最重要的是，當眼前的這個不死人死了之後，可憐姑娘的靈魂才會獲得釋放。她不會再在半夜裡作惡多端，也不會在白天恢復元氣，變得愈來愈墮落，她將加入其他的天使，共享上帝的榮耀。因此，我的朋友，勇敢殺死她的那雙手，將是讓她自由的手，是幸福的手。我很願意擔起這個任務，但想必有人更想這麼做吧？想想看，當夜色降臨，四下靜寂，睡意全無的你想著：『是我親手將她送往星空。解放她的人，是最深愛

20. 譯註：nosferatu，此字可能源自古老的匈牙利文或羅馬尼亞文，指的是吸血鬼。

她的人。若她在世，她一定也會選擇這個人，用這雙手來達成她的心願。』你心中會不會湧起喜悅？我們之中，是否有人渴望伸出他的手呢？」

我們全都望向亞瑟。他也注意到我們親切的眼神，明白我們都相信他是那個解放露西的人，應該由他讓露西回到我們深愛的那個神聖容貌，他必須中止露西在我們心中留下的邪惡記憶。他踏步向前，雖然雙手顫抖不停，毫無血色的臉像雪一樣蒼白，但他仍勇敢地開口：「我最真摯的朋友，雖然我的心已碎，但我深深感謝你。告訴我該怎麼做，我會毫不躊躇下手！」

范．海辛把手放在他的肩上，說：「好傢伙！你很有勇氣！只要一鼓作氣，一切就結束了。你得用這根木錐刺穿她。這是嚴峻的考驗——不需要欺騙自己——但很快就結束了。雖然你滿懷痛楚，但你會更加喜悅，當你走出陰鬱的墓室，會好像漫步在雲端一樣。但你一下手就不能遲疑。你只要記得，我們都是你真正的朋友，我們圍繞在你身邊，一直為你祈禱。」

「說吧，」亞瑟沙啞地說，「我該怎麼做。」

「左手握緊木錐，把尖端對準她的心臟，右手握住鐵錘。我們會開始為亡者祈禱——我帶了禱文過來，我先唸，其他人跟著我複誦——當我們唸到上帝之名時，你就用力刺下去，不死人就會消失，只留下我們深愛的亡者。」

亞瑟拿起木錐和鐵槌。他一下定決心，手就不再打顫也不再發抖。范．海辛打開彌撒經書，開始朗誦，昆西和我盡量跟著複誦。亞瑟將木錐對準她的心臟，木錐的尖端抵著白皙的皮膚，讓她的胸口微微下陷。接著，他用盡全力刺下去。

棺材裡的那個東西扭著身體，張開豔紅的嘴，發出一聲令人毛髮直豎的慘叫。她的身體狂烈地晃動、顫抖、扭絞，整個身子扭動得不成人形。那尖銳的白牙緊緊咬住，直到咬破嘴唇，口中滿是被血染紅的泡沫。但亞瑟無動於衷，看起來就像戰神索爾一樣，手臂毫不猶豫地握著鐵錘一落而下，那根木錐愈刺愈深。他的表情沒有改變，神聖的使命感讓他的臉染上崇高的光輝。他無畏的臉孔為我們帶來勇氣，禱告聲在小小的墓室裡迴盪不止。

慢慢地，那具身體不再激烈地扭動，也不再咬牙切齒，臉上只留下輕微的抽搐。最後，她完全靜止了，可怕的任務終於結束。

鐵錘從亞瑟手中落了下來。他身體一軟，要不是我們扶住他，他恐怕已癱在地上。斗大的汗珠滑下他的前額，斷斷續續地喘著氣。顯然他承受了巨大的壓力，要不是他以異於常人的勇氣堅持下去，恐怕撐不過這艱鉅的任務。接下來幾分鐘，我們忙著安撫他，都忘了注意棺材。等到我們望向棺材裡時，不禁異口同聲地驚呼起來，我們激動的表情讓原本坐在地上的亞瑟勉強站起身，好奇地朝裡面望看，他臉上發出奇異而高興的神采，原本的陰鬱一掃而空。

棺材裡躺著的不再是那個我們痛恨又恐懼的可怕怪物，那個殘暴兇狠令我們除之而後快的不死人。現在，我們熟悉的露西躺在那兒，臉上盡是無限的純真甜美。的確，我們再次看見她生時的憔悴、痛苦與疲憊，那些曾令我們擔憂關切的苦楚，但這些都是我們珍視的一部分，是我們見過的、真正的她。神聖的安詳宛如一道暖陽，籠罩在她那消瘦枯槁的臉上，我們知道她已永遠安息，告別塵世的軀體。

范．海辛走過來，把手放在亞瑟的肩上，對他說：「現在，我的亞瑟朋友，我親愛的摯友，你能原諒我嗎？」

亞瑟握住老人的手，幾乎無法克制激動的情緒。他將教授的手放在唇邊，恭敬地印下一吻，說：「我原諒你！願上帝保佑你，你把我愛人的靈魂還給了她，還賜與我安寧，我怎能不原諒你！」他把雙手放在教授的肩上，將頭倚在教授的胸前，默默地流下眼淚。

我們動也不動，凝視著這一幕。當亞瑟抬起頭，范．海辛對他說：「我的孩子，現在你可以親吻她了。如果你想的話，就親吻她死去的雙唇吧，若她還在世，一定會毫不猶豫地親吻你。她再也不是那個邪笑的惡魔，再也不會變成那個可怕的不死怪物。她不是那個邪惡的不死人。她安息在上帝的懷中，她的靈魂與祂同在！」

亞瑟彎腰親吻了她。我們讓他和昆西先走出墓室。教授和我把沒入她心臟的木椎尾端鋸掉，把木錐尖端留在她的身體裡。接著我們砍掉她的頭，在她口中塞滿大蒜。最後把鉛棺的裂縫焊接起來，再收拾好所有的物品，才離開墓室。教授把墓門上鎖後，把鑰匙交給亞瑟。

墓室外面的空氣新鮮芬芳，陽光普照、鳥雀歡唱，大自然也一掃陰霾，到處都是喜悅祥和的景色。我們已經解決一件心頭大事，心情大為振奮，儘管這份喜悅中仍帶著苦澀的滋味。

在分頭離開前，范．海辛跟我們說：「現在，我的朋友，我們已完成第一步，這也是對我們來說最可怕的一步，但任務還沒結束，我們得找出那個讓我們痛不欲生的始作俑者，非消滅他不可。我已掌握一些線索，我們可以循線追查，但這是一條漫漫長路，不但困難重重、險惡萬分，還會經歷許多苦痛。你們願意助我一臂之力嗎？我們都已學會相信，不是嗎？既然如此，我們難道能對肩上的責任視而不見嗎？是吧！我們何不立下誓約，不離不棄直到終點？」

我們和教授一一握手，立下誓約。正要告別時，他又說：「兩天後的晚上七點，你們和約翰朋友一起來找我共進晚餐。我會另外邀請兩位你們還不認識的人。到時候，我會把我們的成果告訴他們，並公布接下來的計畫。現在，約翰朋友，你先陪我回飯店，我還有很多事要想，你得幫我一把。今晚我得回阿姆斯特丹一趟，明晚就會回來。那時，這艱難的任務就會揭開序幕。我會先花很多時間向你們解釋，讓你們明白該做什麼，該擔心什麼、預期什麼樣的危險。之後，就讓我們再次立誓吧。眼前關關難過，我們一邁開步伐，就再也無法回頭了。」

第十七章　西瓦德醫生的日記（續）

當我和教授回到柏克萊飯店，范．海辛發現有份電報等著他：

「我正搭火車前往倫敦。強納森在惠特比。有重要消息。米娜．哈克。」

教授看了很高興。「啊，是那位人很好的米娜夫人發來的電報，她真是女中豪傑！可惜的是，她到了倫敦，我卻無法多留。約翰朋友，你得招待她去你那兒。你去車站接她吧，同時發封電報給她，讓她有所準備。」

我發電報時，他坐下來喝茶。他跟我提到，強納森．哈克去國外出差時寫了一本日記，哈克夫人在惠特比時也有寫日記的習慣，這兩本日記都已用打字機整理好了，他將這些資料都交給我。「拿去吧，」他說：「你得好好研讀。等我回到倫敦，你已掌握所有的事實，我們就可以立刻開始調查。好好保管它們，這可是價值非凡的寶物。你需要保持信念，經過今天的事情，你絕不能再動搖。這裡面所寫的——」他將手莊重地放在這疊文件上，繼續說：「對你、我和許多人來說，可能是一場結束的開始，或者，它敲響了世上每一個不死人的喪鐘。我衷心地請求你，徹頭徹尾地仔細閱讀，保持開放的心胸。若你從這份文件發現一些你能補充的資訊，就這麼做吧，這至關重要。過去發生的一切，你不是都用留聲機錄了下來？太好了！等下次見面，我們就可以把所有的資訊整合起來。」說完，他起身整理行李，過沒多久就搭著馬車去利物浦街車站了。我則在哈克夫人的火車到站前的十五分鐘，抵達帕丁頓車站。

火車抵達後，乘客一湧而出，朝四面八方散去。正當我開始不安，擔心錯過了我的客人時，一位面容溫柔、舉止優雅的女孩朝我走了過來。她迅速地朝我打量一會兒，就說：「請問您是西瓦德醫生嗎？」

「您就是哈克夫人呀！」我立刻回答，而她已向我伸出手來。

「我是從親愛的露西對你的形容認出你的。但——」她突然住口，一片紅暈染上她的臉頰。

我也不禁臉紅起來，但這反而讓我們沒那麼生疏，她已從我臉上的紅暈得到答案。她帶了一台打字機，我提起她的所有行李，領著她搭地鐵一同前往芬喬許街。我已事先發電報給管家，指示他為哈克夫人的來訪整理好客房和客廳。我們很快就抵達了。當然，她已知道這是一所精神病院，但我們走進去時，我注意到她不禁打了個顫。

她說如果我願意的話，過一會兒她就到書房來找我，她有很多事想跟我說。於是我在書房裡等她，並趁空檔錄下今天的日記。因此，我恐怕沒法在她過來前，先翻閱范．海辛交給我的日記，只能暫時把它們放在我的桌上。我得想辦法引起她的興趣，讓她忙些事情，才有機會讀讀那些文件。她並不知道時間多麼寶貴，也不明白我們面對的是多麼可怕的任務。我得小心點，別嚇著她了。她來了！

米娜．哈克的日記

九月二十九日

我梳洗一番後，就下樓到西瓦德醫生的書房。到了門口，我聽見他似乎在跟人說話，猶豫了一會兒，不知要不要敲門打擾他。不過，一想到他之前囑咐我趕快去找他，我還是敲了門，他立刻喊：「進來吧！」我就進去了。

令我大為意外的是，書房裡除了他，沒有其他人。獨處的他坐在桌前，桌上放著一台機器，從它的形狀，我認出這是台留聲機。這是我第一次親眼見到留聲機，我的好奇心立刻興奮地燃燒起來。

「希望我沒有讓你久等。」我說，「我剛在門外等了一會兒，以為你正在和人談話。」

「哎呀！」他面露笑容，回答：「我正在錄日記。」

「錄日記？」我很驚奇地反問。

「沒錯，我用這台機器來錄日記。」他邊說邊把手放在留聲機上。

我興奮極了，衝口而出：「哎呀，這比速記還要方便！我可以聽聽它嗎？」

「當然！」他很樂意地回答，並站起身，把它調整到播放模式。但他卻停了下來，臉上露出困擾的表情。「問題是，」他尷尬地開口：「我只錄自己的日記，而裡面的內容全是——幾乎全是——我的病例，這恐怕不太適合——我的意思是說，這可能……」他窘迫地停了下來。

我趕緊接口：「露西臨終之前，你是親自照顧她的人，就讓我聽聽她過世時的事吧，讓我知道她發生了什麼事，我會感激不盡的。她對我來說，實在非常、非常重要。」

我完全沒料到他像被雷擊中一樣，大驚失色地說：「她怎麼過世的？就算全世界的人求我，我也絕不會說！」

「為什麼不說？」我內心湧起不祥的預感。

他又停了下來，顯然正在腦中編理由。過了好一陣子，他才囁嚅地說：「真抱歉，我並不知道怎麼播放特定片段。」當他說出這句話時，立刻無意識地換了語氣，簡潔地說：「這可是真的，我用我的榮譽發誓！我說的是真的！」他簡直像個天真的孩子！我不禁微笑起來。他皺了皺眉，「我又露餡了！但妳知道嗎，雖然我過去幾個月來一直在錄音，但從來沒想過，萬一我想重聽某個段落，要如何找出特定片段！」

此時我已相信，這位照顧露西的醫生，顯然知道不少那個可怕怪物的資訊，於是我大膽地說：「西瓦德醫生，既然如此，你不妨讓我用打字機把留聲機裡的內容都打出來。」

他的面色唰地變得慘白，急急地說：「不、不、不！千萬不行！就算全世界都要我說，我也絕不會告訴妳那個可怕的事件！」

既然如此，那個不祥預感果然成真了！我正在想該如何說服他時，眼神不自覺地掃過書房裡的擺設，想找個東西幫我一把，突然我望見桌上放著一大疊的文件。他看到我的眼神，什麼也沒想就順著望了過去。當他發現我望著文件，立刻明白我的意思。

「你還不認識我，當你讀完那些文件——我和我先生的日記，都是我親手打字整理的——你就會更瞭解我。我向他人展示我的每個思緒，但我並不因此而慌亂。不過，當然，目前你還不認識我，我不該立刻要求你信任我。」

他顯然是位高尚的紳士，可憐的露西並沒有錯看他。他站起身來，打開一個大抽屜，裡面整齊排列了很多空心金屬留聲機圓筒，全纏著厚厚的蠟卷。他說：「妳說得很有道理。我的確因不認識妳而懷疑妳。現在，我認識妳了，讓我告訴妳吧，其實我早就知道妳了。我知道露西向妳提過我的事，她也跟我說過妳的事。我能不能用我的方式向妳道歉？帶著這些圓筒，妳盡量聽吧——前六卷是我個人的私密心情，沒什麼可怕的事情，這樣妳就會更瞭解我。等妳聽過一遍，晚餐應該也準備好了。現在我會開始讀你們的日記，到時我也會更明白你們經歷過的事情。」

他親自把留聲機搬到了客廳，並幫我調整機器。我知道現在我將聽到一些有趣的事情，留聲機將向我揭露那個我只知道一半的愛情故事……

西瓦德醫生的日記

九月二十九日

強納森・哈克和他妻子的日記實在太引人入勝，我一讀就停不下來，完全忘了時間。當女僕告知晚餐已經準備好時，哈克夫人還沒出現。我吩咐女僕：「她可能累了，晚餐一小時後再開動吧。」我就繼續讀下去。

當哈克夫人來到我的書房，我剛讀完她的日記。她看起來很美麗，但臉上的神情很憂傷，她的雙眼因淚水而溼潤，我不禁為之動容。老天爺，這一陣子我真想痛哭一場！但我堅絕不讓淚水流下來。現在看到那雙引人憐愛的眼睛因淚水而閃閃發光，我內心激動不已。我盡量親切地說：「我真擔心自己害妳難過了。」

「哎，不、你並沒有讓我難過，」她回答：「但你哀痛的心情讓我太感動了。留聲機實在太棒了，不過它真實得幾近殘酷。它一字一句地告訴我，你那悲慟欲絕的心靈。我好像聽見一個靈魂在向全能的上帝呼喊求救。我們不該讓人聽到那些吐露真心的口吻，因此我想替你做些有用的事。我可以用打字機把日記打成逐字稿，這樣一來，就不會有人像我一樣，聽見你內心深處的話語。」

「沒有人需要知道，而且再也沒有人會知道我的內心世界。」我沉著聲說。

她把手放在我的手上，莊重地說：「哎，但他們非知道不可！」

「非知道不可！為什麼？」我反問。

「因為你的日記是這個可怕故事的一部分，你講述了親愛的露西過世的過程和原因。你的日記揭露了我們都將面對的挑戰，若想把這個可惡的怪物從人世間消滅，我們就必須熟知所有的資訊，尋求眾人的幫助。你給我的那些留聲機圓筒的內容，藏了許多你並不願意讓我知道的祕密，同時我深知你的日記為這個陰鬱又神祕的事件帶來許多珍貴資訊。讓我助你一臂之力吧，別拒絕我。我知道露西之前發生了什麼事，雖然你的日記從九月七號才開始，但我已從你的日記知道她如何被攻擊，不幸如何糾纏她，直到她臨終。自從我們和范．海辛教授會面後，強納森和我就日以繼夜地工作。他去惠特比收集情報，明天就會到這裡來幫助我們。我們之間不需要任何祕密，我們必須合作，全心信賴彼此。對彼此不敞開心胸，只會削弱我們的力量。」

她臉上雖帶著哀求的神色，但也透露著勇氣與決心，讓我立刻就接受她的請求。

「妳就依妳的意思去做吧。」我說，「若我犯了錯，只能請上帝饒恕我了！還有更多恐怖的事情等著我們去揭開真相。但妳為了露西的過世已做了那麼多，我知道妳絕不希望自己被蒙在鼓裡。好吧，若這一切終有結束的一天，也許妳的心能藉此獲得平靜。來吧，晚餐已經準備好了。為了眼前殘酷可怕的挑戰，我們必須保持身心強健。等我們用過餐，妳可以知道其他的事，我會回答妳所有的問題──如果妳有疑惑的地方，就儘管提出來吧！雖然，我們這些親眼見證的人，都已知道即將面對的是一個難纏的對手。」

米娜．哈克的日記

九月二十九日

吃過晚餐後，我和西瓦德醫生一起到他的書房。他把留聲機從我房間搬回來，同時我也帶了打字機過去。他請我坐在一張舒適的椅子裡，替我安置好留聲機，讓我不需要移動也能輕鬆控制留聲機。他教我，想要暫停的話，要如何停止播放。接著，他貼心地選了一張背對我的椅子坐下來，專心讀書，好讓我自在些。我把音叉放在耳邊，開始聆聽。

當我聽完露西辭世的過程，和……後來發生的事情時，我無力地癱坐在椅子上。可幸的是，我的體質並不容易暈倒。當西瓦德醫生注意到我臉色發白，立刻緊張地跳起來，急急忙忙從櫃子裡拿出一罐方形酒瓶。他倒給我一杯白蘭地，幾分鐘後，我感覺好多了。我的腦袋急速旋轉，幸好我深愛的露西終於安息，為這一片黑暗中帶來聖光，不然我恐怕無法逃脫這些恐怖的陰影，也無法冷靜地面對這一切。這一切都太瘋狂、太神祕、太光怪陸離，要不是我知道強納森在外西凡尼亞的遭遇，我實在無法相信。就像以前一樣，我不知道該相信什麼，只能努力做些事情來轉移注意力。

我把打字機的套子拿掉，對西瓦德醫生說：「讓我把這些全打出來吧。當范．海辛醫生回來時，我們得把一切都準備好。我已經發了一封電報給強納森，請他從惠特比抵達倫敦後，就過來這裡。以這件事來說，日期非常重要，如果我們把所有的文件準備好，依照時間順序排列出來，就能更加清楚整個過程。你說葛達明勳爵和莫里斯先生也會過來。到時候我們就能清楚地向他們解釋發生了什麼事。」

於是，他設定留聲機以慢速播放，我從七卷圓筒中的第一卷開始打出逐字稿。我用了複寫紙，這樣一來，就像其他的日記一樣，馬上就多了兩份複本。當我開始打字時，時間已經不早了，但西瓦德醫師還是去巡視病人。他巡房完後，就坐在不遠處讀書，體貼地陪伴我。他很細心且考慮周到。儘管這個世上有個「怪物」虎視眈眈地伺機破壞，但仍有許多好人。在我離開前，我想起強納森提過，教授在埃克塞特車站讀到晚報的一篇報導並大驚失色。我注意到西瓦德醫生都把報紙留下來，就向他借了《西敏新聞》、《倫敦帕摩爾報》的舊報紙資料夾，把它們帶回房間。在惠特比時，我剪下《每日畫報》和《惠特比新聞》的文章，這些幫助我們明白德古拉伯爵是怎麼抵達英國的。因此我也該翻閱自從伯爵抵達後的晚報內容，也許我會找到重要的資訊。我一點兒也不想睡，工作能讓我的心保持平靜。

西瓦德醫生的日記

九月三十日

早上九點，哈克先生就到了。他在出發前收到妻子的電報，一到倫敦就趕過來。從他的外表看來，他是個聰穎過人而且活力充沛的男人。如果他的日記所言不假——從我個人經歷看來，我相信他寫下的內容是真的——那麼他必定是勇敢而沉穩的人。若非勇猛果敢，常人絕不敢潛入地下墓穴兩次。在讀完日記後，我已相信他必定是個鐵錚錚的男子漢。但今天看到他，倒讓我大為意外，想不到他看起來居然像沉默寡言的生意人。

稍晚

午餐後，哈克先生和他的妻子回到臥房。不久前我經過他們的房門，聽到打字機的敲打聲音，顯然他們急著工作。哈克夫人說，他們正在把所有的證據依照時間順序排列，好理出一個頭緒。哈克向負責在惠特比領取木箱的收件人，取得他和倫敦的貨運業者之間的往來信件。現在他正在讀我的日記（他太太打字整理好的）。我真好奇他們的反應。哎呀，他來了……

我居然從沒想過，精神病院隔壁的大宅就是伯爵的藏身之處！老天爺，從病人朗菲爾德身上，我們早就得到很多暗示了！購買那棟房子的厚厚文件也和其他文件放在一起。若我們早點察覺，說不定能保住露西的命！別再想了，這樣想下去，我恐怕會發瘋！哈克剛剛過來，再次和我校對他手上的資料。他說他們在晚餐前，就能把所有的事情依照時間前後順序整理好。他認為現在我該去看看朗菲爾德，因為他的行為可能反應出伯爵的行蹤。我還沒想過這個可能性，也許日期排列出來，我就會明白其中的緣由。真感謝哈克太太把我的日記用打字機打出來！不然我們永遠找不到日期之間的關聯……

我看到朗菲爾德冷靜地坐在房間裡，雙手交叉，親切地對我微笑。此刻的他，看起來就像我認識的其他人一樣正常。我坐下來和他聊了許多話題，他都非常自然地回答我。不過，他居然主動提起回家的事，就我所知，自從他來到精神病院後，這是第一次他提出回家的意願。事實上，他信心十足，認為自己馬上就能辦理出院手續。要不是我先和哈克談過，確認過他每次發作的日期，我恐怕會傻傻地相信他說的話，在短暫觀察一段時間後，就簽名准許他出院。但現在我覺得他的行為很可疑。他每次發作，都是伯爵在附近的時候。他那麼冷靜自信，背後有什麼原因？難道他直覺知道吸血鬼終將獲勝嗎？等一等，他本身就是個噬生狂，每次他衝到那棟廢墟的教堂大門前，老是瘋狂地對「主人」說話。他過去的行為驗證我們的猜測。過了一陣子，我就離開他了，因為我們的病人此刻太冷靜，若問太多，恐怕反而會誤事。他可能會開始思考，那麼——！所以我決定先離開。我並不相信他的冷靜態度，因此我請照護員仔細觀察他，並準備好約束衣，以防他突然發作。

強納森．哈克的日記

九月二十九日，在前往倫敦的火車上

比林頓先生的回信非常謙恭有禮，說他願意盡一己之力，提供我所有的資訊。我一收到他的信就決定到惠特比，順便在當地調查一番。現在，我的目標是調查伯爵那批可怕的貨物如何送到倫敦的指定地點。接下來，我們可能需要解決這件事。年輕的小比林頓先生是個好人，他到車站來接我，並送我到他父親的住所。他們父子已事先安排讓我在那兒過夜。比林頓父子非常熱情，把約克郡的待客之道發揮得淋漓盡致：他們為客人提供一切，同時給客人極大的自由。他們都知道我很忙，只能留宿一晚，因此老比林頓先生已在辦公室裡準備好和這批貨物相關的所有文件。當我看到那一封在伯爵桌上看過的信，我不禁一陣反胃。那時我還不知道他邪惡的計畫。

他審慎計畫了每一個步驟，同時精準無誤地執行。他似乎設想了所有的困難點，確保一切都將依他的意願進行。用美國俚語來說，他就是個「絕不冒險」的人，他的指示鉅細靡遺且精準明確，已事先沙盤推演過每個一步驟。我看到裝貨清單，並記錄下來：「五十箱一般土壤，用於實驗」。我也看到比林頓先生寄給卡特・派特森的信件複本，以及對方的回信，這些他們都給了我一份複本。這些就是比林頓先生能提供的所有資料。

接下來我去港口見了海巡隊、海關官員和港務監督主任。他們每個人都急著描述那艘船多麼奇特，顯然它已成了當地的傳說。但一提到那五十口大木箱，他們只知道裡面裝了土，其他一概不知。我又去找車站站長，他立刻親切地幫我聯絡收到那些箱子的人。不過，他們對箱子的形容就像貨運收據一樣，只注意到這些箱子「沉重得頗不尋常」，搬起來實在很費力。其中一人提到，他很意外居然沒有一位「像您這樣正直的先生」用小費感謝他們的勞力。另一個則進一步插嘴說，經過這段時間，他們還是對此憤憤不平。不消說，我又從口袋多掏了點錢幣出來，好平息他們喋喋不休的抱怨。

九月三十日

好心的站長已替我向他在國王十字路車站工作的站長好友傳話，早上我抵達倫敦時，就能向他詢問那些箱子的事。站長又替我聯絡了相關官員，從他們的紀錄，我看見貨物內容和原本的裝貨清單一模一樣。我無法隨心所欲地詢問，畢竟貨物的用途高尚，我只能盡量求證。

接著，我前往卡特．派特森的總部，他們非常殷勤有禮地接待我。他們從每日紀錄與信件往來紀錄中找出相關交易明細，甚至打電話到國王十字路辦公室詢問細節。很幸運的是，負責運輸的人目前正處於等待分派工作的空檔，官員立刻派他們過來，同時請其中一人帶著所有和卡爾法克斯有關的運貨單和文件過來。運貨單的內容和我之前看過的單子完全相符，運貨工人只能提供紙上文字以外的一些線索。但我很快就明白，他們補充的資訊多半只是抱怨工作勞累、老是搞得灰頭土臉，因為他們總有強烈的渴求。時機一到，我就用錢幣來安撫他們——為了行善，不得不為惡——過了一會兒，其中一人終於說：

「先生，那棟房子稱得上是我去過最詭異的地方。天啊！大概有一百年都沒人住了吧！屋裡到處積著厚厚的灰塵，厚得夠當床睡了。那個地方被棄置太久，聞起來簡直像老耶路撒冷似地，但那個老教堂才可怕！我和我的夥伴都急著離開。天啊，天黑後我絕不想待在那兒！一秒都不想！」

我去過那兒，因此我完全相信他說的話。若是他知道我所掌握的其他資訊，他恐怕會要求多付點工資。目前，我至少確認了一件事情：所有從瓦爾納運到狄米特號的箱子，都先運到惠特比，再安全送達卡爾法克斯的老教堂。因此，那兒應該總計有五十個木箱，除非有人移動它們——從西瓦德醫生的日記來看，我很擔心這個可能性。我得試著聯絡，那次朗菲爾德發作時，把箱子從卡爾法克斯搬走的運貨人員。循著這條線追尋下去，我們可能會找到不少線索。

稍晚

米娜和我一整天都忙著工作，終於把所有的文件依照時間順序排好了。

米娜・哈克的日記

九月三十日

我實在太高興了，高興得不得了！之前那個一直縈繞在心頭的隱憂終於散去。我一直擔心再次揭開強納森的舊傷口，可能會造成難以挽回的傷害。當他前往惠特比時，我故作堅強，其實心裡擔心得不得了。不過，這一趟外出對他大有助益。現在，他比以前更加堅決果敢，勇氣十足，渾身爆發出驚人的活力，令我刮目相看。正如那位和藹善良的范・海辛教授說的：強納森具備真正的勇氣，強大的壓力足以毀滅弱者，但壓力下的他反而更加鎮定。他從惠特比回來後，精力旺盛，既滿懷希望又有決心，我們甚至今晚就把所有的文件都整理好了。我都快因興奮而發狂了，想到那麼多人急著追捕德古拉伯爵，也許會有人因此同情他的處境。但問題是，這個「東西」並不是人類——連動物都不是。只要讀讀西瓦德醫生對露西之死的敘述，還有後來發生的事情，就足以讓人心的最後一絲同情也消失殆盡。

稍晚

葛達明勳爵和莫里斯先生比我們預期的還要早到。西瓦德醫生因公外出，強納森跟著他一起出門，兩人還沒回來，我必須代為接待。對我來說，這是一場傷心的會面，一想到不過幾個月前，可憐的露西多麼期待與愛人共結聯理，就讓我感到惆悵。當然，他們都聽露西提過我的事，似乎范・海辛醫生也提過我。以莫里斯先生的話來說，范・海辛對我「歌功頌德」了一番。這兩位可憐人並不知道，我很清楚他們都對露西求過婚。正因他們不知道我其實對很多事都了然於心，一時之間也不知道要聊些什麼，只能談些不著邊際的話題。不過，我仔細考慮了一會兒後，認為最好讓他們明白目前所有的事情。我從西瓦德醫生的日記得知，露西過世時——真正安息時——他們都在現場，因此我不需要擔心自己會莽撞洩露任何祕密。我以溫婉的口氣告訴他們，我已經讀過所有的文件和日記，也把它們用打字機打了出來。我和我丈夫把所有文件都按照時間順序整理過了。我分別給他們一份複本，讓他們在藏書室裡閱讀。

葛達明勳爵翻開那份厚厚的文件，說：「哈克夫人，這些都是妳打的嗎？」我點點頭。他繼續說：「我還不太瞭解這一切的始末，但你們人那麼好又那麼善良，既熱心又精力充沛地工作，我只好盲目接受你們的想法，看能不能幫你們。我已經學到一課，接受真相會讓人終生謙卑。而且，我知道妳一向很疼愛我親愛的露西——」說到這裡，他撇過頭去，舉手蒙住他的臉。我聽到他哽咽啜泣的聲音。善體人意的莫里斯先生沒說什麼，只是把手放在葛達明勳爵的肩上一會兒，接著就走出了房間。我想，女性具有某種特質讓男人能在女人面前放下武裝、盡情宣洩情感，展露溫柔或感情豐富的一面，也不會覺得自己不夠男人氣概。

當葛達明勳爵發現房裡只剩下我們兩人時，就在沙發上坐了下來，毫無顧忌地大哭起來。我坐在他身邊，握住他的手。我希望他不會誤以為我太過大膽，也希望事後他不會有這種想法。哎呀，我不該這麼想。我「明知」他絕不會這麼想——他是一位名符其實的紳士。看到他椎心刺骨地哭泣著，我對他說：「我深愛露西，我知道她對你的意義多麼重大，也明白你對她多麼重要。我們兩人一直情同姊妹。現在，她已離開，你是否願意接受我像姊妹一樣，在你痛苦時安慰你？我明白你有多麼傷心，我知道你的心痛無法用世俗的標準來衡量。如果我能稍微緩解你的痛苦，你是否願意看在露西的份上，接受我的安慰？」

這位可憐人深陷哀慟，泣不成聲，一直說不出話來。這一陣子他默默承受了這麼多的磨難，好像唯有此刻，他終於找到宣洩的出口，哭得歇斯底里，擊打著雙掌，看起來悲痛欲絕。

他站起身，又坐了下來，淚水汩汩流下他的雙頰。無限柔情湧上我的心頭，什麼也沒想就向他伸出雙臂。他抽泣一聲，頭倒在我的肩上，哭得像個難過的小孩，全身因激動而顫抖不止。

我們女人具備母性，當母性激發時就不會在意枝微末節的小事。這個傷心的大男人把頭倚在我的身上，就好像未來有一天，我會在懷裡抱著小嬰兒一樣的感覺。我輕撫他的頭髮，把他當作我自己的孩子。當時，我一點也不覺得這是奇怪的逾越行為。

過了一會兒，他的抽泣聲漸漸平息，他把頭移開並向我道歉，但並沒有掩飾自己激動的情緒。他告訴我過去這一陣子，日日夜夜——許多痛苦的白天與不成眠的夜晚——他無法向任何人傾吐心事，因為男人不該談論自己的傷心事。沒有任何一位女性能給予他安慰，或讓他盡情傾訴，在這種痛苦傷心的情況下，他只能把一切埋在心底。「我現在才知道自己有多麼難過，」他邊說邊擦去眼淚。「我還不知道——沒有人知道——今天妳溫柔的撫慰對我來說多麼重要，不過我相信自己很快就會明白。相信我，雖然我很感謝妳，但我對妳的感恩只會與日俱增，不會消滅。看在露西的份上，請讓我做妳的兄弟吧，直到生死永隔。妳願意嗎？」

「當然，為了露西，」我們握住彼此的手。我說：「但也為了你自己好。」

他接口說：「如果一個男人的自尊與感激能當作一種獎勵的話，我得說今天妳已贏得大獎，妳贏得了我的心。如果未來有一天，妳需要男人的幫助，相信我，妳可以隨時來找我。希望上帝保佑妳，讓妳一生不受風雨侵擾，永遠陽光普照。但若有那麼一天，妳一定要跟我說。」

前不久他還傷心欲絕，現在他的態度熱忱急切。我想，答應他想必能帶給他一點安慰，因此我回答：「我答應你。」

當我走到走廊上時，看見莫里斯先生正望著窗外，一聽到我的腳步聲，就轉向我。「亞瑟還好嗎？」他問，但他立刻發現我雙眼通紅，又趕緊說：「啊，看來妳剛剛一直在安慰他。可憐的傢伙！他的確需要關懷。當男人傷心時，唯有女人能幫助男人站起來。可惜之前一直沒有人能安慰他。」

他絕口不提自己的傷心，那故作堅強的樣子令我心疼。他手上還握著文件，我知道等他讀完，就會明白我知道的事情有多少。因此，我對他說：「我真希望能安慰所有心痛的人。你願不願意接受我做你的朋友？當你需要安慰時，願不願意來找我？你很快就會明白為什麼我這麼說。」他被我的真誠說服了，於是他彎腰握住我的手，放在嘴邊輕吻一下。他有個勇敢無私的靈魂，我捨不得他只得到這麼一丁點的慰藉，於是我毫不猶豫地靠過去，親吻他的額頭。

淚水湧上他的眼睛，好一會兒他像被嗆到一樣說不出話，最後他平靜地說：「小女孩，在妳有生之年，我絕不會辜負妳的真心誠意！」接著他走去書房照顧他的朋友。

「小女孩！」他也曾這麼稱呼露西。哎，他的確是值得珍惜的朋友！

第十八章　西瓦德醫生的日記

九月三十日

我五點才回到病院，發現葛達明和莫里斯已經到了，而且都已讀完哈克和他那位聰穎過人的妻子整理好的每份日記和信件。哈克去找漢納西醫生之前給我的信中提到的那幾位搬運工人，還沒回來。哈克夫人為我們送上熱茶，我不得不說在這棟老屋裡住了那麼久，這是第一次我對這裡有「家」的感覺。

我們喝過茶後，哈克夫人說：「西瓦德醫生，我有個不情之請，我想見見你的病人朗菲爾德先生，請你讓我見他一面。看了你在日記中提到的事情，我對他很好奇！」

美麗動人的她露出興奮的神色讓我實在無法拒絕，而且也想不出她不能見他的理由。於是我帶她一起去病房。當我走進朗菲爾德的房間時，我說有位夫人想見他，他聽了只說：「為什麼？」

「她來參觀病院，想看看每個人。」我回答。

「喔，那好吧。」他說，「她當然可以進來，不過先讓我整理一下房間。」他整理房間的方式很奇特：他把那些盒子裡裝的蒼蠅和蜘蛛都吞下肚，我根本來不及阻止他。顯然他擔心會受到阻撓，或因此而心生妒意。當他完成這項噁心的任務後，就歡快地說：「讓那位夫人進來吧！」接著就坐在床邊。他垂下頭，但張大眼睛盯著走進房裡的哈克夫人。有一會兒，我很擔心他是否有動手殺人的意圖，我想到他在書房攻擊我的時候，一開始也是一副沉穩安靜的樣子。我小心地站在旁邊，只要他一打算往她身上撲過去，就能立刻抓住他。哈克夫人神態自如地走進房內，就連瘋子也不得不折服於她的從容優雅——鎮定從容可說是瘋子最為敬重的一種美德。她走向朗菲爾德，臉上掛著愉快的微笑，伸出她的手。

「晚安，朗菲爾德先生，」她說，「你瞧，我知道你的名字。西瓦德醫生跟我提過你的事。」

他沒有立刻回答，只是皺著眉頭，從頭到腳仔細地打量著她。他的神色中透露著驚奇，慢慢被懷疑所取代。接著，他大出我意料地說：「妳不是那個醫生想要娶的姑娘吧？妳不可能是她，妳知道她已經死了。」

哈克太太親切地笑了起來，說：「哎呀，我不是她！我已經有丈夫了，在認識西瓦德醫生之前，我就已經結婚了。我是哈克太太。」

「妳在這兒幹什麼？」

「我和我先生一起來拜訪西瓦德醫生，會在這兒待一陣子。」

「別待在這裡。」

「為什麼？」

我擔心這些對話會讓哈克太太不舒服，至少我不喜歡，於是插嘴說：「你怎麼知道我想結婚？」

他停了一會兒，把目光從哈克太太轉到我身上，立刻又撇過眼去，輕蔑地說：「真是個蠢問題！」

「朗菲爾德先生，我不懂為什麼這是個蠢問題。」哈克太太搶在我之前說。

儘管朗菲爾德對我倨傲不恭，他倒是很尊敬有禮地回答她：「哈克夫人，相信妳必定能瞭解我們的主人是一位廣受愛戴敬重的人，我們這小小的圈子當然會留意關於他的每一件事情。

西瓦德醫生不只受到僕人和朋友的歡迎，連我們這些頭腦不太清楚的病人也非常喜愛他，可惜的是，這兒有許多人分不清因與果之間的關係。我自己也是精神病院的病人，我不得不注意到有些病患有詭辯傾向，經常犯下因果謬誤或不得要領的論述錯誤。」

他的話令我大開眼界。我的瘋子寵物——我從沒見過那麼偏激的噬生狂——居然滔滔不絕地談起基本哲學，他的談吐舉止居然帶著紳士的優雅儀態。我狐疑起來，是不是哈克夫人的出現撥動他記憶中的某一根弦？他的表現是自然激發的，還是受到她無意識的影響？若是後者，她一定具備某種少見的天賦或力量。我們三人又聊了好一陣子。朗菲爾德的表現合宜，於是她決定更進一步探問他。一開始，她帶著請求的眼神望向我，得到我的默認後，她把話題引導到他最熱愛的主題上。面對她的問題，他神智清晰且公正地描述自己的行為，再次令我大為驚訝。他甚至以自己為例來解說一些事情。

「哎，我自己就是一個具備奇特信仰的人。想當然爾，我的朋友很擔心我的行為，堅持把我送到這病院來，確保我受到控制。我曾幻想生命是一種明確而永恆存在的物質，只要活生生地食用大量的生命體，不管牠們是多低等的生物，都能延長進食者的生命。我曾經對這非常執著，甚至試圖殺掉別人。這位醫生能證明我所言屬實。有一回，我為了增強自己的生命力曾試圖殺他，以他的血為媒介，吸收他的生命力——我這麼做是根據聖經的記載，〈利未記〉中提到：『血就是生命。』當然，很多江湖術士把這珍貴的道理搞得庸俗下流。你說是不昰呢？醫生？」

他的長篇大論讓我大開眼界，實在不知該說什麼，只能默默點頭同意。真難以相信五分鐘前，同一個人在我面前把那些蜘蛛和蒼蠅都吞下肚。我瞧了一眼手錶，想到我該出發去車站接范．海辛了，就跟哈克夫人說，我們該離開了。她和顏悅色地向朗菲爾德道別：「再會，希望我能多和你見幾次面，如果你樂意的話。」接著準備起身離開。令我意外的是，朗菲爾德回答：「親愛的，再會了。我祈求上帝別再讓我見到妳溫柔甜美的臉。希望祂保佑妳，讓妳好好地活下去！」

我獨自去車站接范．海辛，把其他人留在家裡。遭逢不幸的亞瑟看起來有精神多了，自從露西開始生病後，這是我第一次見到他恢復往日的神氣。昆西也揮別這一段時間的低落，重拾往日活潑的樣子。范．海辛像個小男孩一樣身手靈活地走出車廂。他一眼就望見我，急急忙忙地走過來，說：「啊，約翰朋友，一切還好嗎？很好？好極了！我很忙，因為我這次過來，若有必要的話恐怕得待上一陣子。所有的事情都辦好了，我有很多事要告訴你。米娜夫人待在你那兒？很好。還有她那位彬彬有禮的先生？還有亞瑟和我的昆西朋友，他們都在你那兒？好極了！」當馬車駛向精神病院時，我告訴他這幾天發生的事情，也提到哈克夫人認為我的日記很有用，已經用打字機整理打好了。

教授打斷我，說：「啊，那位聰穎的米娜夫人！她的頭腦跟男人的一樣好——有天賦的男人才能有像她一樣思路清晰的腦袋——同時又有一顆女性的心。仁慈的上帝創造她出來，相信我，一定賦與了她重大的使命。每當上帝創造出那麼完美的人，都是有所計畫的。約翰朋友，我們很幸運，承蒙這位女士幫了很多忙，但今晚之後，她不能涉足太深，這件事實在太危險了，我們不該讓她遭受那麼大的風險。我們男人已經下定決心——不，應該說我們早已立下誓言——要消滅這個怪物，但不該讓女人參與這件事。就算她毫髮無傷，但一旦經歷那麼多的恐怖事件，她的心臟恐怕也承受不了，下半生都會為此受到折磨——醒時神經緊張，睡時夢魘煩擾。而且，她年紀還輕，剛結婚不久，就算她現在無牽無掛，但過一陣子她可能要煩心其他事。你說她打好所有的文件，那麼她得跟我們一同討論，但明天就得跟她道別，接下來的事情由我們自己處理。」

我真心同意他的想法，接著說他不在時我們發現的事情：隔壁那棟廢棄的宅邸已被德古拉買下來。他很意外，看起來好像很焦慮。「要是我們早點知道就好了！」他說，「早知道的話，我們就能先解決他，說不定來得及救露西一命。不過，就像你們的諺語『覆水難收』一樣，我們就別再懊悔了。一鼓作氣往前衝吧。」接著，一直到我們進了大門，他都沉默無語。在我們回房更衣，準備用晚餐前，他先對哈克太太說：「米娜夫人，我的約翰朋友告訴我，妳和妳的先生把到目前為止發生的每件事都依時間順序整理好了。」

「教授，還不到目前為止，」她衝口而出，「直到今早為止。」

「今早之後還發生了什麼事？我們已經看到微不足道的小事中隱藏了多少線索。我們都已分享了自己的祕密，若有人知道某件事而藏在心底而不說出來，那就糟糕了。」

一陣紅暈染上哈克太太的雙頰。她從口袋裡掏出一張紙，說：「范・海辛醫生，你能不能讀讀這個，告訴我這是否該列為相關文件。這是我今天的日記。我有強烈的衝動，想隨時把每件看似無關緊要的小事都記下來，不過這裡面的資訊不多，多半只是個人記錄。我該把這個也歸入檔案嗎？」

教授認真地讀了紙上的內容後，把它交還給哈克夫人，說：「如果妳不想放進去的話，就別放；但我希望妳加進去。這張紙的內容只會讓妳的先生更愛妳，而我們所有人，也就是妳的朋友們，會更加敬重妳——我們會更加尊敬妳，也會更敬愛妳。」

她的臉又發紅了，但她帶著快樂的微笑，把那張紙拿回去。現在，直到這一刻，我們已收集了所有的資料，並把至今發生的每件事按時間順序排列。其他人都已讀過所有的資料，而晚餐過後，教授拿走一份副本到書房裡研究。我們約好在九點時會面討論。當我們開會時，每個人都會掌握所有的資訊，可以一起討論要如何對抗這個可怕又神祕的敵人。

米娜・哈克的日記

九月三十日

我們用完晚餐時，已經六點了。兩個小時後，我們都集合在西瓦德醫生的書房裡。無意識地，我們以正式會議的方式入座。西瓦德醫生請范・海辛教授坐在桌子為首的一端。范・海辛教授要我坐在他的右手邊，並請我擔任祕書。強納森坐在我旁邊。我們對面坐的是葛達明勳爵、西瓦德醫生和莫里斯先生——葛達明勳爵坐在教授左邊，西瓦德坐在勳爵和莫里斯先生中間。

教授說：「我相信，我們每個人都已熟知這份文件中記載的事實。」我們都表示同意。他繼續說：「既然如此，我該跟你們解釋我們面對的是怎麼樣的敵人，我會告訴你們這個人的部分歷史，也就是我已查清楚的部分。接下來，我們就能討論該如何下手，依此擬定下一步。世上存在著吸血鬼，有些人已有證據證明他們的存在。雖然目前並沒有明確的證據，證明我們不幸的經歷是吸血鬼造成的，但過去的經驗和紀錄已經足以說服有理智的人。

「我得承認自己一開始也很懷疑。要不是多年來的經驗訓練我保持開放的心胸，我也不會相信，除非事實如雷貫耳在我耳邊呼喊：『看吧！你看到了吧！我已經證明了！證明了！』哎！要是我一開始就具備現在我所明白的知識——哎，要是我能猜得到——那個我們深愛的人就能保住性命了。但一切已經太遲了。我們必須盡一己之力避免更多無辜性命為此喪生。蜜蜂一螫人就會喪失生命，但諾斯菲拉圖並不會因吸血而死，他只會變得更強。當他變得更強，力量也愈大，就能做更多邪惡的事。這個藏身在我們身邊的吸血鬼，他本身不但具備二十個壯丁以上的力氣，還比一般凡人更狡詐，因為他具備日積月累的經驗。他還能夠施展巫術，從詞源學來說，這是一種向亡靈問卜的能力，而且所有受他吸引的亡靈，他都能控制自如。他很殘暴，比動物更加冷血凶惡，他是毫無感情的惡魔，已失去人的心性。除了某些限制，他可以隨心所欲地出現在某時某地，甚至轉換成各種形貌。在一定的範圍之內，他可以控制自然力量，比如風暴、濃霧、雷電。他可以控制所有的低等生物，包括老鼠、貓頭鷹和蝙蝠，還有蛾、狐狸和狼。他可以變大也能縮小，他來無影去無蹤。那我們該如何毀滅他呢？該怎麼下手？要如何找到他的所在地？找到之後，又要如何殺死他？

「我的朋友們，這就是我們的課題。我們面對的是艱難的任務，可能會面臨連勇士也躊躇不前的後果。如果我們輸了，就代表他贏了，那我們的下場會是什麼？生命無足輕重，我並不留戀自己的生命。但若我們失敗了，失去的可不只是生命而已。我們可能會變成他，自此之後，像他一樣活在暗夜之中——失去心靈和良知，捕獵那些我們深愛的人，在奪取生命之餘，也囚禁他們的靈魂。那時，天國之門將永遠關上，畢竟有誰會為我們開門呢？我們將長生不死，世人拒我們於千里之外，我們是上帝聖光中的污點。上帝為人而死，而我們只是射向祂的箭。我們面對面坐在這裡，肩上背負著沉重的責任，難道我們就此猶疑不前？對我來說，我拒絕苟且偷生。但我已經垂垂老矣，生命的燦爛陽光、美麗景色、鳥囀歌聲與情愛，對我來說都已是往事。你們都還很年輕，有些已嘗過心痛的滋味，但仍還有大好的前途。你們說呢？」

教授說話時，強納森握住了我的手。哎，我真的好害怕，當我看到他的手伸過來時，我擔心這個任務潛藏的恐怖危險是否讓他一時之間不知所措。但我一碰觸到他的手，他旺盛的活力就源源不絕地傳過來，他是那麼堅毅果敢又獨立自主。一雙手就能透露男人的勇氣，它不需要女人的愛，也能大鳴大放。當教授說完後，我的丈夫直直地望著我，我也凝視著他，我們不需要交換隻字片語，也明白彼此的心意。「米娜和我都會加入。」他說。

「教授，算我一份。」昆西．莫里斯先生一如往常，簡潔地回答。

「我會跟隨你。」葛達明勳爵說，「就算沒有別的原因，只為了露西我也毫不猶豫。」

西瓦德醫生沒說話，只是點頭同意。教授站了起來，把他的金色十字架放在桌上，接著向兩旁伸出手。我握住他的右手，葛達明勳爵握住他的左手；強納森的左手握住我的右手，並握住對面莫里斯先生的手。我們握手圍成一圈，立下神聖的誓言。我的心如冰雪般寒冷，但我並沒有想過抽手而退。接著，我們又重新坐定，范．海辛醫生以活潑的語氣繼續發言。真正的挑戰已經揭幕了。我們必須嚴正面對這項任務，像人生中的其他事情一樣，以做生意的嚴謹態度來執行。「現在，你們都知道我們的敵人是什麼，但我們也並非全無勝算。我們具備同心協力的力量——這可是吸血鬼所欠缺的。我們有科學知識，有行動與思考的自由。我們和吸血鬼都能在白天與黑夜活動。事實上，我們能盡量活用自己的能力，不受限制。我們能為目標奉獻自己，為了無私目的而奮鬥。這些都是我們的優勢。現在，讓我們瞧瞧他用來攻擊我們的能力中，有哪些受到特定限制，哪些不受限制。也就是說，讓我們想想吸血鬼的能力有哪些侷限，特別是我們面對的這個吸血鬼。

「我們回顧傳統知識與民間迷信，乍看之下，這些資訊似乎無關緊要，但此時攸關生死——不，比生死還要重大。我們不能自滿，首先我們必須審慎——很多事情並不受我們掌控；第二，這些事情——也就是傳統和迷信——往往具備深刻的意涵。世上有人信奉吸血鬼——感謝上蒼！我們並不是他的信徒——不是嗎？一年之前，我們怎能相信在這個注重科學、講求質疑精神、重視事實的十九世紀，居然還有這樣的事情存在？我們曾經嘲笑這種信仰，然而事實就在眼前，我們見證了他的存在。因此，我們必須接受吸血鬼真實不虛，有人信奉他，他有所限制也有驚人的力量。讓我告訴你們，只要人存在的地方，就有人知道吸血鬼。不管是在古希臘、古羅馬的時代，還是德國、法國或印度，甚至切索內斯[21]，都有他的足跡。

他也曾去過離我們很遙遠的中國，那兒的人至今仍害怕他的存在。他曾跟隨冰島狂戰士的足跡，還有如魔鬼般的匈人，和斯拉夫人、薩克遜人、馬札爾人。我們必須出手阻止他，而在親身經歷那令人痛苦的事件後，我們明白所謂的迷信或民間信仰都其來有自。

「吸血鬼長生不死，不會因時間流逝而衰老死亡，只要他吸夠活物的血，就能生存下去。不只如此，我們之中有人親眼見過他，證實他有回春的能力，只要有源源不絕的血液供給，他就能永保青春且生命力更加強健。但若沒有血，他就無法存活，他不像人類仰賴食物維生。強納森朋友曾經和他住在一起數週，但從未看過他進食，從來沒有！他就像強納森觀察到的一樣，沒有影子，鏡子也不會反映他的身形。他有許多手下──強納森也親眼見證過，狼群守候在他的門外，忠誠地助他一臂之力。從那艘惠特比船的事件來看，他能變成狼，把狗開腸剖肚。他也能化身成蝙蝠，米娜夫人在惠特比時看過他在窗外飛行，約翰朋友也在隔壁的宅第裡看過他，我的昆西朋友在露西小姐的窗外也看過。他可以創造霧氣，並在霧中現身──那位偉大的船長已經證明了這件事。但是，根據我們的理解，他只能在有限的距離內製造霧氣，而且霧氣只能圍繞在他的四周。在月光下，他能化為灰塵──強納森在德古拉城堡裡，看到那三姊妹以灰塵現身。他可以變得很小──就像我們看到露西小姐在安息前，穿過墓門與門框間的狹小縫隙。只要他找到方法，就能進出所有空間，不管如何密封、甚至以火封住──就連焊接也阻止不了他。在黑暗中，他的視力也不受影響──這種能力不容小覷，畢竟這世界有一半的時間都在黑暗中。

「啊，聽我說完。儘管他具備那麼多的能力，但他並不是沒有弱點。不，困在船底的奴隸、關在病房的瘋子都比他還自由。他不能隨意前往任何地方，他雖然不屬於大自然，但也不得不屈服於自然之道──但我們並不知道原因。他不能任意進入所有地方，除非裡面住著的人邀請他進入。不過，一旦有人同意他進入，他就能自由來去。他就像所有的邪惡事物一樣，力量會隨日出而減弱。在某些情況下，他能享有一定限度的自由。如果他不在自己的勢力範圍之內，就只能在正午或日出、日落時刻改變形貌。這些是前人流傳下來的知識，並由我們自己的紀錄推斷出來的結果。因此，他有一定的勢力範圍，也就是他的家，他的棺木所在地，他的地獄之屋、罪惡巢穴。就像我們知道的，他在惠特比時，隱身在自殺者的墓地裡。我們知道他只能在特定時刻改變樣貌。根據傳說，他只能在憩流或漲潮時穿過活動水域。還有一些東西能阻擋他的力量，讓他無法招架，比如我們都知道的大蒜和聖物、我的十字架。現在我們已經明白，對聖物來說，吸血鬼根本算不了什麼，而吸血鬼會心懷敬意地避開聖物，躲得遠遠的。他還畏懼其他的東西，接下來我會一一告訴你們，我們可能會需要它們，必須收集齊全。在他的棺木上放置野生玫瑰的枝，能夠把他困在棺木裡。用一枚神聖的子彈射穿他的棺木，能確保他真正的死亡。我們都已知道用木錐穿過他的身體能確保他安息，砍掉他的頭顱也有同樣效用，這些我們都已親眼見證過。

「我們只要找到這個人的住所，就能把它困在棺木中，並依照我們的知識消滅他。不過，他非常狡猾。我已請教過在布達佩斯大學任教的朋友艾米尼爾斯，我拜託他把自身見聞記錄下來，也請他一五一十說出他的經歷。根據所有的資料看來，這個人一定是在和土耳其大戰成名的維瓦德·德古拉，他在顎圖曼帝國國境邊界的大河上奮勇戰鬥。若真是如此，那麼他可不是一般人。不管在當時或幾百年後的現在，人們都認為他是最聰明也最狡詐的人，也是最勇敢的『森林那一頭的國度』[22]之子。他偉大的頭腦和鋼鐵般的意志隨著他進入墳墓，現在他將以

21. 編按：此處指的是馬來半島。

此來對付我們。艾米尼爾斯說，德古拉家族是偉大的貴族，儘管他們的後代成了惡魔的羽翼。在外西凡尼亞、赫曼史塔湖周圍的山區，那兒有座通靈學院[23]，艾米尼爾斯和其他學者就是在那兒找出他的祕密；在那兒，惡魔每次只收十名門徒。紀錄上滿滿都是『斯特里戈伊』——女巫、『奧德格』、『波格』——後兩者指的是撒旦和地獄。有份手稿把這位德古拉伯爵稱為『嗜血魔』，顯然這就是我們說的吸血鬼。他和其他許多善良女性產下後代，而在他們死後，他們的墳墓成了這個可怕怪物的棲息地。因為，雖然他本身邪惡可怕，但他必須在聖土中安睡。他無法在普通的土壤裡歇息。」

當大家討論時，莫里斯先生一直往窗外望，現在他默默地站起身，走出房去。眾人停頓了一會兒，接著教授繼續說：「我們得決定該怎麼做。我們收集了很多資料，下一步就是安排行動方針。從強納森的調查中，我們知道德古拉從城堡運了五十箱土壤到惠特比，再運到卡爾法克斯。我們也知道至少有幾箱土壤已經被送走了。我認為第一步，就是先確認剩下的其他箱子是否還留在隔壁的那棟廢屋裡，或者有更多箱子已經被運走了。如果是後者，我們就得追查——」此時，屋外突然傳來手槍射擊的聲音，一枚子彈把窗玻璃射得粉碎，子彈飛進屋裡，射進房間的一面牆上，把我們嚇了一大跳。我想我心底其實是個膽小鬼，因為我嚇得失聲尖叫。所有的男人都站起來，葛達明勳爵衝到窗前，把窗框往上推。

我們聽見莫里斯先生在外面喊：「真抱歉！我一定把嚇到你們了吧！我會回去跟你們解釋。」一會兒後，他回到書房，說：「我做了一件蠢事，懇請你們原諒我，特別是妳，哈克夫人，我想我一定嚇到妳了。當教授說話時，有隻大蝙蝠飛了過來，停在窗台上。經過這一陣子發生的事情，我對蝙蝠深惡痛絕，我受不了牠們，所以我去外面給牠一槍。這是我近來的習慣，只要看到蝙蝠，就會想辦法射死牠。亞瑟，你之前還嘲笑我大驚小怪。」

「你射中牠了嗎？」范・海辛問。

「我不知道，不過我想應該沒射中，牠飛進樹林了。」他沒再多說話就坐了下來。

教授又繼續說：「我們得追查那些箱子去了哪裡。等到我們一準備好，就去他的巢穴，抓住或殺掉這個怪物。不然我們得想辦法讓他吸不到血，找不到安全的藏身之地。這樣一來，我們就能在中午到日落前，找到呈現人形的他，在他最脆弱的時候襲擊他。

「至於妳，米娜夫人，在一切順利落幕之前，今晚是妳最後一次參與我們的行動。妳對我們來說太重要了，我們不能讓妳陷入危險的境地。今晚我們分開之後，妳就別再問其他的問題，等到時機成熟，我們會告訴妳所有的事。我們是男子漢，必須吃苦耐勞，但妳得作我們的星星和希望。唯有妳安全無虞，在危險時刻我們才能自在地行動。」

聽到教授這麼說，所有的男人——包括強納森——都鬆了一口氣。對我來說，在如此危急的時刻，我不希望勇往直前的他們因掛念我的安危而陷入險境，畢竟力量才能帶來安全。儘管對我來說，要我默默吞下疑問並退出，實在很苦澀，但他們都已下定決心，我也無法抗議，特別他們是如此擔心我，充滿騎士精神。莫里斯先生把話題拉回正事，說：「事不宜遲，我認為我們現在就去那棟房子瞧瞧。以吸血鬼來說，時間很重要，若我們行動迅速，說不定能救下另一個受害者。」

一聽到他們那麼急著行動，我的心就往下沉，但我什麼也沒說。我擔心自己若成了拖油瓶或阻礙，他們可能再也不會和我一起討論接下來的行動。現在，他們已經帶著潛入屋內的工

22. 譯註：這是Transylvania外西凡尼亞的英文直譯。
23. Scholomance，通靈學院據說是惡魔教導學生各種祕術的地方，每次只收十名學生。

具，動身去卡爾法克斯。他們很有男子氣概地要我上床睡覺，好像以為當所愛的人正陷入危險之中時，女人還能心安理得地呼呼大睡！我會躺下來，假裝自己睡著了，免得強納森回來時察覺我的心思而徒增煩惱。

西瓦德醫生的日記

十月一日，凌晨四點

當我們正準備離開精神病院時，我突然收到緊急訊息：朗菲爾德急著要見我，他有非常重要的事要告訴我。我要送信的人代我回覆，我現在有要事在身，明早才能實現他的願望。照護員又說：「他看起來很急切，我從沒見他那麼堅持過。我不知道他想說什麼，但如果你不去見他，他可能很快又會發作。」我知道照護員這麼說一定有原因，因此我回答：「好吧，我現在就過去。」接著我請其他人等我一會兒，我必須去看一下我的「病人」。

「讓我跟你去吧，約翰朋友，」教授說，「你在日記中記載了他的病例，我對他很有興趣，而且他似乎多少和『我們的案子』有關。我很想見見他本人，特別是在他神智清楚的時候。」

「我也想去，可以嗎？」葛達明勳爵問。

「我也是！」昆西．莫里斯說。

「我可以一起去嗎？」哈克接著問。

我點點頭，於是我們一起穿過走廊。朗菲爾德處在頗為激動的狀態，但我從沒看過他講話那麼有條有理，態度如此冷靜。他對自己的行為瞭若指掌，異於常人，我從沒見過任何一個瘋子像他這樣。而且他理所當然地認為自己的理智比所有正常人都還清楚。我們四人走進房內，一開始沒人說話。朗菲爾德要求我立刻讓他出院，把他送回家。他宣稱自己已經完全康復，並援引證據說明自己神智清醒，完全沒有發瘋。「我會請求你的朋友同意我的說法，」他說，「也許，他們會樂意與你一同診斷我的情況。對了，你還沒向他們介紹我呢。」我當時實在太驚訝了，根本沒想過向其他人介紹一名關在精神病院的瘋子是多奇怪的事，再加上他的態度鎮定，行為舉止值得受人尊敬，我認為該把他視為一般人，於是我有禮地引介雙方：「這是葛達明勳爵、范．海辛教授、來自德州的昆西．莫里斯先生。這位是朗菲爾德先生。」

他向每個人握手致意，說：「葛達明勳爵，我很榮幸曾在溫德漢為你的父親服務。聽到你繼承他的頭銜，我猜想他已經過世了，這讓我非常難過。認識他的人，無一不敬愛他。聽說在他年輕時，他發明了火燒蘭姆潘趣酒，這種酒在德比賽馬之夜上大受歡迎呢。

「莫里斯先生，你該為你偉大的祖國而驕傲，你們創立了聯邦制度，可能會為世界帶來長遠的影響，特別是你們的星條旗上，有天可能會出現極區與熱帶[24]的國度。門羅主義將是政治傳奇，儘管條約的力量還沒顯現，但你們的國土將慢慢增廣。

「能夠見到范．海辛一面，實在是難以言述的光榮。先生，雖然我不願以世俗的稱謂來稱呼你，但我並不感到抱歉。當一個人不斷發現腦部的新物質，做出劃時代的發現並發展革命性的療法，把這個人冠上世俗的稱謂並不符合他的身分，只是無知的侷限他的能力罷了。各位先生，不管是你們的國籍、血統或天賦，你們都在這個轉動的世界裡佔有一席之地，我請你們作證，我是一個神智清楚的人，和其他的自由人並無二致。西瓦德醫生，我向你保證，身為人道主義者、醫學家、科學家和法理專家的你，一定會同意，你有義務把我視為一個遇到特別狀況的正常人。」他向我說的最後這一段話，有禮而堅決，連我也不得不承認他具備獨特的魅力。

24. 指加上極區的阿拉斯加和熱帶的夏威夷。

我想，所有的人都被他這一番話打動了。以我自己來說，雖然我很熟悉這個人的個性和病史，但他已說服我，他已恢復理性。我有種強烈的衝動，幾乎就要跟他說，我相信他神智清醒，天一亮就會準備讓他出院的必需手續。不過，我還是覺得不該那麼急躁，最好稍後再做這個重大決定。我從過去的經驗知道，這個病人經常出現極為異常且突然的變化。因此我大略地稱讚他進步得很快，並向他保證早上我會好好和他長談一番，到時候再評估我是否能夠滿足他的願望。不過，他並不滿意我的答覆，急急地說：「西瓦德醫生，我擔心你恐怕不明白我的意思。我希望立刻離開──離開這裡──現在──就在一小時內──就在這一刻。時間很緊迫，我們都逃脫不了虎視眈眈的死神，只能把握時間。我確信，我必須向你──一直以來都備受敬重的西瓦德醫生──提出這個簡單但重大的請求，好確保我和死神的合約能順利執行。」他熱切地望著我。當他看到我臉上拒絕的意味，立刻轉向其他人，仔細觀察他們的反應。在得不到眾人的支持下，他又說：「我的提議，是否被拒絕了？」

「是的。」我坦白地說，但此時我不禁覺得自己太過殘忍。

他沉默了好一陣子，最後他慢慢地說：「那麼我想我只能改變我的理由。讓我懇求你們的特許──或者恩惠、特權，隨便你怎麼說。我不是為了自己，而是為他人做出這樣的哀求。請原諒我無法坦白全部的緣由，但我能向你保證，我的理由很公正、實在且無私，完全出自深切的責任感。先生，若你能看到我的一片真心，你就會明白讓我如此激動的理由，你必會認同我的心意。不，不只如此，你還會把我視為你最親密且真心的朋友之一。」他再次熱切地凝視我們。此時，我愈來愈相信他突然變得如此謙恭有禮、用詞理性，恐怕只是他另一種形式的瘋狂，因此決定讓他再多說一點。從我的經驗來看，所有的瘋子不管演得多麼逼真，最後都會露出馬腳。

范．海辛直直地盯著朗菲爾德，他那濃密的眉毛幾乎糾成一團，神情異常專注。他開口對朗菲爾德說話，把他視為地位相等的人。當下我並不驚訝他對病人展現如此尊重的態度，事後才為此感到意外。他說：「你能不能坦白說明希望今晚離開的理由呢？如果你能說服我——一個毫無偏見的陌生人，時時保持開放的心胸——那麼我會親自確保西瓦德醫生答應你所渴求的特許，畢竟承擔風險和責任的人是他。」但朗菲爾德落寞地搖了搖頭，露出深切惋惜的神情。教授繼續說：「來吧，先生，你好好想一想。你試圖用完全的理智來說服我們，你向我們請求崇高的特權，然而沒有充足的理由，我們就無法賦予你這種特權。你至今仍待在精神病院裡，因此我們有理由懷疑你的神智狀態。如果你不願配合，拒絕明智的建議，我們又如何實現你加諸於我們身上的責任呢？請做出明理的選擇，幫助我們做決定。如果可以，我們一定會盡力滿足你的願望。」

但他仍舊搖頭說：「范・海辛醫生，我沒什麼好說的。你講得很有道理。如果我能大方講出我的理由，一定毫不猶豫地公諸於世。但在這件事情上，我無法作主。我只能請求你相信我。如果我被拒絕了，那麼責任並不在我身上。」

此時，我認為該中止這場嚴肅得讓人發笑的鬧劇了，我走向房門，簡短地說：「朋友們，走吧，我們還有工作要做，晚安。」

不過，當我走近房門，病人突然又轉變態度，急急衝向我，一瞬間我大為驚慌，擔心他又要動手襲擊我。但我其實不用擔心，他無意攻擊我，只是哀求地舉起雙手，令人動容地哀求我。當他發現過度激動的情緒於事無補，就稍稍收斂一些，試著用我們過去的對話方式來向我哀求，他的認真令我動容。我瞧了范・海辛一眼，看到他露出和我同樣堅決的眼神，於是我態度更加堅定，甚至有點殘酷地讓他明白，他的哀求毫無用處。他之前曾在提出請求時變得愈來愈激動，就像拜託我讓他養隻貓那時一樣，因此我已有心理準備，接下來他可能會崩潰，或者板起臉地回復冷漠態度。不過，出乎我意料地，當他明白自己再怎麼懇求也徒勞無功時，他進入了狂亂的狀態，跪在地上，伸出雙手，一會兒又扭絞雙手，看起來可憐極了。

他不斷地懇求，淚水滑落他的臉頰，充滿深切的感情：「西瓦德醫生，拜託你，哎，乞求你，讓我立刻離開這棟屋子。隨便你要送我去哪兒或你要怎麼做，你可以派照護員看守我，把我上鐵鍊，用鞭子鞭打我，讓他們替我穿上束衣，戴上手銬腳鐐，把我送進牢裡也行，但求求你讓我離開這裡。你不知道把我留在這屋子裡會有什麼後果。我從心底最深處向你哀求——用我的靈魂向你跪求。你不知道自己傷害了誰，也不知道是怎麼傷害他的，但我什麼也不能說。哎，我真的痛不欲生！但我不能說出來。求求你，看在你所重視的一切份上——你珍視的一切——你失去的愛——你存活的希望——為了全能的主，讓我離開這裡！拯救我的靈魂！別讓我被罪惡感壓垮！人啊，難道你沒聽到我說的話？難道你不明白？你永遠都學不會？你難道看不出來，我很清醒，而且我真心誠意，我不是一個瘋子，也沒有發作，而是一個正常人為了他的靈魂而戰鬥？哎，聽我說！聽我說！讓我走！讓我走！讓我走！」

我覺得如果我們再待在這裡，他只會變得更加瘋狂，最後會陷入一場嚴重的發作，因此我伸手扶他站起來。「夠了，」我嚴厲地說，「不要再這麼做了，我們已經聽夠了。回床上休息，注意你的行為！」

他突然停止所有的動作，凝視著我好一陣子。接著，他什麼也沒說，站起身走開，坐在床緣上。正如我預期的，就像之前一樣，被拒絕的他崩潰了。當我開門讓眾人魚貫走出去，最後才邁步離開時，他用冷靜有禮的口氣對我說：「西瓦德醫生，將來，我相信你會公正地說，今晚我已盡心竭力地說服你了。」

第十九章　強納森・哈克的日記

十月一日，早上五點

米娜看起來堅強且穩定，於是我心情輕鬆地和夥伴們出門查訪。我很高興她接受我們的意見，待在房內，讓我們男人行動。一想到她參與這場可怕的任務，我就很不安，幸好現在她的工作已經完成了，多虧她源源不絕的精力、智慧和遠見，所有的事件都合情合理地結合起來，我們掌握了許多線索。也許她也明白自己的任務已完成，因此樂意讓我們接手後續的行動。不過，我們都因朗菲爾德事件而有點難過，離開他的房間時，大家都沉默著。

直到回到書房後，莫里斯先生才對西瓦德醫生說：「傑克，如果他不是虛張聲勢，那他就是我看過神智最清明的瘋子了。雖然我不明其理，但我相信他真的有迫切理由。如果他真有原因的話，完全不給他任何一點機會，恐怕有點不近人情。」

葛達明勳爵和我沉默不語，但范．海辛醫生接著說：「約翰朋友，你接觸過的瘋子遠比我多，我很慶幸自己並不專精於此。要是由我來做決定，在他最後激動地說出那些話之前，我恐怕就釋放他了。但學無止境，我們活到老也學到老，在目前的情況下，我們不能容許任何潛在風險，相信我的昆西朋友也同意。還是維持原樣比較好。」

西瓦德用一種半夢半醒的口氣回答他們兩人：「其實我也搞不清楚，但我同意你們的說法。如果他只是尋常的瘋子，我會大膽地相信他，接受他的請求。但是，他似乎和伯爵有某種難解的牽連，我擔心若是一時心軟相信他，恐怕會壞了大事。我還記得他以同樣熱忱的態度向我要求養貓，接著又打算用牙齒咬開我的喉嚨。而且，他還稱伯爵為『主人』，如果他離開這裡，恐怕會幫伯爵為非作歹。那個可怕的怪物已經有狼群、老鼠和其他同類相助，我想他不會拒絕一個瘋子的幫忙。當然，朗菲爾德看起來很真心，我只希望我們做了最好的決定。這件事再加上我們的棘手任務，實在足以讓人感到氣餒。」

教授走了過去，把手放在西瓦德的肩上，用莊嚴又仁慈的口吻說：「約翰朋友，不用懼怕。這是令人難過而可怕的案例，我們只是盡自己的責任，做出我們認為最好的決定。除了祈求仁慈上帝的憐憫，我們還能期待什麼呢？」

葛達明勳爵離開了一會兒，現在他又回來了。他舉起一個小小的銀哨，說：「那棟古老的屋子裡可能滿是老鼠，我已準備好應對工具啦。」

我們走出大門，朝那棟老宅行進。當月光灑下時，我們小心地隱身在樹影下。走到門廊前，教授打開他的袋子，拿出很多的物件並一一排列在台階上。他把這些東西分成四份，顯然為每個人都準備了一份。

他說：「朋友們，我們正走向可怕的危險之中，需要各種武器防身。我們的敵人並不只是虛無飄渺的靈體。記住了，他的力氣就像二十個男人一樣大。我們凡人的脖子和氣管很容易就受到傷害，但如果只用蠻力攻擊他，他的脖子和氣管可以自行復原。一個身強體壯的人或一群男人也許能制伏得了他，但我們對他造成的傷害，遠不及他能對我們造成的傷害；因此，我們必須保護好自己，絕不能與他接觸，把這個放在靠近心臟的地方。」他邊說邊拿起一個小小的銀製十字架，遞給最靠近他的我。「把這些花朵放在脖子旁邊。」他把一圈枯萎的大蒜花圈交給我。「遇到其他沒那麼可怕的敵人，用左輪手槍和刀子來對付。我還準備了小型電氣燈，你們可以別在胸前；最後也最重要的是，我們絕不能褻瀆這個東西。」

他指的是聖餅，他小心翼翼地放進信封中並拿給我。他陸續將一樣的配備交給其他人。「現在，約翰朋友，萬用鑰匙在哪兒？試試看把門打開吧，這樣我們就不用像上次在露西小姐家那樣破窗而入。」

西瓦德醫生試了一兩把萬用鑰匙，身為外科醫生的他動作既靈巧又精準，他很快就找到一把合用的鑰匙，前後拉動了一會兒，螺栓發出生鏽的鏗鏘聲就彈開了。我們伸手推門，生鏽的鉸鏈咿呀作響，門慢慢開了。這一幕，和西瓦德醫生日記中，描述打開魏斯特拉小姐墓門的場景如出一轍，大夥兒都不由自主地把身體往後一縮，也許其他人也想到同樣的事。教授帶頭踏進門內。

「上帝，交給祢了！」他在跨過門檻時，在胸前畫了十字。我們走入屋內並關上大門，不然當我們一點亮燈，恐怕就會引來路人的注意。教授謹慎地試試門鎖，以防我們必須衝出去時打不開門。接著我們把燈點亮，開始進行搜索。那小小的電氣燈因光線交錯而投下各種奇形怪狀的黑影，或把我們的身影變成巨大的影子。我無法甩脫一種有人藏在我們之中的感覺。我想，一定是這個幽暗冷清的地方，強烈地喚起外西凡尼亞的可怕回憶。我想，其他人一定也有這種不安詭異的感覺，一有動靜或一看到新的影子，大家就回頭往後張望；我自己也是如此。

每個地方都積滿厚厚的灰塵。地上的灰塵似乎深達數吋，不過有些是最近新印下的足跡。藉著燈光，我看見靴底的釘子在灰塵上留下的鮮明痕跡。牆壁也被灰塵覆蓋，牆角滿是厚厚的蜘蛛網，堆積的灰塵壓坍了一些蜘蛛網，看起來就像一塊塊被撕裂的破布。門廳的一張桌子上放了一大串鑰匙，每把鑰匙上都貼著因時間而泛黃的標籤；桌上厚厚的灰塵上有深淺不一的移動痕跡，顯然這串鑰匙被使用了好幾次。

教授拿起鑰匙，我發現剛放置鑰匙的地方有很多印子。他轉向我，說：「強納森，你對這個地方比較熟悉，你有這兒的地圖複本，知道的至少比我們多。要從哪兒去教堂？」

雖然我上次來這兒時，沒有屋主准許，無法進到教堂，但我約略知道它的位置。我帶頭走在前面，轉錯了幾個彎後，我們看見有扇低矮拱門，那是一扇邊角以鐵架固定的橡木門。

「就是這兒。」教授手中有份地圖，那是用我替伯爵買下這棟房子時，取得的地圖正本而縮小比例印製的小型地圖。他用燈照亮這份地圖，肯定地說。

我們花了點時間，才從那串鑰匙中找到正確的，然後把門打開。我們已有心理準備，門後恐怕有不太舒服的東西等著我們。一打開門，一陣難聞的氣味從門縫間湧出，但沒有人預期會聞到這種味道，畢竟其他人不曾近距離地靠近伯爵，而我遇到他的時候，他不是在城堡裡遊走，處於禁食狀態，就是在破敗但開放式的空間裡，他吸了滿滿新鮮血液之後。不過，這兒是狹小的密閉空間，長期荒置更讓那股味道變得刺鼻難聞。空氣中還有土壤的氣味，好像是乾燥的瘴氣。至於那股難聞的氣味，該怎麼形容呢？它結合了各種生命體腐壞衰敗的味道，還有刺鼻辛辣的血腥味，好像比腐敗更加腐壞。真噁心！我一想就不禁反胃起來。那個怪物呼出的每一口空氣好像都緊緊纏上這個地方，讓這兒變得更令人憎惡。

在正常狀況下，光是這陣難以忍受的惡臭就足以讓所有人停步不前。但這一回，我們的任務既崇高又可怕，每個人都肩負沉重的使命感，肉體上的不適無法阻止我們前進。儘管那腥臭的味道讓所有人都怔了一會兒，但我們很快就大踏步走進去，好像眼前是一座玫瑰花園。

當我們開始嚴謹地搜查這個地方，教授說：「首先得確認這裡還放了多少箱子，我們必須檢視每個洞口、角落和縫隙，找出那些箱子可能的去向的蛛絲馬跡。」那些箱子體積巨大，只要望一眼就知道還剩幾個，絕不會搞錯。原本有五十個箱子，現在只剩下二十九個！

看到葛達明勳爵突然轉身，望向拱門外黑漆漆的過道；我嚇了一跳，也趕緊順著他的目光望過去；這一看，我的心跳幾乎停止！一片漆黑之中，我好像隱約看到伯爵那張邪惡的臉，那弓起的鷹勾鼻從陰影中浮現，還有那血紅的雙眼、嘴唇和死白的皮膚。但這幻象很快就消散了！葛達明勳爵說：「我以為我瞄到一張臉，其實只是黑影而已。」接著他又回頭檢查。我把燈光往那兒照，慢慢走向過道，但我也沒看見任何人，直直的過道裡沒有門、沒有轉角也沒有鬼影，只有堅實的四面牆，如果他真的在此，絕對無處可藏。我想，一定是恐懼讓我看到幻影就什麼也沒說。

幾分鐘後，我看到原本忙著檢視一個角落的莫里斯突然往後跳開，其他人都神經緊張地立刻望向他。一大團閃耀如星的鬼火冒了出來，我們直覺地往後退，接著一大群老鼠突然出現！一時之間，我們全都驚惶失措，不知如何是好，只有葛達明勳爵已有心理準備。教堂有扇通往庭院的鐵製橡木門，西瓦德曾經在外面看過這扇門，我自己也曾看過。此時葛達明勳爵衝向那扇門，把鑰匙插入鎖孔中，轉開巨大的螺栓，甩開大門。接著，他從口袋中掏出銀哨，吹響一聲低沉又刺耳的哨音。立刻，西瓦德醫生的病院後面傳來一陣回應哨音的狗吠聲，幾分鐘後，三隻梗犬就衝到房子一角。我們不知不覺都朝門口走，但我注意到地面的灰塵上滿是雜亂的痕跡，顯然那些消失的箱子是從這扇門被搬出去的。才一分鐘左右的光景，老鼠的數量就以倍數增加，一會兒就擠滿了教堂。燈光照亮牠們扭動的黑色背部，那一對對惡毒的眼睛閃爍著，讓這個地方看起來就像滿是螢火蟲的林地。狗兒繼續往前衝，但一到門檻就突然止步，只是張牙舞爪。突然，牠們整齊劃一地抬起頭，鼻子朝天，用悲哀的聲音放聲吠叫。老鼠已增加到數千隻之多，我們急急地衝出門外。

葛達明勳爵把一隻狗抱起來，放進門裡。牠的腳一碰地，立刻勇氣十足，衝向這些數量眾多的敵人，但牠還來不及發動攻擊，老鼠就急著逃跑。當葛達明勳爵把另外兩隻狗也抱進門內時，大部分的老鼠都已跑光了，只剩下一小群四處竄逃。隨著老鼠消失，惡魔好像也離開了！狗兒們興奮地東奔西跑，追趕敵人，同時歡快地吠叫。牠們把老鼠擺弄與股掌之間，在空中拋來拋去。我們士氣大振，可能是教堂的大門讓新鮮空氣一湧而入，把裡面陰鬱鬼魅的氣氛趕跑了，也可能是我們回到空曠的地方讓心中的大石放了下來，我不太確定到底是什麼因素，但此刻，之前可怕的陰影好像一件被脫下的袍子一樣消失了。我們的到來，讓這個地方不再那麼陰森。不過，我們並沒忘記自己的任務。我們先關上外門，栓上門栓並上了鎖，接著帶著狗兒一起搜索主屋。不過，除了厚厚的灰塵外，什麼也沒找到，每個房間的東西都沒被碰過，只有我自己走入時留下的腳印。狗兒一點也沒有不安的樣子，當我們再次回到教堂時，牠們依舊活潑地跑著，就像在夏日森林中追趕兔子一樣。當我們回到室外，早晨的曙光已漸漸在東方露出來。范．海辛把大門的鑰匙從那一大串鑰匙中解下來，接著神態莊嚴地鎖上門，再把鑰匙收進口袋。

「到目前為止，」他說，「這一晚可說是大獲成功。我所擔心的傷害完全沒有發生，而且我們確認了教堂裡的箱子數量。這是我們順利完成的第一步——也可能是最困難也最危險的一步——我不只因此而高興，還很慶幸對我們最重要的米娜夫人沒有參與，我們不需要擔心她因難以忘懷的恐怖景象、聲音和味道，而從此日日提心吊膽，夜夜輾轉難眠。我們也從一件特異事件學到寶貴的教訓，那就是受到伯爵控制的動物，並不會因伯爵的力量而變得沒有弱點。你們瞧瞧，這些老鼠因他呼喚而來，但我的亞瑟朋友一把狗叫來，那些老鼠就逃之夭夭。就像當你執意離開，還有那女人因失去孩子而痛哭時，他在自家城堡頂呼喚狼群過來，但總有弱點。我們還有其他的任務，接下來還必須面對其他的危險和恐懼，而那個怪物也會使盡渾身解數來對抗我們，這一晚只是開幕式而已。現在他已去別的地方了。好極了！在這場棋局中，這一回我們為了保住其他人命而冒險，終於可以喊聲『將軍』！現在我們回去吧，黎明就要來了，今晚的成功令人滿意。不過我們不能忘記，接下來的日日夜夜，我們可能會遇到更多的危險，但我們必須堅持下去，就算眼前有再多的危險，也絕不放棄。」

我們回到精神病院裡，四下靜悄悄的，只有遠處一間病房傳來某個可憐人嘶吼的聲音，還有朗菲爾德在房間發出低低的呻吟聲。那個可憐的傢伙一定因瘋狂痛苦的思緒而深受折磨。我躡手躡腳走進我和米娜的臥室，發現沉睡中的她呼吸很微弱，我得低下頭，很靠近她，才能聽到她輕微的呼吸。她看起來比平常還蒼白。希望她沒有因今晚的會議內容而難過。我真的很高興從今以後她不用再參與我們的工作，也不用再參加作戰會議。對一個女性來說，這項任務的壓力實在太大了。一開始我並不這麼認為，但現在我明白這樣對她比較好；我很高興我們做了這個決定。以後可能會發生許多令她心驚膽顫的事情，偷偷隱瞞她可能會讓情況很複雜，因此，最好完全別讓她知道我們的工作內容，等一切結束、那個怪物在地球消失後，再跟她一一說明比較好。我得說，她原是我們的心腹，現在要對她有所隱瞞，實在不是件易事。但我得下定決心，明天我絕不會跟她提起今晚去隔壁的事，我會謹守祕密。為了不吵醒她，我會睡在沙發上。

十月一日，稍晚

今天我們全都睡過頭。昨天忙了一整天，晚上也無法休息，睡遲一點也是情有可原。連米娜也筋疲力盡。直到太陽高升我才醒來，而米娜居然比我還晚起床，我叫了她兩三次，她才懶洋洋地醒過來。她睡得太熟了，當她睜開眼睛時居然不認得我，眼神空洞又驚懼地望著我，好像剛從一場噩夢中驚醒似地。她發著牢騷說很疲倦，我讓她再多休息一陣子。現在我們已經確定，有二十一個箱子被搬去別的地方了，如果我們能知道貨運公司來過幾次，也許就能追蹤到所有箱子的下落。這樣一來，我們的工作就會變得簡單多了，愈快解決這件事情愈好。我今天會去找托瑪斯．史奈林。

西瓦德醫生的日記

十月一日

接近中午，當教授走進我的房裡時，我才醒了過來。他比平常更活潑、更有朝氣，顯然昨晚的行動讓他放下心裡的一塊大石。我們討論了昨晚的驚魂記，他突然說：「我對你的病人很好奇。今天我能和你一起去看他嗎？如果你很忙，我可以自己去找他。看到一位精神病患神智清楚地大談哲學，對我來說可是十分新奇的體驗。」

我手邊有些急迫的工作，因此我說若他能自行前去，我會很高興，這樣他就不用費時等我。我找來一位照護員，仔細吩咐他。在教授離開前，我特別囑咐他，別被我的病人給唬住了。「但是，」他回答，「我希望他能談談自己的事和他的妄想，比如說他生吞動物這回事。昨天我在你的日記中看到，他曾對米娜夫人說，他曾經懷抱這種信念。約翰朋友，你在笑什麼呀？」

「原諒我，」我說，「答案就在這裡。」我把手放在那疊用打字機打好的文件上。「當我們這位理智又博學的精神病人，宣稱他『曾經』嗜吃活生生的生命體，他那張嘴——在哈克夫人進房前——才吃掉一大堆蒼蠅和蜘蛛呢！他口中發出腥臭的味道，大言不慚地對她這麼說。」

范．海辛也笑了起來。「好極了！你記得真清楚，約翰朋友。我得好好記下來。但是，思想與記憶曖昧不明的分界，正是讓精神疾病研究令人著迷的原因。也許我能從這個瘋子的狂亂中，學到更多的知識，比我為菁英上課時學到的還要多。誰知道呢？」

於是我埋首於工作之中，過沒多久就處理完事情了，感覺上好像只過了一會兒。

這時范．海辛已回到書房。「我會不會打擾到你？」他站在門口，有禮地詢問我。

「完全不會，快進來吧！我已經把處理好正事了，剛好有空。如果你願意，我也可以跟你去看他。」

「不用了，我已見過他了！」

「發生了什麼事？」

「他不太歡迎我。我們的會面很短暫。當我走進他的病房時，他坐在房間中央的凳子上，手肘撐在膝蓋，臉上的表情鬱鬱不樂。我跟他說話時，盡量保持語氣愉悅，並且以非常尊敬的態度面對他，但他毫無反應。我問：『你不記得我了嗎？』他的回答很冷淡，令我疑惑：『我知道你是誰，你就是那個叫做范．海辛的老笨蛋。我希望你和你那愚蠢的腦袋瓜趕快離開這兒。笨頭笨腦的荷蘭人！你們都下地獄去吧！』接下來他一句話也不肯說，只是愁眉深鎖，完全不理我，好像我根本就不在那裡。看來，這一回我無法從這位精明的精神病人身上學到什麼，因此我離開了。我想去和那位善良的米娜夫人談幾句，她一定會讓我開心起來。約翰朋友，想到她不用再經歷這些可怕的事情，不用再擔心我們所冒的風險，實在讓我高興。雖然我們一定會很懷念有她出手相助的日子，但還是別讓她參與比較好。」

「我完全同意。」我真誠地說，我不希望他在這件事情做任何讓步。「哈克夫人最好別再參與。對我們——世上所有的男人——來說，就算我們經歷過大風大浪，但要進行這些工作還是很不容易，更別說女人了。要是她繼續參與，很快地這些可怕的事情絕對會折磨她的身心，最終令她崩潰。」接著，范．海辛就去找哈克夫婦了。昆西和亞瑟則去追蹤那些大箱子的下落。我會先在院裡值勤，晚上再開會。

米娜．哈克的日記

十月一日

今天我無法參與任何討論，被蒙在鼓裡的感覺真奇怪。這麼多年來，我一直是強納森的知音，他對我無所不談。看著他刻意迴避某些話題，特別是那些最重要的事情，實在太詭異了。昨天我很疲倦，所以今天很晚才起床。雖然強納森也比平常晚起，但還是比我早醒過來。他在離開臥房前，用濃情蜜意的口氣對我說話，但他完全沒提昨晚他去伯爵的那棟房子裡所發生的事。不過，他一定明白我多麼擔憂。我深愛的強納森多麼辛苦啊！我猜，要向我隱瞞這一切，對他來說也很痛苦，他受的折磨比我還多。他們都異口同聲地同意我最好不要再參與這件可怕的事，我也只能默默接受。但一想到他有心事瞞著我，我就很難過。現在我哭得像傻子一樣，雖然明知我丈夫這麼做，都是出自對我的摯愛，為了我好，那些強壯的男人們一心一意為了我才下這個決定。

寫下這些，讓我心裡舒坦多了。總有一天，強納森會告訴我一切。為了不讓他覺得我有事瞞著他，我決定一如往常地寫日記。如果他擔心我，我就把日記給他，讓他看看我一字一句地記錄下心中的所有思緒，只為毫不保留地呈現在他那雙我深愛的眼睛。今天我的心情特別低落，不知為何悲從中來，我想一定是因為昨天我太緊張、太擔憂他們了。

昨晚，他們出門之後我就上床休息，但其實我沒有半點睡意，只是因為他們叮嚀我休息，不安幾乎把我完全吞沒。腦中一直回想從強納森和我在倫敦會合後發生的每一件事情，就好像在回顧一場可怕的悲劇，噩運似乎殘酷地迫使我們走向無法避免的終點。不管每個人做了什麼，不管我們做了多少正確的事，仍無法阻止可怕的事情發生。如果我沒去惠特比，也許親愛的露西此刻還會在世。畢竟在我去惠特比之前，她從來沒去過那座墓園。如果白天她沒有跟我在墓園裡流連，那麼當她夢遊時，可能也不會去那兒。要是她沒有在深夜，在半夢半醒之間去了墓園，那麼那個怪物就沒有機會傷害她。哎，我為什麼要去惠特比呢？我又忍不住掉下淚來！我真搞不懂自己今天到底怎麼了。我不能讓強納森看到我這個樣子，萬一他發現我早上就哭了兩次——我從來不曾為自己哭泣，而他也從未讓我落淚過——那個可憐人一定會煩惱不已。我必須堅強起來，即使我又感到鼻酸，也不能讓他看到我掉眼淚。我想，這是我們女人該學的功課之一……

我不記得昨晚怎麼睡著的，只記得聽到外面突然響起一陣狗吠，還聽到很多奇怪的聲響，像是樓下朗菲爾德的房間裡，好像傳來一陣激動的祈禱聲；接下來一陣沉寂，沒有任何聲音，全然的靜寂嚇了我一跳；於是我起身往窗外看，窗外一片漆黑，毫無聲音，月光下的暗影如同一團安靜神祕的謎團。周圍沒有任何動靜，沉重靜止的世界宛如死亡或命運來到。因此，當一道薄薄的白霧悄悄地在屋旁的草地上漫延開來，看起來簡直像一個活生生的生命體！突如其來的變化讓我分了心，當我回到床上時，突然感到很疲倦。我在床上躺了一會兒，但還是睡不著，就回到窗前往外看。白霧慢慢散開，離屋子愈來愈近，它在牆外聚集，好像正偷偷地爬向窗戶。樓下那個可憐人前所未有地大聲喊叫，我聽不清他在說什麼，那語氣聽起來似乎正激動地求情著。接著傳來一陣掙扎打鬥的聲音，我猜應是照護員正在想辦法控制住他。我很害怕，就爬上床，用棉被蓋住頭，並用手摀住耳朵。那時，我一點也不想睡，至少我是這麼想的。但我一定很快就睡著了，因為我就這樣一覺到天亮，直到聽見強納森的呼喚，我才醒了過來。我只隱約記得夢境，卻完全不記得後來發生什麼事。當強納森叫醒我時，我花了一點時間集中精神，才意識到自己身在何處，強納森正俯身注視著我。我作了一個很奇特的夢，儘管我醒過來了，但我卻覺得夢境好像和現實合而為一，或者我仍陷在夢境裡。

夢境中，沉睡不醒的我等著強納森回來，我很擔心他的安危，但我身體卻一動也不動，我的雙腳、雙手都像綁上鉛塊似地動彈不得，頭腦也沉沉地不聽使喚，我無法像往常一樣起身工作。我只能不安地在睡眠中思索。慢慢地，我察覺空氣又沉又悶，溼氣很重，而且很冷。我把臉上的棉被移開，意外發現房間變得很昏暗。我特意為強納森留了一盞煤氣燈，但現在它卻變暗了，在濃霧中只留下一點紅紅的火光。剛剛的白霧變濃了，還飄進了屋裡。我突然想到，上床前我明明關緊窗戶了，我想起身確定窗戶是否關好，但卻覺得全身乏力，四肢無法移動，我的意志力也變得格外薄弱。動彈不得的我只能靜靜躺著忍耐。

我閉著雙眼，但卻像能透視般隔著眼皮看見（夢真能對我們使出各種令人無法想像的神奇花招！）霧愈來愈濃了，我現在看得見它怎麼進來的，它就像煙一樣——或是像沸水上的蒸氣——流進來，它並不是從窗戶，而是從門縫間飄進來。霧不斷變濃，直到它好像聚集成直立的雲柱。我看到煤氣燈的火光在雲柱頂端，就像一雙血紅的眼睛。思緒在我的腦中翻飛，直到那雲柱在房間裡旋飛起來，這讓我想到聖經中的一句：「日之雲柱，夜之火柱」難道神靈真的來到我的夢中？祂是否要引領我？但眼前的雲柱既是日之雲柱，也是夜之火柱，因為它的眼中有火焰跳動，深深地迷住我了。當我凝視著那跳躍的火焰，它分化為兩團火，彷彿一雙火紅的眼正注視著我，就像那天在惠特比的懸崖上，當夕照映在聖瑪麗教堂的窗戶上，露西的心思短暫地飄到遠方，也神智恍惚地這麼說。

剎那間，我想起強納森在城堡中看到的那三個可怕女人，從月光下旋轉的灰塵變成實體，恐懼在我心中爆炸開來。在夢中，我一定昏了過去，接下來我只記得一片無盡的黑暗。我最後的記憶是想像力創造的一張蒼白的臉，從白霧中俯身望著我。我得小心這些夢境，這種夢太頻繁，足以讓一個人失去理智。我想請范．海辛醫生或西瓦德醫生幫我開些藥，讓我睡得平穩些，但我又不希望引起他們恐慌。此時作這種怪夢，一定會讓他們更加擔憂我的狀況。今晚，我得試著自己入睡，如果我還是睡不好，明天晚上再請他們開點三氯乙醛。偶爾服用一點安眠藥不會造成傷害，至少能讓我睡一場好覺。昨晚的夢讓我筋疲力盡，好像根本沒闔眼似地。

十月二日，晚上十點

昨晚我順利入睡，也沒有作夢。我一定睡得很熟，連強納森回房休息也沒吵醒我。儘管我睡得很熟，但醒來後卻沒有神清氣爽的感覺，今天我全身虛弱，心情也很低落。昨天一整天，我都試著看書，或斜躺著打盹。下午時，朗菲爾德詢問他能否見我一面，真是可憐人！他對我很客氣，當我要離開時，他親吻我的手，並祈求上帝保佑我。不知為什麼他說的話令我很感動，一想到他，我的淚水忍不住掉下來。我從來沒這麼軟弱過，我要小心點，萬一強納森得知我常常哭泣，他一定會難過不已。

強納森和其他人一整天都在外面，直到晚餐時間才一臉倦容地回來。我試著強顏歡笑，提振他們的精神，這反而有助於我，一時之間我忘了自己的疲累。晚餐後，他們說要抽菸，就叫我回房休息，但我知道他們是想跟彼此報告今天發生的事情。我從強納森的神態中看出來，他有很重要的事要說。雖然我很累，但我卻沒有睡意。在他們離開前，我請西瓦德醫生給我一些鴉片或助眠的藥物，因為前天晚上我睡得不太好。他親切地調配一些助眠藥給我，並說它的藥效很溫和，不會對我造成任何傷害……現在我喝了藥水，等著入睡，但睡意似乎仍無意前來。希望我沒做什麼傻事。但是，當睡意漸漸襲來時，一種全新的恐懼驟然浮上心頭：我是否剝奪了自己從睡夢中醒來的能力呢？萬一我渴望醒過來呢？我想睡了，晚安。

第二十章　強納森・哈克的日記

十月一日，晚上

我在托瑪斯・史奈林在貝思納格林的私宅裡找到他。可惜的是，他什麼也記不得了。他知道我要來，一心期待和我喝杯啤酒，但他一大早就喝得酩酊大醉。不過，他的太太看起來是位莊重的好人，我從她那兒得知他只是史莫雷的助手，史莫雷才是負責人。因此，我去了威爾沃斯。

史莫雷在家裡，他正捲起袖子，從盤子裡狼吞虎嚥地吃著很早的晚餐。他是正派的聰明人，也是個善良可靠的勞工，頭腦靈活。他記得那些箱子的事情。他從褲子後袋掏出某個神祕容器，接著從中拿出一本打了很多摺的小筆記本，裡面用一隻快斷掉的鉛筆記了各種象形文字。他告訴我，那些箱子的下落。他說，他從卡爾法克斯搬走的箱子中，有六個送到麥爾安德新城區的奇克山德街一九七號，六個送到貝爾蒙塞區的牙買加巷。如果伯爵打算在倫敦各處設下可怕的藏身之處，我想這兩個地方是他目前選中的第一批住所；確保安全無虞後，他會再準備更多的住所。想到伯爵有條不紊的行事風格，我相信他絕不滿足於倫敦的這兩個地方。現在，他在泰晤士河北岸，離倫敦較遠的東邊有了住所，也在南岸的東邊有藏身處，還有南倫敦。在他毒如蛇蠍的計畫中，絕不會少了北倫敦和西倫敦——更別提西堤區，還有倫敦時髦的市中心，也就是西南和西邊。我又開口詢問史莫雷，是否能告訴我其他從卡爾法克斯運走的箱子被送去哪裡。

他回答：「先生，你實在對我不賴，」因為我給了他一大筆小費。「我會告訴你我所知道的每件事。四天前的晚上，在潘奇巷那兒的『野兔和獵狗』酒吧，我聽到一個叫布洛森的人說，他和同事在彼爾費里特那兒幹了一件少有的苦差事兒。那一帶的活不多，我想這個山姆・布洛森應該知道一些事情。」我問他，去哪兒可找到布洛森，要是能有他的地址，我會再給他半鎊金幣。他立刻把剩下的晚餐吃光，站起來說他正打算四處打聽。

但他在門口停步，說：「先生，我不該讓你在這兒等我。我可能很快就能找到山姆，但也可能找不到他。總之，今晚你跟他說到話的機會不大。山姆一喝起酒，可不好控制。如果你給我一個信封，上面貼好郵票、寫上你的地址，我今晚一找到山姆，就把他的址址寄給你。但若你想找他，可得早點出門，因為山姆不管前一晚喝得多醉，老是一大早就出門上工啦！」

這倒是實際的好主意。我叫一個孩子帶著一便士去買信封和信紙，並讓把零錢他留下，不用找給我。他回來後，我就在信封上寫好地址、貼上郵票。史莫雷再次信誓旦旦地保證，一找到布洛森就會把信寄給我，我就回家了。至少，我們已經有線索了。今晚我很疲倦，想要大睡一場。米娜很快就睡著了，她的臉色很蒼白，眼睛四周有哭過的痕跡。我親愛的人兒，被蒙在鼓底想必讓她很不好受，她可能更加擔心我和其他人的安危。但這是最好的決定，與其讓她嚇得魂飛魄散，還不如暫時讓她失望擔憂。兩位醫生都堅持不讓她參與這件可怕的事，我認為這是明智的，要堅持下去。雖然對我來說，有事瞞著米娜特別令我心情沉重。不管發生什麼事，我絕不能和她提起這項任務。這應該不難達成，因為她也不太提起這個話題，自從我們叫她別再參與，她就不曾提起伯爵和吸血鬼的事。

十月二日，晚上

今天真是漫長疲倦又令人興奮的一天。郵差送到精神病院的第一批信件裡，就有那封我自己寫上地址的信封，裡面是一張骯髒的小紙條，用木匠鉛筆歪歪扭扭地寫著：

「山姆．布洛森，威爾沃斯區，巴泰爾街，波特爾考特，四號，克爾克蘭。可向迪派特詢問。」

收到信的時候，我還躺在床上。我輕手輕腳地起床，沒吵醒米娜。她氣色看起來很差，蒼白的她睡得很沉。我決定讓她繼續睡，而且打算等我今天調查回來，就安排她回埃克塞特。我想，回到我們自己的家，她應該會開心些。她在家每天都有事情可忙，不像在這兒，儘管和我們在一起，卻無法參與任何事。我見到了西瓦德醫生，告訴他我要去哪兒，但我們沒有時間多談，我向他保證，若我有新線索，一有空就會回來報告。我去了威爾沃斯一帶，但花了好一陣子才找到波特巷，這時我才明白史莫雷拼錯了，波特爾考特其實是波特巷。我一找到波特巷，馬上就看到克爾克蘭客棧。我向應門的人說要找迪派特，但他搖了搖頭，說：「我不知道他是誰，這兒沒這個人。我這輩子還沒聽過叫這名字的傢伙。」我不相信這附近有人叫這怪名字。我拿出史莫雷的字條又讀了一遍，我已從地址的寫法學到教訓，他的拼字能力不大行，於是我問：「請問你叫什麼？」

「我叫迪皮第啦。」他回答。我立刻明白，我找對人了，是史莫雷拼錯字誤導了我。我給了他半鎊，他就知無不言、言無不盡。我知道前一晚在克爾克蘭喝得醉醺醺的布洛森先生，清晨五點鐘就去帕波勒那兒上工；他不知道明確地址，但約略知道是在一棟「新型倉庫」。雖然線索很少，我還是出發去帕波勒了，但找了半天，並沒有找到符合描述的建築物。中午十二點左右，我到了一家很多工人在吃中餐的咖啡館。有個人說，新型倉庫可能指的是十字天使街上一棟新蓋好的「冷藏倉庫」。我立刻去了那兒。守門人的脾氣暴躁，工頭更是粗魯火爆，不過我分別給他們打了賞後，他們都眉開眼笑並告訴我，布洛森在哪兒。我向工頭暗示，若我能向布洛森請教一些私事，我願意給工頭布洛森一整天的工資，於是工頭就去找他過來。布洛森雖然講話粗野、打扮隨便，但他倒挺精明的。我向他保證，我願意花錢買他的情報，他就說他在卡爾法克斯和一棟位在皮卡迪利的房子來回兩次，從卡爾法卡斯搬了九個大箱子——又沉又重——到皮卡迪利。他雇了一匹馬和貨車才完成任務。

我詢問那棟房子的門牌號碼，他回答：「大人，我記不清號碼啦，不過，那棟房子在一棟很大的白色教堂、或類似的建築附近，只隔幾棟房子而已。教堂還滿新的，但房子本身很老舊，滿是灰塵，不過比那棟我們把箱子搬出來的房子好多了。」

「這兩棟房子都沒住人，你是怎麼進去的？」

「在彼爾費里特那兒，有個老人等在屋裡。他還幫我把箱子搬上馬哩！天啊，他是我見過力氣最大的傢伙，而且他年紀很大，鬍子都白了！若你看到他，會以為他什麼也提不動！」

這句話實在太令我興奮了！

「哎喲，但他一搬起那些箱子啊，倒是一臉輕鬆自如，好像裡面只裝了幾磅茶葉，而我卻氣喘吁吁才搬得起來——其實我力氣可不小哩！」

「你怎麼進去皮卡迪利的房子裡？」我問。

「他也在那兒。他一定在我離開彼爾費里特後立刻動身，趕在我之前就先到了。當我按門鈴時，他幫我開門，又幫我把箱子搬進門廳裡。」

「總共九個箱子？」我問。

「對，第一趟搬了五箱，第二趟搬了四箱。工作不難，但我倒不記得後來自己怎麼回家的。」

我打斷他：「那些箱子都留在門廳裡？」

「對，門廳很大，裡面什麼也沒有。」

我又繼續問：「你沒拿到鑰匙？」

「完全沒用鑰匙，我也沒想過鑰匙的事。我駕著馬車離開時有看到，那個老先生自己開門和關門。但第二次離開的時候我倒沒注意——一定是因為喝了啤酒，我全忘了。」

「你還是想不起來房子的門牌號碼？」

「先生，我實在想不起來，但那棟房子很容易就找到，你不用擔心。大門很高，門面是石頭砌成的，上面還有弧型裝飾，門階有好幾階——這我倒很確定。有三個遊手好閒、想賺點零錢的傢伙過來幫我一起搬。那個老人給了他們幾先令，他們還想要多一點錢，但老人抓住他們的肩膀，把他們攆下台階，他們邊走還邊咒罵不停。」

我想，關於那棟房子，這應該就是所有的情報了，於是我付錢給他，朝皮卡迪利出發。新的情報令我痛苦，顯然伯爵自己就能搬動箱子。這一來，時間更加緊迫。若他自己就能搬動箱子，他只要選定時間就可完成搬運工作，無人知曉也無法追蹤。在皮卡迪利圓環，我把車夫打發後，就往西邊走。走過「憲政新生」俱樂部後，我看到布洛森形容的那棟房子，我確信這就是德古拉的下一個巢穴。房子看起來久無人住，窗戶上滿是灰塵，遮陽板緊閉著。房子外觀因歲月而發黑，油漆都剝落了，明顯露出油漆下的鐵件。欄杆上還留著掛鉤，顯然不久之前，正面陽台上還掛著待售告示，但後來被粗魯地拆掉了。欄杆後放了一些板子，邊緣都發白了。我真希望能看到完好的告示板，這樣就能追查原屋主是誰。我想到之前調查卡爾法克斯那棟房子的過程，不禁想著，若我知道前屋主的身分，說不定就能找到進入屋內的方法。

從皮卡迪利這一面看來，找不出其他的資訊，我決定繞到後面，看看能否找到更多線索。馬車道上來往的人車很多，皮卡迪利路上的房子多半都有住戶。我向附近的幾位馬夫和管家詢問知不知道那棟空屋的事。其中一人聽說那棟房子最近剛賣掉，但他不知道是被誰買下的。他說，直到最近那兒都掛著「求售」的告示板，他記得告示板上標明，負責買賣的是米歇爾父子和肯迪公司，也許他們能助我一臂之力。我不希望他發覺我心急如焚，免得他臆測太多，因此我保持從容不迫的態度，謝過他之後就離開了。

天色漸漸暗了下來，秋天天黑得比較早，也漸漸變涼。我不浪費時間，馬上就去了柏克萊飯店，從公司名冊中確認米歇爾父子和肯迪公司的地址後，立刻前往他們位在薩克維爾街上的辦公室。接待我的紳士非常親切有禮，但不願意多說。他從頭到尾只說，那棟皮卡迪利路上的房子——我們兩人對話時，他一直稱那棟房子為「公館」——賣掉了，這場交易已經結束。我詢問買方是誰，他睜大眼睛，停頓一會兒後才回答：「先生，那棟公館已經售出。」

「原諒我，」我一樣有禮地回答。「但因為特殊原因，我希望得知買主的身分。」

他比之前沉默了更久，最後抬起眉毛，照舊簡潔地說：「先生，那棟公館已經售出。」

「我希望你能再多提供一點資訊。」

「但我不願意。」他回答。「在米歇爾父子與肯迪公司，我們絕對保護客人的交易隱私。」

這真是個光明正大的理由，我知道再爭執下去，他也不會鬆口。我想，我最好站在他的立場，因此我開口說：「先生，你的客戶真幸運，有你這樣忠心不貳的守護者替他們保守祕密。我也是非常重視職業道德的人。」我向他遞出我的名片。「我並不是因為好奇心而來打探情報，我是代表葛達明勳爵前來，他希望瞭解一些最近出售的房產資訊。」這幾句話立刻扭轉局勢。

他說：「哈克先生，我真心願意為你服務，而且我特別樂意為勳爵服務。當他還是亞瑟・赫姆伍德閣下時，我們曾經為他處理租房的一些瑣事。如果你能給我勳爵的地址，我會替他收集這棟公館的資訊，今晚就能把相關資料寄給他。若我們的讓步能為勳爵提供他所需要的情報，是我們莫大的榮幸。」

我並不想樹敵，希望和他保持友好關係，因此我感謝他的幫忙，並給他西瓦德醫生的地址，就告辭離開了。現在，天色已完全暗了下來，我又累又餓。我在艾爾瑞特麵包店喝了杯茶，就搭火車回到彼爾費里特。

我回來時，其他人都在。米娜看起來很疲倦，臉色蒼白，但她努力振作精神，故作開心的樣子。一想到我不能和她分享我知道的一切，只能任由擔憂折磨她的內心，就令我感到心痛。感謝上帝，今晚是最後一次她被摒除在我們的會議之外，因為我們不對她坦白而煩惱。我只能鼓起勇氣，堅持這個明智的抉擇，不讓她參與這場殘酷的任務。不管如何，她好像也不再堅持參與，或者這個話題令她厭煩，因為當有人不經意地提起時，她就打起寒顫。我們很高興及時讓她退出，不然知道得愈多，她恐怕愈難受。

我必須等到米娜不在，才能跟其他人講述今天的發現。因此晚餐後——我們還故作悠閒地聽了一會兒音樂——我就陪米娜回房，讓她待在床上休息。我親愛的姑娘比過去更加溫柔，惹人憐愛，她依偎著我，好像想留住我；但我有很多事情要和大家討論，只能離開。感謝上帝，雖然我們不再談起那個話題，但我們之間的感情並沒有因此而動搖。

我回到樓下，其他人都圍坐在書房的火爐前。我在火車上已寫下今天的日記，因此我只要照著唸出來，就能讓大家瞭解目前的進度。

當我唸完後，范．海辛說：「強納森朋友，你今天完成的任務真是驚人。我們已經掌握所有箱子的下落，若那些箱子真在那棟房子裡，那麼我們的工作就快結束了。不過，如果還有箱子下落不明，那我們就得再找到其他箱子才行。接下來，我們就能執行最後一項任務，獵殺那個怪物，讓他真正安息。」他說完後，我們沉默了好一陣子。

接著莫里斯先生說：「哎，我們該怎麼進去那棟房子？」

「我們已經進過另外一棟房子，這棟也不是問題。」葛達明勳爵馬上回答。「亞瑟，但這兩棟房子大不相同。我們的確闖進卡爾法克斯，但當時是晚上，而且它的庭園廣大，有高牆保護。若要在皮卡迪利路上闖空門，可就是另外一回事！如果那個仲介公司的蠢蛋不願意給我們鑰匙，不管我們打算白天還是晚上下手，我都不知道要怎麼潛進去。也許，早上你收到他的信之後，我就知道該怎麼做。」

皺著眉頭的葛達明勳爵站起身，在房裡來回踱步。過了一會兒，他停了下來，轉過頭來掃視我們，說：「昆西說得沒錯。闖空門很嚴重，雖然我們上次安然逃過一劫，但現在這件事很棘手——除非我們能找出伯爵握有的鑰匙串。」

現在我們無事可做，只能等葛達明勳爵收到米歇爾父子和肯迪公司的來信再做決定。因此，我們同意到明天早餐前都靜觀其變。我們坐了好一陣子，抽著菸，翻來覆去地討論各種細節，而我正好趁這個機會更新日記的內容。睡意襲來，我該回房休息了……

最後再提一下米娜的事。我回到房間，她睡得很熟，呼吸很穩定，但額頭浮現一條條的皺紋，睡夢中她似乎還煩惱著某些事。她依然蒼白得不太正常，但已不像今早那麼消瘦。我希望明天就能讓她回到埃克塞特的家中。哎呀，我真想睡！

西瓦德醫生的日記

十月一日

朗菲爾德再次令我困惑難解。他的情緒大起大落，我實在跟不上他的變化，但它們通常不只暗示他本身的精神狀態，因此倒是個有趣的研究主題。今天早上，他對范・海辛冷淡以對後，我去看他，他的態度一變，好像成了命運的主宰，他內心真的認為自己是命運的主宰吧！他不在乎俗世，高高在上地從雲端俯視人間，一眼看穿我們凡人的弱點和欲望。

我打算藉此機會，進一步認識他，從他身上學點東西，因此我問他：「這一陣子蒼蠅都到哪兒去了？」

他降貴紆尊地笑了起來——這可說是莎劇《第十二夜》中，蒙特維羅的表情——他回答：「我親愛的先生，蒼蠅有個特色：牠的翅膀能夠從空中傳達超自然的力量。古人把靈魂比作蝴蝶還真有點道理呢！」

我打算進一步用邏輯推敲他的比喻，因此立刻說：「所以，你現在尋找的是靈魂，是嗎？」

他的瘋狂已遮掩了理智，臉上露出困惑的神色，接著他突然下了決定，猛力地搖起頭來，我很少看到他那麼肯定的表情。他說：「不、不是！哎呀，我並不想要靈魂。我只想要生命。」此時，他的臉又亮了起來。「現在，我倒不大在乎。生命很重要，但我已擁有我渴望的一切。醫生，如果你想研究噬生學，恐怕得找個新病人啦！」

我感到疑惑，於是我引他說下去：「那麼你掌握了生命，這麼說來，你成了神？」

他露出難以言喻但得意洋洋的笑容。「才不是！我無意僭越神的地位，這可不是我的本意。我甚至不在乎上帝的神聖作為。如果要描述我目前的智識，以地球上的萬事萬物來說，我大概和以諾[25]平起平坐吧！」

對我來說，他根本是在裝腔作勢。我一時想不出為什麼他要提到以諾，因此問了他一個簡單的問題，儘管我覺得這麼一問，精神病患恐怕會瞧不起我：「為什麼你提到以諾？」

「因為他和上帝一起行走。」

我想不通這個比喻，但我不願讓他發現，因此我跳回他前面否認的話題：「所以，你既不在乎生命，也不想要靈魂。為什麼？」我以迅速和堅決的氣勢提出這個問題，希望削削他的銳氣。顯然我的作法有效，他有一會兒好像回到之前卑躬屈膝的態度，在我面前彎下腰來；但其實他是在對我皺眉。

他回答：「我不想要靈魂，的確如此，的確如此！我不想要。就算我有很多靈魂，我也不會使用它們，對我毫無用處。我不能把它們吃下去，也不能——」他突然停口，臉上露出往昔那狡詐的笑容，好像風在水面上激起一陣陣漣漪。「而且，醫生，生命到底是什麼？當你得到你所需要的一切，你知道你不再有所求，我就是這樣。我有朋友——好朋友——就像你有朋友一樣，西瓦德醫生。」他邊說邊對我露出難以描述的睥睨眼神，看起來十分奸詐。「我已經知道，我再也不會缺少生命了！」

我想，瘋狂遮掩了他的心智，他似乎把我視為某種對手。一說完，他就退回那唯一的避風港——也就是沉默不語。過了一會兒，我察覺現在的他只緊繃著一張臉，守口如瓶，於是離開了。

當天稍晚，他叫人來找我。若非特殊原因，通常我不會再去他的病房，但我對他很有興趣，因此很樂意再去找他。反正，我現在無事可做，想找點事情來打發時間。哈克出門去查訪，葛達明勳爵和昆西也出去了。范．海辛在書房研究哈克整理好的資料，他似乎認為只要掌握所有資訊、熟悉每個細節，就能發現新線索。他並不想被無謂的事情打擾。上次朗菲爾德拒絕他後，我想他已對這名病人失去興趣，不然我就會邀他一起去看朗菲爾德。不過，我心底還有個顧忌：在第三者的面前，朗菲爾德可能不會像跟我獨處一樣盡情地高談闊論。

---

25. 聖經人物，瑪土撒拉的父親，據記載他與上帝同行。

他坐在房間中央的凳子上，通常他這麼做的時候，他的大腦正忙碌地轉動。我一進房，他立刻開口說話，似乎等待已久，恨不得一吐為快。

「誰在乎靈魂？」

顯然，我之前的推測正確無誤。人的大腦總是無意識地思考起來，就連精神病患也會如此。我決定釐清這個主題。「你認為靈魂是什麼？」我詢問。

好一陣子，他沒有回答，只是上上下下地張望著周圍，好像在找什麼靈感。「我才不想要靈魂！」他垂頭喪氣地用一種近乎抱歉的口氣說。

這個主題似乎一直糾纏著他，我決定好好運用──正如《哈姆雷特》中說的：「為了他好，只能殘忍。」我說：「你喜歡生命，而且渴望生命，對吧？」

「哎，說得對！就是這樣！這不是重點，你不用擔心這回事！」

「但是，」我問：「我們要如何得到生命，而不得到靈魂呢？」這個問題令他困惑。我又進一步說：「當你有機會飛向屋外時，你的身邊會圍繞著數以千計的蒼蠅、蜘蛛、鳥和貓的靈魂，牠們全在你周圍嗡嗡飛或啾啾叫。當然，你獲得牠們的生命，但你也得接受牠們的靈魂才行！」他的想像世界似乎受到某種劇烈的衝擊，他把手指塞進耳朵裡，又緊緊閉上眼睛，好像一個正在用肥皂洗臉的小男孩。他的行為令人悲憐，我不禁替他難過起來，同時我也學到一課：我眼前的病人，似乎只是個孩子──儘管他的外貌已是成年人，而下巴上的鬍髭都已變白，但他的心智仍只是個小孩。顯然，他心中煩亂不安。從過去的經驗，我知道有時隨著情緒變化，他對事情的解讀也會有所改變，連他自己也不太明白為什麼。我決定進一步進入他的心靈世界，隨著他的邏輯，探索他的反應。第一步是重建他的信心。為了讓他捂住的耳朵聽見，我大聲地對他說：「你要不要一些糖？你可以再次開始捉蒼蠅。」

他好像突然醒了過來，搖了搖頭，笑著回答：「不用了，反正蒼蠅只是卑微的生命體！」他停了一會兒，又說：「我可不希望牠們在我身邊嗡嗡叫！」

「那蜘蛛呢？」我又問。

「別管那些蜘蛛！蜘蛛有什麼用？牠們又沒有什麼好吃或好——」他沒再說下去，好像想到那個禁忌的話題。

「原來如此！原來如此！」我暗自尋思：「這是他第二次在要說到『喝』這個字的時候，突然打住。這是什麼意思？」

朗菲爾德似乎發現自己又回到原點，立刻急急地說下去，好像希望轉移我的注意力：「我不再養那些東西了，就像莎士比亞說的：『不管小老鼠還是大老鼠，都不值一提。』他們只能被稱為『雞飼料』罷了。那些胡言亂語對我來說都已成往事。現在我已知道有什麼在等著我，若你還想刺激我，要我對如此卑微的動物產生食欲，還不如叫我用筷子來吃微小的顆粒。」

「我明白了，你想要吃些你能用力咬下去的大型動物，是嗎？你想吃頭大象當早餐嗎？」

「你在說什麼鬼話呀？」

他愈來愈清醒了，我決定再施加壓力。「我不禁好奇，」我像沉思一樣說，「不知道大象的靈魂長什麼樣？」

「我才不要大象的靈魂，我根本不要靈魂！」他說。之後好一陣子，他不再說話，只是消沉地坐著。突然他跳了起來，眼睛發出光芒，顯然他的心神正受到強烈的刺激，大腦飛快地轉動。「你和你說的那些靈魂都下地獄去吧！」他大吼，「為什麼你喋喋不休，一直用靈魂來煩我？我要擔心、痛苦、煩惱的事情已經夠多了，別再跟我提什麼靈魂！」他充滿敵意地瞪著我，我幾乎相信他馬上就要動手殺了我，因此我吹響哨子。不過，他一聽到哨音立刻安靜下來，滿懷歉意地說：「原諒我，醫生，我太忘形了。你不需要叫別人來。我心裡有太多煩惱，讓我變得很暴躁。要是你明白我得面對的問題，知道我正在處理什麼難題，你就會同情我，忍耐我，原諒我。求求你，別讓我穿上束衣。我想要好好思考，但當我的四肢被困住的時候，我就想不清楚。我相信你懂我的意思！」

他顯然沒有失去自制力，因此當照護員過來時，我跟他們說不用擔心，他們就離開了。朗菲爾德看著他們退出房間。當門再次關上，他親切又不失尊嚴地說：「西瓦德醫生，一直以來你都很體諒我。相信我，我非常、非常感謝你！」

我希望他保持這種情緒，因此我離開了他。我必須好好想想他的精神狀態。若按順序記下來，他似乎具備幾項美國記者會稱為「有故事性」的特質。如下：

不願意提到「喝」這個字。

擔心動物的「靈魂」會帶來負擔。

不用擔心未來得不到「生命」。

厭惡低等動物，擔心牠們的靈魂會來糾纏他。

用邏輯來看，這一切都指向一個結論，就是他相信自己有辦法獲得更高等的生命。但他擔憂後果——靈魂的負累。那麼，他期待的是人命！

但他如何確信自己能獲得人命呢？

上帝啊，求求祢發發慈悲！如果伯爵已經來找過他了，那他們之間一定在策畫一個新的悲劇！太恐怖了！

稍晚

我巡過病房後，就去找范．海辛討論這些令我起疑心的事情。范．海辛一聽，臉色立刻嚴肅起來，考慮了好一陣子後，他請我帶他去見朗菲爾德。我照做了。當我們走到病房門口，屋內傳來這位精神病患開心的歌唱。以前他也會在房裡唱歌，但現在看起來已經像是遙遠的回憶。我們進去之後，意外發現他又像以前一樣在灑糖粉。秋天慵懶飛行的蒼蠅也開始在病房內聚集，發出嗡嗡的鳴聲。我們試圖聊起上一次的話題，但他無意開口，自顧自地唱著歌，對我們視若無睹，好像我們根本不在那兒。他拿著一張紙對折，想折成一本小筆記本。他從頭到尾都漠視我們，我們只好離開。

他的確是個神祕的病例，今晚我們得監視他的行動。

米歇爾父子和肯迪公司寫給葛達明勳爵的信件

十月一日

敬愛的勳爵大人：

我們隨時隨地都樂意為您服務。根據您的代表人哈克先生的要求，我們向您提供皮卡迪利路三十七號的買賣交易事項，希望能滿足您的需求。原賣主是已故的阿契巴德．溫特蘇菲爾德先生的遺囑執行人。買主為一名來自國外的貴族德．維爾伯爵，他親自用現金付清，以「臨櫃買賣」的方式完成交易——請勳爵大人原諒我們使用如此低俗的商業用語。除此之外，我們並不清楚買主的其他資訊。

勳爵大人，我們是您永遠忠誠謙卑的僕人

米歇爾父子與肯迪公司敬上

西瓦德醫生的日記

十月二日

昨晚，我安排一位照護員守在走廊，並叮囑朗菲爾德的房間傳來任何聲音都要詳實記錄下來，一發現任何不尋常的行為就立刻通知我。晚餐過後，我們全都聚在書房的火爐前——哈克夫人已回房休息——我們討論今天的行動與追查到的線索。只有哈克先生收集到有用的情報，我們都希望他所收集的線索能帶來重大的發展。上床休息前，我又去朗菲爾德的房間巡視，從觀察窗裡瞧瞧他的動靜。他睡得很熟，胸膛隨著穩定的呼吸上下起伏。

今天早上，負責守夜的人向我報告，昨晚午夜過後，朗菲爾德變得坐臥難安，有點大聲地反覆祈禱。我問他，還有其他不尋常的事嗎？他回答只聽到這些聲響而已。但照護員的態度令我起了疑心，我又進一步詢問，他是不是在守夜時睡著了。他否認，只說他「打了一會兒盹」。沒人在旁監視他，任何人都不值得信任，真是令人失望。

今天，哈克出門去追查線索。亞瑟和昆西則留下來照顧馬匹，因為葛達明勳爵認為我們最好隨時準備好馬匹，一有線索就能立刻行動。我們必須在日出與日落之間，淨化伯爵箱子裡的土壤，這樣一來，就能在伯爵力量最薄弱、又無處可躲的情況下抓住他。范．海辛到大英博物館尋找古代的藥物資料。過去的醫生記錄下許多被後人駁斥的資訊，而教授從中尋找對抗女巫和邪魔的解藥，以備不時之需。有時，我不禁認為我們可能全都瘋了！也許當我們清醒的那一天，會發現其實我們都穿著束衣吧。

稍晚

我們再次聚會。目前看來，至少我們都沒有偏離正軌，明天也許就能吹響幕終的序曲。朗菲爾德很安分，我不禁好奇他是否和這一切有關係。他的情緒轉變一直和伯爵的行動息息相關，而我們即將給這怪物致命一擊，他可能多少受到影響。今天我又去跟他談了一下，但他只顧著捉蒼蠅。如果他能給我們一點暗示，如果我們知道他心裡在想什麼，也許能夠得到珍貴的線索。現在他安靜了好一陣子……咦，發生了什麼事？——剛剛那聲狂野的吶喊，好像是從他房間傳出來的。

照護員衝進我的房間，說朗菲爾德不知何故發生了意外。他聽到病人吼叫後立刻衝進房內，發現他臉朝下躺在地上，臉上全是血。我得趕緊過去看看……

第二十一章　西瓦德醫生的日記

十月三日

讓我憑著記憶，詳細記錄昨晚我最後一次錄音，之後發生的事。我絕不能遺漏任何細節，我得保持冷靜才能繼續錄音。

我到朗菲爾德的病房，發現他躺在地上，左半邊的身體都浸在鮮紅的血泊裡。當我試圖移動他時，發現他身受重傷，他的身體好像斷成好幾截，而且似乎失去意識。他的臉被撞傷了，好像有人一直拿他的臉去撞地板——地上的血跡顯然是從他臉上流下來的。

跪在他旁邊的照護員和我一起翻轉朗菲爾德的身體，此時照護員說：「先生，我想他的背被打傷了。瞧，他的右臂、右腿和右臉都癱瘓了。」照護員很驚訝，難以理解獨處的病患怎能受到如此的重傷。照護員顯然驚惶失措，眉頭糾結的他又說：「有兩件事情，我實在想不通。他的確可以自己用頭撞地板，造成這樣的傷口。我在艾佛斯菲爾德精神病院裡，看過一個年輕女人這麼做。我猜，他可能以怪異的姿勢從床上摔下來，同時跌斷了脖子。但我實在無法想像，這兩件事怎能同時發生？若他先跌傷了背，就不可能把自己的頭去撞地；但若他先把自己的臉撞傷再摔下床，應該會留下痕跡才對。」

我跟他說：「去找范．海辛醫生，記得有禮貌地請他立刻過來。請他不要耽擱，馬上來找我。」

照護員趕緊跑出門，不到幾分鐘，還穿著睡袍和拖鞋的教授就出現了。他看到躺在床上的朗菲爾德，目光銳利地檢視一番，就轉向我。我想，他從我的雙眼中讀出我的思緒，因為他顯然有意避開照護員的耳朵，壓低聲音說：「哎……真是令人難過的意外！我們得派人小心監視他，萬萬不可大意。我會陪在你身邊，但我得先去更衣。你留在這裡，我馬上就回來。」

病人的呼吸變得很粗重，看得出來他的傷勢嚴重。范．海辛動作迅速，一會兒就帶著外科手術箱回到病房。顯然在這短短的時間裡，他已思考過並做好決定。他在視察病人前，先對我耳語：「把照護員支開。手術結束後，當他的意識回復時，不能有別人在場。」

於是我說：「賽門斯，你的工作完成了。目前我們已盡力了，你最好去巡視病房。范．海辛醫生會進行手術。如果發現其他異常跡象就立刻過來通報我。」

照護員離開病房後，我們仔細檢視病人的傷勢，他臉上的傷口並不深，真正嚴重的是，他的顱骨因擠壓而斷裂，傷勢一直延伸到腦的運動區。

教授思量了一會兒，說：「我們得降低顱內的壓力，盡量讓它回復正常狀態。快速的充血現象顯示他的傷勢很嚴重，整個運動區似乎都受到影響。腦內很快就會充血，我們得趕緊用環鋸進行手術，不然就太遲了。」他還沒說完，就有人在外面輕敲房門。我走過去打開門，看到亞瑟和昆西都穿著睡衣和拖鞋站在走廊上。

亞瑟說：「我聽見照護員叫醒范．海辛醫生，還聽到發生了一場意外。我原打算叫醒昆西，但其實他根本還沒睡著。近來發生太多奇怪事件，我們無法睡得安穩。我想，明天晚上以後，我們再也無法用同樣的目光看待這個世界，也都必須謹慎思考過去發生的事情，並想想一下接下來該怎麼做。我們可以進來嗎？」

我點了點頭，把門打開讓他們進來，再緊緊關上。昆西看到病人的傷勢，又看到地板上血跡斑斑，輕輕地說：「天啊！他發生了什麼事？真是個可憐的傢伙！」我簡短敘述事發經過，並解釋，手術結束後他可能會恢復意識——不過恐怕只有一會兒。他立刻坐在床邊，葛達明勳爵也在他身邊坐下來，我們都屏息等待朗菲爾德甦醒過來。

「接下來就是等待了。」范．海辛說。「我們得找環鋸顱骨的最佳位置，這樣才能迅速有效移除血凝塊。他的腦出血愈來愈嚴重了。」

我們心驚膽跳地等待著，時間好像過得特別慢。我的心不斷往下沉，從范．海辛的表情，我看得出來他也很恐懼或擔憂接下來會發生什麼事。我想像著朗菲爾德可能會說的話，心裡十分害怕。其實，我根本連想也不敢想，但我相信他一定會說出很可怕的事情，因為我讀過，瀕死之人可能會聽到死亡甲蟲或收屍人出現的聲響。這個可憐人的呼吸變成不規律的抽氣聲。他好像隨時會睜開眼睛說話，但接下來卻是又長又粗的喘息，他彷彿掉入更深沉的昏迷。儘管病床與死亡，本是我生活的一部分，但此刻，這令人焦慮難安的等待讓我愈來愈難受。我幾乎能聽見自己的心跳，血液流過太陽穴的聲音簡直就像鐵錘在敲打我的腦部一樣。沉靜無聲的病房讓氣氛更加苦悶。我一一望向身邊的人，從他們發紅的臉、被汗水浸溼的眉毛，看來他們也像我一樣深受折磨。我們全都陷在緊張不安的深淵，好像一不留神就會聽到一陣可怕的喪鐘在頭頂敲響。最後，病人的情況加速惡化，顯然他的時間已經不多，隨時都有可能死亡。我抬頭看著教授，他正緊緊盯著我。

教授臉色凝重地開口說：「我們不能再浪費時間了，說不定，他說的話足以拯救許多條性命。我站在這兒想了好一陣子，他的話說不定能救某人的靈魂！我們這就動手術吧！從耳朵上方動刀。」

他沒再多說，立刻進行手術。好一會兒，病人的呼吸依舊粗重費力。後來病人嘆了一口長長的氣，他的肺好像快被扯裂了。一霎間，他張開雙眼，狂亂又無助地瞪著前方。他的雙眼直直地瞪了好一會兒，接著柔和下來，露出驚喜的神色，緩緩嘆了口氣。他的身體打了個哆嗦，同時他開口說：「醫生，我會乖乖的。請他們幫我把拘束衣脫掉。我作了一場很可怕的夢，我全身虛脫，動彈不得。我的臉怎麼了？我的臉好像腫起來了，好痛呀！」他試圖轉頭，儘管他無法轉動，但光是試圖集中力氣就讓他的眼神又變得渙散。我趕緊叫他靜止不要動。

范．海辛沉著聲說：「朗菲爾德先生，告訴我們，你作了什麼夢。」

朗菲爾德一聽到范．海辛的聲音，那傷痕累累的臉就亮了起來，他回答：「是范．海辛醫生！真高興你在這裡。能不能給我一點水？我的嘴唇很乾燥，我會試著解釋我的夢境。我夢到——」他突然停住，好像快暈過去了。

我立刻低聲吩咐昆西：「去拿白蘭地——在我的書房——動作快！」他立刻飛奔而出，拿了酒杯、一瓶白蘭地和水過來。我們沾溼那乾裂的嘴唇，病人很快就醒了過來。不幸的是，他頭部的傷勢似乎已影響了腦部，儘管他神智清醒，但他緊盯著我，露出令人心痛的困惑表情，我永遠忘不了他的眼神。

他說：「我不該欺騙自己，那根本不是夢，一切都是真的，恐怖的真實。」他的雙眼環視房間，發現床邊坐了兩個沉默不語的人影，又繼續說：「就算我不確定那是不是真的，現在我從他們身上也看出來了，那並不是場夢。」他閉上眼睛一會兒，不是因為痛楚或睡著了，而是自己選擇閉上，好像這樣他才能承受。再次睜開眼時，他彷彿鼓起全身的力氣，用前所未見的活力急促地說：「快呀！醫生！動作快！我就要死了！我恐怕只剩下幾分鐘，接下來就要到死神那兒——我的下場恐怕比死還要慘！再用白蘭地弄溼我的嘴，在死之前，我必須告訴你們一件事，不過我那被敲碎的腦袋隨時可能會停止運轉。謝謝你！上次我求你讓我離開，你們走了後，事情就發生了。我那時不敢說出口，但至少我神智清醒，就像現在一樣，只是現在的我離死亡不遠。你離開後，我陷入痛苦萬分的絕望之中。接著過了好幾個小時，我突然感到一陣平靜，我的腦好像又冷靜了下來，我明白自己在哪兒，聽見屋後傳來狗吠，但不知道『他』在哪裡！」

范．海辛盯著他，眼睛一眨也不眨，但他的手伸向我，緊緊擰住我的手。不過，他並沒有表露他的心情，只是微微點頭，低沉地說：「說下去。」

朗菲爾德接著說：「在一片濃霧中，他出現在窗戶外面，就像我之前常常看到的那樣。但這一回，他看起來很真實──不再是虛無飄渺的鬼魂。他的雙眼像生氣的人一樣迸發憤怒的光芒，張著鮮紅大嘴哈哈大笑。當他回頭望向旁邊的那一排樹──狗吠的方向──時，他那尖利的白牙在月光下閃閃發亮。雖然我知道他很想進來，但我一開始並不願意讓他進來──他一直都很想進來。接著他保證會給我很多東西──他沒有說話，用行動來表示。」

教授打斷他：「他怎麼做？」

「他變出東西，就像他以前會在太陽普照的時候，送來蒼蠅一樣。他送來又大又肥的蒼蠅，翅膀上有著鋼珠和藍寶石；晚上還會送來很大的蛾，背上有骷髏頭和交叉的骨頭。」

范．海辛對他點了點頭，無意識地對我說：「那是人面獅身像的赭帶鬼臉天蛾──那是你們稱作『死神之臉』的蛾，對吧？」

病人並沒有停下來，繼續說著：「他開始吆喝：『老鼠、老鼠、老鼠！上百隻、上千隻、百萬隻，每一隻都是活生生的生命。狗吃掉老鼠，貓也會吃老鼠。所有的生命，牠們都有鮮紅的血液，裡面流淌著好幾年的生命。何必滿足幾隻嗡嗡叫的蒼蠅！我笑著看他，等著瞧他會怎麼做。接著，在他家那一邊，在那黑暗的樹林後面，響起一聲又一聲的狗吠。他叫我走到窗邊。我起身往外望，他舉起雙手無聲地像在召喚什麼，然後草地上出現一團黑霧，以火焰的形狀聚攏在一起；他隨心所欲地把那團黑霧往右移又往左移。這時我才看清楚那團黑霧原來是數以千計的老鼠，牠們的眼睛都發著紅光——就和他的眼睛一樣，只是牠們的眼珠比較小。他舉起一隻手，牠們立刻靜止不動。我好像感覺到他在說：『我會把這些生命都交給你。不只如此，我還會給你更多、更大、活得更久的生物，只要你臣服於我的腳下！』一陣如血般艷紅的雲霧好像籠罩在我的雙眼上，在我意識到自己的行為之前，我已經把窗戶打開，對他說：『來吧！我的主人！我的大人！』一眨眼，老鼠全消失了！但他已經從窗戶溜了進來，儘管我只把窗戶打開一吋而已。他就像月光一樣能夠穿透最微小的縫隙，現身在我的面前，展現他燦爛光華的姿態。」

他的聲音又變得軟弱無力，我趕緊再用白蘭地沾溼他的嘴唇，他繼續說了下去。但他的記憶似乎愈來愈模糊，不時停頓下來試圖回想。我幾乎要出聲請他回到重點，但范．海辛低聲對我說：「讓他說下去，別打斷他。他無法回到先前的話題了，若他的思緒被打斷，可能就再也說不下去。」

朗菲爾德繼續說：「一整天我都在等待他的消息，但他根本沒為我送來東西，連一隻綠頭蒼蠅也沒有。等到日落月出，我已經生起他的氣。當他又從窗戶縫隙鑽進來——窗戶明明關得好好的，他也沒有敲窗戶——我很氣他這麼做。他輕蔑地瞪著我，那蒼白的臉從白霧中浮現，血紅的雙眼發著光。他好像把這兒當作自己的家，隨意進出，而我什麼都不是。當他經過我的時候，他身上的味道也變了。我擋不住他。我狐疑起來，感覺好像是哈克夫人進了我房間呢……」

坐在床邊的兩個男人立刻站起身，想聽得清楚些。他們小心地繞到床後面，免得引起病人的注意。兩人都沒說話。教授嚇了一跳，打起哆嗦，但他的表情仍然冷靜沉著，只是變得愈來愈嚴厲。

朗菲爾德並沒注意到這些變化，只顧著說下去：「今天下午，當哈克夫人來看我的時候，她已經不再是原本的樣子了，就好像茶壺中的茶被水沖淡了。」我們的身體都感受到強烈的震撼，但沒人說話。他繼續說：「那時，我並不知道她進來了，直到她開口說話，我才注意到她。但她看起來跟之前很不一樣。我不喜歡臉色蒼白的人，我喜歡氣血充足的人，而她的血好像都流乾了。當下我並沒有多想，等她離開後，我才開始思考，一想到他從她身上把生命奪走，我就氣得發瘋。」

我感覺到其他人都顫抖起來，我也是，但除此之外，我們靜止不動。

「所以，今晚我等著他過來，我看到白霧偷偷飄進來，立刻抓住霧氣。我聽說瘋子的力氣特別大，而我知道自己是個瘋子——至少有時是瘋子——我決心使盡所有力氣來對抗他。哎，他的確感受到我的力氣，不得不從霧裡現身來跟我搏鬥。我緊緊抓住他，我以為自己就要贏了，我不想讓他奪走她的生命，但我一看到他的雙眼就完了。他的雙眼好像燒灼著我的身體，我的力氣全化成了無用的水。他從我的手中流走，當我試著抱住他，他把我抓起來往地上摔。一片紅雲擋住了我，一陣如雷的聲響貫穿我的耳，接著那霧就從門縫溜走了。」他的聲音愈來愈微弱，呼吸又變得粗重起來。

范．海辛立刻站起身，他說：「我們已經知道最糟的狀況了！他就在這裡，我們知道他的目的。也許現在還不遲，我們得準備武器——就像那晚一樣，但別浪費時間，一分一秒都很珍貴。」

此時用言語表達恐懼或決心都是多餘的——我們全想著一樣的事，立刻飛奔回房，拿出我們潛進伯爵房子時所攜帶的用具。而教授早就把東西都帶在身上。我們在走廊上集合，他指著身上的用具說：「我總是隨身攜帶這些東西，直到這件慘案終結之前，我都會帶著他們。我的朋友，你們也該隨時提高警覺。我們面對的可不是普通的敵人。天呀！天呀！真不該讓米娜夫人受苦！」他聲音嘶啞，沒再說下去。

我不知道究竟是憤怒還是恐懼佔據了我的心。我們在哈克夫妻的房門前停步，亞瑟和昆西退了一步，昆西問：「我們該打擾她嗎？」

「非做不可。」范．海辛陰鬱地說：「萬一門上了鎖，我會把門撞破。」

「這樣不就會把她嚇壞？闖進女士的房間是很失禮的呀！」

范．海辛嚴肅地說：「你說的沒錯，但這攸關人命。對醫生來說，每間房間都一樣。不管如何，今晚每個房間對我來說都一樣。約翰朋友，當我轉動門把，若門沒有打開，你就壓低肩膀用力推，其他人也一起撞門。朋友們，動手吧！」

他邊說邊伸手轉動門把，果然門沒有應聲打開。我們立刻撞門，轟然一聲撞開了門，我們幾乎是跌進房裡。事實上，教授跪跌在地上，他正伸手穩住重心，試著站起來。眼前的景象把我嚇得魂飛魄散，後頸的毛髮直豎，心臟好像停止跳動。

明亮的月光穿過厚重的黃色窗簾，灑落一地，儘管房內暗淡無光，我們仍看得很清楚：強納森．哈克躺在靠窗的床上，臉上浮現紅暈，粗重地喘著氣，好像陷入昏迷。他的妻子穿著白色的睡衣，跪在床邊，臉朝向窗外。她的身邊站著一個全身黑衣、又高又瘦的男人。他的臉背對著我們，但我們立刻明白這人就是伯爵——從每個角度看來，他都符合一切描述，前額還有一道傷疤。他的左手拉著哈克夫人的雙手，使她伸直雙臂；他的右手則緊握她的後頸，強迫她的臉倚靠在他的胸膛上。她那白色的睡衣沾滿血跡。那男人的衣服敞開，一小道血從他胸口流下來。這兩人的動作，就好像一個小孩強迫一隻貓從盤子裡吸食牛奶似地。

我們衝進房內的聲響，驚動伯爵轉過頭來，他露出那個我早已聽過的邪惡表情，雙眼因興奮而發紅，蒼白的鷹鉤鼻上是張大的鼻孔，邊緣微微張闊；在流著血的圓潤嘴唇後面，是兩排又尖又利的白牙。他像野獸般齜牙裂嘴，一擺手就把受害者甩到床上，彷彿從高處把她丟入深谷。他轉過身跳向我們，此時教授已經站穩了，他伸手舉起那個裝著聖餅的信封袋，擋在伯爵面前。伯爵嘎然止步——就像露西在墓園裡停在墳墓前的情景一模一樣，他往後退縮些；我們高舉十字架往前走，逼得他直往後退。這時，一片巨大的烏雲飄過，月光突然消失了！當昆西用火柴點亮煤油燈時，伯爵已經消失了，只剩下一團霧氣。

我們眼睜睜地看著那團霧從緊閉的門縫下鑽了出去——我們進房後，就把房門關上了。范・海辛、亞瑟和我衝向哈克夫人，此時她已恢復呼吸，並發出一聲撕心扯肺的尖叫，那穿透鼓膜的絕望嘶吼在我腦中轟轟作響，我相信直到我臨終都無法忘記這一聲慘叫。好一陣子，衣衫不整的她無助地癱在一旁。她的臉色蒼白，嘴唇、臉頰、下巴上的血跡更顯得她的皮膚死白如鬼；她的雙眼因恐懼而渙散，眼神狂亂。她用虛弱無力的雙手掩住臉，她的手也很蒼白；那被伯爵拉扯過的手，留下了紅色的傷痕。她把臉埋在雙手中，發出一聲低低的呻吟；相較之下，之前的嘶吼似乎只宣洩了一點她心中無盡的痛苦，現在的她是痛不欲生。

范・海辛一個箭步上前，拿了一塊布蓋住她的身體。亞瑟看到她那絕望的表情，不忍心地衝出了房門。范・海辛對我耳語道：「強納森陷入昏迷，我們知道吸血鬼能造成這種影響。我們什麼也不能做，只能等可憐的米娜夫人恢復鎮定。我們得先把強納森叫醒！」他拿了一條毛巾，把一角浸在水中，再把水珠潑灑到強納森的臉上。而哈克夫人依舊把臉埋在雙手中不斷啜泣，令人目不忍睹。我拉開窗簾，望向窗外。月光依然灑落一地，我看到昆西・莫里斯跑過草地，藏身在一棵大紫杉木後面。我不懂他為何這麼做，但此時我聽見哈克的驚呼聲，顯然他恢復了一點意識，我趕緊轉向床邊。他臉上露出驚訝困惑的表情，似乎頭昏眼花，幾秒鐘後才完全清醒並站起身。他的動作驚動了他的妻子，她轉向丈夫，向他伸直手臂，好像想給他一個擁抱。不過，她又趕緊收手，雙臂貼緊在自己胸前，並用掌心擋住了臉；她全身顫抖到連床也跟著搖晃起來。

「哎呀！告訴我，到底發生了什麼事？」哈克大叫起來：「西瓦德醫生，范．海辛醫生，怎麼了？發生什麼事？出了什麼差錯？米娜，親愛的，妳怎麼了？上帝啊！我的上帝！為什麼會變成這樣？」他跪了下來，雙手瘋狂地擊打自己。「上帝啊！發發慈悲！救救我們！救救她呀！哎，救救她呀！」他突然從床上跳了起來，動作俐落地穿起衣服——他彷彿鼓起全身的力氣，努力喚醒自己。「發生什麼事了？快告訴我呀！」他不斷地吼叫著：「范．海辛醫生，我知道你很疼愛米娜。你快救救她呀，應該還來得及吧！在我去找他算帳的時候，請替我看著她！」

儘管他的夫人因恐懼驚嚇而絕望，但一聽到他要衝出去與伯爵一搏生死，她立刻把痛苦拋到腦後，抓住他的手，高聲喊道：「不、不！強納森，你不能離開我。今晚我已經受了夠多的苦，天啊！別再讓我擔心你，你得留在我身邊，和朋友們待在一起，他們會保護你！」她激動地說著，情緒陷入瘋狂。哈克先生屈服了，她立刻把他拉回床上，緊緊抱住他。

我和范．海辛試著安撫他們。教授舉起他那座小小的金色十字架，冷靜沉著地說：「親愛的，別害怕。我們都在這裡。只要隨身攜帶十字架，那個骯髒的傢伙就無法接近你們。今晚你們很安全，我們得保持冷靜，一起共商大計。」

她的身軀顫抖起來，安靜地把頭埋進她丈夫的胸膛裡。當她把頭抬起時，哈克的白色睡衣已染了她嘴唇上的血跡，而她頸項間的小小傷口也流下血滴。她一看到十字架，呻吟了一聲就往後退。在斷斷續續的嗚咽中，她低嘆：「不潔淨！不潔淨！我是不潔淨的人，絕不能再碰他，也不能再吻他了。哎，我現在竟成了他最痛恨的敵人，我就是那個最令他害怕的怪物。」

她的丈夫堅決地說：「米娜，這是胡說八道！妳這麼講真令我難過，我絕不會害怕妳，我也不想再聽妳說這種話。願上帝依據我此生的言行來審判我，如果我的任何想法或行為，成為妳我之間的阻礙，願祂嚴厲地懲罰我，讓我比現在更加痛苦！」他伸出雙臂緊緊地把她抱在胸口。她倚靠著他，說不出話來，只是啜泣。哈克越過她的頭望著我們，眼中閃爍著淚水，鼻孔顫抖著，但他的唇依舊堅毅不移。過了一會兒，她的啜泣漸漸變小變慢，接著強納森望向我，他一定是耗盡了全身的力氣來保持鎮定。他說：「現在，西瓦德醫生，告訴我，發生了什麼事吧。我已猜到大概，但請你讓我知道所有的事。」

於是我向他詳細描述事發經過，他非常平靜地聽著。但是當我講到伯爵殘酷地抓住他的妻子，強迫她維持那可怕的姿勢，張開嘴巴從伯爵胸膛的傷口吸他的血時，哈克的鼻子擰扭起來，雙眼露出熊熊怒火。在這危急駭人的情況下，我仍忍不住注意他的情緒變化。儘管他臉色發白，皺緊的眉頭不斷抽搐，他的手依舊輕柔地撫摸著妻子的鬈髮。我剛說完，門外就響起昆西和葛達明勳爵的敲門聲。我們回應後，他們就默默地進到房裡。

范・海辛望著我的眼神中藏著疑問。我立刻明白，他認為我們該趁昆西和葛達明勳爵的現身，讓痛苦的哈克夫妻轉移注意力。我默默地對范・海辛點頭，於是他詢問兩人剛才在做什麼，有無發現什麼線索。

葛達明勳爵回答：「走廊上、我們的房間裡都沒有他的蹤跡，書房也查看過了。他去過書房，但已經離開了。不過，他——」他突然止住，望著床上垂頭喪氣的兩人。

范・海辛嚴肅地說：「亞瑟朋友，說下去。我們之間再也不能有任何隱瞞，開誠布公是我們之間僅有的希望。全說出來吧！」

於是亞瑟繼續說：「他一定去了書房，雖然可能只待了短短一會兒，但他把那兒弄得天翻地覆。所有的手稿都被燒光了，藍色的火焰在灰燼上跳躍。你的留聲機圓筒也被丟進火中，圓筒上的蠟使火勢燒得更旺。」

此時我插嘴說：「感謝上帝！幸好我把文件複本都鎖進保險箱了！」

他的臉亮了起來，但很快又變得陰沉，繼續說：「我跑到樓下，但沒看到他的身影。我進了朗菲爾德的房間，那兒也沒有他的蹤跡，可是——」他又停了下來。

「說下去！」哈克沙啞地說。

亞瑟點了點頭，用舌頭舔了舔嘴唇，重新開口：「那個可憐人已經死了。」

哈克夫人抬起頭，向我們掃視一圈後，鄭重地說：「上帝的旨意必將實現！」

我覺得亞瑟仍有所隱瞞，但我相信他這麼做有他的原因，因此沒再多問。范．海辛轉向莫里斯，問：「你呢？昆西朋友，你有什麼發現？」

「我發現了一些小事。」他回答，「也許有一天，這些資訊會變得很重要，但我現在不確定它們到底有沒有用。我想，若能知道伯爵離開這兒後去了哪裡，可能會有幫助。我沒看到他的身影，但我在朗菲爾德的窗戶前，看到一隻蝙蝠飛了起來，朝西邊飛去，我以為他會回到卡爾法克斯，但顯然他打算逃到別的巢穴。今晚他不會再回來了，東方的天空已開始發紅，黎明就要到了。天一亮，我們就得趕緊行動。」最後幾個字，他是咬牙切齒說出來的。

接下來眾人沉默了好幾分鐘，我幾乎聽得見每個人的心跳聲。

接著，范．海辛溫柔地把手放在哈克夫人的頭上，說：「現在，米娜夫人——不幸的、我們敬愛的米娜夫人——告訴我們發生了什麼事。上帝很清楚我不希望激起妳苦痛的回憶，但我們必須知道每件事情，現在的情況比之前更加危急，我們必須迅速反擊，這件事非同小可。如果可以，我們要盡快終結這一切。此刻，是一個讓我們學習並想辦法活下去的好機會。」

那個不幸又惹人憐愛的夫人顫抖起來，我看得出來她很緊張，緊緊地抱著她的丈夫，把他拉得更近一點，接著她將頭深深地埋進他的胸膛，愈伏愈低。過了一會兒，她又勇敢地把頭抬起來，向范・海辛伸出一隻手，范・海辛立刻緊緊地握住，彎下腰來恭敬地親吻她的手。她的另一隻手則緊握著丈夫的手，哈克用另一隻手臂環住她的身軀，好像在保護她不受傷害。她沒有立刻開口，似乎是在腦中整理思緒。終於，她開始敘述：

「我喝了你好心幫我調配的助眠藥水，但過了好一陣子，藥效都沒有發作，我反而變得更清醒，無數的恐怖思緒佔據我的心神——全是跟死亡和吸血鬼有關的事情，還有血、痛苦和折磨。」她的丈夫不禁痛苦地呻吟起來，她立刻轉頭看他，溫柔地說：「親愛的，別擔心。你得堅強起來，陪我完成這可怕的任務。若你知道我費了多少力氣，才能說出如此可怕的事，就會明白我多麼需要你的支持。我想，我得用意志力讓藥物產生效用，畢竟好好睡一場對我有好處，因此我下定決心要睡著。

「顯然，我不久就睡著了，因為接下來的事我都忘了。雖然強納森回到房間，但他沒有吵醒我，當我恢復意識時，他已經躺在我身邊了。房間裡有一陣之前就出現過的白色薄霧。啊，我忘了你們知不知道這件事，等一下我會把日記拿給你們看，我在日記中寫過這件事。我再次感到之前就體會過的那種莫名恐怖感，好像有人在房間裡。我轉向強納森，試著叫醒他，但他睡得很熟，好像他才是那個喝了助眠藥的人，而不是我。我用力叫他，但他熟睡不醒。這讓我感到很恐慌，害怕地望向四周，接著我的心沉到谷底：他出現在我的床邊，好像從白霧中走出來似地——或者說是白霧凝聚成他的樣貌，因為此時白霧已完全散去——他高挑而瘦削，穿著一身黑衣。從過去的描述，我立刻確定眼前的人就是伯爵。那如蠟般死白的臉，高高聳起的鷹鉤鼻，光線顯得他那細而蒼白的鼻樑更加突出，還有鮮紅微張的嘴唇，露出尖利的白牙。我認得他那雙發紅的眼，在惠特比的聖瑪麗教堂，我看到映照在窗戶上的夕照似乎幻化成他的眼睛。我也認出他額頭的傷痕，那是強納森攻擊他時留下的。

「我的心跳幾乎停了，我想尖叫，但全身像癱瘓一樣動彈不得。在靜默中，他指著強納森，用那尖銳而刻薄的聲音低低說：『安靜！要是妳敢發出任何聲音，我會抓住他，在妳面前把他打得頭破血流。』我嚇得不敢動作，也不敢出聲。他戲謔地微笑著，接著把手放在我的肩上，緊緊抓住我，一隻手掐住我的脖子。他一邊這麼做，一邊說：『先讓我解解渴，這可是我費力得到的獎賞。妳就好好安靜待著吧，這可不是第一次或第二次我用妳的血液來解渴了！』我驚惶失措，奇怪的是我居然不想阻止他。我猜，他一碰到受害者，就會施展這種咒術吧。接著，啊！我的上帝！上帝啊！憐憫我！他那腥臭的嘴唇碰到了我的脖子！」

她的丈夫又哀號了一聲。她緊握了一下他的手，用憐惜的眼神望著他，好像他才是那個受傷的人。她繼續說下去：「我感到全身的力量一點點流失，我好像暈了過去，不知道這樣持續了多久，當他把那張骯髒、噁心、譏諷我的嘴巴移開時，我感覺好像過了千萬年。我看到新鮮的血液從他的嘴巴滴下來！」她全身癱軟，顯然回憶令她難以承受，要不是她的丈夫用手臂支撐著她，她好像隨時都會暈倒。

她費了很大的勁才鎮定下來，繼續說：「接著，他用譏諷的口氣對我說：『所以說，妳就和其他人一樣，費盡心思想要打敗我！妳願意幫這些人來追捕我，破壞我的計謀！現在，妳已經明白，膽敢忤逆我要付出多大的代價！他們還不知道，但他們很快就會明白了，該把心力花在保護身邊的人。當他們跟我玩益智遊戲——和我這個曾經呼風喚雨、統率國家的人為敵！在他們出生前幾百年，我就曾為這些人類使出陰謀、為他們戰鬥——我絕對會反擊。他們最在乎的就是妳，現在妳屬於我，妳是我的肉中肉，血中血，是我最親密的人。妳當了我一陣子的搾酒機，接下來妳會是我的同伴和助手。妳會報復他們，把他們變成滿足妳所有需求的僕人。不過，妳得先為了妳過去的所作所為受到懲罰。妳幫助他人阻礙我，現在，當我呼喚妳時，妳將應聲而來。當我在腦中對妳說：「來吧！」就算跋山涉水，妳也會遵從我的命令。為了達成這個目標，現在妳就得這麼做！』他把襯衫拉開，用他那又長又尖的指甲，劃開胸膛上的血管。當血流下來時，他的一隻手緊緊抓住我的雙手讓我不能逃脫，另一隻手抓住我的脖子，把我的嘴唇壓在他的傷口上，我若不想窒息而死，只能吞下那些——啊，上帝啊！天哪！我到底做了什麼？我到底做了什麼，為什麼我淪落到這種下場？我一直都溫柔恭順、正正當當。懇求上帝憐憫我！就算我不再是凡人，我也只是個可憐的靈魂。求求上帝憐憫祂深愛的人！」她的手用力地抹著自己的雙唇，好像想抹掉上面的骯髒東西。

當她述說這恐怖的故事，東方的天空開始亮了起來，光線讓屋內的景物更加清晰。哈克依然動也不動，一句話也沒說；但隨著她那可怕的敘述，曙光下，他的臉色愈來愈凝重。當黎明的第一道紅光射進房內，頭髮漸白的他，臉色更加陰鬱。

我們決定，在下次集會並討論接下來的行動前，隨時要留一個人陪在這對不幸夫妻的身邊，確保他們一叫喚，就能及時趕到。

此刻，我能確定的只有一件事——在太陽的照耀下，這間是世上最悲慘的一棟房子。

第二十二章 強納森・哈克的日記

十月三日

我非做些事情不可，不然就要發狂了。我決定寫日記。現在是六點鐘，半小時後，我們會在書房裡聚會並吃早餐。范・海辛醫生和西瓦德醫生異口同聲地說，如果我們不吃東西，就無法有效率地行動。天知道，今天我們是不是就得發揮最佳效率來行動。一有機會，我就得趕緊寫日記，因為我不想思考，我要記下所有的事情，不管是重要的大事還是瑣事；也許，我們會從看似無關緊要的小事中學到最多的教訓。不管接下來會遇到嚴重或輕微的教訓，都不會比今天我和米娜所體驗到的還恐怖。不管如何，我們得保持希望與信心。可憐的米娜，眼淚滑落她那動人的雙頰。她剛跟我說，在磨難與試煉中，我們的信念將受到考驗——我們必須相信上帝，上帝終會幫助我們！終會幫助我們，上帝啊！什麼是我們的終點？……別再想了，工作！工作！

范・海辛醫生和西瓦德醫生查看不幸的朗菲爾德後，我們就開始討論接下來該怎麼做。首先，西瓦德醫生說，當他和范・海辛醫生到樓下的病房，發現朗菲爾德受重傷倒在地上，他的臉上滿是瘀青，顯然受到重擊，頸椎還撞斷了。

西瓦德醫生詢問在走廊值勤的照護員，有沒有聽見聲響。他說他一直坐在那兒——他承認自己打了一會兒盹——他聽見房裡傳出物體落下的巨響，接著朗菲爾德大吼了好幾次：「上帝啊！我的天哪！天哪！」接著又傳來物體墜落的聲音。他衝進病房時，看到朗菲爾德面朝下倒在地上。西瓦德醫生進來時，他還沒有移動過。范．海辛問照護員，有沒有聽到「一些聲音」或「另一個聲音」，他不太確定，一開始他以為房間裡有兩個人，但他進去時只看到朗菲爾德一個人，那麼他聽到的想必是同一人的聲音。不過，若有必要的話，他能向天發誓喊著「上帝」的一定是病人，不是其他人。

當我們四個人獨處的時候，西瓦德醫生說不希望雪上加霜，我們不得不考量到這場意外可能會引發調查，但若我們講出真相，絕對沒有人會相信我們。他認為依據照護員的證詞，他可以開立死亡證明，宣稱病人跌落病床而意外死亡。萬一驗屍官要求而展開正式調查，只要眾人口徑一致，就不會節外生枝。

我們開始討論下一步該怎麼走，大家達成的第一個共識就是，米娜必須知道一切。我們決定不再對她隱瞞任何事情——再令人痛苦的事，也必須讓她知道。她也同意這是最好的辦法，但看到她強作勇敢仍不掩憂傷，深陷絕望的境地，我實在於心不忍。

「我們之間不再有任何祕密。」她說，「哎，我們已經承受太多慘劇了。反正，世上再也沒有任何事能對我造成更大的衝擊了——我已經夠痛苦了！不管接下來發生什麼事，對我來說都是新的希望，會為我帶來新的勇氣！」

范．海辛緊盯著她看，突然以沉穩的口氣說：「但是，米娜夫人，難道妳不害怕嗎？就算不是為了妳自己，在經過這一切之後，妳難道不為其他人害怕？也許妳正是造成其他人害怕的原因？」

她的臉色變得暗淡，但雙眼顯現殉道者的神采，說：「不！我已經下定決心！」

「什麼決心？」他輕柔地問。而我們則靜默著，每個人似乎都隱約猜到她的心思。

她直接明快地回答了教授的疑問，好像她只是在闡述一件再清楚不過的事實：「如果我發現自己——我會審慎地注意自己的變化——有任何傷害別人的意圖或跡象，我就會去死！」

「難道妳打算自殺？」他沙啞地問。

「是的，我會自殺。如果我在世上沒有任何愛護我的朋友，如果沒有人願意出手相助、阻止我化身成惡魔，那麼我就會自行了斷！」她邊說邊恩深義重地凝視著范．海辛。

原本坐著的他站起身走過去，將手放在她的頭上，莊嚴地說：「我的孩子，至少有一位朋友願意為妳這麼做。為了妳好，我願意向上帝發誓，我會為妳準備安樂死的藥劑，這麼做對妳最好。不，這樣很安全，但是我的孩子——」他的喉頭哽住了，一時之間說不出話來。他努力克制，繼續說：「有個人擋在妳和死神之間。妳不能死，絕不能讓任何人殺死妳，當然妳更不能自殺。在那個奪走妳甜美生命的人真的死亡之前，妳絕不能死。只要他還是不死人，妳死了之後就會變成他那樣。不，妳必須活下去！妳不能放棄求生，正好相反，妳必須想盡辦法活下去，就算妳覺得死亡是無上的解脫，妳也不能死。妳必須對抗死神，不管他為妳帶來痛苦還是喜悅，不管他在白天或黑夜前來，不管妳身處危險或安全的境地，妳都不能放棄！為了保住妳的靈魂，我命令妳只能生，不能死——不只如此，妳連死這件事都不該去想——直到那個惡魔消失。」

我可憐的愛人面如死灰，打著哆嗦，就好像流沙在潮水湧入時不斷地晃動顫抖那樣。我們全都噤聲不言。過了好一陣子，她慢慢恢復平靜，轉向范．海辛醫生，她的語氣多麼溫婉，哎，又多麼哀傷啊！她伸出手，說：「我親愛的朋友，我向你保證，如果上帝應允我活下去，我絕對會努力求生，直到仁慈的祂決定好時機，讓這場惡夢離我遠去。」

她的勇敢堅決為我們打了一針強心劑，我們願意為了她而堅持下去，義無反顧地完成這沉重的使命。接著，我們開始討論對策。我告訴她，今後所有的文件、日記和留聲機圓筒都要鎖進保險箱，並且會像她之前做的一樣，把文件都用打字機打成複本。一想到自己又能工作，她就開心起來——如果能用「開心」來描述這件可怕的任務。

范．海辛一如以往想得比大家還遠，他已規畫好接下來的步驟。「上次我們去了卡爾法克斯之後，」他說：「我們在會議上決定暫時不要對那些裝了土的木箱採取行動，現在想來倒是好事一件。要是我們這麼做，伯爵就會知道我們的計畫，一定會想盡辦法破壞，防止我們毀掉其他的箱子。但現在他還不知道我們的打算。哎，不只如此，極有可能，他根本不知道我們具備淨化巢穴的能力，我們能讓他無法再使用那些箱子。現在我們知道更多吸血鬼的特性，等我們去檢查那棟位在皮卡迪利的房子之後，就能確定所有箱子的去向。因此，我們的希望全繫於今天的行動。今天是悲痛的一天，但太陽已經升起，它會保護我們。直到今晚太陽落下前，他都不能轉換形體。他被困在那裝了土的牢寵裡，不能化成薄霧，也不能從門縫、裂縫或孔隙間無聲無息地消失。若他想從門口出去，他得像個凡人一樣把門打開才行。要是我們不能及時抓住並催毀他，那我們得逼他逃到某個地方，在那兒毀掉他。」

這時我站了起來，我實在無法再靜靜地坐在這兒。隨著寶貴的時間一分一秒地流逝，米娜的生命和幸福也離我們愈來愈遠，而我們還在這兒長篇大論。但范．海辛舉起手，警告我：「強納森朋友，別這樣，在這個棘手的任務中，正如你們的諺語說的『欲速則不達』。當時機成熟，我們會以迅雷不及掩耳之勢行動。但我們必須先預想在皮卡迪利那棟房子可能發生的各種情況。伯爵可能買了很多房子，他應該會有購房契約、鑰匙和其他文件。他一定會用信紙來寫信，也會有支票簿，他必須把這些東西存放在某個地方，說不定就在這棟位於市中心且環境幽靜的房子裡。他可能從正門進入，再從後門離開，外面來來往往的人都不會注意到他的行蹤。我們得去搜索這棟房子，確認他在裡面放了哪些東西，接著我們就進行亞瑟朋友說的『翻天覆地』來抓出這隻老狐狸——對吧？是這麼說的吧？」

「那我們趕緊動身吧！」我大喊道：「我們在浪費寶貴的時間哪！」

但教授沒有移動，簡短地反問：「我們要怎麼進去皮卡迪利那棟房子？」

「衝進去就是了！」我吼道：「有必要的話就破門而入吧！」

「那你們國家的警察呢？他們會在哪裡？會說什麼？」

我猶豫了，我這才明白，他之所以沒有立即行動是有原因的。我只好小聲地說：「只要別浪費時間就好。相信你一定明白，我正處在水深火熱之中。」

「啊，我的孩子，我當然明白，我當然不想在你身上加諸更多的傷害，但在全速行動之前，先仔細思考我們得做什麼。時機自會到來。我想了又想，看起來最簡單的辦法，就是最好的辦法。現在我們想要進去那棟房子，但我們手上沒有鑰匙，對不對？」

我點了點頭。

「現在，假想一下，你若是屋主，但進不了自己的房子，而且你並不是會隨意破門而入的傢伙，你該怎麼辦？」

「我會找個名聲良好的鎖匠，請他幫我開鎖。」

「那你們的警察會不會來干預呢？」

「喔不會，絕對不會，只要他們知道鎖匠是受人所雇就不會有問題。」

「那麼，」他熱切地望著我，說：「關鍵就在雇主本身的良知，和警察認為這名雇主是問心無愧還是心懷鬼胎。你們的警察應該都是熱心的聰明人——喔，聰明得很！——會當警察的人一定一眼就能讀出人心。不、不，我的強納森朋友，只要你看起來行得正、坐得直，就算在倫敦打開一百棟空屋，或在世界上任何一個城市這麼做，都不會有人阻止你。我曾讀過一篇報導，有一名高雅的紳士在倫敦有棟富麗堂皇的房子，當他去瑞士避暑，就會把房子鎖上好幾個月。此時，有盜賊從後門打破窗戶潛進屋內，接著他把房子正面的窗板打開，在警察的面前，大搖大擺地從正門來回進出。他辦了一場拍賣會，不但大作廣告，還安上醒目的告示板，拍賣會那天，他把原屋主的東西全部賣掉。然後，他把這棟房子賣給一名建商，並要求對方在一定時限內把房子拆掉，並把廢棄物全部清除。而你們的警察和其他相關機構都盡力幫助他完成這些任務。等到原屋主從瑞士度假回來，他的房子已經完全消失，只剩下地上一個大洞。這名大盜完全按照規則行事，而我們就該向他看齊。我們不該去得太早，不然無事可做的警察會覺得我們行蹤可疑。我們得十點以後再過去，那時人來人往，不會有人注意我們。我們必須把自己當作屋主，依此行事。」

他說的很有道理，我看到米娜原本絕望的表情放鬆了下來，他的建議為我們帶來了希望。范．海辛繼續說：「我們進到屋內後，可能會找到更多線索。總之，我們之中要有人留在那兒，剩下的人去其他藏有箱子的地方——貝爾蒙塞和麥爾安德的那兩棟房子。」

葛達明勳爵站了起來。「我可以幫忙，我會發電報給我的屬下，要他們在最方便的地點準備好馬匹和馬車供我們使用。」

「等一會兒，老朋友，」莫里斯說：「若我們真要出遠門，有人備好馬匹和馬車當然是件好事，但瞧瞧你那些華麗的馬車，每一輛都裝飾著你的家徽，這些時髦馬車行駛在威爾沃斯或麥爾安德的巷弄裡，不會太過醒目嗎？恐怕會招來太多注意吧？我認為最好的辦法是雇輛普通的馬車去南邊和東邊一帶，甚至最好在離目的地遠一點的地方下車。」

「昆西朋友說得好！」教授說：「就像你們說的，他腦筋轉得很快，這件事很棘手，難就難在我們不想太引人注意，但又不想沒有人看到。」

米娜愈來愈專注。我很高興這場緊急會議，讓她暫時忘卻夜裡的可怕經歷。她看起來非常、非常蒼白——簡直像死人一樣慘白，她的嘴唇變得很單薄，無法緊閉，露出那有點突出的牙齒。我並沒有提起這件事，不想再讓她陷入沒有必要的苦痛之中。但一想到伯爵吸了露西的血，還有她後來的可怕遭遇，就讓我不寒而慄。到目前為止，米娜的牙齒並沒有變尖，但畢竟才事發不久，我很擔心她接下來的變化。

當我們開始討論接下來的行動順序和分派人力時，又有新的隱憂浮現。經過一番思量，我們終於同意，在出門前往皮卡迪利之前，得先摧毀伯爵位在病院隔壁的巢穴。即使會驚動他，我們仍能佔得先機。在白天，他只能用實體現身，這也是他最軟弱的時刻，也許我們還能因此發現新的線索。

分派人力的部分，教授建議我們去過卡爾法克斯之後，就一起前往皮卡迪利的房子。我和兩名醫生守在那兒，而葛達明勳爵和昆西到威爾沃斯及麥爾安德一帶，毀掉伯爵那兩處藏身之所。教授強調，伯爵可能會在白天時出現在皮卡迪利那棟房子裡，我們必須做好準備，也許在那兒就能把他逮個正著。至少我們能一起追蹤他的下落。我極力反對這個計畫，因為我私心想留在米娜身邊保護她。我原已打定主意，但米娜不願接受我的提議。她說，其他人可能會面臨一些法律問題，仰賴我出面解決；而且，以我在外西凡尼亞的經驗，也許能在伯爵的文件中察覺重要線索；更何況伯爵力大無窮，我們需要集結所有人力才有機會戰勝他。米娜非常堅決，我只能接受。她說，唯有我們同心協力，才有希望拯救她。

「至於我，」她說，「我無所畏懼。最糟的事情已經發生了，不管接下來進展如何，一定會為我帶來希望，安慰我的心。去吧，我的丈夫！若上帝願意，就算我獨自一人，祂也會守護我。」

於是我站起身喊：「那麼我們就奉上帝之名，趕緊動身吧！不能再浪費時間了！伯爵可能會比我們預期得還早到達皮卡迪利。」

「絕不可能！」范．海辛舉手說。

「怎麼說？」我問。

「你忘了嗎？」他臉上居然露出一抹微笑。「昨晚他飽餐一頓，今天當然會睡到很晚！」

我怎能忘記！我永遠也忘不了——我哪可能忘得了！我們之中有誰能忘卻那可怕的一幕！勇敢的米娜竭力保持鎮定，但痛苦戰勝了她，她忍不住捂著臉孔，渾身戰慄地發出一聲呻吟。范．海辛無意提醒她那恐怖的記憶，他只是在盤算計畫時，忘了她也在現場和她的經歷。他一意識到自己說錯話，立刻怪罪自己粗心大意，急著安撫米娜。「喔，我最敬愛的米娜夫人！我最尊敬妳了，但我竟然粗心地說出這話來，我這蒼老的嘴巴真沒用，我年久失修的腦袋瓜太愚蠢了，我不值得妳的原諒。妳能不能忘了這回事？妳願意嗎？」

他在米娜身邊彎下腰，米娜握住他的手，在淚光中凝視著他，沙啞地說：「不，我不會忘記，記得才好。我記得你多麼溫柔善良地對待我，也會記得這一刻，我會記得一切。現在，你們得趕緊上路。早餐已經準備好了，我們得吃飽一點，才能保持身強力壯。」

早餐的氣氛很詭異，我們試著打起精神，用快活的話語鼓勵彼此，而米娜是我們之中表現得最活潑高興的人。

吃完早餐後，范．海辛站起來說：「現在，我親愛的朋友們，我們得執行艱鉅的任務了。我們得像第一次拜訪敵人巢穴一樣，佩戴所有能對抗惡魔和凡人的武器，準備好了嗎？」我們都保證已經將器具帶在身上。「好極了。現在，米娜夫人，天黑之前，妳都待在這裡，應該很安全的。我們會在天黑前回來，不然……我們一定會回來！但在離開之前，讓我先確認妳有所準備，免得再次遇到襲擊。我已經在妳的房間裡佈置了他不喜歡的東西，確保他不會進去。現在，讓我替妳進行防身儀式。我奉聖父、聖子、聖靈之名，用這片聖餅觸碰你的前額——」

突然一聲撕心扯肺的尖叫刺穿我們的耳朵，我們的心跳幾乎停止。當他把聖餅放在米娜的額頭上時，米娜燒傷了——聖餅燒傷了她額頭上的皮膚，彷彿那是一塊灼熱的白鐵。我親愛的米娜，她一感到痛楚就立刻意識到自身的情況有多麼嚴重，痛楚和瞭解令她一時無法承擔，而發出那聲淒厲的尖叫。儘管我們的耳中仍迴盪著她的叫聲，但她已羞愧地跪倒在地上。她用頭髮蓋住臉，就好像痲瘋病人用披風遮掩身體一樣。

她哀嚎道：「不潔淨！我是不潔淨的！我已受到污染，連全能的主都避之唯恐不及！在審判之日來到之前，我的前額都會留著這個印記。」

其他人都靜默著。我跪在她旁邊，因束手無措而痛苦不堪，只能緊緊用雙臂抱住她。好一陣子，我們悲傷的心一起跳動，周圍的朋友只能別過臉去，默默地任眼淚滑下。接著，范·海辛轉向我們，他的口氣嚴峻，讓我不禁覺得這件事反而讓他受到某種鼓舞，他似乎在以旁觀者的態度說：「也許妳得一直留著這標記，直到上帝決定移除它。在審判之日，祂一定會彌補世上的錯誤，安慰祂的孩子所承受的苦痛。啊，親愛的米娜夫人，那一天，我們這些愛妳的人都會守在妳的身邊，見證這道紅疤——這是上帝全知全能的證明——終將消失，讓妳的額頭恢復平滑無瑕，一如妳那純真的心。我相信，在我們有生之年，上帝一定會移除我們身上的重擔，抹去妳的傷痕。直到那天來臨前，我們只能像祂的兒子一樣，跟隨祂的指示，背負著十字架。也許，仁慈的上帝選中了我們，就像有些人選擇鞭打自己或承受恥辱，透過血淚、疑惑與恐懼，來換得祂的青睞，而上帝選中我們來執行祂的旨意。這就是上帝與凡人的不同。」

他的話語中有著希望和安慰，讓激動的我們平靜下來。米娜和我特別感動，分別握起老人的手並彎腰親吻。在沉默中，我們一起跪了下來，握著彼此的手，立誓永遠對彼此真心不移。我們幾個男人都用自己的方式愛著米娜，異口同聲地保證，一定要揭去米娜頭上那哀傷的面紗。接著祈求上帝的幫助和指引，讓我們迎向眼前的艱難任務。

出發的時刻到了。我向米娜道別，直到臨終的那一天，我們都絕不會忘記此刻的分別。接著，我們出發了。

我已暗自決定一件事：若我們最終發現米娜已變成了吸血鬼，她絕不能獨自一人進入那未知的可怕領域。我想，這就是古人說的，一個吸血鬼代表的是難以計數的吸血鬼。他們邪惡難聞的身體只能在神聖的土壤裡歇息，而且還用神聖的愛來召集生力軍。

我們很順利地潛進卡爾法克斯，發現所有的東西都跟上次潛入時一樣，沒有變動。真難想像這個荒廢已久、積滿灰塵又渺無人煙的地方，竟藏了一個令人聞風喪膽的惡魔。要不是我們已下定決心，可怕的回憶促使我們勇往直前，不然實在難以進行任務。我們沒有找到任何文件，主屋內也沒有使用過的痕跡。舊教堂裡的木箱依舊放在原來的地方，數量也沒有改變。

當我們站在那些木箱前，范．海辛嚴肅地說：「現在，我的朋友，我們有個重要的任務。這些土壤藏著神聖的記憶，他費盡心思把這些土壤從遙遠的國度運來這裡，卻淪為邪惡的用途。我們必須淨化這些土壤。他選擇這些土壤，是因為它們曾是聖土。我們用他自己的武器來摧毀他，因為我們會讓這些土更加聖潔。他為了對抗人類而使用聖土，現在我們讓這些土壤重回上帝的懷抱。」他邊說邊從袋子裡拿出螺絲起子和扳手，很快就把那些木箱一一打開。箱子裡的土壤發出密閉已久的腐臭味，但我們並不介意，只專注地看著教授。他從盒子裡拿出一小片聖餅，虔敬地把它放在土壤上，接著再蓋上蓋子，釘回釘子，密密封住。我們在旁幫助他，把所有的箱子都放入聖餅並再次密封，確認一切都保持原樣之後就離開了。現在，所有的箱子裡面都有一片聖餅。

我們把門關上後，教授莊重地說：「我們已完成一件大事。如果我們也能順利淨化其他的箱子，那麼今晚日落之前，陽光就會再次照在米娜夫人的額頭上，她的額頭將會如象牙般平滑，毫無印記！」

前往車站去搭火車的路上，我們走過草地望見精神病院的正面。我熱切地抬頭張望，我看到了米娜在我們的臥房窗前，我向她揮手並點頭，讓她知道我們已完成淨化卡爾法克斯的任務。她點頭回應，表示她知道了。最後我看到她揮手向我道別。我們心情沉重地抵達車站，月台上的火車冒出一陣陣的蒸氣，我們及時搭上火車。

我是在火車上記下這一切。

皮卡迪利，十二點半

在我們快到芬徹奇街時，葛達明勳爵對我說：「我和昆西去找鎖匠，但你最好別跟來，因為可能會出事。對我們來說，闖空門不是什麼嚴重的罪行，但你是律師，律師協會恐怕不會對你留情。」我提出異議，說我絕不會因此惹禍上身。但他繼續說：「人數少一點也比較不會引起注目。鎖匠一聽到我的頭銜，肯定會乖乖聽話，警察也絕不會起疑。你最好跟傑克和教授一起留在綠園，注意那棟房子的動靜。等到打開門，鎖匠也離開後，你們再過來。我會開門讓你們進來。」

「真是好主意！」范．海辛說。我們就不再多說。葛達明勳爵和莫里斯招了馬車後就匆匆離開。我們搭上另一輛馬車，在阿靈頓街的街角下車，散步走進綠園。當我看到那棟房子，我的心不禁激烈地跳動著。我們的希望都在這棟房子上。那荒廢的屋子陰鬱沉默地矗立著，更顯得周圍的人家與街道熱鬧又繁華。我們找了一張視野良好的椅子坐了下來，故作悠閒地抽著雪茄，避免引人注意。時間拖著如綁了鉛般沉重的步子行進，我們默默地等著昆西和葛達明勳爵過來。

終於，我們看到一輛四輪馬車駛近那棟房子。葛達明勳爵和莫里斯一派輕鬆地下了馬車，而一名身材粗矮的工人帶著用燈芯草編的工具籃，從駕駛座上跳下來。莫里斯付清車錢，車夫輕碰帽緣致意後就駕車離開。葛達明勳爵和莫里斯走上台階，勳爵向鎖匠比了比，讓他開門。鎖匠從容不迫地脫下外套，掛在一根欄杆的尖角上。此時一名警察經過，鎖匠對他說明一番。警察點頭表示同意，鎖匠就在門前跪了下來，把籃子放在腳邊。他往籃子裡找了好一陣子，才拿出幾副工具，依序放在身邊。接著他站了起來，往鑰匙孔裡瞧，吹了吹氣後，轉向他的雇主說話。葛達明勳爵笑了笑，那人就掏出一大把鑰匙，然後挑了其中一支鑰匙，插進鎖孔試了試，好像正在摸索裡面的情況；試了一陣子後，他又試了第二支、第三支，然後輕輕推了一下，門突然打開，他和另外兩人走進門廳。我們仍舊坐著不動，我的雪茄燒得很急，但范・海辛的雪茄早已熄滅變冷。我們耐心地等著，直到那鎖匠走出來，拿起他的工具籃。門半開著，他用膝蓋固定住門，試著根據門鎖打造一把新鑰匙。終於，他把鑰匙交給葛達明勳爵，他隨即拿出皮夾把工錢給鎖匠。鎖匠碰碰帽緣致意後，就穿上外套，提著工具籃離開了。從頭到尾，都沒有閒雜人等起疑。

等到鎖匠走遠了，我們三人就穿過街道，敲響大門。昆西・莫里斯立刻為我們開了門，旁邊的葛達明勳爵正燃起一支雪茄。

「這地方還真臭。」我們進門時，葛達明勳爵這麼說。的確，屋子裡惡臭難聞——就像卡爾法克斯的舊教堂一樣——從之前的經驗看來，顯然伯爵隨意自在地在此進出。我們開始搜查房子，緊挨著彼此以防受到攻擊。我們心知敵人力大無窮而且詭計多端，但還不知道伯爵是否已在這屋子裡。門廳後面是餐廳，裡面安置了八個裝著土的箱子。我們在尋找第九個箱子的下落，但這裡只有八個！若沒找到最後一個箱子，任務就無法完成。我們先打開遮陽板，看到窗外是後院，地上鋪了石板路，另一端是馬廄，後面正對一棟小屋，但小屋這一面沒有窗戶，不用擔心有人看到我們的行動。大家立刻檢視箱子，用身上的工具把它們一一撬開，就像處理老教堂裡的箱子一樣，並放上聖餅淨化。顯然伯爵並不在這兒，我們繼續搜索其他房間。

從地窖到閣樓，我們搜索了整棟房子，確定伯爵沒有使用其他房間的痕跡，只有餐廳放了一些伯爵的用品。寬大的餐桌上凌亂地擺著一些物品，有一本厚厚的文件，是皮卡迪利這棟房子的不動產權利書，還有麥爾安德和貝爾蒙塞兩棟房子的買賣契約，以及筆記本、信封、筆和墨水。所有的東西都用薄薄的包裝紙蓋著，以防灰塵弄髒。除此之外，還有清潔衣物的刷子、梳子、水瓶和水盆——水盆裡的水很髒，好像被血給染紅了。最後是一小堆大小不一、形狀各異的鑰匙，可能是其他房子的鑰匙。我們仔細檢視每樣東西，葛達明勳爵和莫里斯則記下東邊和南邊兩棟房子的地址，並帶走所有的鑰匙，前去摧毀這兩處的箱子。我們三人則留在這兒，盡量保持耐心，等待他們歸來——或是伯爵現身。

第二十三章　西瓦德醫生的日記

十月三日

我們等著葛達明勳爵和昆西．莫里斯回來，感覺時間過得格外緩慢。教授試著刺激我們思考來保持專注。他不時偷瞄哈克幾眼，我感受到他的體貼。前一晚的慘劇重重地打擊了可憐的哈克，著實令人不忍。前一天，他還是個大方又快樂的男人，有張精神飽滿而堅毅的臉，渾身充滿活力，還有一頭深棕色的頭髮。今天，他成了一個頹喪憔悴的老人，花白的髮絲襯著那目光空洞卻熾烈燃燒的雙眼，臉上那因哀痛而浮現的皺紋更顯老態。他依舊充滿活力，或者說他簡直成了烈火的化身。這一戰可能是他的救贖，若一切順利，絕望很快就會離他遠去。到時，他會再次恢復生命力，回到原本開朗的自己。真是可憐的傢伙，我原以為自己受的苦夠多，但他——哎！教授知道他所受的折磨，因此盡力保持他的心思活躍。當時他說了很多重要的事，我把他說的話記下來：

「我收集了各種有關這個怪物的文件，並且反覆研讀。研究得愈深入，我就愈明白毀滅他是當務之急。在各種典籍中都有他不斷進步的痕跡，與時俱增的不只是他的力量，還有他對自己能力的瞭解程度。從我朋友——布達佩斯的阿米納斯——的研究中，我發現他在世時是一位偉人。他是軍人、政治家，也是煉金術士——在他的時代，在科學領域中煉金術的成就可謂超群絕倫。他的頭腦非凡，學習能力無人能及，還有一顆無畏的心，不知悔恨為何物。他甚至大膽地加入通靈學院，博學四方，親自鑽研當代各種知識，沒有遺漏任何一個領域。他的肉體死亡後，腦中的智識雖然多少保留了下來，但並不完整。就心智層面看來，他仍只是個孩子，但他正在成長。原本只是孩子氣的行為，現在已發展為成熟的特質。他不斷地作各種實驗，而且成效卓著。要不是我們發現他的存在，阻撓他的計畫，他恐怕會成為新生物之父，創立新世界的秩序——要是我們失敗了，他就會一步步實現目標——而在新世界裡，這條路不會帶來生命，而是通往死亡。」

哈克哀嘆一聲，說：「而這一切，都是他用來打擊我愛人的武器！他怎麼作實驗？若我們知道的話，也許能幫助我們打敗他！」

「他來了之後，就一直在試驗自己的力量，雖然進度緩慢，但無庸置疑地，他正在進步。他那孩子氣的腦袋活躍地運作著。對我們來說，他依然是個孩子，不然他早就使出令人無法抵擋的手段來對付我們了。然而他好勝心強，而且他活了數百年，他寧願慢條斯理地進行，等待適當時機。『事緩則圓』也許是他的座右銘。」

「我搞不懂？」哈克無力地說：「唉，請你解釋得更簡單明瞭些！也許痛苦和煩惱奪走了我的思考能力。」

教授親切地把手放在哈克的肩上，說：「啊，我的孩子，我會解釋清楚的。你沒發現，近來這個怪物透過實驗得到更多知識了嗎？你瞧他如何利用噬生狂的精神病患，潛入約翰朋友的家裡。對吸血鬼來說，初次進入一個屋子前，他必須先得到其中一名居住者的同意才行，之後他就能自由來去。不過，這並不是他最重要的實驗。一開始，他安排其他人替他運送那些箱子，因為他以為這是唯一的辦法。但他那孩子的頭腦不斷與日增進，他開始思考，是不是能靠自己的力量來運送。他先幫助運送工人，接著發現這的確可行，於是他試著自行搬運。他慢慢地進步，在城市各處建造他的墳墓，最後，除了他自己以外，不會有其他人知道他的藏身地。

他可能打算把箱子深深埋進土裡。因此他只在晚上進入箱子，夜晚一到，他就能隨意改變形體，行事方便又隱祕，沒有人知道他藏在哪裡！但是，我的孩子，別垂頭喪氣，他太晚才發現這個道理！我們已經把他的巢穴都淨化了，只剩下一個箱子。直到日落前，這個情況都不會改變。他沒有其他地方可躲，也無法逃去別的地方。今早我堅持晚一點行動，就是為了這件事。他和我們面對同樣的風險，不是嗎？那我們何不比他更謹慎行事？我的懷錶顯示，已經過了一小時了。如果順利的話，亞瑟朋友和昆西應該已經踏上歸程。今天我們握有勝算，必須確保萬無一失，就算多花一點時間也無妨。你瞧，等到他們回來，我們就有五個人可對抗他。」

他還沒說完，就響起了敲門聲，嚇了我們一跳，聽來是負責傳送電報的男孩。我們立刻走到門廳，范．海辛舉手示意我們保持安靜，走過去打開大門。男孩送上一封信。教授關上門，看了信上的寄出地址後，才打開信封，高聲唸出信的內容：

「小心德古拉。剛剛，就在十二點四十五分，他慌張地從卡爾法克斯離開，趕往南邊。他似乎正在察看他的房子，可能打算和你們對決。米娜。」

一時之間，沒人說話。直到強納森．哈克衝口而出：「感謝上帝，我們終於要見到他了！」范．海辛立刻轉向他，說：「上帝會依照祂的旨意和祂選擇的時機來行動。別害怕，但也別高興得太早。我們若衝動行事，可能後悔莫及。」

「我什麼也不在乎了！」哈克激動地回答：「我只想把那個混帳從這個世界上消滅。就算要我賣掉靈魂，我也毫不猶豫！」

「哎，噓、噓，我的孩子，冷靜點！」范．海辛說：「上帝不會以這種方式買靈魂，惡魔才會買下靈魂，但他不值得信任。上帝仁慈而正直，祂深知你的痛苦，也明白你對米娜夫人的一片真心。如果她聽到你的瘋狂言論會多麼傷心，她的痛苦只會增加不會減少。你不用擔心我們，我們都為同樣目的而奮鬥，今天就會做個了結。該行動了，今天，吸血鬼只能維持人形，直到日落之前，他都無法變成其他東西。他得花一點時間才能過來——你看，現在是一點二十分——就算他行動迅速，還是要花點時間才到得了這兒。我們只能寄望亞瑟勳爵和昆西先回來。」

收到哈克夫人的電報後，又過了半小時，大門響起一陣小聲但堅決的敲門聲。這是一陣尋常敲門聲，每個小時都有上千名紳士像這樣敲響別人家的大門，但我和教授的心卻急促地跳動。我們互望一眼，一起走到門廳，手中握著武器——左手握著足以抵抗惡靈的器具，右手則拿著能傷害肉體的武器。范．海辛移開門閂，把門拉開的同時，往退了一步，雙手隨時準備攻擊。看到門外的台階上站的是葛達明勳爵和昆西．莫里斯時，我們都鬆了一口氣，喜悅的心情表現在臉上。他們動作俐落地進了屋，順手把門帶上。走進門廊時，葛達明勳爵開口：「很順利。我們找到那兩個地方，每處各有六個箱子，全被我們毀了！」

「毀了？」教授問。

「對他來說，它們算是毀了！」我們安靜了一會兒。昆西說：「現在我們只能在這兒等待。不過，要是他到五點還沒現身，我們就得離開，可不能讓哈克夫人在天黑後仍獨自一人。」

「他很快就會到這兒了。」一直看著筆記本的范．海辛回答。「別忘了，米娜夫人在電報中提到，他從卡爾法克斯往南走，這代表他過了泰晤士河，但他只能在平潮時這麼做，也就是說，他約莫在一點前過了河。他往南走，代表他只是起了疑心。離開卡爾法克斯後，他一定會去他認為最不可能被破壞的地方。你們趕在他之前到了貝爾蒙塞，不過他很快也到了。既然他現在還沒到這兒，那他一定是去了麥爾安德。這會花上他不少時間，因為他得想辦法過河。朋友們，相信我，我們不會等太久。我們應該計畫如何攻擊他，確保萬無一失。噓，沒時間了，準備好你們的武器！」他一邊說一邊抬手示意，我們都聽見鑰匙輕輕插入大門的聲音。

儘管眼前情況危急，但我仍不禁欽佩卓越超群的人。在過去的戶外狩獵或世界各地的冒險旅程中，昆西．莫里斯總是規劃行動的人，而我和亞瑟則習於順從他的安排。現在，舊習似乎像本能一樣再次甦醒。昆西迅速地掃視房內，不說一句話，只用手勢和眼神就安排好攻擊計畫，並分派好每個人的守備位置。范．海辛、哈克和我躲在門後，這樣門打開後，教授能護住門，而我們兩人擋在入侵者和門口之間。昆西和葛達明動爵兩人一前一後，躲在闖入者的視線死角，隨時準備跳到窗前襲擊。我們心驚膽跳地等待，每一秒鐘都好像一世紀般漫長。門廳裡響起緩慢而警覺的腳步聲，顯然伯爵已有心理準備——至少，他擔心自己會受到攻擊。

突然間，他往房裡一跳，我們還來不及擋住他，他就進來了。他的行動簡直就像豹一樣迅捷靈巧——那完全不像人的動作，我們從驚嚇中震醒。哈克是第一個反應過來的人，他迅速跳到另一扇門前。伯爵一看到我們，臉上閃過嚇人的扭曲表情，露出又長又尖的上犬齒。但那邪惡的微笑很快就變成獅子般高高在上、傲視萬物的冷酷眼神。當我們一起朝他逼進時，他的表情又變了。真可惜我們來不及擬定完善的攻擊計畫，當時我腦中還自問接下來該怎麼辦。我也不確定我們手上足以致命的武器，是否真能讓我們佔得上風。但哈克打定主意放手一搏，他抽出那把大大的廓爾喀刀[26]，猛然朝伯爵揮去。儘管哈克揮出致命一擊，但伯爵動作更快地往後跳一步，躲開了迎頭劈來的刀鋒攻擊。銳利的刀鋒很快又朝他的胸口刺出第二刀，但刀尖只劃破他的外套，許多束鈔票和金幣從那道長長的裂口，嘩啦啦地落了下來。伯爵勃然大怒的表情令人顫抖，我真擔心哈克的安危，眼看他又舉起彎刀準備再次攻擊，我直覺地衝向前想要保護他，一伸出握著十字架和聖餅的左手，就感到一陣強大的力量從我的手臂湧出，接著意外地看到那個怪物畏畏縮縮地往後退，我們也各自退了一步。我無法描述他臉上的表情，強烈的恨意和受挫的怨毒——地獄般的熊熊怒火——在他的臉上漫延開來。原本如蠟般的臉因怒氣而變成青黃色，更襯托出那燃燒的雙眼。他前額的紅色傷疤似乎在那蒼白的皮膚上蠕動。下一秒，他彎下身迅速架開哈克的手臂，在哈克的手落下之前，他慌忙地從地上抓起一把鈔票和錢幣，衝過房間，撞向窗戶。窗戶應聲碎裂，玻璃灑得到處都是，接著他墜落窗外鋪了石板的路面上。在玻璃碎落的聲音中，我還能聽見一些金幣落在地面上的叮噹聲。

我們跑到窗前，看到他毫髮無傷地站起來，急急跑上界階，穿過後院，推開馬廄的門。這時，他回頭對我們說：「你們以為把我唬住了，你們——瞧你們蒼白著臉，在那兒排排站，活像在屠宰場等著被宰的羊！你們會後悔莫及，每一個人都是！你們以為我沒有地方可以藏身，其實我有很多地方可去。我的復仇計畫才開始！我已盤算了數百年，時間可是我的夥伴。那些你們深愛的姑娘都成了我的女人，拜她們之賜，你們和其他人很快就會臣服於我——你們都會成為我的人，服從我的命令。當我餓了，你們就會成為我的爪牙！呸！」他輕蔑地嘲笑我們，接著退到門後，我們聽到他拉上那生鏽已久門閂，發出粗啞的吱嘎聲。另一頭的門被打開又關上。

我們發現穿過馬廄追趕他實在緩不濟急，於是衝向門廳。第一個打破沉默的是教授，他說：「我們學到了不少東西——應該說學到很多！儘管他大言不慚，但他其實很害怕我們。他擔心時間，也害怕貧窮！不然他何必匆忙離開？他的語氣背叛了他，不然就是我的耳朵騙了我。他為什麼要拿走那些錢？快跟上，你們是追逐野獸的獵人，知道該怎麼做。我留下查看他是否遺留其他東西，避免他再回來。」他一邊說，一邊把剩下的鈔票錢幣收到口袋，拿走哈克沒有帶走的房地產證明和契約，把剩下的東西掃進火爐裡。他點燃火柴，看著火爐裡面的東西

26. 一種尼泊爾特有的國刀。

燃燒起來。葛達明勳爵和莫里斯衝到後院，哈克則從窗戶跳下去追伯爵。但是馬廄上了門，等到他們用力把門撞開，伯爵已不見蹤影。范・海辛和我巡視房子後面，但馬車道上空無一人，沒人看到他往哪個方向離開。現在已近傍晚，太陽很快就要西落了。我們意識到這場追逐戰不得不暫停，只能心情沉重地認同教授說的話。

「我們回到米娜夫人身邊去吧——不幸的米娜夫人！真讓人難過啊！我們已盡力了，現在我們能做的就是守在她身邊，保護她。但我們不用絕望。他只剩下一個箱子，我們得試著找出它的下落。只要找到它，一切就結束了。」我看得出來，教授只是故作堅強，好安撫哈克的心。可憐的哈克已瀕臨崩潰邊緣，他無法壓抑內心的悲苦，不時發出一聲聲低沉的呻吟——他一定很掛念他的妻子。

我們抱著悲哀的心情回到我家，哈克夫人正等著我們。她那活潑開朗的神色，顯露她多麼勇敢而無私。但一看到我們的表情，她的臉就唰地變得慘白。她閉上雙眼一會兒，好像默默祈禱著。接著她強顏歡笑地說：「我太感謝你們了！再多的言語也表達不了我心中的感激。喔！我不幸的愛人！」她邊說邊抱住她丈夫那髮絲灰白的頭，印下一吻——「把你那疲倦的頭倚在我身上，好好休息一會兒。親愛的，一切都會沒事的！仁慈的上帝會保佑我們，一切都自有祂的道理。」可憐的哈克哀嘆了一聲，深陷折磨的他已無法用言語表達他深沉的痛苦。

我們隨意地吃了些東西當作晚餐，我想我們的心情多少振作了一點。也許，食物溫暖了飢腸轆轆的我們——從早餐之後，我們就沒吃任何東西——也可能是齊聚一桌帶來溫馨的氣氛，不管如何，我們不像之前那麼低落鬱悶，明天看起來似乎沒那麼絕望。我們謹守誓言，毫無保留地將一切告訴哈克夫人。聽到丈夫身陷危險，她臉色發白；而當她聽到丈夫願意為她奉獻一切，她的臉又羞紅了。勇敢的她一直保持冷靜聆聽著。當我們說到哈克瘋狂地攻擊伯爵時，她緊緊抓住丈夫的手，彷彿這樣就能保護他，避免他受到任何威脅。但她一直沉默不語，直到我們說完，提到現在必須面對的問題。她繼續緊抓丈夫的手，站起來發言。

哎，我不知道該如何描述這一幕。她站在我們中間，多麼甜美又善良，渾身散發青春美麗與活力，她仍意識到自己額頭上的那道紅色疤痕，而我們一看到它就不禁咬牙切齒——它提醒了我們，為什麼她會留下那道紅疤。但她用慈愛來安撫我們沉痛的恨意，用溫柔的信心來對抗我們的恐懼和懷疑。我們深知那道紅疤的喻意，儘管她純真善良，充滿信念，但她已被逐出上帝的懷抱。

「強納森，」她柔情地說，那充滿愛的呼喚就像音樂般悅耳：「親愛的強納森，還有你們，都是我最真誠、最忠實的朋友。在這艱困的時刻，我希望你們謹記一件事。我知道你們必須戰鬥——就像你們毀掉那個假露西，讓真正的露西獲得永生一樣。但這並不是受恨意驅使的戰鬥。那個可憐人的靈魂，其實是世上最飽受摧殘的靈魂，他困在悲痛之中。想像一下，當他惡劣的那一半被摧毀後，那善良的另一半會多麼歡欣，他將重獲精神上的永生。儘管你們非消滅他不可，但你們同時也得憐憫他。」

她說話時，我注意到她丈夫的臉色愈來愈陰鬱，激烈的情緒震撼著他的身心，他不假思索地握緊妻子的手，把她拉靠近自己，直到他的指節因用力過度而發白。我知道她的手一定被握痛了，但她並沒有瑟縮，只是用柔情眼神望著她的丈夫。她一說完，哈克就跳起來，那緊握著她的手也幾乎因此而鬆開。他急急地說：「願上帝把他交到我的手中，我將親自摧毀他的肉體，這就是我們的目標。若我辦得到的話，我願意把他的靈魂送到地獄的烈火之中，永世無法逃脫！」

「啊，噓！快別這麼說！看在仁慈上帝的份上。強納森，我的丈夫，別講這種話，不然你只會讓我因惶恐和驚慌而心碎。親愛的，想一下——這漫長的一天，我一直想不停——也許……有一天……我……我也會需要世人的憐憫，而有些人會像你一樣——滿懷憤恨——拒絕同情我的處境！啊，我的丈夫！當然，我並不想讓你因這些煩惱而更加痛苦，但我祈禱上帝不會在意你的狂言，希望祂能瞭解，你是個充滿愛的人，只是因難以忍受的折磨而發出心碎的呼喊。啊，上帝，瞧瞧他的滿頭白髮，這就是他痛苦的證明，這一生，他從沒做過一件虧心事，卻承擔了這麼多的憂傷。」

此刻，我們都潸然淚下，不用再強忍淚水，就盡情哭泣吧！她明白自己溫柔的建言已起了作用，也不禁落下淚來。她的丈夫跪在她的身旁，緊緊抱住她，把臉埋進她的裙襬。在范．海辛的示意下，我們默默離開書房，讓這一對不幸的愛人和上帝一同獨處。

在他們回房休息前，教授已先把他們的臥房仔細布置妥當，以避免任何吸血鬼來襲，並向哈克夫人保證，今晚她能不受打擾地好好休息。她試著表現出放心的樣子，甚至為了安撫她的丈夫還假裝自己很高興，但我看得出來她內心的掙扎。我深信勇敢的她將獲得應有的獎賞。范．海辛在床的兩側都掛上搖鈴，萬一有突發狀況，他們只要伸手就能警示其他人。哈克夫妻離開後，我、昆西和葛達明勳爵三人決定輪班守夜，看護這位深受折磨的不幸夫人。昆西負責第一班，其他人則把握時間趕緊回房休息。負責第二班的葛達明勳爵已經上床睡覺了。現在我的工作完成，也該去睡了。

強納森．哈克的日記

十月三日到四日間，近午夜時分

昨天真是漫長的一天，我以為永遠也不會結束。我渴望睡眠，懷著某種可笑的信念，好像一醒來一切都會改變，而且一定會變好。在各自回房前，我們討論著下一步該怎麼做，但得不到結果。我們所知道的是，伯爵只剩下一個裝了土壤的箱子，只有他自己知道那個箱子的去向。如果他決定躲在裡面，我們可能找上好幾年也無法得知他的行蹤。然而，與此同時！——這想法實在太可怕了，即使現在，我也不敢想下去。我只確定一件事，世上若有一名完美的女子，那就是我遭逢不幸的妻子。昨晚那番悲天憫人的話語，讓我對她的愛意增加了千萬倍。在她面前，我對那可惡怪物的憎恨顯得多麼可恥！我確信，上帝絕不會因這世界少了一個惡魔而降下懲罰；這帶給我希望。此刻危機四伏，信仰是我們唯一的依靠。感謝上帝！米娜睡著了，看起來沒有作夢。萬一她進入夢中，我真擔心那些恐怖的記憶會在夢境中侵擾她。但我看起來，自從日落之後，她一直都很平靜。熟睡的她，就像三月暴風雨過後的春天一樣寂靜。有時，我以為是柔和的夕陽照耀在她的臉上，讓她的臉頰散發紅潤的色澤，但我現在覺得這隱藏了別的意思。雖然我身心俱疲，好像快要累死了，但我睡不著。不管如何，我得試著睡一下，明天還有更多的任務。我無法安心休息，直到……

稍晚

我一定睡著了！因為米娜剛剛把我喚醒。她坐在床上，一臉驚恐。睡前我沒有熄滅房內的燈火，因此我看得很清楚。她把手指放在我的唇上，示意我噤聲，接著在我耳邊輕聲地說：「噓！走廊有人！」我躡手躡腳地起來，走過房間，輕輕地打開房門。

門外的地上有一張床墊，上面躺著雙眼炯炯有神的莫里斯先生。他舉起一隻手，示意我安靜，對我耳語說：「噓！快回去睡覺，一切都很好。今晚，隨時會有人在這兒守夜。我們不想冒任何風險！」他的眼神和手勢都禁止我開口說話，因此我回到床上，告訴米娜這件事。她輕嘆了一口氣，那蒼白的臉上淺淺露出一抹微笑。她用雙手環住我，輕柔地說：「啊，感謝上帝！謝謝勇敢的他們！」她又嘆了口氣，就躺下睡著了。寫完這些，我已睡意全消，但我會試著再次入睡。

十月四日，早上

夜裡，我再次被米娜喚醒。我看到天色已漸亮，窗簾上映照出明顯的窗戶形狀，而煤油燈的火焰幾乎消失了，只剩下一點點星火，顯然我們都睡了個好覺。她急急地對我說：「快叫教授過來。快一點！我要立刻見他！」

「為什麼？」我問。

「我有個主意。我一定是在夜裡想到這個點子，而它在我無意識中漸漸成形。他得在日出之前替我催眠，這樣我就能說話。親愛的，快去找他，時間很寶貴！」我立刻走到門前。門外，西瓦德醫生坐在床墊上，他一看到我就跳了起來。

「出事了嗎？」他警覺地問。

「沒事。」我回答：「但米娜想見范．海辛醫生。」

「我去叫他。」他說完就跑到范．海辛的房間。

兩、三分鐘後，穿著睡袍的范．海辛就過來了，莫里斯先生、葛達明勳爵也醒來了，他們跟西瓦德醫生都守在門口，疑惑地問著問題。教授看到米娜，露出微笑——那是如釋重負的笑容。他摩搓著雙手，說：「啊，我親愛的米娜夫人，妳真的變了！瞧，強納森朋友，我們的米娜夫人回來了！她在今天回來了！」接著他轉向米娜，開朗地問：「我能為妳做什麼？妳這時候叫我過來，一定有原因。」

「我要你替我催眠！」她說，「在日出前替我催眠，我覺得我能說話，自由自在地說話。快一點，時間很緊迫！」

他不發一語，只用手勢指示米娜坐在床上。范．海辛專注地盯著米娜，在她面前比畫著各種手勢，由上往下，雙手輪流揮來揮去。米娜凝視著他，而我的心跳得就像鼓聲一樣響，感覺好像有大事要發生了。幾分鐘後，米娜的眼睛緩緩閉上，但身體仍坐得直挺挺的，只能從她起伏的胸膛確認她還活著。教授又揮了揮手，接著停了下來，我看到他的額頭冒出如豆大的汗珠。米娜睜開了眼睛，但卻彷彿變了一個人。她眼神迷濛，好像望著遠方，她的聲音飄渺又憂傷，用一種我從來沒聽過的口吻說話。范．海辛舉起手，示意我讓其他人也進來。他們躡手躡腳地進來，小心翼翼地關上房門，站在床邊觀看。米娜好像沒看到他們。房內寂靜無聲，終於，范．海辛開口了，為了不打斷她的思緒，他用低沉而輕柔的聲音說：「妳在哪裡？」

米娜聲音平平地回答：「我不知道。沒有自己的地方睡覺。」

好幾分鐘過去了，沒人說話。米娜僵直地坐著，站在旁邊的教授緊盯著她。我們其他人幾乎屏住呼吸。房間內的光線愈來愈亮了。范．海辛醫生仍盯著她看，但他示意我將百葉窗放下來。我照做了，看來太陽就要升起來了。一道紅光射了進來，那玫瑰般的光澤似乎把房間染上一層紅暈。此時，教授又說話了：「妳在哪裡？」米娜的回應依舊朦朧，但她的精神似乎集中了些，好像正在解讀某個東西。當她讀自己的速記時，就是這種語氣。

「我不知道，周圍很陌生！」

「妳看到什麼？」

「什麼也看不到，只有一片黑暗。」

「妳聽到什麼？」教授很有耐心地問。但我聽得出來，他的語調透露著緊張。

「水波拍打的聲音。水汩汩而流，水波輕輕拍打。我聽見他們在外面。」

「那麼，妳在一艘船上？」我們彼此對望，試著從對方身上找線索，不敢再想下去。

這一次，米娜回答得很迅速：「啊，沒錯！」

「妳還聽到什麼聲音？」

「我的上方有很多人跑來跑去，發出響亮的腳步聲。還有鐵鍊吱嘎作響，起錨機和棘輪裝置運轉的叮噹聲。」

「妳在做什麼？」

「我沒在動——完全不動，就好像死了一樣！」她的聲音愈來愈低，變成熟睡時的呼吸，那睜開的雙眼又閉上了。

此時朝陽已完全升起，陽光灑落一地。范．海辛醫生把手放在米娜的肩上，緩緩將她的頭安放在枕頭上。她像個睡熟的孩子躺了好一陣子，接著她長嘆了一口氣，醒了過來，一臉意外地望著環繞在她周圍的我們。「我剛剛是不是說話了？」她只問了這一句。不過，她似乎不需要我們的回答就知道發生了什麼事，但她仍急著問自己說了什麼。教授將剛剛的對話告訴她。

她聽完立刻說：「時間寶貴，現在可能還來得及！」

莫里斯先生和葛達明勳爵往門口衝去，但教授沉著地叫住他們：「我的朋友，請先等一會兒。不管那艘船在哪兒，當她說話的時候，船正在起錨。倫敦是繁忙的港口，此刻有多少艘船正在起錨？哪一艘船才是你們要找的？感謝上帝，我們又找到一個線索，但目前還不知道它將把我們引向何處。我們都是凡人，或多或少都有盲點，當我們回顧過去，會發現一些當時若能預見就會察覺到或預期到的事情。啊，這句話真像個謎題，是不是？我們現在明白——儘管那時強納森勇猛地揮著彎刀，讓他置身於恐懼的險境——伯爵仍執意彎腰抓起那些錢時，心裡打的是什麼算盤。他打算逃跑。聽我說，『逃跑』！他知道自己只剩下一個木箱，而且有一群男人像獵狗追狐狸一樣追趕他，他知道不能再留在倫敦了。他帶著那個箱子登上船，離開這塊土地。他想要一走了之，但沒那麼容易！我們會跟蹤他。太好了！就像亞瑟朋友披上紅袍要出門打獵時，看到狐狸的蹤跡就會喊聲『在這兒』一樣！我們現在就有隻老奸巨滑的老狐狸，啊，他太狡詐了，我們非得跟他鬥一鬥。我也是個老油條，已花了不少時間研究他的心思。現在我們可以好好休息，因為我們和他之間隔著河水，他不想越過河水來跟我們對決，再者，就算他想渡河也辦不到——除非那艘船靠岸，而且只能在滿潮或平潮時才行。瞧，太陽剛升上來，這一整天都是我們的，大家都去洗個澡，換件衣服，好好吃頓早餐。我們可以舒適地用餐，因為他已離開這塊土地了。」

米娜急切地望著他，問：「既然他走了，我們又何必再追著他？」

范．海辛握著她的手，輕輕地拍撫。他回答：「先別問。等我們吃完早餐，我再來回答所有的疑問。」他不再說下去，我們就各自回房梳洗更衣了。

早餐過後，米娜再次提出她的問題。范．海辛嚴肅地望著她好一陣子，才憂傷地說：「我親愛的米娜夫人，現在我們更得把他揪出來。就算追到天涯海角，甚至地獄之門，我們也絕不能放棄！」

她臉色發白，虛弱地問：「為什麼？」

「因為，」他莊重地說：「他能活上數百年，但妳只是一個凡人。自從他在妳的喉間留下那個印記之後——接下來只是時間早晚的問題。」

當她暈厥過去，身體往前倒下去時，我及時摟住了她。

第二十四章　西瓦德醫生的留聲機日記

由范．海辛口述錄音

這是給強納森．哈克的留言。

你得留下陪伴你摯愛的米娜夫人。我們會出門搜索——如果我能稱這為搜索的話。事實上，我們不是搜索，而是收集相關資訊，我們要做的只是確認而已。不管如何，今天你得留在她身旁，好好照顧她，這就是你最重要也最神聖的任務。今天我們不會與他正面接觸。讓我告訴你一些我已跟其他人分享的資訊。我們的那位敵人已經離開了，已經回到他在外西凡尼亞的城堡。這件事我心知肚明，就好像有隻巨大的火手將答案寫在牆上。他早就留了這條後路，那個我們不知下落的箱子已準備好要運到遠方。他就是為這原因而帶走那些錢，他匆忙地離開，而我們在日落之前阻擋了他。這是他最後的希望。原本他以為自己能藏身在不幸的露西小姐的墓穴中，因為露西小姐成了他的同類，他可以在那兒待一陣子。但他知道這招行不通了，在時間緊迫下，他直接使出最後一招——我真希望這一回就是他的完結篇。他很聰明，哎，聰明極了！他知道自己在倫敦已經玩完了，決定回到家鄉。他找了一艘跟來時路反向的船隻，並且搭上船。我們現在要去找那艘船，確認它的目的地。等我們一有答案，就會回來告訴你們一切。你和可憐的米娜夫人將有新的希望，撫慰你們的心。你只要想一下，就會明白為什麼我們不用絕望：我們並沒有輸掉一切。我們追逐的敵人花了數百年也只抵達倫敦，但我們只花一天就知道他的計畫，把他逼得無處可去。儘管他能造成許多傷害，且不像我們容易受傷，但他的能力也是有限。我們實力堅強，每個人都負有神聖的使命感，當我們團結合作更是銳不可擋。米娜夫人的丈夫，你要振作起來。這場戰爭才剛展開，我們終將贏得勝利——我確信如此，就像我確信高高在上的上帝正看顧著祂的孩子。放鬆心情，等我們歸來。

范・海辛

強納森・哈克的日記

十月四日

當我告訴米娜，范・海辛用留聲機錄下的留言，這個令人愛憐的女孩精神大為振奮。確認伯爵已離開這兒帶給她不少安慰，而安慰讓她堅強。對我來說，想到他已經不在我們身邊，暫時不會再出現眼前，實在難以相信。連我自己在德古拉城堡的那段時光，此刻也像場在記憶中漸漸消失的夢境。在明亮的秋陽下，我們盡情呼吸冷冽而清新的空氣——

啊，我怎會無法相信呢！當我沉浸在思緒裡，卻望見我不幸的愛人額上仍留著那紅色的傷疤。只要那傷疤不消失，我就不會忘記。等一切過去，這些回憶將讓我的信念更加堅定。米娜和我都害怕無所事事，因此我們一直反覆查閱那些日記。不知為何，當現實步步進逼，痛苦和恐懼卻漸漸緩解下來。某種強而有力的使命感引領著我們，也為我們帶來安慰。米娜說，也許我們是上帝展現至善之道的工具。也許吧！我會試著照著她的想法，但我們目前尚未討論接下來該怎麼做，最好等到教授和其他人調查回來後再做決定。

時間再一次過得比我想像得還要快得多。現在已經三點了。

米娜．哈克的日記

十月五日，下午五點

我們的會議紀錄。出席者：范．海辛教授、葛達明勳爵、西瓦德醫生、昆西．莫里斯、強納森．哈克、米娜．哈克。

范．海辛先報告，白天為了尋找德古拉伯爵登上哪艘船、目的地何處時，所發生的事情。

「我知道他想回到外西凡尼亞，我相信他一定會選擇行經多瑙河的船或經過黑海的船，他來的時候是從黑海過來的。我們一開始全無頭緒，但奇蹟就藏在未知中。心情沉重的我們開始尋找昨晚航向黑海的船隻。米娜夫人提到帆升了起來，因此他搭的是一艘帆船。因為《泰晤士報》的航班資訊不夠清楚，因此我們依照葛達明勳爵的建議，到勞埃德船舶日報社，他們的船班紀錄鉅細靡遺。我們找到唯一一艘在漲潮時航向黑海的船，就是瑟琳娜．凱薩琳號，這艘船從杜里德港口開往瓦爾那，接著會航進多瑙河岸的其他港口。『所以，』我說：『這就是伯爵搭上的那艘船。』我們去了杜里德港，那兒有一間很迷你的木造辦公室，裡面的辦事員看起來竟比屋子還大。我們向他打聽瑟琳娜．凱薩琳號。他有張紅通通的臉和響亮的嗓門，一直在咒罵這咒罵那的，但他是個好人。昆西從口袋拿出叮噹作響的金幣，他一收下立刻放到藏在衣服下的小袋子裡，現在他變得更加親切，迫不及待地為我們服務。他和我們一起巡視港口，向很多汗流浹背、忙著幹活的工人打聽，只要請這些人喝些酒、解解他們的渴，每個人都變成樂於幫助的好人。他們常說『天殺的』和『該死的』，還有許多我聽不懂的俚語，但我約略猜出他們的意思。不管如何，他們提供了我們在尋找的資訊。

「他們七嘴八舌地說，前一天下午五點左右，有個男人急急忙忙地趕過來。他個子很高，身材削瘦且皮膚蒼白，鼻子高挺，還有一口白牙，雙眼好像火燒一樣發著紅光。他穿著全黑的衣服，頭上卻戴了頂草帽，和他的穿著一點也不搭，在這個時間點也毫無必要在乎穿搭。他掏出一大筆錢，急著想知道港口哪艘船航向黑海，並詢問船停在哪兒。有人帶他去辦公室，再帶他到船邊，但他卻無意上船，只站在岸邊的跳板上，要求船長出來見他。船長過來了，那人保證會付非常豐厚的船資，儘管船長一開始咒罵了好一陣子，最後還是接受那人的要求。談妥後，那人就離開了。有人告訴他雇用馬車和馬匹的地方。他去了那邊之後，很快就駕著一輛運貨馬車回到港口，上面放了一個大箱子。他一個人把箱子放下來，其實那箱子很重，要好幾個人才能合力把箱子搬進船的貨艙。他跟船長談了好一陣子，提出繁瑣的要求，比如箱子要放在哪裡、又該怎麼放，把船長惹得很不高興，用各種難聽的話咒罵他，還說既然他這麼堅持，何不親自上船看箱子要放在哪兒比較好。但他卻說『不用了』，他不願上船，因為他還有要事在身。船長要他動作快一點——還加上一句天殺的——因為船很快就要啟程了——又一句天殺的——必須在漲潮前出發——又是天殺的。那瘦削的男子微笑地說，當然。船長認為時間到了就該開船，但他不認為船那麼快就能出發。船長又用別的語言咒罵了一聲，但那高個子反向他鞠躬，又向他道謝，說他絕不會辜負船長的好心提醒，一定會在開船前上船。氣得滿臉通紅的船長用了各種語言跟他說，他才不要法國人[27]上他的船——又講了好幾遍天殺的。那人詢問要去哪兒買貨物報關單後就離開了。

「沒有人知道後來他去了哪裡，就像他們說的：『該死，才沒人在乎咧！』他們還有很多事要煩惱——又加了一句天殺的，因為大家很快就發現瑟琳娜．凱薩琳號無法準時開船。河面上飄起一陣薄霧，愈來愈濃，直到這片濃濃的霧氣籠罩了整艘船。船長用各種語言咒罵不

27. 伯爵使用德．維爾（de Ville）的假名，因此船長誤以為他是法國人。

休——他還真有語言天分——不斷罵著天殺的、該死的，但他什麼也不能做，水愈漲愈高，他很擔心會錯過潮水，煩躁不已。但當潮水完全漲起來的時候，那高瘦男子又出現了，他在跳板上說，他想看看那個箱子放在哪裡。船長說希望那人和他的箱子都下地獄去，又加上一連串該死、天殺的。但那高瘦男子一點也不介意的和大副一起到貨艙，確認箱子的位置後，就走上甲板，在濃霧中佇立了好一陣子。那人後來也離開了，總之沒人分神去注意他。過了不久，霧慢慢散去，終於消失了。我那些愛喝酒又愛咒罵的朋友都笑了起來，說船長的咒罵字彙比平常還要豐富，而且更加生動。船長向那些一整天都在河面上來來去去的船隻詢問，他發現很多水手根本沒看到濃霧，好像只有這個碼頭起霧而已，他更氣嘟嘟地罵個不停。最後，船在退潮時離開，應該在隔天早上就到了出海口。他們跟我們說這些的時候，船已經出了海。

「因此，我親愛的米娜夫人，我們的敵人已到海上，前往多瑙河的出海口，他能隨心所欲地召喚水霧，而我們能做的就是休息，養精蓄銳。船走得不快，得花一段時間才能到目的地；我們會走陸路，速度比船隻快得多，可以及時攔截他。最好的情況是，趁他還躺在箱子裡時，在日出和日落之間逮住他，那是他最軟弱的時候，我們就能順利解決無法抵抗的他。在上路前，我們還有好幾天的時間可以好好計畫。我們已經知道他會去哪裡，因為我們已跟那艘船的船主談過了，他拿出收據和所有文件給我們過目。那個箱子會在瓦爾那下船，負責收件的人會出示證明文件並把箱子領走，到時候我們的商人朋友——船主——的責任就已結束。他問是不是出了問題，他可以幫我們發電報，要瓦爾那的人調查一下，我們說『不用了』，因為我們的任務不能讓警察或海關插手，只能由我們用自己的方式完成使命。」

范．海辛說完後，我問他，是否確定伯爵真的在那艘船上。他回答：「最好的證據就是妳，當妳在催眠狀態中，妳是這麼說的。」我又問他，是否真有必要追趕伯爵，因為，啊，我真不希望強納森離開我，但若其他人都參與這次的行動，他一定會跟去。范．海辛一開始很冷靜地回答我，後來愈說愈激動，語調不但憤怒且不容質疑。每個人都看得出來，他那種強勢的氣魄正是讓他一直成為眾人領袖的原因。

「是的，我們非這麼做不可、非這麼做不可！一定得抓住他才行！妳是我們的首要考量，同時我們也得為世人著想。在短短的時間和小小的範圍裡，這個可惡的怪物已經傷害很多人了，更何況他現在還在摸索中，不確知自己的能力。我已跟別人講過這些，米娜夫人，妳會從我的約翰朋友的留聲日記裡聽到這些話，或者從妳先生的日記裡讀到。我跟他們說過，從離開他那貧瘠的國家——人口稀少——到滿滿是人的地方，對他來說就好像進入一片豐收的玉米田一樣，想想看，他可是花了數百年的時間策畫。要是世上還有一個像他這樣的不死人，試著實現他的計畫，那麼他就多了一個幫手，可能不需要花那麼多世紀就能實現他們的夢想。在他身上，所有神祕、深奧又強大的自然力量，以某種神奇的方式結合起來。他以不死人之身在那個地方度過數百年，那兒是一個蘊藏奇特地質和化學物質的玄妙世界，到處都有前所未聞、深不見底的洞穴和孔隙。那兒曾有許多火山，有些火山口現在還噴發出各種奇特的液體，還有能致人於死地或活化生命的氣體。無庸置疑，這些神祕力量之間存在某種磁力或電力，足以改變人體生命。就是這些地利，讓他能成為不死之人。在戰亂頻仍的年代，眾人嘆服他那有如鋼鐵般的意志，還有思慮縝密的腦袋、勇敢無畏的心，再再讓人望塵莫及。在他體內有能發揮到極致的天賦，當他的身體不斷成長變得強壯勇健，他的頭腦也隨之發展。這些都是他本來就具備的能力，如果沒有邪惡勢力的幫助，他終將臣服於善良力量。對我們來說，他就是這樣一名強大的敵人。他已經讓妳受到感染——啊，親愛的，請妳原諒我，我這麼說是為了妳好。狡詐的他感染了妳，就算他不再傷害妳，妳也只能想盡辦法活下去——用妳以往甜蜜溫柔的方式活下去；但人都免不了一死，等到死亡到來、上帝審判的那一天，他就會把妳帶走。我們絕不能讓他這麼做！我們已立下誓言，絕不能把妳交給他。因此，我們就是上帝的使者，背負上帝的使命：祂的兒子為了世人而死，我們絕不能把祂的子民交給恐怖的怪物，他們的存在就是對上帝的污蔑。上帝已經幫我們救回一個靈魂，我們就像十字軍的騎士出征，決心救回更多靈魂。和前人一樣，我們將走向日出之地，和前人一樣，若我們陣亡，必是為了光明正大的原因而倒下。」

他停了下來，我說：「精明的伯爵難道不會反擊？既然他被驅離英格蘭，難道他不會小心預防，就像被獵殺的老虎小心翼翼地經過牠曾受到威脅的村莊一樣？」

「啊哈！」他說：「你的老虎譬喻巧妙極了，就讓我依此解釋吧。你們的吃人野獸，印度人口中的老虎，只要一嚐過人的鮮血，其他的獵物就再也入不了牠的眼，牠會終生追尋人的滋味。我們從自家村莊出門獵捕的也是一頭吃人老虎，他絕不會停止殺人。不會的，他從來不是一受打擊就逃之夭夭的人。當他還在世時，他越過土耳其的國界，在敵人的領土攻擊敵人；他被打敗退回家鄉，但他放棄了嗎？沒有！他再次出發，一次又一次的征戰。瞧瞧他的毅力和耐力多麼堅強。他那孩子氣的腦袋裡，早就想去一個熱鬧的城市。而他怎麼做呢？他到處物色，選定一個最有可能成功的城市，接著他悉心策畫，並很有耐心地瞭解自己的優勢和力量。他學習新的語言、新的社交方式，認識這個保留傳統的新環境，瞭解政治、法律、金融、科學，熟悉新國度的風俗習慣，成為一個截然不同的人。對這個未知世界的瞭解，更熊熊燃起他心中的渴望。不只如此，他的大腦也隨之成長，因為在漫長的過程中，他明白自己先前的推測多麼正確。他獨立完成這一切，只靠自己的力量！從一個被世人遺忘的國度，一個傾頹的古墓裡！當世界在他面前開展，他就能做更多傷天害理的事，屆時就會如我們預料，他將嘲笑死亡，他會殺死所有的人，讓他們成為不死之人，而他的勢力更加強大。啊，如果他不是來自撒旦，而是來自上帝，憑著他的能力，能為我們古老的世界做多少好事啊！我們決心阻止他控制世界，誓言要把他從地球上消滅。我們必須謹言慎行，在這個進步的時代，人們連親眼見到的事物也不再相信，智者的懷疑之心就是他們的最佳武器。但這反而讓伯爵佔了便宜，不再道聽塗說的凡人，既是他的劍鞘也是他的盔甲，是他用來摧毀我們的武器——我們是他的敵人，因為我們願意為了救回所愛之人而奉獻靈魂——為了人類著想，為了上帝的榮耀，我們得摧毀他。」

我們大略討論後決定，今晚不應立定計畫，應該先思考一下目前的情況，好好睡一覺，再做出合適的打算。明天早餐時，我們會見面並交換各自的想法，之後再決定該如何行動。

今晚，我的心情很平靜，沒什麼煩惱。好像一直縈繞在我身邊的某個陰影已經消失了。也許……不，我還不能確定，我知道自己還沒解脫。我看到鏡中的自己，額上仍留著那道紅色的傷疤。我知道自己仍不潔淨。

西瓦德醫生的日記

十月五日

我們都起得很早，我想睡眠對我們大有益處。我們吃了一頓很早的早餐，席間大家都神采奕奕，可說我們都沒想過有這麼一天，大夥兒能開朗歡快地聚在一起。

人性的堅毅實在讓人大開眼界。只要移除障礙物——不管是什麼煩惱、或用什麼方式移除，甚至是死亡——希望和喜悅立刻重回我們心中。當我們齊聚桌旁，我不只一次驚奇地懷疑，過去幾天的經歷是否只是一場夢境。直到瞄到哈克夫人額上的紅色污點，我才重回現實。即使現在，我腦中仍一直繞著這件事打轉，還是很難相信那個令我們受這麼多折磨的傢伙竟然好端端地遠在世界一角。連哈克夫人好像都拋開煩惱，專注地活在當下，偶然才會想起額上那可怕的傷疤。

半小時後，大家就要來我的書房開會，決定接下來的行動步驟。但我想到一個重要的問題——其實我不是想到，應該說我直覺地感到有個難題橫亙在面前。我們本該毫無保留地坦誠相對，但我擔心基於某種神祕的因素，哈克夫人似乎有苦難言。我「知道」她心中已有某些想法成形，從過去的經驗看來，她的想法一定很有道理又實際，但她似乎不願說出來，或者無法說出來。我已跟范．海辛提過這件事，我們會找機會獨處並就此討論。我猜她的血液中某種可怕的毒素已開始發作。范．海辛形容伯爵為她進行了一場「吸血鬼的受血之禮」，他這麼做必有緣由。想一想，就算把一些無害的東西加在一起，也能提煉出毒藥，在這個肉毒胺存在與否仍無法確定的時代，任何奇特詭異的事情都不值得我們大驚小怪！我能確定的只有一件事：若哈克夫人的沉默少言帶給我的直覺無誤，那麼我們面前恐怕橫著阻礙——一個未知的危險。那個迫使她沉默的力量，也許也會迫使她開口。我不敢再想下去，不然我的思緒恐怕會玷污那位高貴的女子！范．海辛比其他人早一步先到書房。我會跟他談一談。

稍晚

教授進來後，我們又仔細討論了目前的狀況。我看得出來他心裡有事想說，但似乎猶豫著要如何開口。好一陣子他顧左右而言他，最後才突然說：「約翰朋友，我們得私下討論一件事，至少在跟別人說之前。晚一點，我們跟他們說。」講到這裡，他停了下來，我等著他說下去。他停頓了一會兒才說：「米娜夫人，我們摯愛又不幸的米娜夫人正在改變。」我不禁打了個寒顫，這句話證實我內心深處的隱憂。范・海辛繼續說：「不幸的露西小姐是我們的前車之鑑，這一次，在情況無法控制前，我們必須有所警覺。我們現在的任務比之前更加困難，在這麼棘手的情況下，每分每秒都很珍貴。我已從她的臉上看出吸血鬼的特徵，雖然還不明顯，但若排除先見並仔細查看，就會注意到她的變化。她的牙齒比之前尖利些，有時她的眼神變得冷酷漠然。不只如此，她愈來愈少說話，就像露西小姐一樣。雖然她仍寫日記，但她希望我們以後再看。我擔心的是，如果她在催眠狀態中能說出伯爵看到和聽到什麼，那麼他吸了她的血，又讓她吸了自己的血，他是不是早就具備催眠控制她的力量？在他的面前，她的心智是否門戶洞開？他是不是能強迫她，讓她說出她知道的一切？」

我默默地點頭同意。他又說下去：「那麼，我們非得插手阻止不可。我們不能讓她知道計畫內容，因為她無法說出她不知道的事。這真是個艱鉅的任務！啊，光是想到隱瞞她就讓我心痛，但我們只能這麼做。今天我們開會時，我得跟她說，因為某種我們不願解釋的原因，她不能再參與我們的會議，只能默默守護我們。」一想到他會為那已經深受折磨的靈魂帶來更多傷害，他的前額就冒出豆大的汗珠。他抹了抹前額。如果我告訴他，我和他的想法一致，一定能帶給他一些安慰，至少能移除他的猶豫不安和煩惱。於是我跟他表白自己的臆測，如我所料，他鬆了口氣。開會的時間快到了。范・海辛離開書房了，宣佈這個痛苦的決定對他來說實在很困難。我相信，其實他想獨自祈禱一會兒。

稍晚

會議一開始就非常順利。哈克夫人請她的丈夫代為傳達訊息，她不想參加會議，因為她不希望額上的紅疤為我們帶來困擾。我和范・海辛都為此鬆了口氣。教授和我四目相望，安心不少。對我來說，哈克夫人若察覺自己就是潛在的危險，心裡一定會很難過。我和范・海辛交換了疑問和同意的眼神，並把手指放在唇上示意，暫時不向其他人提起這回事。大夥兒立刻開始討論「決戰計畫」。

范・海辛先把已知事實整理簡述：「昨天早上，瑟琳娜・凱薩琳號已離開泰晤士河。就算它全速前進，至少也要花上三週才會抵達瓦爾那，但我們從陸路出發，只要三天就能抵達。考量到伯爵有呼風喚雨的能力，也許會讓這艘船提早兩天抵達。再考量我們可能會遇到的延誤，在行程上預留一天，那麼我們和伯爵之間還有兩週的空檔。保險起見，我們最遲得在十七號動身。那麼，我們至少會比那艘船早一天抵達瓦爾那，可先到現場勘察安排。可想而知，我們必須攜帶所有武器來對抗一切邪惡的事物——不管是物質界還是靈界。」

此時，昆西・莫里斯說：「據我了解，伯爵來自一個狼的國度，而且他說不定會比我們還早抵達。我想我們得帶上溫徹斯特來福槍，它能幫我們抵抗狼群。亞瑟，你還記得嗎？我們在托博爾斯克時曾遇到一群狼？我們可不能讓舊事重演！」

「好主意！」范・海辛說：「那就帶上溫徹斯特槍吧！昆西總是冷靜沉著，在獵殺行動中更是如此。從狼對人的危險性來說，武力比科學更能有效對抗狼群。目前在這兒，我們沒什麼其他事情好做。既然我們都不熟悉瓦爾那，不如早點動身？在目的地等待總比在這兒枯等要好。我們今晚和明天就準備打包，如果一切順利，我們四人就出發吧。」

「我們四人？」哈克質疑道，眼神掃過我們。

「當然！」教授立即回答：「你得留在這裡照顧你深愛的妻子！」哈克沉默了好一陣子，最後用空洞的聲音說：「我們明天早上再討論這件事吧，我得先問問米娜。」

我認為此時范．海辛該出聲警告他，別跟米娜說起我們的計畫，但他沒注意到我的眼神。我熱切地盯著他，還用咳嗽試圖引起他的注意，但他只把手指放在唇上，就離開了。

強納森．哈克的日記

十月五日，下午

上午的會議結束後，好一陣子我都無法思考。意料之外的發展讓我瞠目結舌，根本沒辦法冷靜思索。米娜堅決退出會議已經讓我苦思不解，但我無法和她討論，只能臆測她的用意。我想不出解決辦法，而且其他人對這件事的應對也令我困惑。幾天前，我們還一致同意，大夥兒必須開誠布公、毫無隱瞞。現在米娜平靜地睡著了，那甜美的臉龐就像個不知世事的小孩。她的嘴角微微上揚，臉上散發著喜悅的光采。感謝上帝，讓她仍能感到平靜而快樂。

稍晚

太詭異了。我坐在那兒，看著米娜熟睡而愉悅的臉龐，我也開心起來，好像從來沒那麼高興。夜色悄悄降臨，當夕陽西落，大地陷入黑暗之中，一片死寂的房間也變得愈來愈暗。突然，米娜張開雙眼，溫柔地望著我，說：「強納森，我要你以你的榮譽向我發誓一件事，這是你對我的誓言，而且在上帝的聆聽中變得更加神聖。答應我，除非我跪倒在你面前，流著淚懇求你，不然你絕不能違背誓言。快，現在快向我發誓。」

「米娜，我沒辦法在不知妳要我做什麼的情況下，發出誓言。也許我根本沒資格向妳發誓。」

「親愛的，」她眼中散發強烈的靈性光輝，讓她的雙眼如極地的星空一樣閃亮。「但，要你發誓的人是我，而且我並不是為了自己而要你發誓。你可以向范·海辛求證，看我說的對不對。如果他不同意我說的話，你就依自己的心意去做吧。哎，若有天你們全都同意解除這個限制，那你就不用再守這個約定。」

「我向妳發誓！」我說。

她的臉上掛著高興的笑容，但對我來說，那紅色的傷疤足以抵銷她所有的快樂。她說：「你要保證，關於你們對抗伯爵的會議，千萬不能洩露隻字片語給我，不能跟我提任何相關的字詞，也不能用推論或隱喻的方式告訴我。在傷疤仍留在我額上的時候，你什麼也不能對我說！」她嚴肅地指著那個紅疤。

我看得出來她心意已決，因此莊重地說：「我保證！」我一說完，就覺得她與我之間的那扇門已經緊緊地關上了。

稍晚，午夜

整個晚上，米娜都神采奕奕、活潑動人。容光煥發的她鼓舞了其他人，大家好像都受到她的感染而高興起來，連我都覺得長久以來壓在我們身上的陰鬱氣氛一掃而空。我們很早就各自回房。現在米娜就像個孩子般睡得很熟，儘管她遭遇那麼多磨難，但她至少睡得很安穩，實在太好了。感謝上帝讓她安眠，至少她能在夢中拋開煩惱。也許，我該以她為榜樣，就像今晚她的歡快態度感染了每個人一樣。我要效法她好好睡一覺。啊！希望今晚一夜無夢！

十月六日，上午

又發生了一件出乎我意料的事。米娜早早把我叫醒，差不多是昨天早上一樣的時間。她要我請范．海辛醫生過來。我以為她又想要被催眠，就起身去找教授。他衣裝端正地坐在房間裡，顯然早就等著我去找他了。他的房門半掩，一聽見我們房門打開的聲音，就馬上走了過來。進了房間後，他詢問米娜是否要叫其他人過來。

「不用。」她簡潔地拒絕了。「沒有必要。你再向他們轉達即可。我得跟你們一起出發才行。」

范．海辛醫生像我一樣大吃一驚。他沉默了一會兒才問：「為什麼？」

「我得跟你們一起去，和你們在一起，我比較安全，你們也會比較安全。」

「親愛的米娜夫人，這話怎麼說？妳得明白，妳的安全是我們的首要責任。我們的確會身陷危險，但妳可能會陷入比我們更險惡的境地——也許會發生一些不好的事情——就像過去一樣。」他尷尬地停了下來。

她一邊回答，一邊抬手指向自己的前額：「我知道。所以我才非去不可。現在，當太陽升起，我仍能跟你們交談，但我恐怕很快就無法這麼做了。我知道，一旦伯爵用他的意志控制我，我就必須隨他的呼喚而去。若他叫我暗地去找他，我會乖乖聽命，就算他要我騙過世上任何人，我也在所不惜——包括強納森。」她轉向我，上帝有眼，若世上真有記錄天使，絕不能錯過她那射出神聖光芒的眼神。我只能握住她的手，什麼話也說不出來，心情激動的我反而連眼淚也流不出來。她繼續說：「你們都是勇敢又堅強的男人，且人數眾多，力量更加強大。有些力量足以摧毀一個人，但只要你們團結一致，就不會受到影響，你們能幫助我對抗伯爵。我也能助你們一臂之力，你能催眠我，讓我說出連我自己都不知道的事情。」

范．海辛醫生陰鬱地說：「米娜，妳一如往常的機智過人。妳就跟我們一起去，我們一起達成此行的目標吧！」

他說完後，米娜沉默了好一陣子，我不禁盯著她瞧。她已經躺回床上，頭靠在枕頭上，好像睡著了。當我把百葉窗拉起來，任朝陽灑落一地明亮的日光，她也沒有醒過來。范．海辛示意我安靜地隨他出去。

我們來到他的房間，過一會兒，葛達明勳爵、西瓦德醫生和莫里斯先生都過來了。他轉達了米娜說的話後，又說：「我們得在早上朝瓦爾那出發，但現在米娜夫人也會加入我們。啊，她的靈魂依舊真誠無瑕。她對我們說這麼多話，心裡一定非常痛苦，但她是正確的，她及時警告了我們。我們不能冒任何風險，當船停靠在瓦爾那時，我們必須做好萬全準備，伺機行動。」

「到時我們該怎麼做？」說話向來簡潔的莫里斯先生出聲問。

教授停頓了一會兒，才回答：「我們得先登船查看並確認箱子之後，就在上面放一朵野玫瑰。我們只要將玫瑰固定在木箱上，他就會被困在裡面，無法離開。至少民間流傳這樣的作法，我們得相信這些傳說，它們原都是前人的信仰，至今仍有強大的影響力。接著，我們得等待沒人干擾的機會，就把箱子打開，接下來——接下來就大功告成了。」

「我才不會等待什麼機會，」莫里斯說，「我一看到那個箱子，就立刻打開並毀掉那個怪物，就算有上千人圍繞在旁，我也不在乎。就算別人要來找我算帳，我也不管！」我不加思索地握住他的手，發現他的手就像鋼鐵一樣堅毅。我相信他瞭解我的心情，我希望他明白我們想法一致。

「好傢伙！」范．海辛說：「你很勇敢！昆西真是個男子漢。上帝保佑你！我的孩子，相信我，我們每個人都會毫不猶豫地行動，絕不會被恐懼擊倒。我說了，我們可能會怎麼做——我們該怎麼做，但，我們絕不能鐵口直斷說，到時候會怎麼做。有太多事情可能發生，而它們和其結果都難以預測，直到最後，什麼也說不準。我們得用各種武器禦敵，滴水不漏，等到了斷的時機一到，我們就奮不顧身地行動吧。今天，我們先把行程安排好。讓我們為了所愛的人、仰賴我們的人著想，事先為他們做好安排，因為沒有人知道結果到底是什麼，這場戰鬥何時才能終結。至於我，已把自己的事務都打理好了，沒其他事要忙，就讓我來安排這趟旅程吧，我會把此行的車票和其他事情都準備好。」

沒有其他事需要討論，我們就分頭行動。我現在得把自己的事情都交代清楚，做好準備面對未知的未來……

稍晚

都安排好了，我已經立下遺囑，其他事情也打點好了。如果米娜逃過一劫，她會是我唯一的繼承人。如果她遭逢不幸，那其他對我們有恩的人就會得到繼承權。

太陽已經西斜，我注意到米娜坐立難安。我相信她心裡一定藏了一些事情，只有日落之時才會顯露。對我們來說，每一次的日出與日落是一天之中最悽苦的時刻，因為可能會迎來新的危險——新的痛苦，但不管如何，希望上帝的旨意引領我們走向好的結局。我把這一切寫在日記上，因為我的愛人此刻不能聽到這些話語，但等她度過難關，我的日記將把我所有心思毫無保留地呈現在她眼前。

她出聲叫我了。

第二十五章　西瓦德醫生的日記

十月十一日，晚上

強納森・哈克要我來記錄今天的事。他希望我能精確地錄下日記，因為他無法像我一樣平心靜氣。

日落前，哈克夫人把我們都找去，大家都毫不驚訝。近來，我們發現日出和日落時，她的心智特別自由，她原本的自我能掙脫任何控制或壓抑，也不會受某種外力的影響而不得不做些事情。在日落、日出前約莫半小時或更長一段時間，她會進入這種身心自由的情緒或狀態，直到太陽完全高升、或夕陽已落下但天邊雲彩仍透著餘暉時才結束。一開始，她會陷入一種不太穩定的狀態，好像某種連結正慢慢斷開，很快她就獲得完全的自由。但是，當自由時段結束後，她會立刻變回之前的樣子，保持警覺但沉默不語。

我們今晚會面時，一開始她看起來不太自在，好像內心正不斷交戰中。我注意到，她一能夠抵抗那股控制她的力量後，就奮不顧身地反擊。幾分鐘後，她就奪回主控權，完全控制住自己。她斜倚在沙發上向丈夫示意，要他坐到她身邊，並請我們各自拉張椅子圍著她坐。她握起丈夫的手，開口：「我們都身心自由地齊聚一堂，但恐怕這是最後一次了！親愛的，我明白也知道你會永遠陪伴我，直到最後一刻！」我們都看得出來因為她的丈夫把她的手握得更緊，她才這麼說。「天一亮，我們就要動身，接下來會發生什麼事，只有上帝知道了。你們願意帶我一起上路，實在太仁慈了。我知道勇敢正直的男人能為一名不幸又虛弱、恐怕又失去靈魂的女人帶來多少幫助——不、不，我還沒失去靈魂，但很有這種可能——你們願意為我做那麼多，令我很感動。你們必須謹記，我和你們不一樣，我的血液與靈魂中流著足以毀滅我的毒液，它可能會毀掉我，除非我獲得解放。啊，我的朋友，你們都和我一樣心知肚明，我的靈魂正面臨危險，雖然我知道眼前有一條出路，但你們和我都絕不能走上那條路！」她先望著她的丈夫，接著懇求地望著我們每一個人，最後又凝視著他。

「哪一條出路？」范．海辛沙啞地問：「我們絕不該——不能——走上的是哪一條路？」

「就是讓我死去，不管是我自殺或由別人下手，在擊倒更罪惡的那個怪物前，絕不能這麼做。我知道，你們也知道，只要我一死，你們就有辦法讓我的靈魂獲得自由，就像你們對可憐的露西做的一樣。如果死亡或者對死亡的恐懼是眼前唯一的障礙，那麼此刻，在我所愛的朋友圍繞下，我會眼睛眨也不眨一下就毫不猶豫地死去。但死亡並不是一切。我無法想像自己在這種狀態下死亡，因為眼前仍有希望，上帝還有一個艱難的使命需要我們去執行。因此，我在此放棄永遠安息的機會，前往暗黑的世界，就算會面臨世上最黑暗、甚至不存在於這世上的恐怖，也在所不惜！」

我們都沉默下來，顯然這只是她的開場白。其他人表情凝重，哈克面如死灰，也許他已比我們搶先一步猜到她要說的話。她繼續說：「在此次的『財產合算』[28]中，這就是我能提供的一切。」一臉嚴肅的她，此時提到這麼一個有趣的法律辭彙，特別引起我的注意。「你們每個人出了哪些東西？我很清楚，」她急切地說，「對勇敢的男人來說，這個問題很容易解決。你們的生命屬於上帝，你們能把生命交還給上帝，但你們能給我什麼？」她又用疑問的眼神掃視我

28. 譯註：hotch-pot，意為分屬於不同人的財產進行混合，以進行平等分配。

們，這一回，她避開丈夫的臉。昆西好像已心領神會，只是默默點頭。哈克夫人的臉立刻亮了起來。「那麼，就讓我直截了當地告訴你們，我想要什麼，現在不能有任何疑慮橫擋在我們之間。你們得一一向我保證——包括你，我深愛的丈夫——當時機到來，你們得下手殺了我。」

「什麼時候？」說話的是昆西，他顯然努力壓抑情緒，語調又低又緊張。

「當你們認為我變得太多，與其讓我活下去還不如死去的時候。當我的肉體死亡，你們得毫不猶豫地用尖叉刺穿我，並砍掉我的頭。隨便你們怎麼做，只要讓我安息就好！」

房內好一陣子寂靜無聲，昆西是第一個打破沉默的人。他在哈克夫人面前跪了下來，握住她的手，莊嚴地說：「我只是個粗野的男人，也許我稱不上男子漢，不該獲得如此的殊榮。但我以我所珍視的一切向妳發誓，若那一天到來，我絕不會退縮，必定完成妳交付給我們的使命。我也向妳保證，我會仔細確認，若我開始懷疑妳，就會知道時機已經到來！」

「你是我真正的朋友！」她淚如泉湧，哽咽地說出這句話，同時彎腰親吻了昆西的手。

「我親愛的米娜夫人，我也向妳保證！」范．海辛說。

「我也是！」葛達明勳爵接著說。他們一一跪在她的面前，向她發誓。我也這麼做了。接著，她的丈夫眼神渙散地望著她，那蒼白的臉隱隱發青，反而讓他那頭白髮變得沒那麼顯眼。他說：「啊，我的妻子，難道我也非得立下這個誓言嗎？」

「我最親愛的哈克，你也得向我保證。」她的聲音和眼神流露出無盡的悲憫。「你絕不能退縮。在這世上，你是最懂我、對我來說最重要的人，我們的靈魂已合而為一，不管是生還是死。親愛的，想想看，過去的勇士為了不讓自己深愛的妻女落到敵人手中，不得不殺死她們。當所愛的人祈求他們下手時，這些男人可沒有手軟退縮。在艱苦的時代，這是男人對愛人的責任！啊，我的愛人，如果我非得死在某人的手中，就讓我死在我深愛的人手中吧！范．海辛醫生，我從未忘記你讓露西小姐的愛人——」她突然住口，臉上飛過一片紅暈，她趕緊換了個說法：「你讓那位最有資格送她安息的人下手。如果時機再次到來，我相信你會確保我的丈夫動手，讓他永遠記得，帶給我自由的是那雙我最愛的手，因為他，我再也不用被奴役於那可怕的怪物之下。」

「我再次向妳發誓！」教授的聲音擲地有聲。

哈克夫人露出一抹讚許的微笑，同時發出一聲安心的嘆息。她靠在椅子上，說：「現在，我有個警告，你們萬萬不可忘記。當時機到來，那時間點會來得非常快，令人措手不及地快，那時你們不能浪費任何時間，務必趕緊下手。那時，我可能——哎，應該說，到時候，我一定會和你們的敵人聯手來對抗你們。」

她神色又嚴肅起來。「我還有一個請求，這不像剛剛的請求那麼嚴重，也不是絕對必要，但我希望你們為我做一件事，如果你們願意的話。」

我們都默默同意，但沒人說話，此時言語已不再重要。

「我想請你們對我宣讀送葬經文。」她的先生發出一聲痛苦的悲鳴，打斷了她。他握住她的手，她把他的手拉到自己的胸前，繼續說：「總有一天，你得為我送葬。不管發生多麼恐怖的事情，至少這個想法能為我們，至少為我們之中的一些人帶來一點安慰。我最親愛的你，我希望你為我宣讀經文，因為你的聲音將永遠迴盪在我的記憶裡，直到永遠。不管發生什麼事！」

「但是……啊……我最深愛的寶貝，」他哀求道：「死亡離妳還很遠。」

「不，」她比出警告的手勢，說：「我已深陷死亡之中，就算一座墳墓壓在我身上，我也不會比此刻更接近死亡！」

「啊，我的妻子，我非唸不可嗎？」

「我的丈夫，這會讓我的心靈得到安慰！」她說完就拿出經文，而他開始朗誦。

我如何能——世上哪有人能——描述這奇怪的場景！氣氛既莊嚴又陰鬱，既哀傷又恐怖，最重要的是，同時又隱隱透出一絲甜蜜。即使是完全不信邪的懷疑論者，執意認為神聖或感情都只是拙劣模仿的滑稽劇，他們若看到這一群彼此敬愛而虔誠奉獻的朋友，圍著一位憔悴而憂傷的女士跪下，也會不禁動容。聽著她丈夫那柔情萬縷的聲音，不時因激動而哽咽，再冷酷的人也會熱淚盈眶。他唸出最真誠優美的送葬經文。我……我說不下去了——言語……和聲音……都無法表達我此刻的心情！

她的直覺是正確的。雖然這件事前所未聞，就連我們當下深受感動的人，事後回憶起來也不禁覺得詭異莫名，但經文的確帶來強大的力量，為我們帶來安慰。當哈克夫人的靈魂再次被囚禁，她又變得沉默寡言，但我們不再像之前那樣絕望了。

強納森．哈克的日記

十月十五日，瓦爾那

我們在十二日早上從查令十字路車站出發，當晚抵達巴黎，搭上已訂位的東方特快列車。我們日夜不停地趕路，今天五點左右抵達瓦爾那。葛達明勳爵前往領事館，看看有無他的電報，我們其他人則前往歐德瑟斯飯店。這場旅程發生了一些小意外，但我只在乎不斷前進，把其他的事都拋在腦後。直到瑟琳娜．凱薩琳號入港之前，這世上其他的事都與我無關。

感謝上帝！米娜很好，身體似乎也復原不少，臉上終於有了血氣。這場旅程中，她幾乎一直在睡覺。不過，在日出與日落之前，她會變得非常警醒。范・海辛總在此時前來催眠她，這已成了我們之間的慣例。一開始，范・海辛必須費力做許多手勢讓米娜進入催眠狀態，但現在她幾乎立刻就進入催眠狀態了，好像已經習慣似地；范・海辛幾乎不需要做什麼手勢。在這些奇特的時刻，范・海辛似乎只靠意志就能控制米娜，而米娜毫無抵抗地服從他。他總是問她，能不能看到或聽到什麼東西。

她先回答：「什麼也看不見，四周一片黑暗。」接著繼續說：「我聽見海浪拍打船身，還有水流洶湧流過的聲音。風帆搖晃、繩索抽緊、船桅晃動、帆桁吱嘎作響。高處的風吹得很強——我聽見側支索被風吹動的聲音。船頭穿過浮沫往前行。」

顯然瑟琳娜・凱薩琳號仍在海上，正加速航向瓦爾那。葛達明勳爵回來了。他收到四封電報，自從我們出發後，一天收到一封，但內容都一樣：瑟琳娜・凱薩琳號沒從任何地方向勞埃德保險社回報位置。勳爵在離開倫敦前，已向代理人交代每天都要確認這艘船的位置，並發電報通知他。即使沒有船隻的消息，也必須通報，這樣他才能確認在倫敦的代理人隨時注意這艘船的動向。

吃過晚餐後，我們就早早上床休息了。明天要和副領事會面，如果可以的話，我們希望船一靠岸就上船檢視，為此得事先辦好手續。范・海辛說，在日出和日落間登船最好，即使伯爵化身為蝙蝠，他也不能隨意跨過水流，只能待在船上。他不敢隨意以人形現身，避免引人注意——他一定會想盡辦法避開人群——所以他必須待在箱子裡。若我們在日出後上船，他就無處可逃，我們可以把箱子打開，就像我們對可憐的露西做的一樣，確認他在裡面後，在他醒來前殺死他。可想而知，我們不會對他有太多憐憫。我們盤算，官員或水手應該不會太為難我們。感謝上帝，我們在一個有錢能使鬼推磨的地方，而且我們身上帶了足夠的盤纏。接下來，只要確認日出到日落之間，港口在通知我們前不讓船進港，就萬無一失了。我想，飽滿的荷包馬上就能派上用場！

十月十六日

米娜的催眠報告依然如常：海浪拍打和水流，一片黑暗與順風。我們的確搶得先機，在收到瑟琳娜．凱薩琳號的消息前，我們已做好萬全準備。瑟琳娜．凱薩琳號必須穿過達達尼爾海峽，到時候一定會聽到它的消息。

十月十七日

我想，迎接伯爵歸來的計畫差不多定案了。葛達明勳爵跟船運業者說，他認為那艘船載的一口箱子裡，恐怕裝了一些他朋友遭竊的物品，對方勉為其難地同意讓他打開箱子清查，但要求勳爵自行承擔後果。船主給了他一張通行證，要求船長讓他上船和自由進出每個角落，同時也請瓦爾那的代理人盡全力幫助勳爵。我們和代理人見了一面，他對葛達明瀟灑而有禮的風度印象深刻，很高興地表示，他願意百分之百配合我們的要求。

我們已計畫好，把箱子打開後要怎麼做。若伯爵在箱子裡，范．海辛和西瓦德會立刻砍斷他的頭顱，用尖叉刺穿他的心臟。我和莫里斯、葛達明負責看門把風，以防別人靠近，就算要動用武力也在所不惜。教授說，如果任務順利完成，伯爵的身體會迅速化為灰燼，這樣一來就不會留下任何對我們不利的證據，即使有謀殺嫌疑也能順利脫身。如果伯爵沒有化為灰燼，我們也準備好承擔責任，也許有一天這些文件能證明我們的清白。我很高興對決的時刻終於要來了。我們小心地設想所有可能的情況，絕對不容許任何人、事、物來插手。我們已和數名官員談好了，只要瑟琳娜．凱薩琳號一出現，就會有特別信差來通知我們。

十月二十四日

整整一週都在枯等。葛達明勳爵每天都收到一封電報，但內容都是：「沒有消息。」米娜早上和傍晚的催眠報告也是一成不變：海波拍打，水流洶湧，桅杆吱嘎作響。

十月二十四日，電報

倫敦勞埃德保險社的瑞福斯．史密斯發給葛達明勳爵的電報，由瓦爾納的副領事閣下代為轉交。「今早，瑟琳娜．凱薩琳號出現在達達尼爾海峽。」

西瓦德醫生的日記

十月二十五日

我真想念留聲機！對我來說，用筆寫日記實在礙手礙腳！但范．海辛說我必須寫日記。昨天葛達明勳爵收到勞埃德保險社發的電報後，我們都興奮極了。我現在終於明白，在戰場上，男人聽到準備開火的命令是什麼感覺。我們之中，只有哈克夫人沒有洩露任何情緒。不過這並不奇怪，因為我們小心翼翼地向她隱瞞一切，在她面前我們都保持鎮靜，絕不讓她猜到目前的動向。我相信若在以前，不管我們怎麼隱瞞，她一定會一眼看穿；但過去三週以來，她變了很多，儘管她看起來身體健康，心情平靜，氣色也恢復不少，但她很嗜睡。

范．海辛和都我很擔心她的情況。我們時常談起她，但從不曾跟其他人提起。若可憐的哈克知道我們懷疑哈克夫人的狀況，一定會帶給他很大的打擊——至少他會士氣全消。范．海辛跟我說，替哈克夫人催眠時，他很仔細地觀察了她的牙齒，只要牙齒沒有變尖，那麼就沒有立即的危險。但若她真的改變了，我們就得採取必要行動！……我們都知道「行動」意味什麼，雖然我們都不願意說出來。但我們絕不會退縮——一想到這，還是讓人不寒而慄。「安樂死」這個字多棒呀，聽起來真是安慰人心！不管誰發明了安樂死，我都對他心存感激。

依照瑟琳娜．凱薩琳號從倫敦出發到現在的速度推斷，從達達尼爾海峽到瓦爾那，只需要二十四小時的航行。因此，它應該會在上午抵達，不太可能更早出現，我們決定今天早點休息，並在凌晨一點起床以做好萬全的準備。

十月二十五日，中午

目前還沒有那艘船靠岸的消息。今天早上哈克夫人被催眠時，她的回答依舊一成不變，因此它隨時有可能抵達。我們所有人都興奮得快發狂了，只有哈克非常冷靜；他的手冰冷極了。一小時前，我發現他在磨那把他隨身攜帶的刀子。若他冰冷又堅決的手緊握那把銳利無比的廓爾喀刀，往伯爵喉嚨一揮，伯爵的下場恐怕慘不忍睹！

今天，哈克夫人引起我和范．海辛的警覺心。中午左右，她又陷入那種我們不喜歡的嗜睡狀態。雖然我們沒跟別人提起，但實在擔心極了。今天早上，她一直坐立難安，因此她睡著時，我們原本鬆了口氣。她的丈夫不經意地提起她睡得很熟，不管他怎麼叫，都吵不醒她，我們就去房間看她。她呼吸得很自然，看起來很健康也很安詳；我們同意此時還是讓她好好睡覺。可憐的姑娘，她經歷了那麼多痛苦而難忘的經歷，若她能在睡夢中暫時拋開所有的憂慮，那麼就讓她好好睡吧。

稍晚

我們的想法沒錯，睡了幾個小時後，哈克夫人精神大振，比過去幾天都還神采奕奕。傍晚時，她再次進入催眠狀態，回答依舊。不管伯爵在黑海的哪裡，他正急忙趕向目的地。我相信他的末日就要降臨了！

十月二十六日

又過了一天，瑟琳娜．凱薩琳號音訊全無。照理來說，它應該已經到了瓦爾納。哈克夫人今早的催眠一如以往，這艘船應該仍在某處航行。也許，它遇到濃霧而耽擱了，昨晚進港的幾艘蒸汽輪船都提到，港口北方和南方都起了霧。我們必須保持警覺，船隨時有可能靠岸。

十月二十七日，中午

太奇怪了，到現在還沒有那艘船的消息，我們都望眼欲穿了。昨晚和今早，哈克夫人在催眠狀態的說詞都一樣：「波浪拍打聲，水流聽起來很洶湧。」但她又加上：「波浪聲很微弱。」倫敦發來的電報也沒有變化：「沒有新消息。」

范．海辛十分擔心，剛剛他告訴我，他擔心伯爵刻意避開我們，又特別強調：「我不喜歡米娜夫人一直昏睡不醒。在昏迷狀態，靈魂和記憶有時會發生微妙的變化。」我正打算多問他幾句，哈克在此時走了進來。范．海辛伸出手指，比出警告的手勢。今天日落時，我們得讓她在催眠狀態中多說幾句。

十月二十八日，電報

倫敦勞埃德保險社的瑞福斯．史密斯發給葛達明勳爵的電報，由瓦爾納的副領事閣下代為轉交。「今天一點鐘，瑟琳娜．凱薩琳號回報已進入加拉茨。」

西瓦德醫生的日記

十月二十八日

電報宣布我們等待的那艘船抵達加拉茨，我們並沒有像想像中那麼意外。的確，我們並不知道打擊會在何時、從哪裡或如何出現，但我們已做好心理準備，等著某件意料之外的事發生。它遲遲不來瓦爾那，每個人多少猜到事情沒有那麼順利，我們一直都在等待會出現變化。我想，永懷希望的人性讓我們忘卻理智，期盼事情真能如此一帆風順，但我們明知這機會少之又少。先驗主義是指引天使的烽火，就算對人來說，那只是難以捉摸的鬼火。每個人對這場意外發展的反應大不相同。

范．海辛把手高舉過頭好一會兒，像是在與全能的上帝爭論，但他什麼也沒說。過了一會兒，他神情嚴厲地站了起來。葛達明勳爵面如死灰，連呼吸也沉重起來。我則因驚嚇而不知所措，迷惑地望著每一個人。昆西．莫里斯迅速地伸手拉緊皮帶，我很熟悉這個動作，在我們過去四處漫遊的歲月裡，這動作代表「行動吧」。哈克夫人的臉色慘白，顯得前額的傷疤更加火紅，但她只是握緊雙手，朝天祈禱。哈克笑了起來——他真的笑了——那是個陰鬱而苦澀的笑容，只有絕望的人才會露出那樣淒慘的苦笑。但他的行動卻違背了他的言語，他直覺地握著那把銳利的廓爾喀刀，手一直沒放下來。

「下一班開往加拉茨的火車，何時出發？」范．海辛隨口問。

「明天早上六點三十分！」哈克夫人居然毫不猶豫地回答準確的發車時間，把我們都嚇了一跳。

「天啊，妳怎麼知道？」亞瑟問。

「你忘了——啊，也許你們不知道，不過強納森和范．海辛醫生都知道——我可是個火車狂呢。我們住在埃克塞特時，我習慣牢記火車時刻表，好在強納森需要的時候幫助他。這個習慣很管用，因此我隨時記下時刻表。我知道若情況迫使我們必須前往德古拉城堡，就一定得從這兒搭往加拉茨的火車，至少，我們得經過布加勒斯特才能到那兒，所以我已記下前往那兒的火車時刻。真可惜火車班次太少了，明天就只有那班車而已。」

「令人敬佩的女人！」教授喃喃地說。

「不能安排特派車嗎？」葛達明勳爵問。

教授搖了搖頭：「恐怕不行。這個國家和你或我的家鄉大不相同，即使我們真能安排一班特派火車，大概也不會比普通火車更快抵達。而且我們還必須做準備，也得好好想一想。現在就來安排一下吧。亞瑟朋友，你去火車站買票，確保我們明天一早就能動身。強納森朋友，你去找船務代理人，請他寫封信給加拉茨的代理人，請他賦與我們上船搜查的權力，就像在這兒一樣；信件由你轉交。莫里斯．昆西，你去見副領事，請他通知加拉茨的同事盡全力幫忙我們，這樣一來，到了多瑙河畔才不會浪費時間。約翰、米娜夫人和我留下來，我們會討論下一步該怎麼做。時間到了我就會催眠米娜夫人，你們不用趕在日落前回來。」

「我會盡量幫忙。」哈克夫人很有活力地說。經過這麼多日子，此刻她終於回復往日的神態。「我會好好想一想，像以前一樣，記錄一切。某種枷瑣莫名地離開我了，我已經好久沒像現在那麼自在了！」

三位比較年輕的朋友露出高興的表情，好像明白她話裡的涵意。但范．海辛和我立刻轉向對方，交換一個嚴肅且煩惱的眼色。不過，我們當下什麼也沒說。三人分頭出門辦事後，范．海辛請哈克夫人從日記複本中，找出哈克在德古拉城堡寫的日記。她立刻去拿文件。當她一把房門關上，范．海辛就對我說：「我們想的是同一件事！說吧！」

「有變化。這可能是唬弄我們的技倆，一想到這就令我反胃。」

「正是如此。你知道我為什麼要她去拿文件嗎？」

「不知道！」我說，「你想趁機和我單獨談話？」

「你說得沒錯，約翰朋友，但你只說中了一部分。我想跟你講一件事。啊，我的朋友，我正在冒很大的風險——難以承擔的風險，但我相信這麼做是正確的。當米娜夫人說了那些令我們驚奇的話，我突然冒出一個點子。三天前，當她處在催眠狀態時，伯爵的幽靈來讀她的心思；或者說是他攫住了她，把她帶到他那個放在船上的箱子裡，讓她在日出和日落時刻聽到水聲。他得知我們在這兒，畢竟米娜夫人有眼可看、有耳可聽，可以告訴他很多事，而他困在裝了土的箱子裡，只能透過她知道外面的事情。現在他打算逃跑，躲開我們，因此目前他不再需要她了。

「依據過去豐富的經驗，他確信只要他召喚，她就會應聲而去。但他決定截斷兩人之間的連結——他把她阻擋在他自身的力量之外，好讓她無法靠近他。啊！我希望我們人類的頭腦在經過那麼漫長的歲月後，仍留著上帝的榮耀，希望我們比那躺在墓穴裡數百年的幼稚頭腦還要厲害，希望他比不上我們的智力。他總是自私自利，因此目光狹小。米娜夫人過來了，千萬別跟她提催眠的事！她並不知道自己說了什麼，若讓她知道這一切，會使她陷入絕望，此時我們迫切需要她保有希望與勇氣。她的頭腦就像男人的頭腦一樣清晰，但又有女人的纖細，並且握有伯爵賦與她的特別力量，也許伯爵並沒有把那種力量收回去——也許他沒想到。我們需要她的這些特質。噓！由我來說，你好好學著。啊，約翰，我的朋友，我們陷入窘迫的境地了。我很害怕，這輩子還沒那麼緊張過。我們只能相信仁慈的上帝。安靜！她來了！」

我以為教授就快崩潰了，恐怕會歇斯底里起來，就像露西過世那時一樣。但他費盡苦心地控制自己，儘管心情緊張，仍露出沉著的樣子。米娜夫人踏著輕快的腳步走進房間，她看起來神采奕奕且很開心，顯然有事可做讓她暫時忘卻自身的悲苦。她把一疊打好字的紙交給范．海辛。

他嚴肅地讀著那份文件，漸漸露出恍然大悟的神情。他手指仍握著紙頁開口說：「約翰朋友，你已有很多經驗，而妳，親愛的米娜夫人，妳還很年輕——我和你們分享一個教訓：絕不要害怕思考。我的腦裡時常浮現一個沒有完全成形的想法，我一直不敢讓它施展羽翼。現在，我已得到更多知識，當我回過頭去找那個半成形的想法時，我發現它已不只是半成形，它已是完整的概念，儘管它才剛成形，仍無法展開那小小的翅膀。不，它就像我的朋友漢斯．安徒生口中的『醜小鴨』，它根本不是鴨子，長成後會如天鵝般優雅，時機一到，就會張開那碩大的翅膀飛翔。瞧，我正讀到強納森寫著：『是誰擔任率領大軍的主帥，橫越多瑙河，長驅直入突厥人的家園，把他們打得潰不成軍？不就是我的族人嗎？他就是真正的德古拉族人！就算被擊倒，他也絕不放棄，一次、又一次、再一次地回到戰場上，雖然他的軍隊慘遭血洗，但他知道就算隻身一人，也終將奪回勝利！』

「這告訴我們什麼？沒什麼嗎？才不是呢！伯爵的腦袋還像孩子一樣思考，什麼也看不到，因此他能如此自在地大發厥詞。你的成人腦袋什麼也沒看到，我的成人腦袋也什麼都沒發現，直到現在。不！還有另一個人，她沒有意識地說著話，因為她也不知道那代表什麼——那可能指的是什麼。就像有些事物蟄伏好一陣子，直到自然的力量讓它們慢慢改變，最後砰一聲，就爆發出一道如天堂般耀眼驚人的光束，讓許多人瞎了眼、死亡或被摧毀，但它照亮了地球上的每一寸土地。就是這樣，難道不是嗎？好，我會解釋我的意思。

「首先，你們研究過犯罪學嗎？『有』和『沒有』，約翰有研究過，畢竟這是和瘋狂有關的研究。米娜夫人沒有研究過，因為妳和犯罪扯不上邊——只有那麼一次。儘管如此，妳的思慮有條有理，不會把特殊性推廣成普遍性。其實，罪犯講究特殊性，這在每個國家、每個時代的罪犯身上都適用，連不懂哲學的警察也能憑經驗瞭解到它的存在，這是很經驗論的。就是這樣，一名罪犯只做單一類型的犯案，這是指那些注定行惡的罪犯，除了犯罪，不會去做別的，因為罪犯沒有發育完整的成人腦袋。儘管他很聰明、狡猾又足智多謀，但他的腦袋還沒發展完全。他的腦袋還只是個孩子，因為他欠缺經驗。現在，我們的這名罪犯也是注定犯罪，他也只有孩子的腦袋，他至今的行為都是依據那孩子腦袋做的。小鳥、小魚、小動物學習時，並不是依照原則，而是透過經驗來學習。他也是。當他學會一件事，就以此為基礎，再去做更多的事。阿基米德說過：『給我一個支點，我可以移動地球！』只要行動一次，那顆孩子腦袋就漸漸發展，朝成人之路邁進。在他產生其他欲望、做其他行為之前，他會一次又一次地重複，就像他之前做過的那樣！啊，我親愛的，我看到妳睜大了眼，妳看到那道照亮天地的光束。」

此時，哈克夫人拍了一下手，眼睛閃閃發亮。范．海辛繼續說：「現在，妳說吧。告訴我們這兩個枯燥乏味的科學人，妳用妳那晶亮的雙眼看到什麼。」

他牽起她的手，她說話時，他一直緊握不放。在無意識中，我直覺地注意到，他的拇指和食指很靠近她的脈搏。她說：「伯爵是個罪犯，以罪犯的方式行事。諾爾道[29]和倫柏羅索[30]會把他視為罪犯；就像其他罪犯一樣，他的腦袋還未發展完全，因此他一遇到困難，就會依照習慣來尋求解決辦法。他的過去就是線索，而我們知道的其中一段還是由他親口說出的——告訴我們，以前有一次，他在莫里斯先生稱之為『擁塞之地』的地方，原本要入侵一個國家，卻不得不逃離那兒、回到家鄉。但他從未放棄希望，他準備下次再發動攻擊。他一次又一次出擊，準備得愈來愈完備，最終獲得勝利。這一次，他前往倫敦，打算征服新的土地。他被打敗了，當他明白自己輸定了，陷入險境，他從海路逃亡，急著回家，就像他過去逃離土耳其，從多瑙河逃回去一樣。」

「說得好極了！啊，妳真是個聰明的姑娘！」范．海辛興奮地說完，低頭親吻她的手。過了一會兒，他冷靜地轉向我，好像我們正在病房視察病人似地，用平靜的口吻說：「雖然她如此興奮，但只有七十二下。我還有希望。」他又轉向她，用熱情的口氣催促她：「繼續，妳快說下去！如果妳願意，還有很多其他的事可以討論。不用害怕，我和約翰都知道了。我心知肚明，我會告訴妳，妳的想法是對還是錯。說吧，不用顧忌！」

「我試著解釋，但如果我太自負了，請你原諒我。」

「哎！不用擔心，這一回妳得自我中心一點，因為我們關心的就是你！」

「伯爵是個罪犯而且很自私，他的見識像個小孩，他的行為全以自私自利為出發點，他為了一個原因而把自己關在箱子裡。那個原因並不是懊悔。當他在多瑙河上逃亡時，他只求保全自己的性命，放任敵人宰殺自己的下屬，除了自己，他什麼也不在乎。因此，他基於自己的利益，收回他從那一夜就佔據我的可怕力量，他釋放了我的靈魂。啊，我能感覺到！我清楚地體會到！感謝上帝的恩典！自從那一晚後，我的靈魂從沒像現在這麼自由。之前，當我在昏睡或

29. Max Nordau（1849-1923），匈牙利醫生和作家。
30. Cesare Lombroso（1835-1909），義大利犯罪學家和精神病學家。

夢境中，總是有個可怕身影糾纏我，他可能藉此來得知我的思緒好加以利用，但現在這一切都消失了！」

教授站起身來，說：「他利用了妳的心智。藉由妳的心智，他把我們甩在瓦爾那，同時用濃霧包圍了船，讓船載著他前往加拉茨。無庸置疑，他一定在那兒安排好了逃亡計畫。但他那孩子腦袋只能預想至此而已，也許這就是天意吧。惡行惡狀的人因自私自利而做下的行為，有天恐怕成了他最大的失誤。偉大的詩人說過，獵人被自己設下的陷阱網羅。[31]怎麼說呢？現在，他以為自己成功擺脫我們，接下來就能高枕無憂，他那孩子腦袋會要他好好睡一覺。而且他認為自己不再掌控妳的心智，那麼妳就無法得知他的消息，他失算啦！那場浴血洗禮，讓妳的心靈能隨意地靠近他，就像日出日落時分妳依自由意志做的那樣。當我為妳催眠，妳是依循我的命令，而不是聽從他的指示。妳受盡他的折磨，而這就是妳贏得的力量，對妳自己和他人都大有益處。他並不知道這一點，所以這是我們珍貴的優勢。他為了保護自己，不惜切斷與妳的聯繫，但這樣一來他也就無法得知我們的動向。然而，我們不在乎自身利益，相信在這一片黑暗之中、漫長的險惡時刻裡，上帝都與我們同在。我們會追捕伯爵，絕不會退縮，就算我們可能變成他的同類，也在所不惜。約翰朋友，這是偉大的一刻，我們往前邁進了一大步。你得把這一切都好好記下來，等其他人回來，你就拿給他們讀，好讓他們跟上進度。」

於是，我就一邊等其他人回來，一邊寫今天的日記。哈克夫人自從帶文件過來給我們，就都是用打字機記錄。

31. 指的是聖經〈詩篇〉第五十七篇第六節：「他們為我的腳設下網羅，壓制我的心；他們在我面前挖了坑，自己反掉在其中。」

第二十六章　西瓦德醫生的日記

十月二十九日

寫於從瓦爾那出發、前往加拉茨的火車上。昨天，我們在日落之前會合時，每個人都已盡力完成自己的任務。我們設想了可能發生的情況並做了妥善的安排，同時抓緊機會，為這場旅程以及到了加拉茨後的行動做了全面的規畫。一如往常，時間一到哈克夫人就準備接受催眠。這次比起過去，范．海辛花了特別長的時間和精力才讓她進入催眠狀態。之前只要稍稍提示她，她就會應聲回答，但這一回教授必須態度堅決地問她許多問題，才能從她口中得到一些回覆。

好不容易，她開口說話了：「我什麼也看不見。我一動也不動。沒有水波拍打的聲音，只聽得見水柔和地流過船隻的粗繩，形成小小的漩渦。我聽見男人喊叫的聲音，有的近、有的遠，還聽見槳架上的船槳發出滾動和摩擦的聲響。有一聲槍響傳來，那回音似乎是從遠方傳來的。頭上傳來一陣踏步聲，他們一邊走一邊拖著繩索和鐵鍊。這是什麼？我看到一絲光線，身上有陣空氣拂過。」

她停住了！好像受到某種力量驅使似地，原本躺在沙發上的她站起身來，掌心向上地舉起雙手，彷彿正抬起某樣東西。范．海辛和我交換一個心領神會的眼神。昆西抬了抬眉毛，專注地望著她，而哈克不假思索地握緊他那把廓爾喀刀的刀柄。房內安靜了好一陣子。我們都知道，時機一過她就不會再多說。但我們仍沉默不語，感覺說什麼也沒有用。突然她坐了起來，睜開雙眼，溫柔地說：「何不喝杯茶？你們一定累壞了！」我們一心想討她開心，便默默接受了。她匆匆走出房間去準備茶點。

她離開後，范．海辛說：「『他』離陸地很近，而且離開那個裝土的箱子了，不過他還沒上岸。他可能藏身於某處；但若沒人把他搬上岸，或船不靠岸，那他就上不了岸。在這種情況下，若在晚上，他就能改變形體，用跳躍或飛行的方式上岸，就像在惠特比的時候。但若是天亮了，他還沒上岸，那麼就必須有人搬運他和他的箱子，他無處可逃。如果有人搬運箱子，海關官員可能會發現他在箱子裡面。總而言之，如果他無法在今晚或天亮前上岸，就必須浪費一整天躲在箱子裡，那麼我們就能及時趕去。只要他沒在夜裡逃掉，到了白天，困在箱子裡的他就只能任由我們處置。如果他不想被人發現，就不會用真實面貌現身，他可不敢大搖大擺地下船。」

該說的都說完了。我們只能耐心等待天亮，到時就能從哈克夫人身上獲得更多資訊。今天清晨催眠時，我們緊張地屏息傾聽她的回應。這一回，催眠過程比之前更久，隨著時間一分一秒流逝，日出的時刻愈來愈近，我們不禁絕望起來。范．海辛好像耗盡全身精力來為哈克夫人催眠。最後，她終於屈服在他的毅力下，說：「一片黑暗。我聽見水波拍打的聲音，水位和我一樣高，還有木頭磨擦的聲音。」她停了下來，而紅通通的朝陽已躍上天際。我們只能等到傍晚才能得知他的動向。

因此，在前往加拉茨的路上，每個人都忐忑不安。火車原訂在清晨兩點到三點間抵達加拉茨，然而我們經過布加勒斯特時已經延誤了三小時，因此我們絕無可能在日出前趕到加拉茨。我們將在火車上為哈克夫人催眠兩次，也許能進一步瞭解目前的情況。

稍晚

已經過了日落時分。幸好日落之時，沒有任何人打擾我們；要是當時火車停在某個車站，我們恐怕無法安靜獨處。哈克夫人比今天早上更難以進入催眠狀態。現在正是緊要關頭，我們迫切需要她的幫助，但我擔心她恐怕正一步步失去讀取伯爵感官的能力。我覺得她的想像力似乎發作了，進入催眠狀態的她只講了幾句簡單的句子；再這樣下去，她可能會誤導我們。要是她真無法看見伯爵的心思，而伯爵對她的影響力也完全消失，那就太好了！但我並不這麼認為。

她說的話令人困惑：「有東西出去了，我感覺它像一陣冷風經過我的身體。我聽見遠方傳來許多交雜在一起的聲音——有人說著奇特的語言，還有奔騰流洩的水聲，我還聽見狼嚎。」突然她停住，全身打起一陣哆嗦，身體劇烈顫抖了好幾秒，最後像痙攣似地晃動不止。即使教授口氣嚴厲地問她問題，她也不再回答。當她從恍惚狀態醒過來時，渾身發冷且筋疲力盡，一臉無精打采，但神智卻很清醒。她什麼也不記得，詢問自己剛剛說了什麼。聽完我們的話，她一語不發，沉思了好一陣子。

十月三十日，早上七點

我們已離加拉茨不遠，接下來恐怕沒時間寫日記了。我們都坐立難安地等待今天早晨的來臨。考量到催眠哈克夫人的難度愈來愈高，范．海辛比平常還早開始催眠儀式。可惜的是，提早催眠的效用不大，她好不容易才在日出前一分鐘進入催眠狀態。教授一秒也不浪費，急急詢問她，而她也迅速回答：「一片黑暗。我聽見水流流過，形成一圈圈的小漩渦，水位齊耳，還有木頭磨擦的聲音，遠方傳來牛的哞哞聲。有一個聲音，很奇怪的聲音，就像——」她住了口，臉色愈來愈蒼白。

「說下去，快說下去！我命令妳繼續說！」范．海辛焦躁地指示她。與此同時，絕望閃爍在他的眼中，因為朝陽已經完全升起，連哈克夫人蒼白的臉龐都被映紅了。

她睜開雙眼，用一種甜美又漠不關心的語調說話，把我們都嚇了一跳：「哎，教授，你明知我辦不到，為什麼還要逼我呢？我什麼也不記得啦！」她注意到我們驚訝的表情，立刻用憂慮的眼神掃視我們，說：「我說了什麼？我做了什麼啦？我什麼也不知道，只知道我半夢半醒地躺在那兒，接著就聽見你說：『說下去，快說下去！我命令妳繼續！』聽到你對我大呼小叫真是好笑極了，好像我是個壞孩子似地！」

「啊，米娜夫人，」他憂傷地說，「這就是我多麼敬愛妳的證明，如果我對妳的尊敬和仰慕還需要證明的話。我是為了妳好，才這麼焦急地說這句話，但我居然命令一個我樂意全心全意服從於她手下的人！多麼諷刺呀！」

汽笛響了起來，火車就快到加拉茨了。焦慮與熱望同時燒灼著我們的心。

米娜．哈克的日記

十月三十日

我們已事先用電報訂了旅館。不會說外文的莫里斯先生沒有其他任務，就由他陪我前往旅館。其他人像在瓦爾那一樣分頭行動；只是這一回，因為時間緊迫，由葛達明勳爵去見副領事；通常官員一聽到他的頭銜就會放下戒心並盡量幫忙。強納森和兩位醫生去了船運公司，打聽瑟琳娜．凱薩琳號抵達時的細節。

稍晚

葛達明勳爵回來了。領事有事外出，副領事生病了，目前大部分的工作都由一名辦事員代為處理。他非常親切，樂意在能力所及內盡量幫助我們。

強納森．哈克的日記

十月三十日

九點鐘。范．海辛醫生、西瓦德醫生和我前去拜訪麥肯錫和史坦可夫兩位先生，他們都是倫敦哈波古德公司的代理人。葛達明勳爵事先發了電報給哈波古德公司，而這兩人已收到倫敦發來要他們盡力滿足葛達明勳爵要求的通知。這兩人既親切又殷勤，立刻帶我們登上停靠在河港的瑟琳娜．凱薩琳號。我們在港口見到了名叫唐諾森的船長，他跟我們談起這趟旅程，說這是他這一輩子最順利的一次航行。

「哎呀！」他說：「但這可把我們給嚇壞了，擔心好運持續不了多久，厄運恐怕就快上門了，畢竟有起就有落，有好就有壞，跑船不可能一直一帆風順啦！從倫敦航向黑海時，居然剛好順風，這可奇怪，好像心懷鬼胎的惡魔親自吹動風帆似地。而且，有時濃霧籠罩使我們什麼也看不見，沒看到一艘船、港口、岬角，那霧氣還隨著我們一起移動。霧散之後，我們四處張望，但視線所及，連個鬼影也沒見到。我們沒來得及發出訊號，就過了直布羅陀；也什麼都沒看到，直到抵到達達尼爾海峽。我們在那兒停留了一會兒，等著穿過海峽。一開始，我打算鬆開帆索，在附近休息一陣子，等霧散掉；但我覺得那魔鬼好像下了決心，非要快點進入黑海不可，根本不在乎我們願不願意。不過呢，若我們航行得夠快，就不會失信於貨主，也不會耽誤行程，而那不知安什麼心的魔鬼老頭，說不定也因為我們沒有阻撓他的計畫而感謝我們咧。」

這段既簡明又機智的話展露了船長的迷信和商業頭腦，令范．海辛大感興趣。他說：「我的朋友，惡魔可比許多人想像的還要聰明。當他遇到勢均力敵的對手，他馬上就能察覺對方的厲害！」船長聽到這番讚美，很得意地繼續說：「從我們穿過博斯普魯斯海峽，水手們就開始發牢騷了。我們從倫敦出發前，有個樣貌古怪的老人把一個大木箱運上船。有些人——就是那些羅馬尼亞人——要我把那個箱子丟到海裡。在倫敦時，我就看到他們盯著那男人看，一見到他就舉起手指，並說這樣就能抵抗惡魔之眼。天啊！這些外國人真是迷信到了極點，快笑掉我的大牙啦。我把他們趕去幹活，但沒多久船隻就被濃霧包圍，我不禁猜想他們的話或許有點道理，雖然我不認為那口大箱子有啥古怪。

「總之，我們一直航行，但船隻被濃霧包圍了整整五天，只能任船順風而行。我想，如果魔鬼真打算去某個地方——那他自有方法抵達。若連魔鬼自己都龍困淺灘，那我們除了保持警覺，什麼也不能做。但這一路還真順利，什麼擱淺或意外都沒遇到。直到兩天前，陽光穿透濃霧照下來，我們才發現已經航進了多瑙河，河岸那兒就是加拉茨。這一來，羅馬尼亞人都發狂了，他們堅持要我把那箱子丟進河裡。我得一邊抓著絞盤棒，一邊跟他們大聲爭執，好不容易才把他們趕下甲板，結果每個人都垂頭喪氣。我向他們保證，不管什麼惡魔之眼、有的沒的，我絕不會違背貨物所有人的信任，絕不能讓貨物掉進多瑙河裡，它會安安全全地留在船上。

「我跟你們說，他們已經把那箱子搬到甲板上，隨時準備丟進河裡啦。箱子上面標著『經瓦爾納送往加拉茨』，我把它留在甲板上，一到碼頭就搬下去，解決掉這麻煩事。那天我們沒來得及把貨物清關，只能停靠在河岸過夜。但一到清晨，天才亮，空氣還很清新，在日出前一小時，就有個男人登上船，拿著一份從英國寄來的文件，說要領取一個指名給德古拉伯爵的箱子。他已做好準備，所有的文件都備齊了。我也慶幸終於能擺脫那個箱子，因為連我也開始覺得那箱子不大對勁。若魔鬼真的在這艘船上留了行李，我看八成就是那個箱子吧！」

「領走箱子的那位先生叫什麼名字？」范．海辛努力控制激動的情緒，故作鎮定地問。

「等我一下，馬上就告訴你！」他邊說邊走下通往船長室的樓梯。很快地，他就拿來一份收據，上面簽了「伊曼紐．希德歇姆」，地址是柏根街十六號。我們確認船長沒有遺漏其他細節後，向他道過謝就離開了。

我們在希德歇姆的辦公室和他會面。他是希伯來人，有個像羊鼻的鼻子，頭上戴了頂土耳其費斯帽，像是倫敦艾道菲劇院會出現的通俗劇角色。一開始他不願多說，我們立刻花了些錢幣打點他，經過一番討價還價，他才鬆口全盤托出。過程並不複雜，但我們得到了寶貴的情報。倫敦的德．維爾先生寄來一封信，要他去領取一個由瑟琳娜．凱薩琳號運到加拉茨的箱子；最好在日出前去領取，就可避開海關。他得把箱子交給一個名叫佩托夫．史金斯基的人，這人常和那些在河流與碼頭間作買賣的斯洛伐克人打交道。希德歇姆收到一張英國鈔票作為報償，他已在多瑙國際銀行換成當地貨幣了。史金斯基一來找他，兩人就相偕去船那兒，他把箱子交給史金斯基，剛好省掉一筆搬運費。這就是他所知道的一切。

於是我們去找史金斯基，但卻找不到他。有位對他毫無好感的鄰居說，史金斯基在兩天前就離開了，沒人知道他去了哪裡。他的房東證實了這事。有個信差把那棟房子的鑰匙和當期房租都交給了房東；有趣的是，房租是用英鎊付的；房東是在昨晚的十點到十一點間收到的房租。這樣一來，我們就陷入了僵局。

當我們還在討論時，有個人匆匆忙忙從街上跑過來，上氣不接下氣地說，有人在聖彼德教堂的墓園裡發現了史金斯基的遺體。他的喉嚨受了重傷，好像被野獸咬過一樣裂開了。那些跟我們談話的人一聽，連忙跑去看熱鬧；還有個女人尖聲喊道：「都是斯洛伐克人幹的好事！」我們不想被牽連，免得遭到警方拘留，就趕緊離開了。

直到回到旅館，我們都還討論不出明確結論。我們都認為，箱子一定是經由水路運往某個地方，但無法確定運往哪裡，只能抱著沉重的心情回到米娜休息的旅館。當所有的人都聚在一起時，首先就是討論我們能否信任米娜，能否與她分享一切情報。我們已接近窮途末路，雖然和米娜一同商議的風險不小，但這是最後一個希望。因此，我終於放下先前與她的誓約，不瞞她了。

米娜．哈克的日記

十月三十日，晚上

他們個個筋疲力盡、士氣低落，目前無事可做，只能休息。我請他們回房休息半小時，讓我把所有的進度都打出來。我真感謝那位發現了「旅行家」打字機的人，也很感謝莫里斯幫我找來這台打字機。如果非得用筆寫日記不可，我應該會覺得很彆扭吧……

我已用打字機把目前的文件都打好了。我最親愛的強納森啊，真是辛苦他了，他一定吃了不少苦，此刻的他一定深受折磨。他累癱在沙發上，動也不動，幾乎感覺不到他的呼吸。他的眉頭緊皺著，露出因痛苦而扭曲的表情。真是個可憐人哪，也許他還在想事情呢，他的臉因專注思考而糾結。啊！要是我幫得上忙就好了……我會想辦法幫他忙的。

我已徵求了范．海辛醫生的同意，他把所有我還沒看過的文件都拿過來了……趁他們還在休息，我得趕緊瀏覽一下，也許我能找出答案。我會試著以教授為模範，不帶偏見，根據眼前的證據去思考……

在上帝的指引下，我相信我有了新發現。我得去拿份地圖來研究一下……

我相信我的想法站得住腳。我已得出結論，現在我得召集大家過來，向他們說出我的想法。時間很寶貴，我最好說得精確些，接下來就交由他們判斷。

米娜．哈克的備忘錄（已收錄在她的日記中）

調查事由：德古拉伯爵的目標是回到他自己的地方。

(a)他必須由某人「運」回去，這是明確條件。若他能自行移動，就會選擇化身為人形、狼、蝙蝠或其他動物，自己回去。他必定害怕被人發現，也擔心受到阻礙，因為在日出與日落之間，他必須在箱子裡，他束手無策。

(b)「如何運送他」？刪去法也許能幫助我們找到答案。是由馬車道？鐵路？抑或從水路呢？

1. 經由一般車道：路上可能會遇到很多棘手的情況，特別是進出城市的時候。

(x)路上到處都是人，人皆有好奇心，會四處探詢。一個暗示，一個推論，一個懷疑，只要有人好奇箱子裡裝了什麼，他就完蛋了。

(y)路上可能會經過海關或收取城市稅的官員。

(z)追蹤他的人可能會循線找出他的行蹤，這是他最害怕的事。為了防範背叛，他甚至斷絕與受害者的聯繫——也就是我！

2.經由鐵路：沒人照顧箱子，沒人負責運送和簽收。而且得考量火車延誤的可能性，火車一旦延誤，就會造成無法挽回的後果，畢竟敵人尾隨在後。的確，他可以在夜間逃脫，但若他在陌生的地方下車離開，附近沒有藏身之地，該怎麼辦？他可不希望這種事發生，也不打算冒任何風險。

3.經由水路：從某個角度來看，這是最安全的交通方式，但也可能藏著最嚴重的危險。一旦採用水路，除了晚上能夠自由行動以外，其他時間都一籌莫展，就算他能召喚濃霧、暴風雨、風雪或狼群，也無濟於事。一旦失事，他只能任由滾滾洪流把他吞沒，這樣一來他就完蛋了。他可以讓船在離陸地不遠的河面上行進，但若陸上的人心懷不軌，他又無法移動，那情勢就變得很險惡。

從過去經驗看來，他已用過水路移動，因此我們只需要確認他是走哪一條水路。首先要做的是完全掌握他到目前為止的行動，也許就能從中發現他接下來的打算。

第一：我們必須區分他的行為；他在倫敦的行為是依原訂計畫行動，但接下來的行動是在情況緊迫下，及時作出的應變措施。

第二：我們必須從所收集的事實來推斷，他在這兒做過的每一件事。

關於第一件事，顯然他在倫敦就已盤算要到加拉茨。他把運貨收據寄往瓦爾那，只是混淆視聽之舉，若我們猜到他離開英格蘭的方式，他就能藉此騙過我們。當時，他的唯一目的就是逃跑。證據就是那封寄給伊曼紐・希德歐姆的信，信上指示他在「日出前」把箱子移開。他也提到佩托夫・史金斯基。他和史金斯基的聯絡內容不得而知，只能臆測，但他一定向史金斯基寄過信或用某種方式通知他，因為史金斯基主動去找希德歐姆。

就我們所知，目前為止他的計畫圓滿達成。瑟琳娜・凱薩琳號的航行速度出奇地快——連唐諾森船長都起疑了，但他的迷信與精明助了伯爵一臂之力，儘管周圍濃霧瀰漫，但他任由船隻順風航行，直到莫名其妙地到了加拉茨。伯爵的安排真是天衣無縫，再次證明他心思縝密。希德歐姆簽收了箱子，把它從船上移開，再交給史金斯基。史金斯基接下箱子——我們的線索到此為止。我們只知道箱子依水路行進。若這一路上有任何海關或城市稅收站，他都已小心避開。

現在，我們得考慮一下伯爵抵達加拉茨——踏上陸地後——究竟做了什麼？

日出前，史金斯基就收下箱子。日出時，伯爵能以自身樣貌出現。此時，我們必須想想，為什麼他選中史金斯基來幫忙？我先生的日記提到，有些斯洛伐克人在河下游和港口之間作生意，而史金斯基常和他們往來。日記中還提到，路人說斯洛伐克人殺了他，這些都顯示他屬於一個不受歡迎的社會階級。伯爵選中他，是因為他獨來獨往，而伯爵想要避人耳目。

我的推論如下：伯爵在倫敦時就決定循水路回到城堡，這是最安全隱密的辦法。當他離開城堡時，是茨根尼人把他運出來的，也許他們把貨物交給斯洛伐克人，再由斯洛伐克人送往瓦爾那，接著送上船、運往倫敦。因此，伯爵知道誰能安排這些服務。箱子在陸地上的時候，日出前和日落後，他都能自由進出箱子，去和史金斯基見面，指示他把箱子用貨車送到某條河畔。任務完成後，他確認一切準備就緒，就用他知道的方式——謀殺手下——來抹去痕跡。

我查看地圖後發現，對斯洛伐克人來說，最適合前往上游的河流不是普魯特河，就是錫雷特河。我從文件中得知，當我進入恍惚狀態時，說過聽到牛隻低聲哞叫的聲音、在我耳朵齊高的地方有漩渦聲，還有木頭磨擦的聲響。當時伯爵藏在箱子裡，一艘沒有甲板、沒有艙房的開放式敞船上——可能靠人力划槳或撐篙來前進——溯流而上，河岸很近。如果是順流而下，就不會聽到形成漩渦的水流聲。

的確，有可能那條河既不是錫雷特河，也不是普魯特河，但我們能以此為線索追尋下去。在這兩條河中，普魯特河較容易航行，但錫雷特河會在方度一帶和比斯特里察河會合，而從比斯特里察河上溯，就可抵達博戈隘口。這是最靠近德古拉城堡的水路。

我向大家讀出我的結論後，強納森將我拉進他的懷裡並吻了我。其他人輪流用雙手握住我的手。而范．海辛醫生說：「米娜夫人再次成為我們的導師，她明亮的雙眼看到我們視而不見的地方。現在我們又有了線索，這次也許終能成功。我們的敵人處在最脆弱的狀態，如果在白天，我們能從水上攔截他，馬上就能完成任務。雖然他比我們早上路，但他沒辦法加快速度，他非得待在箱子裡，不然會引船夫起疑；若他們有所懷疑，就有可能把他丟進河裡，這樣他必死無疑。他知道這件事，絕不會輕舉妄動。現在，大夥來開『戰備會議』吧，好好計畫每個人該做什麼。」

「我會租一艘蒸汽游艇追他。」葛達明勳爵說。

「我會安排馬匹，從陸路追趕，以防他上岸。」莫里斯先生說。

「好極了！」教授說：「你們提出的主意都很好，但你們絕不能落單。若情況緊急，你們必須有能力對抗才行。斯洛伐克人既強壯又粗暴，而且帶著危險的武器。」所有的男人都笑了起來，因為他們可帶著一個小型的火藥庫而來。

莫里斯說：「我身上帶了幾把溫徹斯特步槍，在人多的時候很方便，而且說不定會遇到狼群。如果你們記得的話，伯爵還安排了預防措施，他向別人做了一些哈克夫人聽不清或搞不懂的要求。我們必須設想周到，準備面對所有可能的情況。」

西瓦德醫生說：「我最好跟昆西一起去。我們以前常常一起打獵，很有默契。我們武器完備，無人能擋。亞瑟，你絕不能落單，你可能得和斯洛伐克人交手，他們可能會用銳器攻擊——我想他們身上不會配槍——說不定會毀掉我們的計畫。這一次，我們萬不能冒任何風險。直到伯爵的身首分離，確保他無法再次復生，我們絕不放棄。」他一邊說，一邊望向強納森，而強納森看著我。我看得出來，我親愛的丈夫內心正在激烈的交戰。當然，他希望陪在我身邊，但搭船循水路追趕，有極大的機會能摧毀……那個……那個……吸血鬼。（為什麼我遲遲無法寫下這個字？）

他沉默了一會兒，此時，范．海辛醫生開口了：「強納森朋友，依據兩個理由，你該跟亞瑟同行。第一，你年輕、勇敢又善戰，在這最後一戰，我們得借助你所有的力量。第二，你有權毀掉他——那個怪物——因為他帶給你和你的家人那麼多的痛苦。不用替米娜夫人擔心，如果你願意，就讓我來照顧她吧。我年紀大了，腿也不中用了，跑不快；再說，我也不習慣騎那麼久的馬。騎馬追趕敵人或用致命槍炮襲敵，對我都太困難了點。但我能幫上別的忙，我會用別的方式戰鬥。有必要的話，我也能像年輕人一樣奮不顧身，死而後已。現在讓我說說我的想法吧：當你們各司其職，我的葛達明勳爵和強納森朋友搭著小型蒸汽船溯流而上，約翰和昆西守住他可能登陸的河岸，我則會帶著米娜夫人直接深入敵人的腹地。那隻老狐狸被困在箱子裡，在流動的水上漂流，無法逃往陸地——他不敢打開那棺木的蓋子，不然斯洛伐克人會在驚慌中把他拋進水裡——我們會隨著強納森之前走過的路線，從比斯特里察前往博戈山隘，再前往德古拉城堡。一到那災難之地附近，在旭日初升之時，米娜夫人的催眠能力定能幫助我們找到方向——除此之外，我們對那裡一無所知。我們還有很多工作要做，必須淨化好幾個地方，直搗那條毒蛇的大本營。」

此時，強納森激動地打斷他：「范．海辛教授，你的意思是要帶著可憐的米娜、因故染上惡魔之疾的米娜，直接衝進那傢伙的死亡陷阱？絕無可能！不管是以天堂或地獄之名，我都不能讓你這麼做！」他激動得說不出話來，沉默一會兒後，又繼續說：「你知道那是什麼地方嗎？你難道忘了在那惡魔污穢噁心的巢穴——月光會喚醒那些可怕的鬼影，而在風中飛旋的每一個微粒，其實都是藏著惡魔的胚胎？你曾體會吸血鬼的嘴唇緊靠脖子的感覺嗎？」說到這裡他轉向我，視線落在我額頭的紅疤上，他高舉雙手呼喊：「啊，我的上帝啊！我們到底做了什麼！為什麼要讓我們承受那麼恐怖的折磨！」深受打擊的他頹倒在沙發上。

此時教授清晰又溫柔的聲音在耳邊響起，周圍的空氣隨之顫動，也讓我們平靜下來：「啊，我的朋友啊！要是我能自行前往那個地方，我絕對不會讓米娜夫人靠近那裡。請上帝原諒我，但我不得不帶她同行。我們在那兒有很多工作要做——瘋狂的工作，如果可以的話，我不會讓她看到的。除了強納森以外，我們這些男人都已親眼見識到，在淨化一個地方前，必須先完成一項駭人且棘手的工作。我們都曾處在那個艱難又恐懼的情境裡，想必沒人能輕易忘記。如果伯爵這次從我們手中逃走——別忘了，他身強體壯、心思細密又狡猾——他可能會選擇睡一百年，直到我們最敬愛的——」他握住我的手。「走向他，陪伴他，成為那些你看過的女人。強納森，你見過她們那飢渴的雙唇，當伯爵把還在蠕動的袋子丟向她們，你聽過她們那猥褻的笑聲。你嚇得發抖，畢竟這的確令人毛骨悚然。原諒我提起那些痛苦的往事，但我不得不這麼做。我的朋友，正因情況迫切，我才會如此不顧一切，就算失去生命也在所不惜，不是嗎？若有人必須去那個恐怖的地方，那個人一定是我，我願意去那兒與她們作伴。」

「你就照自己的心意去做吧！」強納森全身顫抖，哽咽地說：「我們只能把自己交給上帝了！」

稍晚

啊！看到這些勇敢男人打起精神工作，對我大有助益。當值得敬愛的男人如此積極、真誠又無畏，女人忍不住更愛他們！這一次的經歷，也讓我體會到金錢無遠弗屆的力量！只要善加運用，就能為我們避免很多麻煩，但當它被用在邪惡的用途時，又造成嚴重的影響。葛達明勳爵很富有，莫里斯先生也很有錢，我很感謝他們的慷慨大方。如果沒有他們，這場小小的遠征根本無法成行，即使籌到經費終於成行，也早已錯失良機。而且，單靠我們微薄的力量，也難以得到那麼完善的裝備——再一小時，他們就會準備妥當。

從我們安排好每個人的任務，至今只過了三小時，而葛達明勳爵和強納森已找到一艘很棒的蒸汽船，隨時能出發。西瓦德醫生和莫里斯先生也買到六匹良駒，趕路時就能換馬。我們準備了各種地圖和工具。范．海辛教授和我會搭乘今晚十一點四十分的火車前往維列斯提，再換搭馬車前往博戈山隘。我們身上帶了很多現金，以備隨時可買馬匹和馬車；我們會自己駕駛馬車，因為無法信任別人。教授會講很多種語言，我們應該不會遇到麻煩。我們都帶了武器，連我也帶了一把大孔徑的轉輪手槍。強納森堅持要我和其他人一樣配戴槍枝。哎，可是有一種大家都佩在身上的武器，我卻不能帶，因為額上的傷疤不讓我這麼做。體貼的范．海辛教授安慰我，他說我的裝備很完備，足以對抗可能出現的狼群。隨著時間一分一秒流逝，天氣也愈來愈冷，天空不時飄落陣陣雪花，像是不祥的警告。

稍晚

我必須鼓起勇氣，才能對深愛的丈夫道別。我們可能就此永別。米娜，勇敢一點！教授正凝神望著妳，他的眼神有訓誡的意味。從現在開始，我再也不能掉淚——除非在上帝的指引下，功成圓滿後才能喜極而泣。

強納森．哈克的日記

十月三十日，晚上

我們在蒸汽船上，我藉著爐子透出的光線寫下日記。葛達明勳爵在添柴火。經驗老到的他有兩艘蒸汽船，一艘平時停在泰晤士河上，另一艘停在諾福克湖區。關於作戰計畫，我們最後都認同米娜的猜測。如果伯爵選擇水路回城堡，那麼他應該會選擇有比斯特里察河流入上游的錫雷特河。根據計畫，我們將溯錫雷特河而上，取道北緯四十七度左右，就是河流和喀爾巴阡山脈的交界。夜間，我們能毫無顧忌地加速前進，水位很深而且河面很寬，在暗夜裡蒸汽船也能順利通過。

葛達明勳爵要我睡一會兒，目前只要一人守夜即可。但我睡不著——我深愛的人正前往那個可怕的地方，籠罩在危險之中，我怎能在此時入睡……我只能告訴自己，我們都在上帝的手中，這就是我唯一的慰藉。唯有信仰支持，才能讓死亡比存活更容易，死了之後就能忘卻一切煩憂。

莫里斯先生和西瓦德醫生在我們動身前就已踏上漫漫旅程。他們會在河的右岸，並在離河遠一點的高地以確保能看見河面上的狀況，又不會因曲折的河道而繞路。一開始，他們兩人會騎著馬，並雇用其他人帶著備用馬匹——有四匹備用馬匹——避免引起路人的好奇。過一陣子後，他們就會打發那些人，自行照顧馬匹。未來我們說不定得會合，必須確保到時候每個人都有馬騎。他們也準備了一副配著活動式鞍頭的馬鞍，如果有需要，就能調整成適合米娜的馬鞍。

這是一場瘋狂的冒險之旅。我們趁著黑夜急急航行，河面上飄起一陣陣寒氣，好像打算攻擊我們。各種神祕聲音在我們四周響起，愈來愈清晰可聞。我們好像漂進一個又一個未知的地方，踏上未知的路程，進入充滿黑暗且藏著可怕生物的世界。葛達明勳爵把爐子的門關上了……

十月三十一日

依舊急急航行。天色已經大白，葛達明勳爵睡著了，我負責守望。早晨的空氣冷冽，雖然我們都穿著厚重的毛皮大衣，我還是得靠爐子的熱度來保暖。目前為止，我們只經過幾艘敞船，那些船上都沒有那個箱子，也沒有跟箱子差不多大小的包裹或物體。每次我們將電氣燈照向那些船，船夫們都嚇得半死，立刻跪在地上祈禱。

十一月一日，晚上

今天沒有新消息，我們什麼也沒找到，也沒看到類似的東西。我們已進入比斯特里察河，要是之前的推斷失誤，現在我們恐怕已錯失機會。每經過一艘船，不管是大船還是小船，我們都仔細檢視。今天清晨，有艘船以為我們是政府派來的船隻，非常恭敬地接待我們。我們發現假扮官員能讓事情更順利，於是在方度——比斯特里察河在此流入錫雷特河——我們找來一面羅馬尼亞國旗，將它醒目地掛在船上。自此之後，我們經過的每一艘船都被這招騙了，每個人都對我們畢恭畢敬，不管我們提出什麼問題、做出什麼要求，他們都全然接受。

一些斯洛伐克人說，有艘大船速度奇快，一下子就超越其他船隻，而且船上有多一倍的船員。他們是在抵達方度前看到這艘船，因此無法得知後來它是否航進比斯特里察河，或繼續循錫雷特河而上。但到了方度，我們四處打聽，卻沒人見過這麼一艘船，它一定是在夜間經過方度。我很想睡覺，可能是逼人的寒意讓我很疲憊，不得不休息一下。葛達明勳爵堅持由他來守第一輪的夜。他很體貼我和可憐的米娜，願上帝保佑他。

十一月二日，早上

天色已經大亮，亞瑟太好心了，整夜都沒叫我。他說我睡得很安詳，好像忘卻所有煩憂，他認為吵醒我是罪大惡極的事。我居然睡了那麼久，任他整晚守夜，真是自私呀！但他說的沒錯，今早的我精神抖擻，整個人煥然一新。我坐在這兒，看著熟睡的他，現在我能做的，就是注意引擎的運轉、掌舵並小心守望。

我感到所有的勇氣和力量都回來了。我想著米娜和范．海辛，不知他們身在何方，他們應該在星期三中午就到了維列斯提，然後得花時間購買馬匹和馬車。如果他們動作很快又急急趕路，也許現在已經到了博戈山隘。願上帝指引他們，助他們一臂之力！我不敢想像接下來會發生什麼事，如果我們能航行得再快一點就好了！但我們辦不到，震動不斷的引擎已經盡力了。

不知道西瓦德醫生和莫里斯先生怎麼樣了？好像有無盡的溪流從山坡四處流向這條河，不過都不是大溪流——至少目前看來是如此。可想而知，若在冬季渡河一定困難重重，雪一旦融化，水量就會變得豐沛。騎馬也許不會遇到太多障礙，希望在抵達史垂斯巴前能看到他們。萬一我們沒能趕上伯爵的船，可能得再次開會研討下一步。

西瓦德醫生的日記

十一月二日

我們已趕了三天的路，沒有任何消息；就算有消息我也沒時間記下來，因為每分每秒都很珍貴。只有馬兒必須休息的時候，我們才會稍作停留，但我們兩人並不覺得辛苦；過去那些到處冒險的日子還真有點用處。我們得趕路了，在看到蒸汽船之前，我們可開心不起來。

十一月三日

在方度，我們聽說有人提到蒸汽船進入比斯特里察河。我希望船上沒那麼冷，從天候看來，很快就要下雪了，要是雪下得太大，我們就只能暫停。若是如此，我們就得買雪橇，用俄羅斯的方式繼續前進。

十一月四日

今天，我們聽說蒸汽船逆流而上時遇到急流，發生意外而不得不停下來。斯洛伐克人的船都用繩索，再加上老練的掌舵方式來通過急流。有些船在幾小時前才經過蒸汽船。葛達明勳爵閒暇時也會自行修船，他再次發動蒸汽船。在當地人的幫助之下，他們終於通過急流，再次展開追逐戰。但我擔心蒸汽船恐怕在意外中受損，因為農夫跟我們說，看見那艘船航行在平穩的水面上，不時走走停停。我們得全力趕路才行，他們可能馬上就會需要我們幫忙了。

第二十七章　米娜・哈克的日記

十月三十一日

我們在中午抵達維列斯提。教授跟我說，今天黎明時他幾乎無法催眠我，我只說：「又黑又安靜」就醒來了。現在他去買馬車和馬匹了。他說，以後再買備用馬匹，好在途中替換。接下來，我們要趕七十英里左右的路。這個國家很美麗，而且有趣極了。若是在截然不同的情況下，我們就能自由自在地四處遊覽，那該多好啊！如果強納森和我單獨駕著馬車出遊，一定是愉快的事兒。我們會隨興而停，遇見不同的人，瞭解他們的生活，讓這個色彩繽紛、風景優美的國度，它野性的生命力，還有那些古雅有趣的人民，來填滿我們的心靈和回憶！但……唉！

稍晚

范・海辛醫生回來了。他買好馬車和馬匹，我們會先吃點晚餐，一小時後就上路。旅館的老闆娘為我們準備了滿滿一籃的食物，看起來足以餵飽一整隊士兵。教授還請她多裝一些，並低聲對我說，說不定要等上整整一週，我們才能再次吃到美味的菜色。教授還買了不少東西，帶回一些保暖又漂亮的毛皮大衣和毯子。相信我們絕不會著涼。我們很快就要出發了，我不敢想像接下來會遇到什麼事，我們只能仰賴上帝了！只有祂才知道前方等著我們的是什麼。我向祂祈禱，儘管我渺小的靈魂哀痛不已，但我用所有的力量祈求祂，照顧我深愛的丈夫。不管發生什麼事，希望祂能讓強納森明白，我對他的愛意與尊敬是言語無法形容的，此刻我真心誠意地掛念著他。

十一月一日

我們一整天都在趕路，速度很快。馬兒心甘情願地全速前進，好像知道主人對牠們很好。這一路上，我們已換了好幾回馬匹，總是很順利地換到健壯的好馬，不禁讓我們想這趟旅程應該會一路平順。范．海辛醫生沉默寡言，只跟農夫說急著趕往比斯特里察，並慷慨地用好價錢向他們買馬匹，來替換已經疲憊的馬兒。我們喝了些熱湯、咖啡或茶，就繼續趕路。這是個美麗的國家，放眼望去盡是迷人的景色。這兒的人民強壯勇敢，個性單純直爽，人人都很善良。不過，他們非常、非常迷信。我們稍事停留的第一間屋子，接待的女主人一看到我臉上的傷疤，就在胸前畫十字，伸出兩根手指指向我，比出那個對抗邪惡之眼的手勢。我相信，他們特意在我們的食物裡加上大量的大蒜，而我實在受不了大蒜。自此之後我就特別留心，總是戴著帽子或面紗，免得他們起疑心。

我們行進的速度很快，也沒雇用老愛說長道短的馬車夫，在謠言四起前我們就已離開。但我敢說，對邪惡之眼的恐懼一定在後面緊緊跟著我們。教授好像永遠也不會累。他讓我睡很久，但他常常一整天也沒休息。他會在日落時催眠我，說我一如往常地回答：「一片黑暗，只聽見水流聲和木頭磨擦聲。」看來，我們的敵人仍在河上。

我不敢想起強納森，但現在我好像也不再為他或為我自己擔憂。此時，我們在一間農舍，在等待馬匹準備好的空檔，我趁機寫下這些。范．海辛醫生睡著了，我敬愛的他實在累壞了，他的頭髮灰白顯得格外蒼老，但他的嘴角就像征服者一樣剛毅不屈，睡夢中的他依舊堅絕不移。上路後，我得想辦法讓他休息，由我來駕車。我會說服他，還要趕好幾天的路，他不能過度勞累，也不能在我們還需要他的時候就倒下……

一切都打點好了，我們馬上就要出發了。

十一月二日，早上

我說服了教授，我們輪流駕車了一整夜。天已經亮了，但還是很冷。空氣格外沉重——我想不出別的字來形容這種感覺，只能勉強用「沉重」一詞。我的意思是，我們兩人都有一種壓抑難解的感覺。天寒地凍中，只有毛皮大衣帶來的溫暖讓我們舒服些。黎明時，教授催眠了我，他說我還是回答：「一片黑暗，只有木頭磨擦和嘩嘩然的水聲。」看來他們從另外一條河逆流而上，水勢大不相同。我真希望我的愛人不會遇到任何危險——危險已經夠多了，我只能希望他不會遇上意外的危險，但一切只能交給上帝。

十一月二日，晚上

趕了一整天的路。隨著我們行進的腳步，周圍的人煙愈來愈稀少，只有無盡的自然景色。在維列斯提望著喀爾巴阡山脈時，感覺那麼遙遠，只是地平線上隱約突起的山坡，但現在它巍然而立，將我們團團包圍。我們心情愉快，都努力想讓對方開心些，後來就真的高興起來。范．海辛醫生說早上就會抵達博戈山隘。但現在很少看到房舍，教授說可能沒有機會再向居民換馬，最後換的這幾匹馬恐怕得一直跟著我們。上次除了換掉拉車的兩匹馬，他還買了兩匹備用的馬，因此我們現在有四匹健壯的馬兒。牠們很有耐性又溫和，從不鬧脾氣。

我們不用再擔心別人的眼光，連我也能在白天駕車了。我們不想在日出之前到博戈隘口，打算等天亮，因此放慢腳步，讓彼此都有充分的休息。啊！明天會遇上什麼事呢？我們會去尋找那個讓我丈夫受盡折磨的地方。願上帝保佑，讓我們走上正確的道路，懇求祂照看我的丈夫和那些我們摯愛的人，他們都身陷足以致命的危險裡。至於我，我不值得祂的看顧。啊！我在祂眼中是不潔淨的，有一天祂將召喚我和其他罪人到祂跟前，我們將承受祂的憤怒。

亞伯拉罕·范·海辛的備忘錄

十一月四日

這份備忘錄是寫給我最真誠的老朋友，倫敦彼爾費里特的約翰·西瓦德先生，萬一我再也見不到他，請務必轉交給他。我會解釋發生的事。現在是早上，我整夜都在顧火——米娜夫人也幫了不少忙。天氣很冷，冷極了，陰沉的天空不斷地飄下雪，雪一旦積堆在地上就會慢慢變硬，一整個冬天都不會融化。

寒冷的天氣似乎讓米娜夫人整天都暈沉沉的，像變了個人似地。她一直睡！平常，她總是隨時警醒，但現在她整天都無法做任何事，也沒有食慾。之前，只要一有空檔，她就在那本小小的日記本上寫字，但她現在完全停筆了。我心底有個聲音隱隱約約地提醒我大事不妙。不論如何，今晚她有精神多了，就像法文說的「vif」。一整天的沉睡讓她精神大振、心情很好，現在她回復往日的甜美聰慧，甚至比以前更令人憐愛！我在日落時催眠了她，可嘆的是完全徒勞無功。隨著時日流逝，催眠的力量愈來愈難影響她，而今晚完全失敗了。哎，上帝的旨意終將實現——不管上帝的意願為何，不管接下來會發生什麼事！現在我得把之前發生的事記下來。如果米娜夫人已不再用速記碼寫日記，我只能用老方法來寫了。我們必須記錄每天發生的事情。

昨天上午，我們在日出後抵達博戈山隘。在黎明前，我抓準時機催眠她。我們拉住馬車，為了確保不受打擾，我們還走下車。我把幾條毛皮毯子放在路旁充當躺椅，讓米娜夫人躺下來，儘管她像以往一樣進入催眠狀態，但花了非常久的時間，而且比以前更快就醒過來。像之前一樣，對於我的問題，她只回答：「一片黑暗，只聽見水流形成漩渦的聲音。」說完，她就神清氣爽地醒了過來。我們重新上路，很快就到了博戈山隘。就在此時，她突然激動起來，展現我沒看過的指路能力。

她毫不猶豫地指向一條路，並說：「就是那條路。」

「妳怎麼知道？」我問。

「我當然知道，」她立刻回答，稍稍停頓後，又說：「我的強納森不是曾行經此處，並記在日記裡嗎？」

一開始我感到很奇怪，但很快就發現像這樣的叉路其實只有一條；這條路很少有人使用，和連接布科維納、比斯特里察的馬車道大不相同，馬車道比較寬、地面比較硬，使用痕跡明顯且頻繁。我們走上了那條路。當我們遇到叉路時——許多條路都少有人跡，上面又覆了薄薄一層的雪花，我們常搞不清楚前方是道路嗎——但馬兒居然認得路。事實上，也只有牠們認得路。於是我不再用韁繩控制馬匹，任由耐性十足的牠們領路前進。

慢慢地，強納森在日記中記載的一切都一一浮現在我們眼前。馬車一直往前，幾個小時過去了，又過了好幾個小時。一開始我請米娜夫人睡一會兒，她聽話照做且真的睡著了。她睡了很久，直到我心底的疑團愈滾愈大，試著把她喚醒。但她依舊沉睡，不管我怎麼叫喚，她都醒不過來。我不想用激烈的方式吵醒她，怕引起她的疑心，我知道她受了很多苦，小眠一下應該對她有益無害。我想我自己也睡著了，突然間我感到一陣罪惡感，好像自己錯過了什麼。我急忙坐正，發現自己仍握著韁繩，而那些好馬依舊不斷地走著、走著、走著。我低頭一望，看到米娜夫人依舊在睡覺。

此時已接近日落時分，陽光映在雪地上，看起來就像一道金黃色的瀑布。我們在山勢陡峭之處投下長長的影子。馬車不斷往上，地勢一直爬升，周圍的景色愈來愈原始，到處都是巨大的岩石，我們好像到了世界的盡頭。

我把米娜夫人叫起來。這一回我沒費多少力氣叫她，她就醒了。我試著催眠她，但她無法進入催眠狀態，不管我怎麼試，她還是意識清楚。黑暗突然籠罩了我們，我向四周一望，才發現太陽已經下山了。米娜夫人笑了起來，我轉過頭看著她。現在她不但完全清醒，而且氣色紅潤，自從我們潛入伯爵的卡爾法克斯大宅那一夜後，我從沒見過她如此精神奕奕。我很意外，心裡隱隱不安起來，但她的溫柔聰慧與體貼讓我慢慢忘了恐懼。

我們車上帶了不少木柴。我生火、接著解開馬匹，找到有遮蔭的地方，牽牠們過去休息並餵牠們乾草。與此同時，米娜夫人動手準備食物。當我回到火堆邊，她已把我的晚餐準備好了。我想幫她盛些食物，但她微笑地對我說，她已經吃過了——她餓壞了，等不及就先吃了。我不喜歡她這樣做，心中的疑團愈滾愈大，但不想驚動她，只能沉默以對。我一個人用餐，她在旁幫忙。後來我們用毛皮裹身，在火堆旁躺下來。我請她先睡，由我來守夜顧火。但過一會兒，我就忘了守夜這回事；等到我想起自己該守夜而驚醒過來，卻發現靜靜躺著的她很清醒，用清亮的眼睛望著我。

接下來，同樣的事又發生了一、兩次，在天亮前我睡了好一陣子。我醒來後，試著催眠她。哎，儘管她服從地閉上雙眼，但她再也無法被催眠了。朝陽不斷地往上升、往上升，催眠的時機已過，她卻陷入睡眠中。她睡得很沉，怎麼叫也叫不醒。我不得不把她抱進馬車，讓她在車裡睡覺；再幫馬匹套上馬具，準備上路。夫人仍在熟睡，但睡著的她看起來比醒著更加健康，臉色也更紅潤。我不喜歡這種狀況，而且我很害怕，害怕極了！——我害怕的事情可多了——我連想都不敢想，但又必須上路。這是生死攸關的賭注，甚至比生死更加嚴重，而我們絕不能退縮。

十一月五日，早上

讓我仔細記下每件事，雖然你我已一起見識過不少詭異離奇的事情，但你仍有可能以為我，范・海辛，發瘋了——你八成會認為一連串的驚魂事件和長時間的緊繃壓力終於在最後一刻毀了我的腦袋。

我們昨天一整天都在路上行進，愈深入山區，周圍的景色愈來愈原始，人煙也愈來愈少。到處聳立嶙峋險峻的危崖絕壁，數量繁多的瀑布錯落之間，簡直像一場大自然的嘉年華會。米娜夫人還是一直沉睡。我肚子餓了，想叫她起來吃點東西；但不管我怎麼叫，她還是醒不過來。我就自己吃了點食物充飢。我很擔心這個地方的致命魔力已在她身上起了作用，畢竟她經歷了吸血鬼的血之洗禮。「哎！」我對自己說：「如果她一整天都沉睡不醒，我就只能整晚都不睡了。」

這條路古老而年久失修，儘管一路顛簸，我還是低頭補眠，直到罪惡感和察覺時間流逝的感覺再次把我驚醒。太陽已經西斜，米娜夫人還在睡。景色改變了，那些崢嶸高山離我們已有一段距離，來到了很靠近一座巍然聳立的山頂。強納森在日記中描述的城堡，高高矗立在山上。此時我既興奮又害怕，不管會發生什麼事，這場長征已近尾聲。

我叫醒米娜夫人，再次試著催眠她。唉，直到夜色降臨仍徒勞無功。此時，我們已陷入一片黑暗——就算下山的夕陽仍在雪地上留下幾許餘暉，但也已漸漸朦朧——我解下馬匹，找個安全的地方讓牠們歇息，並餵食牠們。接著我生了火，讓米娜夫人靠在火堆旁。此時，清醒的她比過去更加明艷動人，她把自己緊緊地裹在毛皮毯子裡，很舒適地坐著。我準備食物，但她不願進食，說她一點也不餓。我沒有逼她，心知再怎麼鼓勵她，也只是白費力氣。但我自己倒吃了不少，現在情況緊迫，必須保持身強體壯。我很害怕接下來的變化，就在她的周圍畫了一個很大的圈子，確保她有足夠的空間行動，再把壓得很碎的聖餅均勻灑在圓圈上。她一動也不動地坐著，簡直就像死了似地。接著她的臉愈來愈蒼白，比雪還要慘白，一句話也不說。但我一靠近她，她就緊緊挨著我，我只感覺她那不幸的靈魂從頭到腳格格打顫，令我難過極了。

等她平復一點後，我對她說：「妳要不要靠近火堆些？」我想測試一下她能不能移動。她順從地站了起來，往前踏出一步後就止住了，好像被某種東西阻擋住似地，一動也不能動。

「為什麼不再靠近些呢？」我問。

她搖了搖頭，退後一步，坐回原來的位置。接著，她直直地望著我，那眼神好像剛從睡夢中醒來一樣。她簡短地說：「我辦不到！」她就不再說話。

我很高興，我已知道她跨不出圓圈，那麼，那些令我們害怕的傢伙也就進不來。雖然她的身體已陷入危急，但她的靈魂依舊完好無恙！

過了一會兒，馬兒發出一聲聲嘶鳴，不安地用身體拉扯繩索，直到我走過去安撫牠們。我一伸手撫摸，牠們就發出喜悅的低叫，開心地舔著我的手，安靜了一會兒。整個晚上，我來來回回地安撫牠們好幾次，直到氣溫降到最低點，大自然完全寂靜無聲。每次我走到馬兒身邊，牠們就安靜下來。

隨著天氣變冷，火堆也漸漸轉弱，一陣陣寒霧隨著飄落的雪花靠近，我走近火堆打算添些柴火。但某種光芒浮現在黑暗中，好像隨著雪花飄動，那些雪花和霧氣似乎漸漸形成幾名裙穠曳地的女人。周圍一片死寂，只有馬兒低鳴、畏畏縮縮來回移動的聲音，牠們好像全都嚇壞了。我害怕起來——這是一種深沉的恐懼，但一發現自己站在圓圈之中，我就安心不少。我也開始思考，也許是寒冷的夜晚、陰鬱的氣氛、長久以來的心神不寧和煩惱，才讓我胡思亂想，眼前出現幻影。記憶中強納森的駭人經歷似乎愚弄了我，因為那雪花和霧氣開始在我眼前旋轉，我似乎隱約看到那幾個試圖親吻強納森的女人。馬匹因恐懼而把身軀壓得愈來愈低，發出一聲聲害怕的悲鳴，好像承受了巨大痛苦。牠們要不是怕得發狂，恐怕會起身逃跑。當那些奇特的身形愈來愈靠近圓圈，我不禁替米娜夫人擔心起來。我低頭看著她，但她冷靜地坐著，還對我微笑。

當我走向火堆、準備添柴火，她把我拉回去，用夢囈般的口吻低聲說：「不要！千萬不要！別走出去。你在這兒很安全！」

我轉頭盯著她的眼睛，說：「那妳呢？我擔心的是妳！」

她一聽就笑了起來——那是一聲低沉而不自然的笑——她說：「擔心『我』！何必擔心我？在她們面前，我比任何人都還要安全。」

我還在思索她話裡的意思，突如其來一陣風吹得火堆的火花跳躍起來，照亮她額前那道紅色傷疤。這麼說來……哎！我早就猜到了，就算還不能確定，但看著飛旋的雪與霧形成的身影愈來愈近，卻只能在外徘徊、無法進入聖圈內，我也明白了。她們開始實體化，直到——如果上帝還沒奪走我的理智，我可是親眼看到——三個女人活生生地站在我的面前，就像強納森在那個房間裡看到的一樣，當時她們差點就要親吻他的頸項。我認出那飄動的身影，明亮而冷酷的眼睛，森白的牙齒，鮮紅妖艷的嘴唇。她們對可憐的米娜夫人微笑，淒厲的笑聲劃破夜的沉寂。她們挽著手，伸出手指，指向米娜夫人。她們的聲音正如強納森描述的那樣甜美輕脆，他說那就像是水杯發出的樂音，令人難以抗拒。

「過來吧，好姊妹。來我們這邊。過來嘛！快過來！」

我擔心地望向可憐的米娜夫人，但我的心馬上就像火光一樣高興地跳起來，因為啊，我在她那溫柔的眼神中看到恐懼、厭惡和驚嚇，她的表情為我帶來希望。感謝上帝，她目前還沒成為她們。我抓住身邊的幾根木柴並握著一些聖餅，朝她們和火堆伸出手，她們退離我一步並發出可怕的低笑。我添好柴火，不再害怕她們，我知道我們受到保護，安全無虞。只要有聖餅，她們就不能靠近我；而米娜夫人只要留在聖圈裡，她們也拿她無可奈何。馬兒不再哀叫，安靜地躺在地上；雪花柔和地落下來，漸漸蓋住牠們，那些靜止的身軀慢慢染上一層白。我知道，這些可憐的馬兒再也不用害怕了。

就這樣，我們一動也不動地待在聖圈中，直到朝陽的紅光穿透雪花，灑在大地上。我孤獨恐懼，苦痛與害怕佔據了我的心靈，但當美麗的太陽從地平線上爬升，我又精神勃勃。曙光一現，那些可怕的身影就在旋轉的雪霧之中消失，變成透明的魅影，朝城堡移動，直到我再也看不見。

黎明一到，我就直覺地轉向米娜夫人，打算為她催眠；但她突然陷入深沉的睡眠，不管我怎麼叫喚，就是醒不過來。我試圖在她的睡夢中催眠她，但她毫無回應。接著天已大亮，但我還是擔心自己會吵到她。我添了柴火，走去看馬兒，發現牠們都死了。今天我有很多事要做，等待太陽高高升起，我必須去幾個地方，儘管雪霧讓陽光沒那麼耀眼，但它仍能保護我的安全。我要吃點早餐，保持體力，接著就要去進行那些可怕的任務。米娜夫人仍在睡覺，感謝上帝！睡夢中的她看起來很平靜……

強納森・哈克的日記

十一月四日，晚上

蒸汽船的意外嚴重影響了我們的前行，要不是那場意外，我們就能趕上那艘船，我的米娜此時就自由了。我真不敢想像，她居然在很靠近那個鬼地方的荒山野地裡。我們買了馬匹，打算繼續追趕他們。葛達明勳爵正在做準備。我趁機寫點日記。我們帶了武器，要是茨根尼人想攻擊我們，他們最好小心點。啊，要是莫里斯和西瓦德和我們在一起就好了！我們只能抱著希望！也許，這就是我的絕筆，若真是如此，永別了，米娜！願上帝祝福妳，保佑妳平平安安！

西瓦德醫生的日記

十一月五日

黎明時，我們看到一群茨根尼人駕著運貨馬車，急急駛離河畔。他們緊緊圍繞裝運貨物的車台，好像有人追趕在後似地匆忙趕路。天空下著小雪，空氣中隱隱有種奇異的躁動，也許這只是我們的感覺，但那種低迷的氣氛很奇特。我聽見遠方傳來狼嚎，雪把牠們趕到山下，危險從四面八方向我們包圍。馬匹已經準備好了，我們很快就要上路。我們急急趕路，好像在跟死神賽跑。唯有上帝才知道誰的死期將近，也只有祂知道死神會在何時何地，用什麼方式把那人帶走……

范・海辛醫生的備忘錄

十一月五日，下午

至少，我的神智清醒。感謝上帝幫助我完成任務，雖然過程驚悚嚇人。我讓米娜夫人睡在聖圈裡，隻身一人前往城堡。在維列斯提時，我找了一把鐵匠用的鐵錘，然後把它放在馬車上，現在可派上用場了。雖然城堡的門沒有關，但我還是用鐵錘把門拆下，免得有人干預或門意外關上，把運氣不好的我困在裡面。強納森的悲慘經歷教了我一課。我根據他日記的描述，順利找到老教堂；工作就在那兒等著我。空氣令人窒息，隱約有硫磺的氣味，有時令我頭暈眼花。若我沒有耳鳴，聽到的恐怕是遠方傳來的狼嚎。我想到那可敬的米娜夫人，陷入掙扎。我進退兩難，不知該如何是好。

我不敢把她帶來這個地方，只能把她留在聖圈裡，至少吸血鬼碰不了她。但萬一狼來了該怎麼辦？最後，我告訴自己，這裡有我必須完成的使命，如果狼群真的來攻擊我們，我們也必須臣服於上帝的旨意之下，最糟也不過一死了之，自由會在死後迎接我們。我只能依此為她做下決定。若只考量我自己，我根本不會擔心那麼多，畢竟死在狼爪下總好過死在吸血鬼的墳墓裡！我下定決心後，就繼續工作。

我知道至少會有三座墳墓——就是那三個女人休息的棺木。我四處尋找，發現其中一座。正在睡覺的她就像其他吸血鬼一樣，看起來活生生而且美艷動人。我覺得自己簡直是個謀殺犯，一想到這，我就嚇得瑟瑟發抖。啊，我相信在很久以前，有很多人像我一樣背負使命前來殺她，卻在最後一刻動搖，瞬間喪失勇氣。他躊躇不前，一直等待、等待，直到飢渴的不死人用那無與倫比的美麗與魅力催眠了他，他只能留在她的身邊，直到日落西山，她從吸血鬼的睡眠中醒來。迷人的女子睜開那充滿愛意的漂亮雙眼，還有那誘人的嘴唇，好像要親吻他——男人無法抵抗。於是，在吸血鬼的世界裡，又增加一名受害者，可怕的不死人又獲得一位生力軍！

吸血鬼的確令人著迷，儘管她動也不動地躺在老舊傾頹的墓穴裡，到處都是積累了上百年的塵埃，難聞的氣味飄散在空氣中，就像伯爵巢穴裡的味道一樣，但她的美麗仍讓我心旌搖曳。是的，我——范．海辛，背負著使命，又有明確恨意和殺機——也不禁動搖，渴望逗留在她身邊，我的全身都動彈不得，靈魂也好像被定住了。也許這只是一種想睡的生理需求，那詭異的沉鬱空氣慢慢戰勝了我。我似乎睡著了，這是一種甜美的幻想攫住人心時的睜眼睡眠狀態，直到在連雪也靜止的空氣裡，傳來一聲悠長又低沉的哀鳴，那聲音中的悲慟與憐憫像號角似地驚醒了我。我聽到的，是我敬愛的米娜夫人的聲音。

我再次集中心神，鼓起勇氣面對這可怕的任務。我發現三姊妹中，深膚色的另外一個女子睡在墓穴高處。我不敢再注視她的臉龐，以防自己再次受到蠱惑。我繼續搜索，過一會兒，我發現另一個地勢較高的大型墓室，好像是造墓者為了所愛之人特地打造的。在那兒，我發現吸血鬼三姊妹中最美麗的那位白皙女子，我跟強納森都見過她從迷霧塵粒中漸漸現身。她有著閉月羞花的容顏，全身散發著動人的光采，既妖艷又優雅的她喚醒了我內在的男人直覺，忍不住愛上她，渴望保護她和她的同類，這種嶄新的感情如潮水般湧上心頭，令我頭暈目眩。但感謝上帝，我親愛的米娜夫人那聲靈魂的呼喚仍在我耳中迴盪不去，在魔力進一步控制我之前，我已振作心神，準備開工。

此時，我已搜索老教堂內的每個墓室，至少我沒有發現自己有所遺漏。既然晚上只有三名不死人的鬼魂來包圍我，我認為這兒應該沒有別的不死人。我看到一座比別的墓穴更氣派的大墓室，不只面積寬廣，比例大小都非常適中，而且帶著貴族氣息。但墓穴裡空無一物，基台上只有一個字：德古拉。

顯然，這就是吸血鬼之王的不死寓所，就是他造成了那麼多的不死人。空盪盪的墓穴證實了我所知道的一切。在我前去讓那些女人壽終正寢之前，我先在德古拉的墓穴裡放了一些聖餅，讓他永遠無法逃回這裡。

接下來，我開始著手可怕的任務，儘管我百般不情願。如果我只需要對付一個不死人，一切就會容易多了，但我得解決掉三個不死人！完成一件可怕的事之後，還要再重複兩次才能結束，光想像就令人頭皮發麻。我想到出手拯救溫柔的露西小姐，那過程已經夠駭人了，但現在我面對的是三名活了數百年的陌生不死人，隨著時間流逝，她們的力量已日漸壯大，萬一她們為了那卑劣的生命而反擊，我該怎麼辦……

啊，我的約翰朋友，我不得不當個屠夫。若不是想著其他因她們而死的人，還有那些生命受到威脅的人們，我實在無法下手。我渾身不斷顫抖，但感謝上帝，我堅持到最後一刻。幸好解決第一個人之後，我看到她化成灰塵前，臉上隱隱浮現喜悅的表情，好像她的靈魂終於獲得光榮的勝利，否則我實在無法繼續這場屠殺。尖錐深深刺進去她軀體的聲音令我難以忍受，還有那不斷扭曲的身體和吐著血泡的嘴唇。我本會半途而廢、嚇得逃跑，但一切都結束了！現在，我回想起她們的身軀在死亡後，安息了一會兒，便迅速地化為灰燼，我終於能同情這些可憐的靈魂，為她們落下淚水。因為，約翰朋友，我的刀才剛砍下她們的頭顱，整具軀體就化為灰燼，好像數百年前就該到來的死神終於現身，高聲地喊：「我來了！」

離開前，我緊緊封住教堂的入口，讓伯爵再也不能以不死人之身進入。

當我踏入米娜夫人熟睡的聖圈時，她醒了過來。一看到我，她就發出一聲令我痛徹心扉的呼喊。

「過來！」她說：「快過來！遠離這個可怕的地方吧！讓我們快去和我的丈夫會面，我知道他正朝我們趕來。」她看來瘦弱又憔悴，臉色蒼白，但雙眼澄淨，閃著熱情的光采。看到面容枯槁又虛弱無力的她，反而讓我感到欣慰。但那一張張睡著時氣色飽滿的吸血鬼臉龐，仍在我腦中縈繞不去，令我不寒而慄。

我們心中懷抱著信賴、希望，同時又恐懼萬分地朝東而行，要和我們的朋友會合——還有「他」——米娜夫人跟我說，她「知道」他正過來找我們。

米娜・哈克的日記

十一月六日

我和教授在接近傍晚時朝東出發，我知道強納森正從那邊過來。雖然是陡峭的下坡，但身上還裹著毛毯和披巾的我們走不快。我們不敢丟下這些東西，冒著在雪中受凍的危險趕路。我們也得帶著食物，畢竟這裡是荒郊野外，在視力所及之處看不到半點人煙。我們走了快一英里，我走得很累，不得不坐下來休息。

我們回頭一望，就看見雄偉的德古拉城堡立在天際。我們在深谷裡，從這角度望過去，喀爾巴阡山脈好像比城堡低矮很多。我們看著巍然而立的城堡，高高矗立在數千英尺的絕壁上，和四周的山都隔著一道深溝。它有種野性又神祕的力量。我們聽見遠方傳來狼嚎。雖然狼群很遠，飄落的雪花讓狼嚎沒那麼清晰刺耳，有種悶悶的感覺，但仍令人害怕。從范・海辛四處搜索的樣子看來，他打算找個備戰地點，一旦我們受到襲擊，也許能佔地利之便抵擋一下。從飄散的雪花中，我們看見崎嶇的道路一路往下探。

過了一會兒，教授向我示意，我起身朝他走去。他找到一個絕佳地點，在兩塊相鄰巨石堆成的入口內，有一塊天然凹陷的岩石。他握住我的手，把我拉進去。「妳瞧！」他說：「妳可以躲在這兒，如果狼群過來，我會一一把牠們解決掉。」他把我們的毛皮毯子放進去，替我弄了一個舒服的坐榻，又出去拿了食物並逼我吃下去。但我吞不下去，就算我試著咀嚼，也只覺得噁心得難以忍受。我很想讓他高興些，但我就是無法吃東西。他看起來很難過，但並沒有責怪我。他從盒子裡掏出一副望遠鏡，站上石頭的高處，朝遠方瞭望。

突然他大喊一聲：「妳瞧！米娜夫人！快看呀！看呀！」

我一躍起身，站到岩石上，和他並肩而立。他把望遠鏡遞給我，並伸手指向遠方。現在雪下得比之前更大，一陣強風吹起，雪花在空中漫天蓋地的飛舞。不過，飛舞的雪花時聚時散，我仍能從間隙中隱約看到遠方。我們站在高處，視野很好，而在白雪未及的遠方，我看到一條蜿蜒的河流，就像一條長長的黑色緞帶一樣。在我們前方不遠處，有一群騎馬的人急急趕路——事實上他們離我們很近，我不禁疑惑為什麼沒有早點發現。他們中間有輛農用運貨馬車，那長長的車身隨著崎嶇不平的路面朝左右搖晃，就像搖來擺去的狗尾巴。在雪地的映襯下，他們的身影更加鮮明，從他們的服飾和打扮看起來應該農夫或某一族的吉普賽人。

車上放著一個巨大的方型箱子。一看到它，我的心就猛烈地跳動著，我感到這場追逐的終點已經近了。很快就要天黑了。我知道只要天一黑，目前還困在那箱子裡的「怪物」就會獲得自由，幻化成各種形體來擺脫我們的追逐。我害怕地轉向教授，但我吃了一驚，因為他已不在我身邊。下一秒，我看到他在下方的岩石周圍畫了一個圓圈，就像昨晚那個保護我們的圓圈一樣。

他完成後，又爬上來站在我的身旁，說：「至少『他』傷害不了妳！」他從我手上接過望遠鏡，等雪勢稍歇，就從望遠鏡掃視下方。「瞧，」他說：「他們匆匆忙忙地趕過來，不斷地鞭打馬匹趕路，想盡辦法加快速度。」他停下來，又用一種空洞的聲音說：「他們想趕在天黑前抵達。我們可能來不及了，只能遵從上帝的旨意！」

一陣大雪突然從天空密密落了下來，擋住視線，我們一下子就什麼也看不見。不過這一陣雪很快就過去了，教授再次拿著望遠鏡，緊盯下方的曠野。

他突然叫了起來：「看哪！看哪！妳快看！瞧，兩個騎馬的人從南方過來，緊追在後。這一定是昆西和約翰。望遠鏡給妳，在大雪再次落下來前，妳趕緊瞧一瞧。」

我接過望遠鏡朝下望。那兩個人可能是西瓦德醫生和莫里斯先生，從種種跡象看來，那絕不是強納森。但我「知道」強納森就在不遠處，於是我朝別的方向看。我看到兩個人從北邊急急地快馬加鞭而來。我認出其中一人是強納森，另一個人當然就是葛達明勳爵。他們也在追趕那輛運貨馬車。我告訴教授我的發現後，他像個興奮的小男孩歡呼起來。他用望遠鏡看了好一會兒，直到雪又鋪天蓋地落下，阻擋了我們的視線。

他把溫徹斯特步槍放在藏身處的出口，一伸手就能拉過來的位置。「他們就要會合了！到時候，我們就能把吉普賽人團團圍住。」

我也把手槍拿出來，因為我們說話時，狼嚎變得更大聲也更近了。風雪稍停後，我們再次用望遠鏡瞭望。儘管雪花在我們周圍漫天蓋地飄落，但即將在遠方山區落下的夕陽卻發出更加醒目強烈的光芒，多麼奇特的一幕啊！我向周圍掃視，看到四處都有一個個小點，有的兩兩一對、有的單獨一點，還有的群聚成更多數目——狼群正朝獵物步步進逼。

等待的時間顯得格外漫長，每一秒都像過了一年。現在，風吹得愈來愈急，雪花繞著我們飛舞，形成一圈圈漩渦。有時，我們連一尺外的東西也看不見；但有時，那空洞的風呼嘯而過，把我們周圍的雪花都吹散了，視野突然大開。我們近來經常注意日出與日落時間，熟知日落的精準時間，再過不久太陽就會完全隱沒。依照手錶的時間看來，從我們躲在石縫間，到各組人馬朝我們湧來，居然只過了不到一小時，實在令人難以相信。風勢更加強勁冷酷，直直地從北邊吹過來。風好像把雪霧吹散了，當風稍停，雪落得更加密集。現在每個人的身影——不管是被追趕的人還是追趕者——都清楚可見。隨著夕陽慢慢地朝山頭下沉，他們的速度好像也愈來愈快。

他們離我們愈來愈近。教授和我彎身躲在岩石後，緊緊抓住武器，準備隨時動手。我看得出來，他下定決心絕不會讓他們安然通過我們眼前。他們還沒發現我們的存在。

突然傳來兩聲響亮的叫喊：「停！」其中一人是我的強納森，他的聲音因激動而拔高；另一人是莫里斯，他冷靜地發出很有氣魄的命令。吉普賽人雖聽不懂英文，但那意思明確的聲調，不管是用哪種語言，聽來都鏗鏘有力。他們不加思索地勒緊韁繩，就在此時，葛達明勳爵和強納森從這一邊、西瓦德醫生和莫里斯先生從另一邊急急逼近。吉普賽人的領袖氣勢凜然地坐在馬上，看起來就像神話中半人半馬的怪物，他朝來者揮了揮手，並用兇猛的聲音向同伴發出命令，要大家繼續前進。他們揮起馬鞭，馬兒立刻往前跳，但我們的四個男人舉起溫徹斯特步槍，清楚無誤地命令他們止步。同一時間，范．海辛教授和我從岩石後面站起身，舉著武器對準他們。吉普賽人發現已被包圍，只好勒緊韁繩停了下來。吉普賽領袖轉向手下說了一句話，所有的人立刻秀出身上的武器，有的人握著刀子，有的人握著手槍，準備攻擊。雙方隨時就要開火。

領袖很快地拉了拉馬鞭，引著座騎走到前面，他先伸手指向夕陽——就快要落下山頭——又指了指城堡，用我聽不懂的語言說了一些話。我們的四個男人立刻下馬，衝向馬車。看到強納森身陷危險，我心急如焚，但戰鬥的氣氛感染了我，此刻的我就像其他人一樣一無所懼，只有一種狂野激烈的渴望，迫不及待地想要行動。吉普賽領袖看到我們的動作，立刻下了命令，只見他的手下推來擠去地把馬車團團圍住，儘管雜亂無章，但人人急著執行老大的命令。

在一陣騷動中，我看到強納森從左邊、昆西從右邊逼近人群，奮力靠近馬車。顯然他們決心在日落前完成任務，沒有任何人、事、物能阻止或威脅他們。他們根本不在乎眼前那些吉普賽人高舉武器、亮出刀刃，身後陣陣狼嚎進逼；急躁的強納森一心想達成目標，那些吉普賽人也被他放手一搏的神態震懾了，忍不住往後退縮，讓出一條路。強納森立刻跳上馬車，用驚人的力氣抬起那個巨大的木箱，把它舉過車輪、丟到地上。

此時，莫里斯先生正用蠻力穿過靠近他的茨根尼人。我一直緊緊地盯著強納森，從眼角只看到莫里斯先生想盡辦法往前推擠，當他正要穿過人群時，我看到有個吉普賽人揮動刀子朝他砍過去。莫里斯先生趕緊用手上那把鋒利的鮑伊刀架開，一開始我以為他也安全通過人群，但當強納森跳下馬車，莫里斯先生也退到他身旁時，我看到他的左手緊緊壓在身體一側，而血液從他的指間汩汩流下。但他並沒有因此而遲疑。當強納森不顧死活地猛力破壞箱子一端，試圖用那把長長的廓爾喀刀把蓋子撬開，莫里斯先生則瘋狂地用鮑伊刀破壞另一端。在兩人努力下，蓋子終於被撬開了，脫離箱子的鐵釘發出刺耳的聲音，接著蓋子就被掀到一旁。

此時，吉普賽人明白逃不過葛達明勳爵和西瓦德醫生的溫徹斯特步槍，已棄械投降，不再抵抗。幾乎就要在山頭隱沒的夕陽照在這一群人身上，在雪地上投下長長的黑影。我看見伯爵躺在箱子裡，他的身子下方是一層厚厚土壤，身上有些馬車行進時落下的灰塵木屑。他面如死灰，好像一座蠟像，而那火紅的雙眼射出我再熟悉不過的惡毒眼神。

我緊盯著他，他看著就要西沉的夕陽，眼神從憤恨轉為得意。

就在此時，強納森長長的彎刀一揮而下。我看著刀子劃過他的喉嚨，不禁倒抽了口冷氣。

同一時間，莫里斯先生的鮑伊刀刺進了他的心臟。

奇蹟似地，幾乎不過一口氣的時間，他的身體就在我們面前崩解化成灰塵，隨風而逝。就在他的身體完全消失前，我看到他的臉上閃過一抹安詳的神情。我從來無法想像那張可憎的臉也會露出這樣的表情。在我有生之年，一想到那個表情，就感到安慰。

此時，德古拉城堡在腥紅的天空下更加顯目，那傾頹的城垛在夕陽的照耀下也變得分外清晰。那些吉普賽人一看到我們讓一個死人憑空消失，一句話也不說地轉身上馬，逃命似地急催馬離開。那些沒有馬騎的人就跳上運貨馬車，並向其他人叫囂，要騎馬的人別拋下他們。已經退到安全距離外的狼群，也像醒過來一樣離開了，不再靠近我們。

跌坐在地上的莫里斯先生用手肘勉強支撐身體，一隻手緊緊壓住身側，但仍止不了指間流下的血。我衝向他，此時聖圈再也無法阻擋我了。兩位醫生也衝過來。強納森跪在他的身後；受傷的莫里斯先生把頭倚在強納森的肩上。

莫里斯先生輕嘆一口氣，虛弱地用他沒有染上血漬的手握住我的手。他一定從我臉上看出我多麼心痛，他對我微笑並溫柔地說：「能幫上忙，是我莫大的榮幸！我太高興了！啊，上帝啊！」他突然喊了起來，勉力坐起身，他指著我：「為了這個，我死而無憾！看哪！看哪！」

夕陽已經完全落在山後，那火紅的餘暉照在我的臉上，玫瑰般的光暈籠罩了我的臉。當大家順著他的手指望向我，所有人立刻跪在地上，發出一聲聲深沉而虔敬的「阿門」！

性命垂危的莫里斯先生說：「現在，感謝上帝吧！我們的努力沒有白費！瞧！她的前額比純白的雪還要潔淨無瑕！詛咒已經失效了！」

這位勇敢的紳士露出滿足的笑容，在沉默中死去了，徒留傷心不已的我們。

後記

七年前，我們備受煎熬，出生入死。不過，自此之後我們之中一些人體會到的幸福，讓當時所承受的那些苦痛都顯得值得了。令米娜和我格外開心的是，我們兒子的生日和昆西・莫里斯的忌日是同一天。我知道兒子的媽私下相信，兒子從我們勇敢的朋友那兒繼承了不少特質，他那串名字把我們全部的人都緊緊繫在一起，但我們叫他「昆西」。

今年夏天，我們去了一趟外西凡尼亞。重回舊地，可怕的回憶依舊栩栩如生。真難以相信，我們親眼見證、親耳聽聞的事情真正發生過。當時的一切痕跡都已被抹去，只有那座傾頹荒廢的城堡依舊高高聳立。

回到家後，我們聊起往日時光——回顧過去，我們已不再絕望，因為葛達明勳爵和西瓦德醫生都結婚了，過著幸福快樂的日子。自從我們完成任務回來後，我就把所有文件鎖進保險箱裡，如今才把它們拿出來。我們意外地發現，在所有編集成冊的文件中，原始文件多半消失了，只有一大落用打字機打好的謄本，只有晚期米娜、西瓦德和我自己的筆記本，以及范・海辛的備忘錄仍存有正本。在這種情況下，即使我們滿心希望，也實在難以說服其他人接受這些證據，相信這個瘋狂故事真的發生過。范・海辛將我們的兒子抱在膝上，做下結論：

「我們不需要證明，也不需要說服別人相信我們！這男孩有天終會明白，他的母親是多麼勇敢豪情的女子。他已經知道母親的甜美和溫柔的疼愛，以後他會瞭解為什麼有些男人那麼敬愛她，為了她，他們願意置身險境而在所不惜。」

強納森・哈克筆

國家圖書館出版品預行編目資料

吸血鬼伯爵德古拉 / 布拉姆．斯托克 (Bram Stoker) 著 ; 洪夏天譯 . -- 初版 .
-- 臺北市 : 商周出版 : 家庭傳媒城邦分公司發行 , 2018.05
面； 公分 . --(商周經典名著 ; 60)
譯自 : Dracula
ISBN 978-986-477-474-6 (平裝)

873.57 107008241

商周經典名著 60

吸血鬼伯爵德古拉 Dracula

編　　著／布拉姆．斯托克（Bram Stoker）
譯　　者／洪夏天
協力編輯／游紫玲
責任編輯／彭子宸

版　　權／黃淑敏、吳亭儀、邱珮芸
行銷業務／周佑潔、黃崇華、張媖茜
總 編 輯／黃靖卉
總 經 理／彭之琬
發 行 人／何飛鵬
法律顧問／元禾法律事務所 王子文律師
出　　版／商周出版
台北市104民生東路二段141號9樓
電話：(02) 25007008 傳真：(02)25007759
E-mail：bwp.service@cite.com.tw
Blog：http://bwp25007008.pixnet.net/blog
發　　行／英屬蓋曼群島商家庭傳媒股份有限公司 城邦分公司
台北市中山區民生東路二段141號2樓
書虫客服服務專線：02-25007718；25007719
服務時間：週一至週五上午09:30-12:00；下午13:30-17:00
24小時傳真專線：02-25001990；25001991
劃撥帳號：19863813；戶名：書虫股份有限公司
讀者服務信箱：service@readingclub.com.tw
城邦讀書花園：www.cite.com.tw
香港發行所／城邦(香港)出版集團有限公司
香港灣仔駱克道193號東超商業中心1樓；E-mail：hkcite@biznetvigator.com
電話：(852) 25086231 傳真：(852) 25789337
馬新發行所／城邦(馬新)出版集團 Cite (M) Sdn. Bhd.
41, Jalan Radin Anum, Bandar Baru Sri Petaling,
57000 Kuala Lumpur, Malaysia.
Tel: (603) 90578822 Fax: (603) 90576622 Email: cite@cite.com.my

封面設計／廖韡
排　　版／極翔企業有限公司
印　　刷／韋懋實業有限公司
經 銷 商／聯合發行股份有限公司
電話:(02)2917-8022 傳真（02）2911-0053
地址:新北市231新店區寶橋路235巷6弄6號2樓

■2018年5月29日初版
■2021年3月31日初版2.1刷
定價400元

Printed in Taiwan

城邦讀書花園
www.cite.com.tw